"不是。"郁溪的声音低了下去:
"我想救你。"

像你昨天遣来也托住我一样，
我也想把你从泥沼里拖出来。

故请一

你在星云之巅,我在聚光灯下,我们顶峰相见。

图书在版编目（CIP）数据

枕星.1/顾徕一著.-- 武汉：长江出版社，
2024.10.-- ISBN 978-7-5492-9709-2
  I.I247.5
中国国家版本馆CIP数据核字第20242L7Y42号

枕星.1/顾徕一著
ZHENXING.1

出　　版	长江出版社
	（武汉市解放大道1863号）
选题策划	妙绝文化
市场发行	长江出版社发行部
网　　址	http://www.cjpress.cn
责任编辑	钟一丹
特约编辑	封　言
印　　刷	湖南天闻新华印务有限公司
版　　次	2024年10月第1版
印　　次	2024年10月第1次印刷
开　　本	880mm×1230mm　1/32
印　　张	11
字　　数	360千字
书　　号	ISBN 978-7-5492-9709-2
定　　价	45.80元

版权所有 盗版必究，如有质量问题，请联系本社退换
电话：027-82926557（总编室）　027-82926806（市场营销部）

目录
C O N T E N T S

第一章
桃花眼女人　　　　　　　◆ 001

第二章
我是不会走的　　　　　　◆ 028

第三章
有姐姐给你兜底　　　　　◆ 056

第四章
那人竟来了祝镇　　　　　◆ 090

第五章
别对我掏心掏肺　　　　　◆ 114

第六章
你真以为你了解我吗?　　◆ 143

Sleeping on the stars

目录
CONTENTS

第七章
江依以前是什么样的人？　　◆ 176

第八章
依姐离开祝镇了　　◆ 212

第九章
终于又见到她了　　◆ 251

第十章
乖一点好吗？　　◆ 286

第十一章
她像深秋的一片枯叶　　◆ 312

番外
初遇　　◆ 343

第一章
桃花眼女人

郁溪想,要不是那天她舅舅、舅妈来学校闹事,她绝不会逃课去台球厅。二中的人谁不知道郁溪是一等一的好学生。

祝镇只有两所高中,在一中没落后,二中崛起,以一骑绝尘之势承担了为祝镇培养大学生的任务。这一年初夏,高考在即,二中老师说得最多的一句话就是:"看看人家郁溪!"

然而这会儿,全年级第一的好学生郁溪站在台球厅门口,听着榕树上传来的"吱吱吱"的蝉鸣,烦躁地抬起眼,炽烈的阳光就从树叶间的缝隙,掉进她浅棕色的眸子里。

这真是最恼人的天气。南方小城不比北方,不只热,还湿气重。郁溪把校服外套脱下,露出洗得发白,领口破了一个小洞的T恤衫,她浑身是汗,黏腻腻的,一点都不清爽。祝镇的经济很不发达,她春夏秋冬只有一件校服外套。

这会儿郁溪把校服往双肩包里一塞,走进台球厅里。马上就到她十八岁生日了,她的长相给人一种清冷感,人又不喜欢笑,冷着一张脸还挺有震慑力,所以当她在正午背着双肩包,大刺刺地闯进台球厅时,没人拦着她检查身份证。

郁溪呼出一口气,原来台球厅是这样的啊。

说实话,这跟她想象中的挺不一样的。在这个经济不发达的小镇,郁溪无论走在学校里还是走在镇上的街道上,看到的人,神情都是麻木的,衣服都是灰扑扑的。在她的想象里,台球厅应该是一个光怪陆离的地方,里面的人穿着亮眼的彩色衣服,肆无忌惮地高声谈笑。但是,这里面的人和街道上的人没什么区别,还是穿着灰扑扑的衣服,神情麻木。

除了那个女人。

在郁溪觉得失望准备回去的时候,一阵娇笑声传进她的耳朵里。那阵笑声像什么呢?

后来郁溪想了很久。那笑声,就像春天里黄鹂的第一声啼叫,夏天里蝉的第一声鸣叫,秋天里第一颗苹果落到地上的声音,不是说它多好听,而是它充满了鲜活的生命力。

郁溪忍不住顺着声音看过去。那时,钻入她脑子里的第一个想法是原来祝镇还有这种女人。

只见对方穿了一件火红的吊带裙,两条细细的吊带挂在肩上,像整个夏天在燃烧,掩都掩不住。她跟郁溪从小到大见过的所有人,都不一样。

郁溪盯着对方瞧。

女人应该是在台球厅工作,这会儿正在角落里的一张球台边,笑着陪两个男人打台球,一打二,她也完全不落下风。俯身打球的时候她的身子藏在阴影里,起身观察下一个球怎么打的时候,她又绕到球桌有阳光的这一侧来。

她白得仿似在发光。郁溪想,她从来没见过这么白的女人,像在面粉里滚过似的,不对,不是面粉,因为面粉不会发光。这女人,像水面上闪烁的阳光,或者深夜照在床头的一抹月光。

也许是因为这个,当郁溪想起学校那些混日子的人说起在台球厅工作的女人时嘲讽的语气,却发现自己一点也没觉得这个女人奇怪,反而觉得她很有魅力。

女人许是察觉到郁溪的目光,往郁溪这边看了一眼,她没有好奇、打量、斥责,而是笑盈盈的、眉飞色舞的。

郁溪发现她有一双桃花眼,眼角尖尖的,眼梢上扬,长长的睫毛在眼下投下一片阴影。这样一双眼,女人即便不笑,也像在笑,有种欲拒还迎的意味。

郁溪本能地想躲,她退了两步,但想起今天舅舅、舅妈来学校找她的一幕,就壮着胆子走到女人打球的那个球桌边。

她站在角落里,女人没赶她,但也没理她,只是时不时弯下腰懒洋洋地打上一杆。女人身上浓郁的香水味,随夏天湿热的风扑在郁溪身上,呛得郁溪想咳嗽。

但忍住咳嗽之后，郁溪觉得，她心里有什么东西被这刺鼻的香味引着，开始慢慢觉醒，像女人在眼下投出暧昧阴影的长睫毛，毛茸茸的。

两个男人终于打完了，女人笑盈盈地收了钱目送他们离去，把磨损过分的球杆往台球桌上一放，懒洋洋地转过身，倚着球台对郁溪说："小孩儿，这是你该来的地方吗？"

因为那双桃花眼，郁溪拿不准女人是笑了还是没笑。她满脑子只有一个学过的成语——活色生香。活色生香第一流……乱向春风笑不休。

郁溪大着胆子问了一句："你是在这儿工作吗？"

女人闻言笑起来，长发随着她的笑颤动着，像春日里缠绕枝丫的藤蔓。她踩着高跟鞋一步步走到郁溪面前，一双桃花眼含着笑，她凑到郁溪耳边，气息里混着浓烈的香味："是啊，有什么事吗？"

她应该不是本地人，因为她说话时带着北方口音，儿化音被她说得很俏皮，令她身上迷人的味道又添了一分。

"那你陪我打一局吧。"郁溪不看女人，反而盯着地板说，"我能给你钱，很多钱。"

郁溪从台球厅出来的时候，天更闷热了。树上的蝉鸣越发响，吵得人耳朵都快聋了。

她的双肩包以她所能想到的最不羁的姿势挂在一边肩膀上，被旧T恤衫包裹着的脊背露出来，但她并没有因为透气而觉得凉爽了一点，相反，随着不断涌出的汗，旧T恤衫在她背上粘得更紧了。

大概是因为身后女人灼热的目光吧，郁溪走得很快，可她知道女人一直跟着她，因为高跟鞋啪嗒啪嗒踩在地上的声音就没在她身后断过。

女人应该是含笑看着她的，那双桃花眼，从刚才郁溪说可以给很多钱开始，就多了一抹令人玩味的笑意。

"喂。"女人出声了。

郁溪不回头。

"喂。"女人又喊，调笑道，"小孩儿，你到底要去哪儿啊？"

郁溪没好气地回道："你管我呢，你又不陪我打球。"

没错，女人拒绝了她，所以她也不知该去哪儿，无头苍蝇一样在偏僻的巷子里走了一阵，越走越热，就想起附近有一个废弃仓库，家里闹得厉害的

003

时候，她躲在那儿做过功课。

于是她向右一拐，走进了仓库。

眼前的光线一下子暗下来，她什么都看不清了，但知道女人跟在她身后进来了。除了啪嗒啪嗒的声音，她还嗅到身后传来了过分浓郁的香味。

郁溪转过身，望着女人，而女人正好奇地四下打量。

仓库里面堆满了废弃的皮卡车，这些车被拆得七零八落，堆成一座小山。她俩一踏进来，灰尘飞扬，散发出一股铁锈的味道，灰尘和女人的桃花眼一起，舞动在郁溪面前。

女人笑着问道："小孩儿，你怎么知道这种地方的？"

郁溪不出声。

女人又向前走了两步，一双桃花眼往她眼睛里面望："你还没告诉我，今天跑到台球厅干吗。"

"我怎么就不能去台球厅了？"她梗着脖子说，"其他人去得，我就去不得？"

女人又笑了，问道："小孩儿，你成年了吗？"

郁溪说："没成年我怎么进去的？"

祝镇虽然落后，但自从两年前发生了一桩未成年人在台球厅斗殴的事件后，治安方面就变得更严格了，台球厅门口一直有人守着，看到未成年样子的人往里闯，都会拦下查身份证。

女人含笑"喔"了一声，眨眨眼。

郁溪莫名其妙地心虚，她从没跟这类型的女人说过话，感觉自己好像在干坏事。

其实这个仓库位置特别偏僻，这会儿又是一天最闷热的时候，根本不会有人路过。但也许正因为没干过坏事，郁溪总觉得老师随时会从锈迹斑斑的卷闸门进来，严厉地问她："郁溪，你干吗呢？"

门外的榕树上，蝉叫得更大声了。女人望着郁溪，她长长的睫毛、眼下的浓密阴影，还有涂得鲜红的唇，无一不在散发着成熟女人的韵味。

郁溪低下头，无意间看到自己塑胶凉鞋里露出的脚趾，脚趾圆滚滚的，透着一股属于孩子的稚气。

她莫名其妙地不想跟女人靠得太近，就往后退了两步，没注意身后放着一个废弃货车的轮胎，脚后跟撞在上面，人差点向后摔去。

女人笑着拉了她一把，郁溪被拉住了，但双肩包掉在了地上。女人的手臂像柔软的柳枝，一双桃花眼眨啊眨。郁溪想，这女人莫不是什么精怪吧。

女人扶着郁溪站稳，她看起来鲜活、充满生命力。

郁溪不知道自己是怎么想的，从旧牛仔裤里摸出一卷钱，硬塞到女人手里："我真的有钱，你为什么不陪我打球？"

女人望着钱，玩味地笑道："小孩儿，你确定你已经成年了吗？"郁溪不说话，她害怕自己一开口，颤抖的声音就让自己暴露了。

女人拿着那卷钱含笑蹲了下去，郁溪惊得又退了两步，塑胶凉鞋里圆滚滚的脚趾缩了缩，她生怕女人看出她的稚气。没想到女人对她的脚丝毫没兴趣，反而拉开了她双肩包的拉链。

"喂……"郁溪准备阻止她。

"放心，我不看你的私人物品。"女人说道，"我就看看你的校服，是一中的还是二中的。"

"你怎么知道我包里塞着校服？"

女人站起来，斜睨了郁溪一眼，好像郁溪说了句特别蠢的话似的。她靠在那辆废弃的卡车上，含笑看着郁溪，伸手往郁溪的下巴上轻轻点了一下："因为你这张脸，一看就知道你还是小孩儿啊。"

郁溪不说话了。

女人转身要走，她逆着光，留给郁溪一个袅娜的背影。

"喂。"郁溪在她背后叫了一声，"我钱都给你了，你就这么走了？"

女人笑着回过头："不是你硬塞给我的吗？"

她踩着高跟鞋回到郁溪面前，说道："我不陪小孩儿打球，这样会丢工作的，要不我陪你说说话，聊聊你这种乖小孩儿怎么会逃课跑到台球厅里来。"

女人长长的睫毛、眼下浓密的阴影、涂着口红的双唇，再一次在郁溪眼前晃动。

女人身上的香水味杂糅着灰尘的味道、铁锈的味道，以及角落里好像散发着被什么人扔掉的腐烂苹果的味道，令整个世界都活跃起来。

女人见郁溪不出声，又往她的方向走近一步："你不肯说，我可是能告到你学校去的。二中，对吧？"

随之，充斥鼻间的灰尘的味道、铁锈的味道、腐烂苹果的味道统统不见了，郁溪在那过分浓郁的香水味中，闻见了一抹藏着很清新的香味——这香味像栀子树的味道。

像郁溪外婆家门前种的那排矮矮的栀子树的味道。

外婆去世很久了。

郁溪紧张得脑子里乱七八糟的,耳边响起蝉的吱吱声、心跳的怦怦声、因紧张而耳鸣的嗡嗡声。

女人轻轻地在她的下巴上点了一下,这个动作像一阵微风,拂过了夏天的池塘:"以后别再逃课了,嗯?要好好努力,才能走向自由的世界啊。"

然后,随着女人靠近而来的灼热气息、清新香味都散开了。

郁溪睁开眼,女人逆光站着,只留给郁溪一个剪影,她看不清女人脸上的神情,却感觉女人很哀伤。不过只一瞬间,女人就恢复了那种摇曳生姿的样子了。

她笑着说:"你什么都不肯说,那我可就走咯?"说完,她踩着高跟鞋,真的离开了。

郁溪心想:不公平。

她给了女人挺多钱呢,两百块,是她在书店里打了好久的零工才攒下来的,她本来想买本高考冲刺书,都给了女人,女人却只给了她一句不痛不痒的人生忠告。

"喂。"郁溪对着女人的背影喊道。

女人笑盈盈地回过头,逆着光,郁溪只能看到那一双桃花眼在闪闪发亮。

她问了女人最后一个问题:"你叫什么名字?"

"江依。"女人说道,"别在外面乱晃了,快回学校去吧。"

郁溪一个人站在仓库,叹了口气,蹲下来,扯出双肩包里的校服。

左边的袖子被江依拉了一下,沾了她身上的香水味。这会儿郁溪套上了校服,却总疑心左边胳膊比右边胳膊更灼热。

郁溪背着双肩包回了学校。

正好是上课时间,闹哄哄的学校这会儿很安静。郁溪在走廊里碰到教导主任,教导主任看见郁溪背着双肩包从外面回来愣了下,问道:"郁溪,你去哪儿了?"

郁溪说:"肚子疼,去买药了。"

因为郁溪是一等一的好学生,从没逃过课也从没闹过事,所以她这么说教导主任一点都没怀疑，只是点点头说道："那快回去上课吧。"

郁溪点点头，进教室前，一转念，拐进了走廊另一端的洗手间，镜子里自己的脸，白净、清瘦，透着一股倔劲，五官都长开了，半年前还能看见的婴儿肥，这会儿已经彻底不见了踪影。

她有点大人的模样了，有点像她早逝的妈妈。

郁溪凑近镜子看了看，然后抬手，在下巴上使劲蹭了蹭，总觉得上面还沾着江依指尖上淡淡的香味。

祝镇的高中是没有安排晚自习的，学生能不能考上大学，全凭学生课后的自觉学习。刚过五点，郁溪就背着书包回了舅舅舅妈家。

舅妈正把一盘子蒸鸡往桌上端，一看郁溪就说："不是让你去买条裙子吗？"

郁溪说："我没钱。"

舅妈冷笑一声："别以为我不知道你在书店打零工，攒着私房钱。"

郁溪平静地说："该交的生活费我都交了。"

对，郁溪住在舅舅舅妈家，是要交生活费的。从她上高中开始，舅妈就说外婆留给她的钱都花完了，她要想继续住下去，就得自己打工交生活费。

郁溪没理会舅妈的冷言冷语，背着双肩包就回了自己房间。

所谓房间，不过是用几块旧木板在房与房之间搭出来的一小块空间而已，冬冷夏热，一到下雨的时候，郁溪就得拿个盆放在木板与木板的接缝下，听漏下的雨滴奏出叮叮当当的旋律。

郁溪打开课本做作业。夕阳逐渐往西沉，大概六点半，舅妈猛地推开房门催促道："快点，王家的人来了。"

郁溪不停笔，说道："我不去。"

舅妈骂骂咧咧地走进来一把将她拉起来："这还由得你？"

郁溪被舅妈扯到堂屋的饭桌边，只见蒸鸡、蒸鱼等大菜摆了满满当当一桌子，老实巴交的舅舅坐在饭桌边，不敢抬头看郁溪，倒是舅舅身边戴着大金链子、满脸横肉的女人，毫不掩饰地来回打量着郁溪。

舅妈满脸堆笑地说道："王姐，这就是郁溪。"

王姐说道："这么瘦，屁股这么小，会不会不好生养？"

"哪儿会呢，"舅妈堆着笑说道，"这孩子从小帮她外婆喂鸡放牛，身体好着呢。"

"那行吧……"王姐又上下打量了郁溪一番,对舅妈说,"听说这个丫头很会读书,你们舍得?"

舅妈说:"女孩子读那么多书有什么用,早点嫁个好人家才是正经!"

"你们知不知道这样做是违法的?"郁溪忽然说道,"还有,王家算什么好人家!"

舅妈狠狠地瞪了郁溪一眼,王姐的眼神变得令人玩味起来。

郁溪也不怵,迎着王姐的目光说道:"谁不知道你儿子是坐牢出来的?镇上根本没人敢嫁他。"

闻言王姐眼睛都眯了起来:"小丫头你可别乱说,我儿子有本事,许给我们家,保你吃香的喝辣的,你这学退得不亏。"

舅妈赶紧在一旁说:"就是,这是这丫头的福气,再过一个月她就满十八了,到时候先把订婚酒办了让她住过去,到了二十再领证,不耽误。"

郁溪到底年轻,虽然心里不怕,但还是被舅妈和王姐这一唱一和的模样,刺激得浑身发起抖来。

王姐听了舅妈的话,满意地点点头。这时门口忽然传来一个清脆的声音:"我倒不知道,这年头还有强娶逼嫁的事。"

屋里所有人循声往门口望去,郁溪惊呆了——竟是那个有双桃花眼,叫江依的女人。这会儿她换了一条水粉色的裙子,裙子轻薄的纱,被傍晚的风一吹,美得像一片夕阳。

郁溪见过电视上有人穿这种颜色的裙子,显得艳俗无比,不像这白得发光的女人,完全驾驭了这条裙子。她如柳枝一样倚在门边,笑盈盈地看着众人。

她就像此时此刻美好夏天的傍晚。

她含笑睨了郁溪一眼,郁溪忽然就不发抖了。

王姐看着江依说道:"小江,你怎么在这儿?"

江依笑着从背后拿出一条烟说道:"你儿子让我给你送过来。"

王姐把烟往郁溪舅舅手里一递,嘴里骂骂咧咧地抱怨道:"我让他买了烟给我送过来,他倒会偷懒。"

江依笑着说:"他在台球厅打球呢,走不开。"

递了烟,江依走回门边,也不急着走,而是重新倚在门边。

小镇的人生活都懒散,江依这样靠在门边没什么奇怪的。舅妈没理会,推搡着郁溪到桌边坐下。郁溪却望向女人的背影，女人圆润的手臂，纤细的腰……女人身上的水粉薄纱裙被晚风吹起来，与天边的晚霞融为一体。

江依一只脚抬着，好像在应和着什么旋律似的，那只红色漆皮高跟鞋一晃一晃的，套在她脚上，一副随时要掉下来的样子。

郁溪总觉得女人的背影在问她："这下你要怎么办呢？"于是低头笑了一声。

饭桌上舅妈在给王姐夹菜，难得地也给郁溪夹了一筷子菜："都吃都吃，在一张桌子上吃过饭，以后就是一家人了。"

舅妈说完又笑着对江依说："什么强娶逼嫁的，我们养她这么大，她孝顺我们，是愿意的。而且她没到年纪，先不结婚，只是先说定……"

郁溪平静地听着，鸡鸭鱼肉的边角料在她碗里堆成一座小山，都是表弟不吃的。下一秒，郁溪面无表情地把碗摔了。

咣当一声，粗糙的瓦碗裂成两半。全家人的碗都换成了瓷碗，只有郁溪还在用被淘汰掉的瓦碗。

舅妈正对王姐献殷勤，闻声笑容像张面具一样尴尬地凝固在脸上。她的脸转向郁溪时却因愤怒变得扭曲起来："反了你！小王八羔子……"

郁溪好像听到门边的江依轻笑了一声。不知是不是故意的，总之在舅妈骂起来的时候，她悠然地唱起了一首老歌："天涯呀海角，觅呀觅知音……"

祝镇地处一个偏僻的山窝窝里，是极其少见的还没通4G网络的地方。不过江依唱的这首歌，郁溪曾在电视上听过，好像是首苏城小调，被江依带着点北方口音的嗓音一唱，竟别有一番风味。

江依唱着歌走远了，舅妈的骂声，就这样湮没在了江依的歌声里。

郁溪又低头笑了一下，平静地走到碗柜边拿了另一个碗，给自己夹了一碗素菜，端着向自己的隔间走去。

舅妈在她身后尖着嗓子骂："小王八羔子你给我回来！"郁溪没理她，自顾自地把房门关了。

关门前的最后一刻，郁溪听到舅妈在跟王姐保证："你放心，等下个月她满十八，按时办酒没问题，我保证把这小倔驴子收拾得服服帖帖的……"

第二天放学，郁溪去了镇上唯一的一家书店。

说实话，镇上没什么人看书，这唯一一家书店最大的用途可能是给小伙子追姑娘提供了一个地方,躲在书架间偷偷亲嘴,总比在槟榔摊之类的地方有情调一些。

郁溪每周一三五和周末晚上在这里打零工,周末剩余的时间,她去工地之类的地方打零工,攒下来的钱除了交生活费,就是在书店买参考书。

她等了这么多年,终于快迎来成年了。她期待自己像只挣脱牢笼的鸟,飞出这座大山去,又怎么可能听舅妈的话退学嫁人。

舅妈无非是想收王姐的彩礼。镇上任何一户人家,都不会将自己的亲女儿嫁给王姐的儿子。

郁溪从旧牛仔裤里摸出一卷钱,放进收银抽屉里。正好老板进了一批书回来,看到郁溪在放钱,就问她:"郁溪,又买了这么多参考书?"

郁溪点头。

上周老板刚进了一批高考用的参考书,郁溪就想攒钱全都买了,书上那些题她做起来没什么难度,但做一做,解题的速度一次比一次快,她会更安心一些。

高考,是她唯一的机会。

昨天舅舅舅妈突然找到学校,让她退学,那一刻她的脑子一片空白。午休时间听学校里有人聊起台球厅,不知怎的,她生平第一次决定逃课,去做一件叛逆的事。

没想到的是,她去了台球厅,找到江依陪她打球,江依却拒绝了,还追出来把她给教育了一顿。江依轻轻落在郁溪下巴上的指尖,过分轻盈,过分美好,让郁溪的叛逆无处展现。

郁溪以为江依是凭一句不痛不痒的人生忠告收了她两百块钱的"黑心商",不想她从双肩包里拿校服出来时,却发现江依趁着看她的校服,把两百块钱偷偷塞进了她的书包里。

郁溪这才有了买书的钱。

晚上八点半,书店关门了,郁溪也可以下班了。舅妈是不会等她吃饭的,按照往常的习惯,郁溪会去馒头摊花五毛钱买个馒头,一边啃一边默记刚才的英语习题,到家后再借着昏黄的台灯继续做题。

今天不知怎的,走到馒头摊那条小巷,她却往右一拐,走向了台球厅。

台球厅这种地方,当然比书店晚关门许多。

郁溪走到门口,就看到里面亮着暧昧的灯,传来让人头晕的气味。她把校服塞进双肩包里,又把包往肩上一甩,大刺刺地走了进去。

她清冷的外表再一次奏效,依然没人来检查她的身份证,她觉得江依这个女人的眼睛挺毒的,能一眼看出她还是个高中生。

走进台球厅郁溪打量了一圈,发现江依似乎偏爱角落那张桌子,正俯身在那儿打球。今天江依穿一条苹果绿的吊带裙,她白,越发衬得整个人活色生香起来。

郁溪背着双肩包,沉默地走到桌边。江依指间夹着一支烟,跟打球的男人们开着玩笑。有人想凑近,却被她不着痕迹地避开了。

她打了一球,球没进,不过她无所谓。黑板上的记分表显示她正遥遥领先。她直起身子余光一瞟,就看到郁溪背着包站在那里。

江依眉飞色舞地问郁溪:"你怎么又跑这儿来了?"她凑近郁溪耳边,压低声音说道,"信不信我向老板举报你?"

"别这样。"郁溪说。过了一会儿,郁溪又低声补了句:"我没地方可去了。"

其实郁溪是挺要强的一个人,这句"我没地方可去了"固然是真话,但平时郁溪是打死也不愿意说出口的,她宁愿去满是灰尘的废弃仓库写功课也不愿说出口。

这会儿不知怎的,许是被江依身上的栀子花香软化了意志,这句真话便脱口而出。

江依笑了一下,歪着头冲郁溪招招手:"小孩儿,你过来。"

她把郁溪带到一个类似收银台的地方,细长的手指一指,说道:"坐这儿。"

现在台球厅都是她们这些陪打球的人直接收钱,收银台形同虚设,倒变成了台球厅最清静的地方。郁溪坐了过去,江依笑了笑,在她头上揉了一把:"就在这儿做功课啊,乖。"然后她回球桌边去了。郁溪看了她的背影两眼,打开书包,掏出一本题册摊开,开始"刷题"。没一会儿,一片毛茸茸的阴影投在书本上,郁溪抬起头,看到江依举着一个台灯,台灯插头在她的指间晃来晃去:"小孩儿,太暗了吧?别看坏了眼睛。"说着她不由分说把台灯给郁溪摆上了。

江依走了以后,她毛茸茸的带着香气的影子就从郁溪的书本上消失了。不过,被江依拧亮的台灯,还沾染着她手指上的香气,在郁溪的书本上投下一片昏黄,像郁溪小时候看过的最好看的月亮。

郁溪"刷"了会儿题,又抬头望去,江依眉飞色舞地打着球,再没看向她这边了。

"刷题"的时候,时间总是过得很快,等郁溪再次抬头,台球厅的大灯已经关了,客人离去,烟雾散去,江依远远地倚在门边,在跟她台球厅的小姐妹们告别。

暧昧的黑暗模糊了一切,郁溪心里咯噔一下:江依不会忘了角落里还坐着一个自己吧?

黑暗让郁溪心里的恐慌无限蔓延,这恐慌像潮水,像青苔,像她在电视里看到的北方漫天遍地的沙尘,吞没了她心里每一个本该安宁的角落。

她想起小时候,妈妈就是在这样一个黑夜远去,再也没有回来的。

郁溪恐惧得指尖发麻,像条垂死的鱼,无声地张了张嘴,却没有发出任何声音。她不知道是恐惧让自己失声了,还是倔强的性子让自己不愿开口向江依求救。如果江依忘了她,那就让江依锁门去吧。反正在江依的世界里,她只是一个不起眼的小孩儿。

郁溪默默攥紧手里的笔,把中指硌得发疼,也不松手。她是在跟江依较劲,还是在跟自己较劲,或者是在跟抛下自己一去不回的妈妈较劲?她闭着眼,却发现自己并没有被想象中的黑暗吞没,有一束暖黄的光对着她晃来晃去,隔着眼皮她都能感觉到暖暖的。

她睁开眼,发现江依把那老式台灯拿起来握在手里,正笑着对准她的脸晃啊晃。

郁溪笑了。

江依一边拿台灯晃着郁溪的眼,一边笑着问她:"小孩儿,你饿不饿?"

郁溪今晚没吃饭,先前专注地"刷题"时还不饿,这会儿被江依一问,只觉得饿得前胸贴后背的,嘴上却说:"不饿。"

不知人年轻时是不是都莫名其妙地好强,生怕被看轻了,尤其是对方还是个生动的、成熟的、充满魅力的女人,而自己是个孤独的、窘迫的、手脚都不知该怎么放的小孩儿时。

郁溪嘴上说着"不饿",身体却很诚实,肚子"咕咕"地叫了两声,这声音回荡在空荡荡、静悄悄的台球厅里。

江依扑哧一声笑了，用食指敲敲郁溪面前的桌面："走吧，我还没吃晚饭呢，陪我吃点去。"

老实说，郁溪在祝镇住了快十年，却根本不知道祝镇的中心地区在深夜是什么样子的。

她小时候跟外婆生活在祝镇边上的村里，外婆去世后她跟着舅舅来到祝镇，舅妈对她很是苛刻，一分零花钱都没有。

那些睡不着的夜晚，郁溪穿着表弟不穿了的旧牛仔裤，将双手插在口袋里，漫无目的地在镇边的小路上游荡，却不敢往镇中心走，生怕没钱露了怯。

深夜的祝镇中心地区远没有她想象中那样繁华，就一辆放了玻璃柜的三轮车停在那里，架着一口大锅的煤气灶立在一边。玻璃柜上布满发黄发黑的油污，红彤彤的"炒粉炒面"字样也这儿缺一点那儿缺一捺，变得不可辨认了。不过倒是有股热腾腾的水气，映着江依的笑脸，让郁溪的心在雾气弥漫的夜里暖起来。

那些一个人游走在无人小路的惶恐，像这会儿被江依笑脸划破的雾，变得遥远了。

江依翘着嘴角问她："小孩儿，想吃什么？"

突然，坐在路边塑料小凳上吃炒粉的戴着金链子的青年们——有几个明显是江依台球厅的常客——吹着口哨问江依："江依，这个漂亮小妹妹是谁啊？下次一起玩。"

"可别。"江依笑着，语气却严厉地说道，"人家是学生，很有前途，跟我们不一样。"说着她伸手把郁溪护在身后。

她穿着绿裙子的背影，像夏日枝头俏丽的一点绿，郁溪看着，咕哝了一句："像只护崽的老母鸡。"

"我像老母鸡？"江依回头笑着瞪她一眼，"亏你还是高中生，能不能说个好听的比喻？"

郁溪笑了一下，江依带着郁溪在摊边坐下。沾满油污的塑料凳，高的当桌子，矮的坐人，凳腿这儿缺一块那儿缺一角，摇摇晃晃根本坐不稳。江依的笑脸随着凳子的摇晃，越发生动起来。

"你想吃什么？"郁溪说道，"我请你。"

"你一个穷学生有什么钱！"江依笑了一声，扭着腰到小摊边点餐去了。

郁溪个子挺高，手长脚长，有点委屈地缩在小凳子上，一只手撑着下巴，隔着一段距离看着江依的身影。

江依抱着双臂站在小摊前,不知是那盏同样沾满油污的灯,还是热锅下的灶火,映亮了江依的脸。

尽管这女人晃着脚上的高跟鞋跟旁边的男青年们调笑,但郁溪就是觉得她挺好的。

过了一会儿,江依端着两个套了一次性袋子的不锈钢盘子回来了,盘子里装着红红的炒粉,那粉一指宽,混着豆芽、火腿肠和肥肠,散发出油润润的香气。

郁溪吸着气,生怕自己的肚子又不争气地叫。

江依把盘子放在郁溪面前,郁溪看着热腾腾的蒸汽在塑料袋上形成一片白色的雾。江依柔和的声音传来:"吃吧。"

郁溪问道:"多少钱?我们各出各的。"她固然是个穷学生,但也知道在这破落小镇里根本没什么有钱人,只不过是比较穷和特别穷的区别而已。

比如眼前这女人,每条裙子在她身上都挺漂亮的,但材质一看就很廉价,跟郁溪在电视里看到的那些女明星的衣服不一样。还有她的口红,涂上斑斑驳驳的,很容易就脱色了,用一次性塑料杯喝口冰啤酒,就会在杯口留下一个红红的唇印。

"小孩儿别管,我有钱。"江依喝着啤酒,打了一个挺响的饱嗝,跟着感叹一声,"爽啊!"她的笑颜在夜色中那么明亮,明亮得连小小的蚊蝇都绕着她的头飞舞。

她提醒郁溪:"你快吃呀,不然一会儿坨了就不好吃了。"她自己却端着一次性塑料杯,笑盈盈地喝着啤酒。

这是大人和小孩儿的区别吗?

郁溪真饿了,掰开一次性筷子塞了一大口炒粉到嘴里,炒粉香是香,但她没想到这么辣,辣得她猛地咳起来。

江依吃了一惊:"你这么不能吃辣?"

的确,在这座山间小镇,吃辣是一种传统,是每个人的必备技能。江依看郁溪咳得厉害,就把旁边装着水的一次性塑料杯往她手里一塞:"喝一口,解辣。"

郁溪接过杯子猛灌了一口。

江依的一双桃花眼,在蚊蝇飞舞的昏黄路灯下,和郁溪逐渐变热的脸一样,存在感惊人。

郁溪看着江侬的笑脸问道:"我能再喝一口吗?"

江侬懒洋洋地笑着说道:"行啊。"

趁着开摩托车的青年冲江侬吹口哨的当口,郁溪偷偷看了江侬一眼。江侬一边吃炒粉一边笑着跟对方搭话,妩媚中透着一股充满生命力的烟火气。

郁溪不知道世界上怎么会有这种女人。

撩人是她,热闹是她,干净是她,也许淡淡的哀伤也是她。

郁溪又喝了一口。

虽然江侬是北方人,但她比郁溪这本地人还能吃辣。她又给郁溪倒了一杯白开水,便捧着盘子大口吃起来,腮帮子鼓鼓的。郁溪说:"你像只松鼠。"

江侬嘴里塞满了炒粉,含糊地笑了一声:"又是母鸡又是松鼠的,在你眼里我到底是什么动物?"

郁溪心想:不是动物,是精灵。

江侬的目光在路灯下晃了晃,朝郁溪瞧过来:"小孩儿,怎么脸红了?"

郁溪的脸的确在发烫:"太辣了。"

江侬笑了:"还真是个小孩儿呢。"

江侬又喝了口啤酒。她能吃辣,但双唇在辣椒和冰啤的双重刺激下,越发红肿、丰润起来。像什么呢?像红得透亮的、即将掉在泥地上的红樱桃。

郁溪觉得自己的心就像一块泥地,也像刚刚被握过的一次性塑料杯,软绵绵的。

吃完了炒粉,江侬像喝第一口啤酒时一样,打着饱嗝长叹了一声:"爽啊!"

郁溪问:"炒粉到底多少钱?我给你。"在这之前,郁溪就没吃过炒粉。自从搬到舅妈家以后,一切世俗的、正常的享受和放纵,都与她无关。

"你这小孩儿真是的。"江侬带着一嘴油懒洋洋地笑了一下,"这样吧,我家热水器坏了,你告诉我镇上的公共澡堂在哪儿,就算帮了我的忙,我们就扯平了。"

郁溪犹豫了一下。

这一次倒不是因为郁溪没钱没体验过公共澡堂,而是作为一个本地人,她知道祝镇的公共澡堂是如何的脏。

祝镇作为一个山间小镇,经济极其落后,若有外来者,一定会惊讶这里还保持着几十年前的生活模式。除了本地人，偶尔会来祝镇的，就是那些来运石头和山货的货车司机，公共澡堂差不多是为他们而开的。

郁溪看了一眼面前的江依，她嘴里哼着不知名的小调，那被辣椒和啤酒刺激的双唇还十分红润。深夜不复白天的燥热，难得地起了一阵凉风，风吹动着她身上苹果绿的裙子，她干净得像是山间的一棵树，刚被新雨洗涤过。

郁溪迟疑地道："那个……"

江依暂停哼唱小调，笑着问道："怎么，小孩儿不知道公共澡堂在哪儿啊？"

"不是。"郁溪说道，"我知道有个更适合洗澡的地方，你敢去吗？"

江依笑着说道："洗个澡而已，有什么敢不敢的？"

"那……去溪边吧。"

郁溪走在前面，双手插在牛仔裤口袋里。这条旧牛仔裤自然还是表弟不穿了的，郁溪个子高，裤子倒不算长太多，只是质地粗糙，平时不觉得，这会儿却一直摩擦着她的腿，她整个人都毛躁起来了。

江依跟在她身后，高跟鞋啪嗒啪嗒轻叩着旧石板路，像是要踩碎一地昏黄的月光。

原来夏日的夜晚，月亮比路灯更亮。

江依喝了啤酒，哼小调的声音比平时大了一些。郁溪不知那是什么小调，但依稀能听清歌词："相思的路上呀长又长，甜甜的月光叫人心慌，石板路上有两个月亮……"

江依忽然不唱了。

郁溪捏紧了藏在牛仔裤口袋里的手指。

"喂，小孩儿。"江依懒洋洋地问道，"还有多远啊？"

"不远。"郁溪说道，"祝镇只有这么大。"

郁溪要带江依去的地方，在祝镇边上。郁溪在搬到镇上舅妈家以前，和外婆一起住在镇外的村里，村边有一条小溪，天气好的时候，水里落满了星星。郁溪小时候，经常在那儿游泳、洗澡。

走出镇外，石板路变成了泥路。山间湿气重，加上周围是树林，泥路软绵绵的。郁溪回头看了一眼，江依踩着高跟鞋走得歪歪扭扭的，鞋跟在泥路上一踩一个小洞。正当郁溪犹豫着要不要说"扶你一把"的时候，江依停住了。她把脚上的高跟鞋脱了,扔进手里抱着的盆里,然后像刚才喝第一口啤酒时那样叹道:"爽啊!"

月光从松枝间透下来,照亮了江依的笑脸。

郁溪被她的笑脸晃得有点不敢看她,低下头,却看到江依光洁白净的一双脚,连脚趾似乎都在发光。她的脚趾像贝壳,透着一股成熟女人的风韵,不像她的脚趾,像圆滚滚的鹅卵石。

"你看什么呢?"江依笑着问。

松林间有风吹过,风吹散了江依身上的香水味——栀子花味,还有她抱着的盆里的洗发水和沐浴露味——应该是玫瑰味,因过于浓郁而透着廉价。

郁溪轻咳一声:"没看什么,走吧。"

祝镇的确不大,郁溪以前住的村子更小,那条小溪很快就到了。

江依抱着盆站在郁溪旁边,一甩头,藤蔓一样的长长的鬈发就随风舞动,跟有生命力似的。江依犹豫着开口问道:"这溪水这么清,能洗头洗澡吗?"

"能。"郁溪说道,"这水是活水,会把洗发水、沐浴露冲走的。"

江依笑了一下,把盆放在鹅卵石地上。

郁溪愣愣地站着。

江依歪着头冲她笑道:"小孩儿,你不回避一下?"

郁溪"哦"了一声,转身走了两步,挑了块不那么硌屁股的石头,背对着江依坐下。

听着不远处窸窸窣窣的声音,郁溪想象着江依那些绚烂的裙子。在这灰扑扑的小镇里,只有江依一个人活色生香的。在她灰扑扑的青春里,只有江依一个人明亮的。

江依问道:"小孩儿,你确定这儿没人来吧?"

"确定。"郁溪捡了根树枝捏在手里,拨弄着面前的鹅卵石,发出轻微的哗哗声。

曾经住在这小村里的人,老的老,死的死,能搬走的都搬走了,这个小村差不多被废弃了,哪儿还会有人来这条溪边。

扑通一声,江依下水了。

廉价的、浓郁的玫瑰洗发水的味道飘来,混合着溪水和松针清新的味道,像一张网,罩住了坐在石头上的郁溪。

江依又哼起那个小调:"石板路上有两个月亮,一个喝醉,一个薄衣裳……"

"喂,"郁溪背对着她低低地问道,"你从哪里来的?"

江依笑道:"怎么,查户口啊?"

"不是。"郁溪说道,"就是以前没在镇上见过你。"

"从很远的地方来的,"江依笑了一声,"北方。"

郁溪猜也是这样。

她拿着树枝漫无目的地拨弄着面前的鹅卵石,拨出了哗啦哗啦的一阵响。

"小孩儿,"这次是江依先开口,"你昨天逃课来台球厅,是为了昨晚我看到的那事吧?"

她说的是舅舅舅妈逼郁溪退学嫁人的事。

郁溪想到江依那靠在门框上的背影,说道:"我还以为你会出手救我呢。"

那时,江依的脚跟不着地,脚上的高跟鞋一晃一晃的,跟随时都要被脱下来砸向王姐的脑袋上砸似的。

"也许我会啊。"江依大笑一声,"不过谁能想到你这个小孩儿这么虎。"

郁溪也笑了:"嗯,我有我的办法。"她忍了这么多年,就是为了忍到自己十八岁成年就什么都不用再忍了。

快了。

又是一阵哗哗的水声,应该是江依洗完头,在往身上抹沐浴露了。

郁溪一边拿树枝拨弄着面前的鹅卵石,一边说道:"听说这条溪里淹死过人。"

"小孩儿,想吓我?"江依笑道,"你觉得我怕吗?"

郁溪跟着笑。

江依说道:"不如我给你讲个鬼故事。"

没想到江依讲的鬼故事那么老套,一点都不吓人,郁溪听得想笑,注意力全移了过去。江依的头发鲜活,连声音都很鲜活,像春天里的柳枝,缠着人的耳朵。

江依洗完从溪水里出来了,开始用毛巾擦头发,听在郁溪耳朵里又是一阵窸窸窣窣的声音。她嘴里还讲着无聊的鬼故事。

一直到换好衣服,她才走到郁溪面前来:"好啦。"

那是月光下的一个剪影。她身体的线条和月光模糊成一片,看不真切,朦朦胧胧的。

这是一种极致的、纯粹的、震撼人心的美。

郁溪握着树枝的手一捏紧,就传来一阵刺痛,原来她刚好捏到树枝上的一根小刺,小刺刺破了她的指尖,一滴殷红的血冒了出来。

还好江依没发现,她用一只湿漉漉的手,在郁溪头上轻轻按了一下:"小孩儿,今晚谢谢你啦。"

"没什么。"郁溪故作无所谓地站了起来。

江依笑了一声,抱着盆,拎着她的高跟鞋走在前面。

郁溪跟在后面,看着江依的背影问道:"我以后还能去台球厅找你吗?"

"来做功课吗?"江依懒洋洋地笑了一声,笑声像吹拂在郁溪身上的夜风,"行啊。"

郁溪把手藏在背后,手指上涌出的小小血珠,凝结成痂。

从那以后,郁溪每天都去台球厅写功课。

江依大多时候在忙,她霸占着角落里的那张球桌,跟形形色色的男男女女打球。

郁溪也不叫她,自顾自往那张没人的桌前一坐。不一会儿,江依就会一手拎着老式台灯一手甩着插头线走过来。她将台灯往郁溪面前一摆,用细长的手指在郁溪额头上用力一按。

"小心眼睛!"江依说道。

大多数时候她们是不说话的。江依打球、讲笑话,郁溪做题。郁溪对台球厅熟悉了以后就开始叽里咕噜地背英文。

江依偶尔休息的时候,会拄着球杆冲她笑一下。

郁溪假装没看见,背英文的声音更大了。

有时候台球厅的小妹妹会叫:"那台灯哪儿去了?人家要补睫毛膏。"

如果她想走到郁溪身边拿台灯,就会被江依笑着推开:"你那睫毛膏随便涂涂就行了,人家是学生,拿台灯挣前途的。"

一段时间过去,大家都知道江依有这么一个小妹妹。每次郁溪走进台球厅,就会有不同的人叫:"江依,你的小妹妹来了。"

"我的小妹妹,你好呀。"江依冲郁溪笑道,"叫姐姐。"

郁溪开口唤道:"江依。"

江依哼了一声。

郁溪也问过江依:"你多大?"

江依说:"你猜。"

郁溪说:"二十二。"

江依看起来挺高兴的:"我有那么年轻吗?"

郁溪追问道:"你到底多大?"

江依一只手拎着球杆,另一只手在郁溪头上揉了一把:"我已经老了。"

"老得我已经不想告诉你年龄了。"

郁溪在想江依到底多大,难不成她快三十了?

岁月厚待美人,即便江依的生活看起来并不富裕,在多重磨砺下,时光也没有在江依身上留下痕迹。郁溪想,也许江依真的是精灵,是从桃花树里走出来的,不老不死。

这天江依走过来的时候,带来一阵甜丝丝的味道,她的影子暂时遮住台灯的光投射在郁溪的书本上,毛茸茸的一片。

"啪嗒"一声,有什么东西掉在郁溪的书本上,是一根棒棒糖。

郁溪抬起头,就看到江依明艳的笑脸,她叼着一根棒棒糖:"小妹妹,请你吃糖。"

这段时间,江依请郁溪吃了不少东西,干脆面、虾条、娃娃脸雪糕,还有一种棒冰,冻在软绵绵的塑料软管里,一掰两半,一人吃头,一人吃尾。

郁溪喜欢吃尾,这一半圆圆的,棒冰更多;江依喜欢吃头,尖尖的那一半,吸起来更有乐趣。江依每次都是连最后一点碎冰都不放过,成功把碎冰吸出来以后纵声大笑,点点的口红沾在塑料软管上。

这些东西都很便宜,便宜到在人均赤贫的祝镇人也买得起,除了郁溪。郁溪搬到镇上以后从没有过一分零花钱。

这些东西,都是江依给郁溪吃的。

不知道是这些东西本来就挺好吃的,还是这些东西是江依给的所以才变得好吃了,总之它们好吃到可以让人忽略掉那股浓郁的塑料味和糖精味。

郁溪每次都说:"我给你钱。"

江依每次都说:"小妹妹,我不要。"

作为交换,江依会让郁溪帮忙打扫台球厅的卫生。每次郁溪拿刷子刷台球桌那墨绿的毛茸茸的桌面或者拿扫帚扫地时,江依都会跷着腿笑盈盈地坐在一旁，有时哼着小调，有时吃着虾条，还嘬一嘬沾满粉末的手指，说道："小妹妹，你的动作很利索啊！"

最后她拉下重重的卷闸门，带郁溪去吃一碗辣死人的炒粉。

继干脆面、虾条、娃娃脸雪糕、棒冰之后，今天江依拿给郁溪吃的，是一根棒棒糖。

江依舔着唇，毫不在意自己的口红变得斑驳："我在戒烟，用棒棒糖代替烟。"

"为什么戒烟？"郁溪问道。

江依舔着棒棒糖笑道："嗓子抽哑了，说话不好听了呀。"

不抽烟对身体好，这是一件好事。郁溪捡起落在她英语书上的棒棒糖，看了一眼，说道："我不喜欢西瓜口味的。"

"还有不喜欢西瓜口味的小孩儿？"江依笑道。

郁溪说："嗯，就是不喜欢。"

江依想了想，把自己的棒棒糖举到郁溪面前："其他的糖都分完了，我这个好像是青苹果味的，你要吗？"

郁溪说道："苹果味我喜欢。"

江依说："好吧，让给你吧，谁让我是姐姐呢。"她把青苹果口味的棒棒糖递给郁溪，自己捡起郁溪英语书上的西瓜味棒棒糖，笑嘻嘻地走了。

江依走开以后，郁溪顿了顿，才把那根青苹果味的棒棒糖小心地塞进嘴里。

随着甜滋滋的味道在口腔蔓延，郁溪笑了一下。

"你叫郁溪吗？"有人敲了敲郁溪面前的桌面。

郁溪立马就不笑了，她从来不是一个喜欢笑的人，她总是冷着一张脸。

来人是一个年轻男人，也许说是男生更贴切，他戴着假金链子，纹了花臂，看着吊儿郎当的，却掩不住一脸的稚气。

郁溪没觉得害怕，点点头，说道："我是。"

男生把一个信封甩到桌上，信封掉在郁溪的英语书上："我弟给你的。"

郁溪心细，盯着信封上的字迹看了两眼，就明白过来这信是周齐给她的。

周齐是她的同班同学，戴着眼镜，文质彬彬的，是唯一成绩能跟郁溪靠近的人。因为长得清秀，他在其他女生眼里如校草一样。

郁溪倒是没想到周齐有这么个哥哥，也没听周齐在学校里提起过。

这时江依拎着球杆走了过来,她叼着棒棒糖冲男生说道:"帅哥,来打球啊?"说着话她看了郁溪一眼。

江依今天穿着一件水蓝色吊带裙,却化着浓妆,妩媚风尘和初恋般的清纯奇异地在她身上融为一体。男生一看见她立马眉开眼笑:"依姐,陪我打一局?"江依长得漂亮,在这个台球厅里挺有名的。

江依答应了,走之前压低声音问道:"他没找你麻烦吧?"

郁溪摇头。

江依冲掉在郁溪英语书上的信封努努嘴:"这是什么?"

郁溪冷静地说道:"写给我的信。"

江依了然地笑了笑,拎着球杆走开了。

台球厅要打烊的时候,郁溪帮江依扫地,江依翘着腿坐在一边。

郁溪扫完地,关上大灯,走到前台桌边,拎起自己的双肩包,说道:"走吧。"

江依扫一眼扔在桌面一角的信封,问道:"咦,这封信你不带回去?"

郁溪说道:"有什么好带的。"

"拆都不拆?"

"有什么好拆的。"郁溪瞥了江依一眼,"你想看?"

"想啊!看看嘛!"江依笑着,一副很感兴趣的样子。

郁溪顺手拿起桌角的信,说道:"那走吧,出去看。"

台球厅灯都关了,在这儿是看不了了。

江依锁了卷闸门,带郁溪去了最常去的那家炒粉摊。江依下班晚,所以晚饭一般在这里解决,这里价钱便宜。

江依面前摆着一盘子炒粉,她往塑料杯里倒了半杯冰啤酒,兴致勃勃地冲郁溪一挑眉:"拆吧!"

郁溪低头笑了下,把信找出来拆了。

"念念。"江依一副听八卦的架势。

"郁溪同学,"郁溪照着信念,"夜已经很深了,不知现在的你在做什么,我总有千言万语,又不知从何说起,不知今夜的你是否有梦?……"

江依一边听,一边笑个不停,笑得花枝乱颤的。

"哎哟,现在小孩儿的信都这么写?"江依笑道,"怎么比我们那会儿还老套。"

"不是。"

"嗯?"

"我是说,现在人写信不是都这么写。"郁溪说,"比如我,就不这么写。"

江依塞了一口炒粉,口红被蹭掉了,双唇却被辣得越发红润。她冲郁溪笑道:"那小孩儿,你怎么写?"

郁溪说:"写首诗吧。"

江依笑着问道:"你还会写诗呢。"

"不是我写的。"郁溪说,"是从书上看来的。"

江依塞了口炒粉,腮帮子鼓鼓的,问道:"什么诗?"

郁溪瞥了江依一眼:"你想听?"

江依睁着一双桃花眼笑着说道:"听听呗。"她伸出手,抓了一只从耳边飞过的蚊子,一副闲来无事的模样。

郁溪挠了挠头。

江依慢悠悠地吃着炒粉,也不催她。

终于,郁溪主动说道:"是一个外国人的诗。"

祝镇就一家书店,就是郁溪打零工的那家。这家书店除了一些教辅书和一些旧小说,其他书很少。郁溪是在打扫卫生的时候,从角落里翻出的一本蒙尘已久的诗集。

郁溪记忆力很好,背书很快,但没好到过目不忘的地步。唯独那首诗,她只看了一遍,就差不多背下来了。

这会儿夜风徐徐,面前弥漫着炒粉的香味和啤酒的清香,风一吹,江依身上的香水味就飘过来了,盖过了其他一切味道。江依把被风吹乱的一缕长发别在耳后,那缕头发仍然不老实,俏皮地翘起来,有点生动,也有点可爱。江依笑着睨郁溪:"嗯,听着呢。"

郁溪清了清嗓子开始念:

"花儿容易碰到人的脚,

大多数都会被人践踏

……

珍珠藏在大海宝箱里,

可是也会被人们发现

……

星星很聪明，它们有理由

远远地避开我们人寰；

星星挂在天幕上面，

像世界之灯，永远安全。"

郁溪没在别人面前念过诗，尤其江依光听着也不说话，她不由得紧张起来，生怕被嫌弃自己是在装文艺青年。她偷偷抬眼去看江依，江依灌了一口啤酒，仰头看着天上："你喜欢星星啊。"

郁溪说："嗯。"

一开始她是喜欢天空，后来觉得白天太阳明晃晃的，太闹腾，就开始喜欢夜晚的天空，喜欢夜晚天上的星星。

等到某一天她长大了、成年了，终于走出大山，是不是就能拥有开阔的一片星空？

江依仰头看着天说道："可惜这儿看不到什么星星。"

"你想看星星吗？"郁溪忽然说道，"我知道有个地方可以看星星。"

"哪儿啊？"江依问道。

"溪边。"郁溪说道，"你上次洗澡的地方。"

江依含笑睨了郁溪一眼。

郁溪忽然紧张起来，想起自己上次被树枝刺破的手指。她在成熟的江依面前，真的只是一个没什么底气的小孩儿。

正当她准备说"算了"的时候，江依笑了一声说："好啊。"

"既然你这么喜欢星星，那就陪你去看看呗。"

在去往溪边的路上，还是和上次一样，郁溪双手插兜走到前面，江依跟在后面，高跟鞋轻叩着石板路，啪嗒啪嗒地响。等脚下的石板路变成泥路时，江依就把高跟鞋脱下来拎在手里。

郁溪说："到了。"

今晚的月光比那晚更亮，照在溪面上，照得四周犹如白昼。郁溪瞟了一眼身旁站着的江依，她睫毛的缝隙、嘴唇的纹路和面颊上一颗小到几乎看不见的痣，都能看得一清二楚。

江依问:"坐哪儿啊?"

郁溪指了指一块石头:"那儿。"

是江依洗澡时郁溪坐过的那块石头。

石头不大,两个人并排坐着显得有点尴尬。郁溪走过去坐下,主动转了个身,江依笑了一声,跟着过去坐下了。

两人背靠背坐着。

夏日衣服薄,尤其郁溪身上这件T恤衫,旧到不能再旧了,薄薄地挂在身上。她背对江依坐着,能清晰地感觉到江依身上的温度,她像一个美好的夏天。

江依仰着头,说道:"真能看到星星啊。"语气世故又天真,如她身上的气质,妩媚又干净。

郁溪跟着仰头:"我还骗你不成?"

月光再亮,但到底和灯光不一样。祝镇虽然在山里,但镇里的灯到底不少,夜空模糊一片看不分明。一旦出了镇,走到村边的林间,满天的星星一下子大放异彩。

郁溪靠着江依的背,闻着江依身上的栀子花香,用力仰头,她的头顶就蹭到了江依的头顶。

郁溪说:"我手破了。"

江依一愣:"啊?"

刚才郁溪不知怎的,伸手握住石头一侧,没想到石头的一角很尖锐,她的手指被石头划破了。

她告诉江依:"我的手指,被石头划破了。"

江依一下子站起来:"那赶紧回去上点药。"

郁溪转过身来面对着江依:"我没有药,你有吗?"

江依摇头,又问:"药店呢?"

郁溪说:"早关门了。"

在这样破败的小镇里,除了无业游民和江依这样在台球厅上班的女人,大家都是没有夜生活的。

"那……"江依不知道该怎么办了。

郁溪把手指伸到江依面前,她的表情太过平静,以至于江依忽略了她指尖微微的颤抖。

江依歪着头看了她一眼，十分不解。

郁溪说："要不，你给我吹吹吧。"

江依笑了下："吹吹就好了？"她重新在石头上坐下了。

郁溪点头："嗯，本来就不严重，就是有点疼。"

江依对着她的手指轻轻一吹，像最美好的年纪里，夏日傍晚的风吹了过来。

郁溪闭上了眼。

江依关切地问道："这么疼？"

郁溪点头："嗯。"

江依说："那我再给你吹吹。"

其实不疼，郁溪想，只是她没有过被人这般关怀的体验，而江依那么温柔。

这会儿江依握着郁溪只受了一点伤的手指，柔柔地吹着，好像这手指是什么了不得的稀世珍宝，值得好好呵护和珍惜。

本来夜风有点凉，郁溪心里却暖暖的。

江依看着郁溪发呆的样子，显然误会了什么，伸手在郁溪手心没伤到的地方捏了一下："真这么疼？"

郁溪本来还想继续享受这份关怀的，可看着江依微拧起来的眉，觉得再装下去有点过分，就收回手指说："嗯，现在好了。"

江依站起来，说道："回去吧，创可贴你家有吗？"

郁溪低着头说道："嗯，有。"

往回走的时候，漫天星光照着郁溪的背脊，郁溪能闻到自己身上微微的汗味和炒粉味，这实在不浪漫，可在她的心里，这是绝顶美丽的一幕。

回到舅妈家，郁溪背着双肩包往她那搭出来的小隔间走时，听到厕所那边传来一声轻响。

郁溪很警觉，低声喝道："谁？"

表弟的声音传来："溪姐，是我。"

郁溪松了口气："轩弟。"

要说这个家有什么人是郁溪不讨厌的，那大概就是表弟曹轩了。虽然曹轩跟他的爸爸也就是郁溪的舅舅一样懦弱，但不妨碍他有颗善良的心。从小郁溪被舅妈罚不给饭吃的时候，曹轩就会藏起馒头、窝头什么的，趁夜里悄悄塞给郁溪。

曹轩生得微胖，又因有点懦弱，在学校没什么人缘，成绩也一般，唯一的爱好就是看各种旧小说，据说是从卖废品的人那儿弄来的。

这会儿曹轩拎着本旧书从厕所里出来，显然又是熬夜看小说还没睡，起来上厕所了。他看见郁溪，微胖的脸上露出憨笑："溪姐，我藏了苹果给你，等我回房间给你拿。"

他转身想走，郁溪望着他手里捏的那本旧小说说道："等一下。"

曹轩回过头。

郁溪问道："你那儿有什么适合借给我看的小说吗？"

曹轩微微惊讶，双颊微红，朝郁溪看过来。人人都嘲笑他看老掉牙不入流的小说，连他妈也总指着他的太阳穴骂他没出息。而他这个表姐，平时看起来冷冷淡淡的，却不想会被他一个苹果的善意打动，主动管他借小说。

曹轩当然明白郁溪不是真的想看小说，这样做只是表示对他的接纳和认同，于是立刻热情地说道："我床头有一大堆，我去给你找找。"

郁溪轻声道："嗯，谢谢。"

曹轩的善良，让郁溪往后余生不管处在何种境地，都护着这个表弟。

第二章
我是不会走的

郁溪在月光下站了会儿。

等了许久,曹轩才从自己的房间出来,他从背后轻声叫她:"溪姐。"郁溪转过头。曹轩递上一个苹果,又把一本旧小说往她手里一塞:"给你。"

曹轩微胖的脸有点红,额头沁出一层薄汗,好像还不敢相信有人愿意走进他的世界。

郁溪把旧小说往自己的双肩包里一塞,低声说了句谢谢,就低头钻入了隔间。

直到曹轩轻轻掩上房间门的声音传来,郁溪才拧开那盏昏暗的台灯,从双肩包里把那本书页都要散开的旧小说掏出来。

她一看才发现这是本极老式的爱情小说。其实她不爱看这个,早知道就把话说明白些,让曹轩给她一本武侠小说。快意恩仇的江湖,只要修炼好了内功,广阔天下,任凭闯荡。

陈旧的书页蹭到了手指上的伤口,郁溪才想起要贴创可贴。她看了眼伤口,觉得没什么大碍,自己平时也不娇气,索性算了。

她忘了自己是怎么睡过去的。夏日热,她用木板搭出的房间又不通风,一场梦之间,身下的床单都透出一股潮气,被汗浸透了。

郁溪仰面躺在床上,从木板接缝处透进来的阳光已经很耀眼了。她回忆着昨夜的梦,她竟梦见了江依,梦里的江柔轻柔地吹她受伤的手指,可见月下溪边的那一幕,给了她多大的震撼。

那是她从未得到过的关切。

那是她从未得到过的温情。

再想下去，她便要察觉自己过往生活的贫瘠了。她闭上眼深吸一口气，从潮湿的床单上起来了。

今天是高考前最后一次全校总动员的日子。上厕所的时候，郁溪才发现自己生理期到了。

电视里那种有好看包装的卫生巾对郁溪来说是奢侈品。对，她就是这么穷。为了攒钱，她近乎苛待自己，所有钱都用来买可以改变她命运的参考书了。

对生理期她有更省钱的办法，那就是去批发那种没品牌的卫生巾。

她早已习惯，只是在想：真奇怪，这次生理期比往常提前了将近一周。不知是不是学习太紧张的关系。毕竟高考对她来说，是改变命运绝无仅有的机会了。

郁溪背着双肩包到学校。上完上午的课和下午的前两节课，学生们熙熙攘攘地涌向操场，准备参加高考前的最后一次全校动员会。

校长在升旗台上声嘶力竭地喊着，买账的学生却不多。

郁溪环顾四周，认真听校长讲话的学生不超过十个，剩下的人有的在翻杂志，有的在聊天，有的扯着脖子上的假金链子转来转去。

郁溪所在的班级，认真听校长讲话的学生只有两个——郁溪和周齐，周齐就是昨天那封信的主人。

郁溪瞟了周齐一眼，实在不明白，在高考前这么重要的时候，周齐为什么还有时间给她写信。

难道周齐不想着高考吗？难道周齐不想走出大山改变命运吗？

郁溪的眼神掠过周齐的侧脸的时候，隔着两排的地方传来一声娇媚的"哼"。这样的哼声跟江依的很不一样，江依是浑然天成的妩媚，这声音里却有种捏着嗓子的做作。发出声音的是班里最得意的女生，她叫秦小涵，家境在祝镇算得上是一等一的，她哥哥在镇里也很吃得开。

同样是穿校服，秦小涵的衬衣领子比别的女生多出一截蕾丝，她每天和两个与她交好的女生同进同出，在班里横行霸道的。

她"哼"的那一声显然是在针对郁溪。生怕郁溪听不到似的，她对着另外两个女生用不小的声音说："真讨厌！"

"以为自己长得多漂亮呢？傲什么傲啊。"

"装什么清高……"

郁溪平静地看着升旗台上的校长,她一向懒得理秦小涵,再过一个多月,高考结束以后,她就可以离开这里了。如果成绩理想的话,她一辈子都不用再见这些人。

今天周二,放了学不用去书店打零工,郁溪背着书包直接去了台球厅,有人看到她就对着江依喊:"依姐,你的小妹妹来了。"

江依照例站在角落的那张台球桌边,拎着球杆微微俯身,拿球杆对着桌面的白球精准一击,一颗红球应声进袋。江依起身对郁溪笑道:"我的小妹妹,你好呀。"

她逗郁溪:"叫姐姐。"

郁溪平静地唤道:"江依。"

江依笑道:"怎么每次都不乖乖叫姐姐呢?"她一努嘴,示意郁溪坐到前台桌边去做功课,然后把台灯给郁溪拎了过来。

郁溪"刷"了一会儿数学题,就听到有人敲了两下桌子。她耳朵挺灵,一下子就听出敲桌子的是昨天给她递信的那个人。她抬起头,没承想眼前出现了周齐清秀的脸。

那花臂大哥在一旁镇守着。周齐问郁溪:"昨天的信……你看了吗?"

郁溪平静地点了一下头:"看了。"

"那你……"周齐的脸更红了。

还是他那花臂大哥替他问了:"那你能跟我弟做朋友吗?"

郁溪平静地摇了一下头:"不能。"

花臂大哥猛地往桌上一拍,江依拎着球杆向这边看过来。

郁溪一点都没怵,依然平静地对周齐和花臂大哥说:"我没有交朋友的时间和心情,任何人想打扰我高考,都不行。"

花臂大哥抬起手,不知是不是要来拎郁溪的T恤衫领子:"你这臭丫头怎么这么不上道……"

江依已经拎着球杆往这边走了。花臂大哥被周齐拦住了:"哥,你别这样。"江依这才拎着球杆站住了。

周齐对花臂大哥说道:"我没有勉强她的意思。"他冲郁溪笑了一下,"那我不打扰你了。"

郁溪点点头:"祝你高考成功。"

周齐问道:"你想考什么大学?"

郁溪说道:"邯航。"

周齐有点意外:"邯城航空大学?"他问郁溪,"你想开飞机?"

郁溪说道:"我想造飞机。"

周齐说道:"你会成功的。"

闻言,郁溪难得地笑了一下:"为什么?"

周齐挠挠头:"我觉得你学习的时候,身上有股狠劲。"他又说,"我也想考邯城的大学。"

郁溪说道:"你也会成功的。"

周齐也笑了:"为什么?"

郁溪说道:"你有耐心,细水长流。"

周齐说道:"那邯城见。"

郁溪点点头,周齐又笑了笑,拉着他的花臂哥哥走了。

郁溪又"刷"了会儿题,突然眼前一暗,她面前的台灯被人一把推倒了。她抬起头,看到秦小涵满是愤恨的面孔:"周齐想跟你做朋友,你居然让他颜面扫地。"

郁溪难得地又笑了一下,不过这次是冷笑:"你还知道颜面扫地这个成语,不错。"

秦小涵的闺密说:"我们小涵也上过语文课好吗?厉害着呢。"

秦小涵吼她:"闭嘴!没听出她是在讽刺我吗?"

闺密闻言,瑟缩着身子,不敢吱声了。

郁溪平静地看着秦小涵说道:"我没有让周齐颜面扫地,我只是没有兴趣交朋友。这件事跟你没什么关系。"她不是没看见秦小涵身也站着一个花臂哥哥,这个花臂哥哥比周齐的哥哥看起来更壮,但她心里真没怵。

秦小涵伸手就要抓郁溪的头发:"我就是看不惯你这副假清高的样子!"郁溪动作灵巧,头一偏,躲过了。

江依拎着球杆走过来,笑着扶起桌上被推倒的台灯说道:"妹妹,我这台灯可是古董,摔坏了得赔。"

秦小涵不理江依,推开江依又伸手去抓郁溪。江依眉头一皱又要拦,郁溪压低声音对她说:"你不用管。"

郁溪冷静地看着秦小涵身边的花臂哥哥说道:"两个女生闹矛盾,你不至于出手吧?"

那人抱着双臂笑了一下:"行,我不管。"

他是看着秦小涵长大的,秦小涵爱玩也爱闹,不是吃素的,他不担心秦小涵会吃亏。

郁溪说:"行,那出来,别打扰台球厅做生意。"她率先往台球厅外走,秦小涵跟着她走出去,花臂哥哥和江依跟在后面。

正是夕阳西下的时候,一轮残阳如血,有那么点旧时武侠片的味道。

台球厅的位置挺偏的,旁边都是半人高的茅草。郁溪停下后转过身,平静地对秦小涵说道:"来吧,解决一下我俩的矛盾。"

茅草尖扫着她身上的旧 T 恤衫,她冷冷地站在夕阳下,一头墨黑的长发在脑后扎成一个马尾,有那么点侠客抬手对敌的意思。

江依看着笑了一声,点了根烟,又给站在她身边的秦小涵的哥哥点了一根烟,在缭绕的烟雾间嫣然一笑:"你看我这小妹妹,是不是挺酷的?"

秦小涵犹豫了一下,郁溪站在夕阳下的茅草丛前,表情清冷,脑后的马尾在晚风中微微摇晃,不知怎的有股慑人的气势。

用江依的话说,她挺酷的。

但郁溪一脸平静地冲秦小涵说:"来吧。"秦小涵就挥舞着拳头冲上去了。她实在看不惯郁溪,想着今天无论如何要给她点教训。

秦小涵气势汹汹,招招阴损,拽头发、上指甲。她闺密在一旁看着都觉得疼。但郁溪动作挺灵活,秦小涵的大部分攻击都被她躲过了,而且她跟秦小涵不一样,动作快准狠,不使阴招,直接把秦小涵放倒在地上。

秦小涵的哥哥本来一直抱着双臂,跟江依站在旁边抽烟,这会儿皱着眉看不下去了,甩开膀子就要上前。

江依在旁边伸手一拦,晃晃脑袋,笑靥如花地说:"别啊旭哥,两个小丫头闹别扭你去插一手,你说叫别人怎么看?"

旁边响起一阵起哄声。

秦小涵的哥哥扭头一看,江依不知什么时候把在台球厅打球的那些人都叫出来了,这会儿这些人都叼着烟在一旁看热闹呢。这种情况下他要是直接出手帮秦小涵,以后在镇上都不好做人了。

他斜着看了身边的江依一眼，女人笑得妩媚，晚风扬起她额前鬈曲的碎发，一双桃花眼落满了夕阳，表情天真，好像这些人不是她故意叫来似的。

秦小涵的哥哥不说话了。

秦小涵心里是指望她哥来帮她的，这会儿她处于下风，一边拿指甲抓郁溪的脸，一边在百忙之中扭头看了她哥一眼，一看她哥在那儿看戏呢，丝毫没有来帮她的意思。人在危急之中容易被激发出潜能，秦小涵知道没人帮她了，反而发了狠，放弃了拽头发那一套，开始跟郁溪拼力气。

郁溪虽然个子高，但比秦小涵瘦很多，这会儿不知是力气快用完了还是怎的，一次次被秦小涵掀翻在地，落得个灰头土脑的。

在一旁的江依不笑了，秀气的眉头皱起来。

她叫了一声："郁溪。"

郁溪顿了顿。

这好像是江依第一次叫她的名字。

之前江依都叫她"小孩儿""小妹妹"，带点宠爱，带点调笑的意味，一副我就是比你大很多的模样。

郁溪的名字是她妈取的，"溪"这个名字，郁溪深深地怀疑是因为外婆住的村边有条小溪。反正她妈对她一直都是这样，从未上过心。

这会儿这个随随便便起的名字，从江依的嘴里出来，郁溪第一次发现自己的名字还挺好听的。她喘着粗气被秦小涵按在地上，竟然还笑了一下，这可把秦小涵都给笑蒙了。郁溪扬声喊了句："你别管！"

以郁溪对江依的了解，江依当然不可能像秦小涵的哥哥一样不地道地插手，但应该在心里想要不要上前把她们分开。

郁溪不想让江依管，也许是因为她从内心里就不愿意江依把她当成小孩儿。什么小孩儿，她下个月就满十八了。

郁溪也不知哪来的一股力气，挣脱了秦小涵的控制，奋力把秦小涵按在地上，秦小涵拼命挣扎，郁溪却死死按着她的肩。

刚才费了太多的体力，郁溪明明脸都涨红了，脸上的表情却还是一贯的清冷："我说了，我对交朋友没兴趣。"

秦小涵还在不停地扑腾："那你对什么有兴趣？"

郁溪抿了抿嘴，不说话。

最后她说："对什么都没兴趣，我只想考大学。"她放开了秦小涵，"以后你要是再找我麻烦,我们就像今天这样解决。"

郁溪从台球厅门口满是土和碎石子的地上爬起来,样子其实挺狼狈的。可是她那双墨黑的眸子在夕阳下闪闪发亮,越发显得她身长玉立了。

秦小涵喘着气从地上爬起来,拍拍身上的灰。她与郁溪一样狼狈,她身上那件白衬衣都脏了,领子上的蕾丝脱了线。秦小涵挺恼的——这件衬衣挺贵的呢,回去又要被她妈念叨了。

祝镇人均赤贫,秦小涵家可以算是镇上最有钱的了,但还是穷。

秦小涵窝了一肚子火,但看着郁溪清冷的表情和清亮的眸子,没了再扑上去的勇气。她叫她哥:"走!"

她哥瞥了身侧的江依一眼,带着秦小涵走了。

江依这会儿又笑靥如花了,看上去心情挺好的,她冲着秦小涵和她哥的背影喊:"旭哥慢走,以后再来打球啊。"

两个姑娘闹完了,被江依叫出来的那群人见没热闹看了,就回台球厅打球去了。一时间,夕阳下只剩下江依和郁溪两个人,江依笑盈盈地看着郁溪。

郁溪气还没喘匀,涨红的脸血色也没消退,嘴唇有点发白。她冲江依笑了下:"江依,我是不是挺酷的?"

江依笑道:"你这小孩儿,要叫姐……哎!"话音没落,她就看见面前长手长脚淡然微笑着的少女直愣愣地往地上一栽,吓得惊呼出声。

郁溪悠悠醒过来的时候,发现自己在一个暗暗的小房间里,这房间比她那用木板隔出来的房间还小,屋子里,灰尘腐朽的气息里夹杂着一股甜丝丝的气息。

她眨了眨眼,待眼睛适应黑暗以后,才看到坐在身边的江依,那股甜丝丝的气息,来自江依手里端着的杯子。

郁溪哑着嗓子问了句:"这是哪儿啊?"

"库房。"江依说,"台球厅的库房。"

一片黑暗中,郁溪看到江依用那双桃花眼睨了她一眼:"生理期还跟人打架,能得你!"

郁溪笑。

"还笑,还笑。"江依伸出纤长的手指在郁溪额头上戳了两下,一副挺生气的样子,最后无奈地叹了口气,放柔了声音问郁溪,"还有力气坐起来吗?"

郁溪说:"有。"

江依扶着郁溪坐起来。郁溪看了一眼周围,室内堆满了台球厅要用的卷筒纸、球杆、啤酒什么的,唯一的空隙里,放的就是郁溪躺着的这条长凳。江依坐在凳子一角,两人隔得很近。

郁溪问:"你怎么知道我生理期到了?"

江依说:"你裤子脏了。"

郁溪在黑暗中脸一红,翻身就想下地。江依按住她:"老实坐着,我给你垫纸了。"

郁溪红着脸躺回原处。这会儿她挺庆幸这间库房既没窗也没灯的,黑暗之中,江依看不到她的窘迫样子。

江依把手里的杯子递给郁溪:"喝点热的,红糖水,加了红枣的。"

郁溪接了,但没喝,说道:"枣挺贵的。"

江依又睨了她一眼:"跟你说了,姐姐有钱。"

"哪来的钱?"郁溪问道,"那些人给你的小费吗?"

江依不说话了。

郁溪头低下去:"对不起。"

"你这小孩儿啊,哪儿懂大人的世界。"江依叹了口气,但没打算跟郁溪这个小孩儿计较,"快喝吧,一会儿凉了。"

郁溪拿起杯子抿了一口,甜丝丝的,暖融融的。她又喝了一口,问:"这谁的杯子啊?"

"我的呗。"江依说,"还能是谁的。"

郁溪笑了笑不说话了,低头乖乖地小口小口喝着红枣糖水。其实她一直都有痛经的毛病,只不过在舅妈家,没人在意,她自己在意就显得矫情。不是都说,小孩儿摔倒以后,只有看到心疼自己的大人过来才会哭吗?

郁溪闭上眼睛,说道:"肚子疼。"她从来都不知道自己还能对着他人撒娇。

江依问:"那怎么办?"

郁溪想了想:"要不,你给我唱首歌吧。"江依往郁溪的方向靠近了些。郁溪闭着眼,却依然能感觉到江依注视过来的目光。

江依整个人是鲜活的,热烈的,她的歌声似月光,拂过祝镇的石板路,也拂过郁溪过往孤独的岁月:"江沿上的石板路长又长,蓝色的月亮迤逦江边,松花江边上有两个月亮,一个喝醉,一个薄衣裳……"

在这样的歌声的抚慰下,好像未来触手可及,一切都充满希望。

郁溪这样想着,睫毛微颤。

江依问:"很疼啊?"郁溪轻轻摇了摇头。

不是疼,是她不明白,江依为什么每次总能用最轻的温柔,给她最深的震撼。

江依轻轻捏了捏郁溪的手,江依的手那么软,那么暖,她像在安抚她。郁溪忽然有些想哭,痛了那么多次,哪有人真正关心过她?不想有一天出现这么个关心她的人,却是素不相识的江依。

郁溪努力控制着自己的声音,以防被江依听出异样:"好了,差不多了。"

江依放开她的手,问道:"没那么疼了?"

郁溪:"嗯。"

"把红糖水喝完。"江依说,"等你有力气起来了,我带你去吃点东西。"

郁溪乖巧地说道:"好。"

黑暗逼仄的库房里,江依身上的那股栀子花香,透过浓郁廉价的香水味钻出来,钻进郁溪的鼻子里,郁溪觉得江依像朵开得正好的花。

郁溪小口小口喝着红糖水的时候,外面传来个娇滴滴的声音喊道:"依姐,有人找你。"接着几个青年的口哨声和笑声响起:"依姐,你人呢?"

郁溪心里一沉。

郁溪从小就怕被抛弃,先是她的妈妈在一个黑夜头也不回地离开,再也没有回来。那时,不过五岁的小郁溪好像有预感,拼了命地哭喊,也没能阻止妈妈的离开。

接着是世界上唯一疼她的外婆。那也是一个黑夜,家里静悄悄的,八岁的郁溪像往常一样走进屋里喊:"婆婆。"但屋里一点声音也没有。等到第二天早上,别的大人来的时候,小小的郁溪坐在外婆床边说道:"婆婆好像死了。"

这场离别在郁溪心里近乎荒诞,一场天崩地裂的离别,怎么会来得这样悄无声息。

不过很多人越怕,就越要表现出自己的不怕,至少郁溪是这样。她把脸埋在江依的杯子里:"有人找你,你去吧。"

江依轻笑了一声，向门边走去。

郁溪一颗心沉到了底，似有吃人的野兽、狂暴的风雨、恐怖的厉鬼，集体向她扑过来。

她绝望地闭上眼，手里的红糖水不知什么时候竟然变得凉了。突然，她额头上一热。

郁溪猛地睁开眼，看到江依笑盈盈的脸就在眼前，她拿着一张帕子在给自己擦脸："在地上蹭得这么脏，跟小花猫似的。"

郁溪的心猛地一跳，她却倔强地问道："不是有人找你？你不是走了？"

"谁说我走了？"江依一双桃花眼含着笑，亮亮的，"我不走，烦死你。"

郁溪在江依看不到的地方掐着自己的指尖："我以为你走了。"

江依说："我就出去跟他们打了声招呼。看你的脸这么脏，我还去洗了张我的帕子来给你擦脸。"那张帕子也和江依的手一样，暖暖的，软软的，擦过郁溪的眉心、额角、脸颊。

郁溪重新闭上眼睛："嗯。"

"郁溪啊。"一片黑暗中，江依的声音柔柔地传来，"我是不会走的。"

等郁溪好些后，江依扶她起来。郁溪躺着还好，脚一落地就感觉天旋地转的。

江依问："能走吗？"又笑道，"要不要姐姐背你？"

郁溪赶紧说："能走。"

江依请了个假，让小姐妹帮她代班，就带着郁溪走出了台球厅。郁溪的裤子脏了，江依就翻出自己的裙子，让郁溪围在腰上挡着。

这好像是郁溪第一次在天还没黑的时候和江依一起走在街上。越靠近盛夏，白天越长，夕阳明晃晃地挂在天边，照亮了江依的笑脸。

郁溪问："去哪儿啊？炒粉摊还没出来吧？"那是个夜宵摊。

江依笑了一下，说道："回我家。"

郁溪差点被口水呛住。回她家？她们俩这么熟吗？

江依的房子一看就是租的。镇上本地人的房子大多像郁溪舅妈家一样，面积不小，但只有矮矮的一层，都是些旧房子。新修的房子才有两层，且大多不是本地人自己住的，而是租给了少有的外来打工的人，或者是不想再在家里住的年轻人。

江依的家就在这样一栋房子的二楼,还是最边上的小小一间,洗澡间和厕所都是一层楼公用的。江依从兜里摸出钥匙开门的时候,嘴里哼着小调:"红花姐,绿花郎,干枝梅的帐子,象牙花的床……"

夕阳往下落了一点,阳光凝成一个圆圆的小点,照在江依背上。她今天穿了一件无袖的裙子,黑色裙子上是红红黄黄绿绿的小碎花,露出两截嫩藕似的胳膊,胳膊白得反光。

"咔嗒"一声,门开了。原来江依的房子是这样的。

没有干枝梅的帐子,也没有象牙花的床,屋里只支着一张钢架的行军床,一看就很不结实,一副随时要散架的样子,还有一张不知哪个年代的破沙发,堆在房子的一角,连衣柜都没有。江依穿过的那些黑的红的花的裙子,就那样随意地堆在沙发上,一张不大的沙发被堆得满满当当的,看上去快"吐"了。老实说,江依实在不像她自己说的那样有钱。

沙发边有个大纸箱,估计是被江依当柜子用的,江依走过去蹲在地上翻了一会儿,走回来抛给郁溪一个小东西:"给,面包。"

镇上民风保守到什么程度呢?连卫生巾都不直接叫卫生巾,而叫"面包"。

江依说:"我先陪你去厕所。"她带郁溪走出房间,虚掩上门。厕所在这层楼的另一端,两人沐浴在一片夕阳中穿过长长的走廊。

走到厕所门口,江依伸手扒拉了一下插销:"锁坏了。"

郁溪有点犹豫。

"小孩儿脸皮就是薄。"江依笑道,"别怕,我在门口守着。"她轻轻地把郁溪推进厕所,帮她带上门。

门缓缓掩上前的最后一眼,郁溪看到江依趴在走廊栏杆上,对着夕阳。

这间厕所实在算不上干净,光线也不好,唯有江依刚刚给郁溪的"面包"干干净净的,套着好看的包装,像来自另一个世界。

在郁溪心里,江依就来自另一个世界。

无论她在怎样乌烟瘴气的地方上班,无论她住在怎样破落脏污的地方,她都不属于那里,她兀自美好、明亮,她是第一个带郁溪吃炒粉、棒冰、棒棒糖的那个人,她是第一个给郁溪好看卫生巾的那个人。

说来可笑,郁溪长到十七岁,连品牌卫生巾都没用过。她撕开那过分好看的包装,卫生巾柔软的触感与她用过的那么不一样。对着蹲坑蹲下去的时候,她有点想上厕所,可江依在外面,她不好意思。

她叫了一声："江依。"

江依回了一声："在呢。"

郁溪说："你再唱两句歌吧。"

江依笑了一声，悠悠的歌声又响了起来。她音准其实不是太行，唱的歌却自有一种妩媚撩人的腔调："红花姐，绿花郎，干枝梅的帐子，象牙花的床……"

郁溪就在江依的歌声中匆匆上完了厕所，洗了手出去。

外面完全是一个干净明亮的世界，是江依所在的那个世界。

江依趴在栏杆上，风吹起她的秀发，她背对着郁溪，对着夕阳抽着烟唱着歌："月儿圆，明天就会晴朗呀，可有谁知道我心里是阴天……"

郁溪对着她的背影看了两秒，才叫她："江依。"

江依笑着转过身问道："好了吗？"

郁溪点点头。

江依说："走，先回我屋里，给你换件衣服。"

她带郁溪回到自己的房间，俏皮地冲郁溪眨眨眼："我只有裙子，没有裤子。"

郁溪十分惊讶："你冬天也不穿裤子吗？"

江依大笑："冬天再说冬天的事。"

她在这个夏天，像一个不真实的奇迹一样出现在这个小镇，只带来花花绿绿的裙子，像一朵只开在盛夏的花。

江依从沙发上翻出一条黑色吊带裙，笑着问郁溪："穿这条？"

郁溪看了一眼，那两根带子细得仿佛不存在，挂在肩上怕是就跟没有似的。她有些头疼地问："有别的吗？"

江依又笑着翻出一条柠檬黄的吊带裙："那这条呢？"

这裙子的吊带倒是比刚才那条粗那么一点，可裙子更短了。

郁溪叹了口气："要是没有别的……还是刚才那条黑的吧。"

江依笑得弯下腰。

最后她抛给郁溪的，是一条白色的纱裙子，当然不是什么好纱裙，纱裙的料子摸起来挺粗糙的，但样式估计是江依所有裙子里最保守的，裙摆到了膝盖上沿。白色的裙面上，开满一朵一朵蓝色的小花。裙子上还带有江依身上浓浓的香水味和淡淡的栀子花香。

江依说:"你换吧。"她挺自觉地转过身去,背对着郁溪。

郁溪对着江依的背影看了一眼。

她也转过身,背对江依,脱下脏了的白T恤衫和牛仔裤,将白色的裙子捏在手里。

郁溪自八岁搬到舅妈家后,就没穿过裙子。表弟虽然比她小一岁,但男孩的衣服都宽大,她穿的都是表弟的旧衣服。舅妈拿了外婆的钱,却说这钱给郁溪当生活费都不够,所以从没给她买过衣服。

郁溪一阵脸热,把裙子套上,感受着露在外面的胳膊和小腿被流动的空气包裹着的感觉,在盛夏里意外地有点凉飕飕的。她不好意思起来,手和脚都不知道该往哪儿放。

江依在她背后背对着她问:"好了吗?"

郁溪低低地应道:"嗯。"

江依转过身来了,见郁溪背对着她,笑了:"小孩儿,你转过来让我看看。"

郁溪这才捏着手指转过身,却在江依打量的目光中羞得低下头。

江依含笑的声音温柔地响起:"嗯,挺好看的。"

也许是江依那真正赞许的语气给了郁溪信心,郁溪大着胆子问了一句:"是哪种好看?"

江依没明白:"嗯?"

郁溪又问:"是小孩儿的好看,还是大人的好看?"

"下个月就满十八了吧?"江依含笑的目光射过来,"嗯,是快长成大人了。"

她的眼神又扫过郁溪那单薄的身板:"不过营养没跟上,待会儿下面的时候给你卧俩鸡蛋。"

郁溪小声争辩:"这跟营养没关系。"

江依笑了笑,说道:"走吧,去楼下厨房。"

郁溪往外走的时候,江依正在她包里找东西,下楼梯的时候,郁溪就走在了江依前面。

楼梯逼仄,阳光透不进来,郁溪却突然感到脖子后面一暖,原来是江依柔软的指腹,轻轻蹭过裙子的翻领。

"领子没理好。"江依说。

走到一楼的厨房——厨房也是公用的——江依笑着打开已经有点发黄的冰箱门："借室友一把面和俩鸡蛋，明天还两罐啤酒回去。"她拿着面和鸡蛋走到灶台前，甩了甩一头妩媚的鬈发，扭头问郁溪："有多的皮筋吗？"

"有。"

郁溪牛仔裤兜里经常放着一根备用的皮筋，因为她买的皮筋便宜，质量不好，经常不知道什么时候就会断掉，所以她放一根在牛仔裤兜里备用，不然头发散下来太影响学习。她说："我得上楼去拿。"

江依一边烧水一边说："钥匙在我兜里。"

"你就这么相信我啊？"

"什么？"

"我们认识还没多久呢，你就敢把钥匙给我？"

江依大笑："你看我那屋子里，像是有什么好东西给人偷的吗？"然后她收起笑容，又说道，"就算有，我也敢给你。"

"为什么？"

"不知道。"江依轻轻地说，"相信你呗。"

江依今天穿的裙子也是纱质的，薄薄一层。郁溪伸手从江依兜里掏出钥匙，钥匙薄薄的一片，她却觉得分量好重。

江依盯着锅里咕嘟咕嘟的开水对郁溪说："去吧。"

郁溪一个人拿着钥匙上了楼，刚才江依在的时候她没好意思多看，这会儿自己一个人在江依房里，她总有种偷进闺房的感觉。

房间里飘着浓郁的廉价的香水味，可细闻之下，那股清新的栀子花香比江依身上的味道更浓郁，萦绕在房间内，围着郁溪，像一个拥抱。

这会儿夕阳往下沉了许多，房里没开灯，有些暗，郁溪的目光扫过那张钢架床，一张薄毯凌乱地铺着，没叠，一个软塌塌的枕头。郁溪不敢细看，赶紧从牛仔裤兜里找出皮筋，关上门走了。

郁溪下楼回到厨房，江依正在打蛋，听到郁溪的脚步声她问："找到啦？"

"嗯。"

江依手里捏着蛋壳，晃晃一头妩媚的鬈发："那帮我绑上。"

郁溪犹豫了一下。

江依催她："快啊。"

郁溪站到江依身后，撩起江依一头墨黑浓密的发。

江依的头发握在手里，光滑得握不住，像什么呢？像上好的绸缎。郁溪没摸过上好的绸缎，只是小时候在外婆家的电视里看到过，那样子应该跟江依的头发一样。一阵香气传来，江依的后颈露出来，如天鹅颈一样修长，那一小块皮肤因常年被长发挡着，晒不到太阳，像雪一样白，竟让人生出一种神圣的感觉。

郁溪没什么替人绑头发的经验，就胡乱扎了两下。

江依倒没在意，她皱着眉，全神贯注地盯着面前的碗："蛋壳掉进去了。"她扬扬手，"我洗干净手了。"说着，她伸手去捞碗里的碎蛋壳。

郁溪在江依把面条往锅里下的时候说："我告诉你一个秘密。"

郁溪接着说："你不会煮面。"

江依大笑："你看出来啦？"她晃了晃脑后被郁溪扎得乱七八糟的头发，"哎，怎么办呢？"

郁溪说："我会。"

江依说："别了，你刚才都晕过去了。"

郁溪说："煮面又不费什么力气。"

她走过去，从江依手里接过锅，江依笑了笑也就没坚持，退到一边倚在灶台上。

郁溪低头看着面前的锅，水咕嘟咕嘟地冒着泡，她准备等差不多的时候把蛋下进去。

她眼角的余光能瞟到江依，江依抱着胳膊倚在灶台上，一副很放松很惬意的姿态，嘴里含含糊糊地哼起刚才的小调："月儿圆，多情就会说谎呀，就怕你看出来我心里闷得慌……"

郁溪低着头把蛋下进锅里，咕嘟咕嘟的滚水中，蛋清凝结、变白，蛋黄逐渐饱满。刚才被江依捞蛋壳戳破的那一个，一煮，蛋黄就漏了出来，不再是一个饱满的圆。郁溪盯着那一小块蛋黄，闻着江依身上散发的香气，头都不敢抬。

面快煮好了，郁溪撒盐的时候，江依在旁边懒洋洋地打了个哈欠，于是郁溪手一抖。

两碗面盛好了,卖相倒是不错,不过郁溪说:"可能有点咸。"

江依笑着说道:"咸点儿好啊。"

郁溪也不知道咸有什么好的,江依狡黠地朝她眨眨眼,说道:"你等我一会儿。"不多时她回来了,手里拿着一罐可乐,怀里还抱着一罐可乐。

可乐对郁溪来说是不便宜的东西,她抿了抿嘴,对江依说:"你花太多钱了。"

江依还是妩媚地一笑:"姐姐有钱。"

她看一眼灶台上两碗热气腾腾的面,兴致勃勃地说道:"走,吃面去!"。

郁溪问:"在哪儿吃?"

江依指指小院:"那儿。"

厨房靠墙的地方放着一张沾满油污的折叠桌,桌子很旧很旧了,还有几把折叠椅,是给这儿的租客用的。郁溪走过去拎起折叠桌,江依就走过来从她手里抢走了折叠桌:"你拿椅子吧。"

椅子轻。

江依搬着桌子出去了,在小院里把桌子支好。郁溪拎了两把椅子放在桌边。两人一人端着两碗面,一人拿着可乐,把东西统统放到桌上。

桌上有油污也不打紧,因为面白净净的,蛋黄澄澄的,两罐可乐被江依扯去拉环,冒出嘶嘶的气泡翻涌的声音。

"你喝这罐常温的。"江依欢快地一拍巴掌,连偏头的动作都透着股鲜活,"来吃面吧!"

郁溪发现江依是个挺会享受的女人。

她爱美,爱笑,也爱吃。听说现在的女人都以瘦为美,江依不胖,她算是微微丰腴的,比如她从无袖连衣裙里伸出的两条胳膊,像两截饱满的嫩藕,雪白雪白的。

而她这个人就像颗美好的、熟透的果实,这应该跟她爱吃脱不开关系。

郁溪经常看到江依吃虾条都吃得挺来劲,她把虾条一小根一小根地塞进嘴里,最后还满足地嘬一下沾满粉末的手指。

这会儿江依开心地对着一碗热气腾腾的面,说:"小孩儿,托你的福,我已经很久没在傍晚吃过晚饭了。"江依的晚饭,都是郁溪陪她去炒粉摊吃的。

江依把自己碗里那个没破的荷包蛋往郁溪碗里一放:"不是说了你要加

强营养吗?"她似笑非笑地朝郁溪单薄的身体瞟了一眼。

"都说了这不是营养的事。"郁溪把那个荷包蛋又夹回江侬碗里。

江侬笑着说:"那这样吧。"她又把荷包蛋夹回郁溪碗里,然后把郁溪碗里那个破了的荷包蛋夹到自己碗里。害怕郁溪再交换鸡蛋似的,她低头咬了蛋一口,斑驳的口红印在洁白的蛋清上,是一个半圆的唇印。

郁溪看着江侬,有点不高兴。

江侬笑着说道:"你是小孩儿嘛,我该让着你。"她看郁溪不动筷子,就夹起郁溪碗里那个饱满的荷包蛋要喂她。

郁溪一下子别扭起来。

江侬说:"快啦,不然一会儿你又晕倒了。"

郁溪还在闹别扭。

江侬被她闹得没办法,既好气又好笑地哄她:"小孩儿,乖嘛。"

刚才讲道理的话没有用,这句话像有着神奇的魔力,郁溪别别扭扭地张开嘴,在江侬夹过来的荷包蛋上咬了一口,江侬这才笑着把荷包蛋放回她的碗里:"全吃完喔。"

江侬吃面吃得很快,她大口大口地吃着,雪白饱满的面颊上渐渐沁出一层薄汗。她鼓着腮帮子冲郁溪笑,郁溪被她感染到,觉得面前这碗有些咸的素面变得好吃起来。

把一碗面吃得见底,江侬又喝了口汤,又灌了口冰可乐,然后像每次喝夏夜的第一口冰啤酒一样,叹了声:"爽啊!"

郁溪跟着喝了口可乐,她的这罐不凉,不过气泡跳跃在嘴里的滋味在夏夜是一样的舒爽。这是郁溪第一次喝可乐,她还记得红罐子上写的是"吉祥可乐",根本不是后来在邺城喝到的可口可乐。这应该是她们本地的可乐,有一股糖精味。

郁溪后知后觉地感受到嘴里涌上来一股涩味,忽然说:"江侬,谢谢你。"

那是过分美好的一幕。其他租客都还没回来,她俩一起坐在小院里,一个坐在桌子左边,一个坐在桌子右边。院子里有一些野生的向日葵,没人打理所以长得不怎么好,因为还没到七月的花季,也没开花,但散发着清新的味道,这味道和江侬身上的栀子花香混在一起。

江侬吃面吃出了一脸汗,笑容因为郁溪的一句话凝固在脸上。郁溪帮她绑在脑后的头发被夜风扬起。这时夕阳已经完全落下去了,两人被笼罩在薄薄的暮色中。

江依怀疑自己听错了,她问郁溪:"你说什么?"

郁溪这小孩儿倔得很,从来没如此坦白地表露过自己的情绪。

这会儿郁溪心里很紧张,却故作平静地道:"就,谢谢你啊。认识了你,挺好的。"

江依笑了,没说什么,一只脚搭在另一条腿上晃啊晃,高跟鞋挂在她脚上,一副随时要掉下来的样子。

郁溪盯着那只高跟鞋。

江依将手肘支在饭桌上,身子从折叠凳上微微抬起,她俯身朝郁溪凑过来,一双桃花眼里满是笑意。

郁溪呆呆地望着江依,以为江依是想拍拍她的头,没想到她并未等来暖暖软软的掌心,倒是迎来了"咚"的一声响——江依的手指轻轻弹在她的额头上。

郁溪惊呼一声,江依笑盈盈地把一张好看的脸凑到她面前:"小孩儿,认识我这种人就叫好了?"说完她笑着坐回折叠凳上,"等你考出这座大山,能认识很多比我好得多的人,大把的好日子等着你呢。"

她又问:"你想考邺航?"

她说起邺航的语气过于熟稔,让郁溪生出些意外:"你知道邺航?"

在祝镇这样的地方,每年也就能出个个位数的大学生,镇上的人对大学不怎么了解也不在意,在他们眼里大学就分为两类——清大、邺大和其他大学。

江依睨了郁溪一眼:"怎么,我在台球厅工作就不能知道邺航啊?小孩儿,你这是偏见!"

郁溪有点羞愧:"我不是……"她不知怎么解释,只好郑重地回答江依,"嗯,我想考邺航。"

江依笑着说:"嗯,邺航挺好的。"

郁溪鼓起勇气问:"那你呢?"

"我什么?"

"你以后的打算。"郁溪问,"你打算一直待在祝镇……的台球厅里吗?"

在这里盛放,在这里腐烂,在这里零落成泥,在这里了却残生。

这是郁溪拼命想逃离的生活。

江依挑挑眉,跟根本没考虑过这个问题似的:"谁知道呢,过一天算一天呗。"

郁溪在暮色中看着江依,江依笑得那么鲜活,给郁溪的感觉是她像上好的丝缎,滑得根本握不住,不知什么时候就溜走了。

这时小院外有人喊:"卖西瓜嘞!"

祝镇这个地方,人贫地广,西瓜特别便宜,最便宜的年份几毛钱就能买一斤,是祝镇人都吃得起的夏日消遣水果。只不过西瓜吃多了,总觉得它没其他水果那么好吃。

不过祝镇的夏天太热了,空气闷闷的,西瓜是不能少的。江依听到叫卖声,高兴地冲出院子喊:"来半个西瓜!"

因为西瓜太便宜了,祝镇人吃西瓜不是后来郁溪在邶城了解到的那种文雅的吃法,他们不是切出小半个西瓜用勺子挖着吃,也不是把西瓜切成一小块一小块地放在塑料盒子里吃,而是把大半个西瓜切成硕大的几块,一人一块捧着吃,吃得满嘴满脸都是西瓜汁。

江依拎着半个西瓜奔回小院里,从厨房拿了个搪瓷盆出来,这也是祝镇人吃西瓜的习惯,用一个搪瓷盆接着西瓜滴下的汁液,西瓜籽就噼里啪啦连珠炮一样吐在搪瓷盆里,特别粗犷。

江依自己拿了块西瓜,又递给郁溪一块,然后就俯身在搪瓷盆边。她吃得一点不扭怩,大口大口地吃着,腮帮子一次次地鼓起来,浅红的西瓜汁液沾在她的双唇和嘴角上,她的唇丰腴而湿润,在夏夜的傍晚,似饱满的樱桃。

她对着搪瓷盆噼里啪啦吐了一阵西瓜籽,一边吐一边笑。

江依吐出的西瓜籽挂在搪瓷盆边。江依吃得惬意,小腿晃啊晃,挂在脚上的高跟鞋终于"啪嗒"一声,掉在泥地上,光洁的脚趾露出来,像闪着光的贝壳。

郁溪捧着西瓜,移开了视线。

第二天,郁溪从书店下班以后,像往常一样到台球厅做作业。数学题没"刷"一会儿,一本小册子"啪"的一声掉在她面前。

郁溪抬头,面前出现的是周齐清秀而紧张的一张脸:"我叔叔在市里当老师,这是祝镇买不到的习题册,挺好的。"

郁溪点点头："谢谢。"

周齐低着头走了。

江依刚好打完一局球，拎着球杆走过来，笑着说："你真的不跟人家做朋友啊？人小伙子挺热心的。"

郁溪平静地摇头："我要考大学。而且，他有什么优点让我非得跟他做朋友？"

江依一笑："他的字写得好看。"她前天可是在信封上看到了周齐写的郁溪的名字。

"字写得好看怎么了？"郁溪说，"我的字写得更好看呢。"

江依又被郁溪逗笑了："你这小孩儿，得意啊？"她把球杆靠在前台桌子边，顺手从桌上拿起郁溪的作业本，"让我看看，有多好看？"

郁溪没在意，作业本嘛，有什么不能看的？等江依翻了两页她才反应过来——糟了，真有不能看的内容！然而她要阻止也来不及了，江依翻着作业本突然"咦"了一声，把作业本放回郁溪面前，问道："你写我名字干吗？"

作业本的最后一页写满了江依的名字。江依，江依。旁边写满了郁溪自己的名字。郁溪，郁溪，郁溪。

郁溪低着头，故作镇定地说："练字。"她又解释道，"老师说了，高考的时候卷子上的字写得好也挺重要的，尤其是语文，能增加印象分。"

江依"哦"了一声。

这时江依的小姐妹叫她："依姐，有人找你。"

江依拖长声音应了一声："来啦——"拎着球杆走之前，她又替郁溪把桌子上的台灯正了正，"小孩儿，好好学习啊，我等着你造飞机给我看呢。"

郁溪一个人坐在原处，心怦怦地跳着。

她该怎么解释呢？在她的生活里，成熟女性的角色总是缺位的，如夏天般突如其来降临的江依，寄托了她的全部想象和向往。

郁溪以为，高考前的日子会这样过去，没想到发生了一件大事——曹轩被人欺负了。

曹轩跟郁溪一个学校，他也在二中上学，读高二。只不过郁溪独来独往惯了，舅妈也不喜欢郁溪跟曹轩走得太近，所以郁溪从来不跟曹轩一起走，都是一个人上下学。

这天放学时，郁溪和往常一样赶着去书店打零工，路过操场的时候，看到操场上里三层外三层围满了人。包围圈中心传出来的话有点刺痛她的耳朵："你怎么天天捧着旧小说看？跟你打招呼你也不理人，你傲什么傲啊？"

一个懦弱的声音带着点哭腔说："还给我……"

郁溪听出来了，这是曹轩。

按郁溪的习惯，她是不会管这些事的，在祝镇这地方，能独善其身就不错了。但她背着双肩包要走的时候，忽然想起那晚在月光下，曹轩偷偷塞给她一个苹果，还有一本他挑选了许久的旧小说，他看向她的眼神一片赤诚。

他微胖的脸上，浮起憨憨的笑。

郁溪想了想，拨开人群走进去，叫了一声："轩弟。"

曹轩没想到郁溪会突然出现，因为郁溪在学校里从来没跟他说过话，他愣了下，下意识地叫了声："溪姐。"

领头围着曹轩的人没想到郁溪是曹轩的姐姐，毕竟这两人看上去八竿子都打不着，曹轩胖且懦弱，郁溪人长得漂亮，成绩又好，于是问道："你是他姐？什么姐？表姐还是堂姐？"

郁溪被气得笑了一声："什么表姐堂姐，反正是亲姐。"

那人说："那你好好管管你弟，烦死人。"

郁溪冷笑一声："没你烦。"

"你说什么？"那人都怀疑自己听错了，他在这学校，也算有头有脸的人物。

郁溪清晰地重复了一遍："我说，没你烦。"

"我看你是活腻了……"

双方说着推搡了起来。

曹轩慌了，睁大双眼惶恐地看着四周，豆大的汗珠顺着微胖的脸滑下来："你们在看什么啊？看着他欺负一个女生，你们都不拦着吗？"

当然没有人敢拦。曹轩耳边只有嘲笑声、口哨声、议论声。

"郁溪是不是疯子？她跟她妈一样吧。"

"疯病也遗传啊？不然她一个女的怎么敢跟程哥叫板……"

包括曹轩在内，所有人都没想到郁溪这么倔，已经松散的马尾配着那一张清冷的面孔，她真像旧时武侠片里的侠客，即便自己的剑折断了，也不会低下骄傲的头。

她在笑，笑得对面比她高一头的男生都抖了两下。

等到那些人终于撤了，曹轩赶紧挣扎着从地上爬起来，过来扶郁溪："溪姐，你没事吧？"

郁溪推开曹轩的手，挣扎着站起来，尽管跟跟跄跄的，但她还是靠自己站起来了。她伸手擦了一下额角，有血淌下来，血染红了她小半条眉毛，挂在她长长的睫毛上，她的眼睛很不舒服。

曹轩看着都觉得疼，可郁溪还是保持着惯常的清冷表情，淡淡地推开曹轩："你回家吧。"

曹轩问："那你呢？"

郁溪捡起地上的双肩包，挂在一边肩膀上："我有事。"

她走了两步，听到曹轩在身后怯怯地叫："溪姐……"

郁溪回过头。围观的学生没热闹可看，这会儿都散了，只剩曹轩一个人站在夕阳下，他微胖的脸上露出怯弱和感激的神情。

"不用跟我道谢。"郁溪冷冷地说，"以后，他们不会随便找你麻烦了。"

曹轩看着郁溪走远的背影。怎么说呢，他真觉得他溪姐挺酷的。

傍晚，台球厅。

"依姐，你今天手感不行啊。"一个青年嬉笑道。

"哎，怎么就没进呢？"江依起身拎着球杆，一晃头甩开垂在唇边的长鬈发。

她今天穿了一条鲜红鲜红的裙子，裙子红得像血，软塌塌的料子挂在肩上，露出她雪白的肩膀。她白，穿这样的颜色一点不显俗，只让人觉得明艳逼人。

自从江依来台球厅后，台球厅的生意就好了不少，挺多人不只是来打球，而是来看江依的。

青年嬉笑着看着江依："依姐今天穿这裙子，像个大明星。"

江依笑得慵懒："大明星才不穿这样的裙子呢……"

她突然住了嘴。青年笑道："依姐，你见过明星？"

"我上哪儿见去。"江依笑着睨了青年一眼，"我看你长得像明星。"

青年听了这话特高兴，一下来了兴致："真的？像哪个？"

江依有些心不在焉。又轮到她打球了，她握着球杆俯在台球桌上，鬈曲的长发和柔软的裙子领口顺着胸口,一起垂到桌面上。她一边瞄准,一边随口说着:"就那个,名字是两个字的,去年上春晚唱过歌的……"

"砰"的一声,球还是没进。

"依姐平时打球蛮凶的。"青年笑道,"今天这是怎么了?老不进。"

"谁知道呢。"江依随口应付着,眼睛瞟向台球厅门口,"可能今天香水没喷够,手不够香呗……"

江依一个小姐妹去前台倒茶,她看着空荡荡的前台顺口问了句:"依姐,今天你的小妹妹没来啊?"

江依沉着脸道:"嗯。"

废弃仓库。

这儿堆满了废弃的皮卡车,所以连空气里都是灰尘和铁锈的味道。郁溪挺久没来了,她觉得这儿的灰尘又厚了不少。她像以前一样,找了块废铁坐着,又找了块高一点的引擎盖,摊开一本资料书。

其实脸上挺疼的,但郁溪只有躲到这没人的地方,才愿意稍微皱一皱眉。她"刷"题刷得专注,笔尖摩擦着纸面发出"沙沙沙"的声响。钻进题海里的郁溪挺忘我的,她觉得这样脸就没那么疼了。

去诊所什么的就免了,浪费钱,她没那个矫情的资格。

来废弃仓库做功课前,郁溪先绕到镇外的溪边把脸上的灰和血洗干净。只是她没想到,这会儿刷着题,又有一滴血顺着嘴角的伤口淌下来。这滴血滴在书本上的时候是小小的一滴,在纸页上晕染开来,边沿就变得模糊起来,像朵绽开的花。

郁溪看着纸页上的那朵血花有点出神。

这时血花忽地一暗,一个影子映在她的书本上。

郁溪抬起头,入目的是江依绝美的一张脸。

郁溪平静地问道:"你来这儿干吗?"

"你又来这儿干吗?"

"写功课。"

"哦。"

"哦。"

郁溪低头不说话了,江依就在她附近找了个引擎盖坐下来,一只脚架在另一条腿上,脚上钩着的高跟鞋晃啊晃的,火红的裙摆,就顺着那雪白的小腿飘啊飘。

郁溪本来觉得自己挺专注的,但这会儿眼神却总忍不住,跟着江依那火红的裙摆一起飘起来。她抬起头看着江依,叹了口气。

江依站起来,踩着高跟鞋啪嗒啪嗒走到郁溪面前,她一手撑在引擎盖上,一手捏住郁溪的下巴,一双桃花眼眯起来:"小孩儿,疼不疼?"

郁溪倔强地说:"不疼。"

江依用高跟鞋尖踢了一下郁溪的小腿,一双桃花眼眯得更厉害了,她看上去像只严肃的狐狸:"老实点,小孩儿哪能不说实话?"

郁溪认怂,乖乖地说了一句:"疼。"

江依哼了一声,放开郁溪的下巴:"走,姐姐带你去诊所。"

郁溪低下头,把手里的笔握得更紧了:"我不去。"

她最讨厌去这种地方。

其一当然是因为穷。其二是因为她小时候看过她妈妈在医院里被绳子绑着,是怎样拼命地挣扎、号叫的样子。那是她一生都忘不掉的场景,现在想起来还会发抖。

江依的眼睛又眯了起来:"你真不去?"

郁溪低着头:"不去。"

江依不知道这小孩儿怎么这么倔,她看起来像是生气了:"你不去我就不管你了。"

郁溪还是低着头:"哦。"

江依真生气了,撇下郁溪转身踩着高跟鞋走了。

等到高跟鞋的声音彻底消失了,郁溪才抬眼望了过去,仓库门口空荡荡的,一缕昏黄的阳光照进来,显得这里有点凄凉。

郁溪撇了撇嘴角,笑了一下:骗子。

不是说永远都不会走的吗?

不是说永远都不会离开我走掉的吗?

在废弃仓库"刷"题"刷"到深夜,郁溪才背起双肩包回了家。

今天她一个人,没有江依在身边,她不敢往镇中心走,那烟火气十足的炒粉摊注定与她无缘。她顺着小路走着,路过馒头摊,花五毛钱买了个冷馒头。她边走边啃馒头,嘴角好不容易愈合了一些的伤口,这会儿又被扯开,淡淡的斑驳的血迹印在馒头上。

郁溪心想,自己以前怎么没觉得这馒头这么噎人。

走到舅妈家门口,郁溪意外地看到堂屋里还亮着灯。愣了一下,她走进去,看到舅妈抱着双臂坐在那里,鼻子不是鼻子,眼不是眼。舅妈看到她走进来冷哼了一声。

她没理,自顾自背着双肩包往她的小隔间走去。

舅妈喊道:"你站住。"

郁溪平静地回头,看了舅妈一眼。舅妈站起来冲到郁溪面前,看到她脸上的伤又冷哼一声:"我就知道是你惹的好事。"

郁溪没懂:"嗯?"

"今天阿轩回家,我看他被人打成那样,问他怎么回事他还不说。"舅妈的声音越来越尖,"阿轩那么老实怎么会跟人打架?肯定是你在学校惹事,连累我们阿轩被人打。"

郁溪懒得跟她掰扯,平静地转过身:"我回房了。"

"你跑什么跑?"舅妈一把扯住郁溪双肩包的带子,她力气那么大,而且双肩包本来就不结实,被她一扯包带断了一半,发出刺啦一声响。郁溪被扯得身子晃了晃。舅妈的巴掌劈头盖脸落了下来。郁溪耳边嗡嗡作响,右脸颊立刻肿了起来,脸上那些伤口更是火辣辣地疼。

舅妈还在骂:"以后再被我知道你连累阿轩挨打,我跟你没完……"

郁溪理都没理她,平静地扯过双肩包往自己的隔间走去。

从小到大她受的冤枉那么多,已经习惯了。她清楚地知道跟这种有理说不清的人纠缠有多麻烦。

走出堂屋走进天井,郁溪在月光下深吸了一口气,再忍一个月,忍到十八岁成年,忍到高考结束,她就什么都不用再忍了。

这时天井角落里传来怯怯的一个声音:"溪姐。"

郁溪转过头,看到曹轩一张微胖的脸。

他从自己房间的门边探出头来,看到堂屋的灯灭了,才走到郁溪身边,递给郁溪一个苹果:"溪姐,这给你……"

郁溪伸手接过:"谢谢。"

曹轩的头有点大,这会儿他愧疚地低下头去:"溪姐,对不起……"

郁溪知道曹轩和他爸一样懦弱，在暴躁的舅妈面前，根本不敢为她辩解，死咬着牙不把事情推到郁溪身上就花光了他的勇气。

至少他对郁溪心里有愧，他知道事情不该是这样的。

郁溪对人的要求真不高，是非分明就够了，所以她接过曹轩的苹果，挺平静地对曹轩说："你回房去吧。"

曹轩伤得没郁溪重，这会儿脸上被舅妈涂满了药，他在月光下又叫了郁溪一声："溪姐。"

郁溪已经在往隔间走了，这会儿回过头来。

曹轩特别认真地说："溪姐，你一定要考上大学，我今年的新年愿望、生日愿望都是这个。"

"考上大学，你……你就可以离开我们，离开祝镇了。"

郁溪点点头："好，谢谢你。"

郁溪回到隔间，就着破到不能再破的台灯又"刷"了一会儿题。

这儿发生的破事越多，她就越迫不及待地想离开这儿。高考，是她绝不能失去的唯一机会。

这儿仅存的美好，是江依，是那个像奇迹一样出现的女人。可现在江依也走了。在废弃仓库，因为她不听话不肯去诊所，江依离开了她。

直到夜很深了，郁溪才关灯上床。

平时"刷"题累了，入睡就变得很容易，但今天，郁溪却翻来覆去地睡不着。脸上的那些伤，白天还能忍，夜里却疼得厉害。

郁溪翻腾了一阵，索性放弃了入睡，盖着薄薄的旧毯子，侧身躺着望向房外的天井。

她这由木板搭出来的小隔间，实在不能算一间房，透过门缝，能一览无余地望到天井，月光洒下来，照在从泥缝里长出的一株杂草上，其实是挺美的一幕。

郁溪想起她妈，她妈其实是个挺美的女人。以前外婆家有个类似的小院子，在这样的月夜，她妈有时候会在月光下跳舞，嘴里哼着郁溪没听过的歌。

郁溪望着天井里的月光，有些恍惚，直到月光下真的出现了一个女人。

如果是在别的地方，深夜突然看到人，一般人的第一反应应该是家里进贼了。可这儿是祝镇，人均赤贫，谁家里都没什么可偷的，院子上的锁也都形同虚设,坏了也不修。而且突然出现在月光下的女人,郁溪还没看清她的身形,就先透过那股浓郁的廉价的香水味,闻到了一阵熟悉的栀子花香。

是江依。

江依进了天井,找到郁溪的小隔间推开房门后,并没进来,而是倚着门框,留给郁溪一个月光下的剪影。

月光飘啊飘,烟雾绕啊绕。

郁溪呆呆地望着江依那美得出奇的侧影。

终于她撑不下去了,低低地开口道:"姐姐。"

这是她头一次喊江依"姐姐",平时她都是嘴硬喊江依名字的。

江依扭过头,垂眸看着侧躺在床上的郁溪。

郁溪蜷缩着手指,在江依看不到的黑暗里,抠着旧毯子上被虫蛀出的一个小洞,声音压得更低了:"姐姐,我有点疼。"

江依叹了口气,走进来,坐在郁溪的床边,伸手摸了一下她的额头,把她被枕头蹭乱的额发拨到耳后,然后轻轻拍了一下郁溪脸上没伤的地方:"不去诊所就不去吧,我给你擦药。"说着她从红裙口袋里摸出一瓶药,又摸出一包棉签,又把郁溪床头的旧台灯拧开了。

郁溪借着昏暗的灯光看了看,那药瓶竟意外的精致,上面密密麻麻印满的字不是英文,不知道是哪国语言,也许是德语。

这一看就不是祝镇能买到的东西。

郁溪问:"这是哪儿来的?"

"我不是从北方来的嘛,"江依笑了笑,说道,"我带来的。"

郁溪说:"这很贵吧?"

"不贵。"江依柔声说道,"小孩儿,山外面的世界,跟你想的不一样。"

郁溪抿了抿嘴没说话。

江依给郁溪擦药,旧台灯的灯光太暗,她必须凑得很近才能看清郁溪脸上的伤。郁溪睁着眼,看到江依浓密纤长的睫毛在灯光的映照下在眼下投出一片毛茸茸的阴影。江依微俯着身,她柔软的红裙领口就垂下来,轻轻蹭着郁溪的手臂,江依叫她:"小孩儿,你倒是把眼睛闭上呀。"

郁溪这才把眼睛闭上了。

江依这才开始处理郁溪眼角额头的伤,她一边轻柔地擦药,一边喃喃自语:"不好好擦药以后会留疤的,这么漂亮的一张脸,可惜了……"

郁溪闭着眼睛问："我漂亮吗？"

江依笑了，像是想起郁溪曾经问她的那个问题："我是小孩儿的好看，还是大人的好看？"

江依放下药瓶和棉签，又轻轻拍了拍郁溪脸上没伤的地方："嗯，是很接近大人的漂亮了。"

郁溪闭着眼睛说："是吗？"

和江依的明艳不同，郁溪长相清冷，声音也清冷。这会儿，为了方便江依擦药，她一张脸平平展展的，一丝笑容也没有。

江依借着月光和台灯的光，望着郁溪闭着眼的脸。郁溪眉毛浓黑，清秀间透着一点锋利，鼻梁挺拔，嘴唇扬起好看的弧度。她有些恍惚，她一直把郁溪当小孩儿看，这时才发现，郁溪脸上的婴儿肥早已褪去了，她多了那么点成熟的味道了。

江依看着透进小隔间的一抹月光说："好了，我要走了。"

郁溪睁开眼睛说："姐姐，我真有点疼。"

她在江依面前，说的话就带了那么点委屈的味道，看起来又没那么成熟了。江依笑了："我给你唱首歌？"

郁溪说："好啊。"

老房子不隔音，江依温柔的声音压得很低很低："红花姐，绿花郎，干枝梅的帐子，象牙花的床……"她的手那么轻，那么柔，隔着早已起球掉毛的旧毯子，一下一下轻轻拍着郁溪的背。

郁溪的背上一片温热。她一下子忘了脸上伤口的疼，也不知自己是什么时候睡过去的。再次睁开眼的时候，她还维持着昨夜侧躺的姿势，然而外面天已经大亮了，盛夏明晃晃的阳光照进天井里，与昨晚相比像是另一个世界。

在床沿上坐着的江依早已不见了，空留一阵栀子花香悠悠钻进郁溪的鼻尖。

郁溪洗漱完，背起双肩包准备去上学的时候，碰到曹轩也正准备出门。曹轩冲郁溪笑了一下，郁溪平静地点了点头。

在舅妈看不到的地方，曹轩悄悄凑近郁溪道："溪姐，我昨晚在房间看小说的时候，好像听到有人在唱歌。"

郁溪说："你听错了。"

第三章
有姐姐给你兜底

狭窄逼仄的出租屋里,江依悠悠醒来,她是被藏在枕头下的手机吵醒的。她看一眼手机屏幕上的时间,已经九点了,但她昨晚睡得太晚了,这会儿还是觉得困,可是手机响个不停。

江依把手机拿了起来:"喂。"

一个女人的声音传来,这声音很沉稳,但细听之下有点阴沉:"醒了?"

江依说:"被你的电话吵醒的。"

电话那头的人又问:"昨晚几点回祝镇的?"

江依回忆了一下,回答道:"快一点。"

"要买的药买到了?"

"嗯。"

"我找来的接你的司机还靠谱吗?"

"还行。"

那人又问:"你伤哪儿了?"

"打台球时剐伤了。"江依说,"怕留疤,得注意点。"

"注意点是对的。"那人说,"我还要开会,先挂了。"

"嗯。"

挂断电话,江依从床上起来。台球厅上午没什么生意,她一般中午才去上班,今天虽然起得很晚但也不用急。她走到窗边,拉开蛀满了虫洞的窗帘。

马上六月了,越来越接近盛夏,一大早,明晃晃的阳光就照进来,照得江依有点晃神。

昨夜，她从台球厅下班后，匆匆登上一辆来接她的车，车翻山越岭开了一百多公里，才开到最靠近祝镇的一个稍显繁华的市区，她才买到了那瓶药。

药很贵，贵到连江依都觉得有点贵。但药店店员说这药效果好，不仅伤口愈合快，而且绝对不会留疤。

江依要的就是不留疤，不然一个女孩子脸上留那么多疤，怎么得了。

然后江依让司机载着她开了一百多公里，披星戴月地连夜赶回了祝镇。她摸黑走到郁溪家的天井旁，站到月光下，悠闲，又懒洋洋的，跟平时一样，好像什么都没发生。

今早的太阳很大，江依站在窗口晒着太阳，觉得昨夜发生的事恍如隔世。即便没睡饱，她也觉得自己也比昨夜清醒一些。她无意识地伸手，抠着窗帘上的小洞，在想：为什么昨夜她要给那人打电话呢？

当然，客观原因是祝镇实在是太偏太远了，如果不是那人想办法派车来接她的话，她是根本不可能赶到邻市，买到那瓶药的。

只是，她为什么愿意给那人打电话？

江依被晒得头晕，用力一把拉上了窗帘，在窗帘的一片阴影下，她脸色沉沉的。

郁溪在二中是个异类。

课间休息的时候，其他人都在闲聊、撕指甲上的肉刺、无所事事地打哈欠，只有她跟个机器人一样，不停地"刷题"，就连同样想考大学的周齐都没这么拼。

郁溪跟周齐不一样，周齐永远有退路，她没有。

就在郁溪疯狂"刷题"的时候，有人伸手在她桌子上敲了敲。郁溪以为是班主任又来让她帮忙出卷子，没想到一抬头，看到了教导主任严肃的脸。

难怪教室里忽然安静了点。这个总是一脸严肃甚至有点古板的教导主任是二中学生们难得有点怕的人物。

教导主任一直对郁溪挺好的，有时候还会私下印一些卷子给郁溪做。郁溪叫了她一声："杨主任。"

杨主任说："跟我去一趟校长室吧。"

郁溪站到校长室的时候，深深地怀疑自己听错了。

校长一般很少叫学生去他办公室，所以，当郁溪听说她被校长叫到办公室的时候,她想了很多种可能,比如领助学金、参加高考前的保送考试或者再给高三学生做次考前动员什么的。

她万万没想到,校长跟她说:"你被开除了。"

然后校长就看到这个长得挺漂亮,总是神色清冷,看上去什么都不在乎的女生涨红了脸。她用手攥着校服袖子,声音像从嗓子眼里挤出来的:"为什么?"

没有学籍,就不能参加高考。

"你还问我为什么?"校长说,"你打架,全校学生都看到了。"

郁溪深吸了一口气:"我是打架了,但我是正当防卫,程林打了曹轩,就像你说的,全校学生都看到了。"

"什么正当防卫?你才喝了几年墨水?少给我掉书袋。"校长不耐烦地挥挥手,"你说全校学生都看到了?好,谁能给你证明是程林先动的手?你给我找出来。"

郁溪抿着嘴不说话。

校长说:"你不是挺能说的吗?怎么不说了?我就坐这儿等你去找,只要你能找出一个人证明是程林先动的手,我就开除程林而不是开除你。"

郁溪没说话也没动,她不用去找就知道结果。程林之所以在学校横行霸道,除了因为他人高马大很能打,更多的是因为他家里的原因。

校长哼了一声:"找不到吧?找不到就不要在这里狡辩了,你被开除这事没商量,出去吧。"

郁溪的校服袖子都快被她抓破了,但她越是愤怒,就越是出奇的冷静,她知道留在这里跟校长掰扯,这事也没有任何转圜的余地,于是深吸一口气,转身出去了。

杨主任在校长室外等郁溪。

她本来以为郁溪会哭,没想到郁溪只是涨红了脸,死死咬着发白的嘴唇。她忍不住多看了郁溪两眼,然后压低声音说:"郁溪,你跟我来。"

杨主任带着郁溪走到走廊转角,看四下无人,才压低声音对郁溪说:"是程林。"

郁溪还是死死咬着嘴唇不说话。"是程林先动的手"这句话在没有人证的情况下,一点说服力都没有。

终于她放开自己的嘴唇，努力控制着声音，颤抖着问杨主任："还有没有办法？"

杨主任摇摇头："没办法，水很深，程家人很会闹。"她看到郁溪更白了的嘴唇抖了两下但又被死死咬住。

郁溪始终没哭。

杨主任看得不忍心，她在祝镇二中当教导主任这么多年，从没见过郁溪这样的好苗子，郁溪聪明、肯学，学习起来有那么一股子狠劲。她叹了口气。郁溪已经摇摇晃晃地走开了。

她看着郁溪的背影，郁溪那么高，却那么瘦。她明明只是一个孩子啊。

杨主任叫住郁溪，说了她作为教导主任绝对不该说的一句话："郁溪，要不你去给程林道歉吧。哪怕你跪着去哭、去求呢，总比你不能参加高考好啊！"

郁溪回头凄惨地笑了一下："杨主任，我知道您是为我好。"

她扭头摇摇晃晃地走了，杨主任在她身后带着哭腔喊了声："郁溪！"

傍晚，台球厅。

"依姐，难道今天香水又没喷够？"青年嬉笑着问。

今天江依又失了水准，球怎么打也不进。昨天她开玩笑说是香水没喷够所以手感不好，今天青年就顺着她的玩笑话向她凑近："我闻闻。"

"你闻你闻，我今天香水可是喷得够够的。"江依嘴上顺着他，把手腕往他鼻子前一伸，却蜻蜓点水一般，在他什么都还没闻到没碰到的时候，又把手腕抽走了。

小姐妹路过前台的时候，又瞥到空荡荡的桌子："咦，依姐，今天你的小妹妹还是没来啊？"

江依把球杆往小姐妹手里一塞："你再帮我打两局。"说着她踩着高跟鞋匆匆出去了。

江依没想到今天郁溪还是没来。她已经知道郁溪打架受伤了，昨夜郁溪也乖乖让她擦药了，今天郁溪为什么还不来呢？

她想郁溪一定在那废弃仓库"刷题"呢，匆匆过去一看，只有满屋的灰尘味和铁锈味，一个人都没有。

江依从仓库里出来，想了想，往镇外走去。

石板路变成了泥路，江依把高跟鞋脱下来拎在手里。她走得很快，雪白的脚掌在湿润的泥路上压出浅浅的脚印。一轮残阳如血，她今天穿的是一条红裙子，红色的裙裾翩飞，耳边有乌鸦吱吱哇哇的叫声。

很快，郁溪带她洗过澡的那条溪近在眼前了。

江依远远看到一个瘦瘦高高的少女坐在那里，背对着她，抱着自己的双膝，把自己蜷缩成了一只虾米。江依轻轻走近，拎着高跟鞋的双手背在身后，晚风扬起她鬈曲的长发。

她叫了一声："小孩儿，原来你在这里呀。"

郁溪没回头，也没理她，手里攥着不知从哪捡的石头，石头不是鹅卵石，只有薄薄的一片。

江依背着手站在郁溪身边，看郁溪一脸平静地把手里的石头快速向溪面掷去，石头砰砰砰在溪面上一连打出三个漂亮的水漂。江依在郁溪身边坐下，问道："今天怎么这么悠闲？不'刷题'了？"

"'刷题'有什么用。"郁溪平静地说道，"我被开除了。"

江依心里吃了一惊，表面不动声色，柔声问道："怎么了呢？"

郁溪看上去如往常一般平静，简短地说道："打架。"

江依不说话了。

郁溪又拿起一块石头，对着溪面掷出去，这次打出的漂亮水漂有四个。江依这才看到，郁溪脚下堆了一堆这种扁扁的石头，堆得跟小山一样。她竟然捡了这么多石头，不知她从什么时候开始就坐在这里了。

江依看着郁溪的侧脸，昨天打架的伤口依然红肿着，她问郁溪："你带药了吗？"这小孩儿，一看就没擦药。

郁溪说："在我书包里。"

江依站起来，去郁溪书包里找药。她拉开书包拉链，里面全是卷子，课本上贴满各种各样的标签，上面密密麻麻的全是笔记，她为了高考是真拼。

江依不露声色，从包里找到药，又把包拉上，说："你书包带子怎么断了？"

郁溪没回答包带为什么断了，只说："我不会缝。"

郁溪人聪明，学习好，但手不怎么巧，她只会做简单的饭菜，手工更是不怎么会。

江依说："我帮你缝。"

郁溪终于瞟了江依一眼："你会？"江依长得这么好看，连饭都不会做，看上去实在不像会做针线活的样子。

"小孩儿，你怎么小看人呢？"江依笑着在郁溪身边坐下，"姐姐告诉你，姐姐不仅会，还很会，特别会。"

郁溪低沉地说道："不用缝了，反正被开除了，书包也用不上了。"

江依说："闭眼。"

郁溪闭上眼，沾了药的棉签像昨夜一样，轻柔地落在她的伤口上，有股薄荷般的凉凉的味道。她闭着眼睛叫了一声："江依。"

"嗯？"

"你教我打台球吧，以后我去台球厅跟你混。"

郁溪本以为江依会像往常一样，逗她叫"姐姐"，说"不叫就不教你打球"之类占便宜的话，没想到江依只是笑了笑，说："好啊。"

郁溪说："我挺笨的，怕学不会丢人，等你那些小姐妹下班了我再去行吗？"

江依说："行啊。"

余下的时间，江依陪郁溪坐在溪边，坐到夕阳西沉，坐到晚霞满天，坐到零零碎碎的星星缀在黑丝绒一样的夜空里，又倒映在溪水里。

郁溪不说话，江依也不说话。郁溪抱着膝盖，将下巴搁在膝盖上，望着溪面出神。她时不时摸起脚边的一块石头，对着溪面打出几个漂亮的水漂。

江依站起来，光着脚在布满鹅卵石的溪滩上走来走去，捡郁溪放在脚边的那种扁扁的石头，捡到一块，就学着郁溪的样子，往溪面猛地掷出去。但不同于郁溪能一连打好几个漂亮的水漂，江依的石头一碰到溪面，就立刻沉入溪底。

郁溪说："你的手真笨。"

"我手巧着呢。"江依说，"我这是没掌握技巧。"

"你小时候不玩打水漂吗？"郁溪问，"那你玩什么？"

"我玩绣花呀。"江依笑道，"所以我肯定能把书包带子给你缝好。"

"你从小就安安静静地坐在屋里绣花？"郁溪瞟了江依一眼，"鬼才信你。"

江依的笑声飘荡在静悄悄的溪滩上。

夜又深了些，江依还是没学会打水漂，郁溪掷掉了最后一块石头，问江依:"你的那些小姐妹下班了吗?"

江依说:"应该下班了。"

郁溪站起来拍拍牛仔裤:"那走吧。"她看起来一直挺平静的。

江依跟着她站起来,一身红色的裙子让江依看上去像从溪里钻出来的什么女神。江依说:"好啊。"

两人往台球厅方向走,路过了那个热火朝天的炒粉摊。

江依问郁溪:"你饿吗?"

郁溪摇摇头。

江依今天挺纵着郁溪的,也没劝她要吃饭什么的,只说:"行,那直接去台球厅吧。"

郁溪问:"你不饿吗?"

江依笑着说:"我减肥。"

两人走到台球厅门口,台球厅的灯和门都已经关了。祝镇穷,连台球厅的卷闸门都不是自动的,每个球妹都有台球厅的钥匙。这会儿江依从裙子口袋里把钥匙摸出来,费劲地抬起沉沉的卷闸门。

郁溪过去跟她一起抬,江依提醒她:"小心你左手边,那儿有根铁刺突出来了,小心别把手划破了。"郁溪"嗯"了一声,感受着卷闸门沉重而粗糙的质感,心想:这就是我以后的生活吗?

江依带着郁溪走进台球厅,一拨墙上的一排开关,台球厅顿时一片明亮。

郁溪问:"我们现在来开灯,挺费电的,你老板不会说你吧?"

江依骄傲地一挺胸:"我帮台球厅挣了多少钱呀?她说得着我吗?"

郁溪勉强笑了笑。

江依看了看郁溪的个子,给她选了根球杆,把打台球的动作要领讲了一遍,又俯身在球桌上,示范着打了几个球,球全进了。

江依得意地冲着郁溪一撩头发:"姐姐酷不酷?"

郁溪说:"挺酷的。"

江依心里却在想,这真是奇了,怎么郁溪不在的时候她手那么臭,这会儿郁溪在,她跟神枪手似的,指哪儿打哪儿。

郁溪作为她的徒弟,却不给她争气,一连打了好几杆,都没有进一个球。

江依叹了口气:"你真挺笨的。"她放下自己的球杆,绕到郁溪身边,"姐姐教你吧。"

江侬教郁溪俯身，指挥着郁溪球桌上的那只手怎么摆。

这令郁溪心底产生一种奇妙的感觉，江侬如她的名字一样，像一条江，轻柔地包裹着郁溪这条小溪，给郁溪温柔的慰藉。

在郁溪的人生又一次天崩地裂的这一天，这是一种怎样的安慰啊。

郁溪有点想哭，但她忍住了。

江侬带着郁溪打了几杆，就放开郁溪："你自己再试试吧。"

郁溪又试着打了两杆，可该打的球她连边都没碰着，倒是不该进袋的白球骨碌碌滚进了球袋。

江侬举手投降："你说你不进步也就算了，怎么还退步了呢？"

郁溪放下球杆挠挠头。

台球厅里很静，特别静，没了白天那些女孩娇媚的声音，也没了那些男青年们调笑的声音，甚至连吱吱呀呀的老式电风扇，江侬都因为怕老板骂而没开，空荡荡的台球厅里似乎一丁点声音就能荡起回音，两人连彼此呼吸的声音都能听到。

郁溪忽然开始往外跑。

江侬一点都不意外，跟着她走出去了。

走出台球厅，果然如江侬所料，郁溪没走远，她就站在台球厅门口，愣怔地仰着头，望着黑漆漆的天幕。

江侬走到她身边，跟她一起仰起头："刚才有架飞机飞过去了吧？"在台球厅里她们就听到头顶那一阵嗡鸣了。

郁溪说："嗯。"

江侬叫了一声："郁溪啊。"

她记得郁溪说过想考大学。

她想造飞机。

她喜欢天空。

她最喜欢星星。

翱翔在天空上，无论舅妈还是祝镇，无论她过往经历了什么、见证了什么，一切都束缚不了她。

郁溪忽然蹲在地上，痛哭出声："我去道歉，我去下跪道歉还不行吗？"

她发出悲切的呜咽，像只受伤的小动物，泪流满面。她妈走的时候她还小，没哭；外婆去世的时候她受到的震撼太大，也没哭。连她自己都忘了自己上次流泪是在什么时候，可她现在蹲在这里，因为头顶飞过的一架飞机而哭得收不住声。

江依在她身边蹲下，把她抱在怀里。江依像一把降落伞，托住了因遭遇空难而绝望的人。

郁溪哭得太激烈，一头黑色的长发垂在脸上，被眼泪糊住，粘在她涂了药的伤口上。江依抱着她，很温柔地帮她把那些乱七八糟的被泪打湿的头发拂开，别在耳后。

江依温柔地问道："为什么要道歉？"

郁溪哽咽着道："嗯？"

"我说。"江依温柔地重复了一遍，"为什么要道歉？你觉得你错了吗？"

"我没错，我不想道歉。"郁溪呜呜哭着，不知是不是因为江依的安慰，她第一次觉得自己有了痛哭的权利，"可没人给我做证。"

"打了就打了呗。"江依抱着她笑了一声，"打得好。"

郁溪泪眼模糊地抬头看了江依一眼，江依的那双桃花眼亮晶晶的，她在黑夜里笑得明艳又放肆。

她都没问郁溪为什么打架，她从头到尾没问过一句，好像她永远会无条件站在郁溪这边似的。

郁溪吸着鼻子问："你怎么知道我打得好？"

"因为你是我的小妹妹呀。"江依笑着说，"我知道你的性格，你要是打人，肯定是那人该打。"

郁溪说："其实我也觉得我打得好。"

"那不就结了？"江依笑得越发放肆、张扬，"下次你碰到这种人这种事，你还打。"

郁溪一想到自己要去下跪去道歉，心里就堵得不行："打什么啊，我都要被开除了……"

"就打。"江依斩钉截铁地说道。

郁溪抬起头来看着她。

"你打你的。"江依的笑容像朵绽放在夜色中的野玫瑰，妩媚、温柔却带着刺，"小孩儿，我跟你说，你想做什么就去做，有姐姐给你兜底呢，怕什么？"

江依拉着郁溪站起来。

郁溪被江依的一句话弄得忘了哭,这会儿反应过来,她才发现自己鼻涕眼泪糊了一脸。在江依熠熠闪光的含笑的桃花眼的注视下,她有些不好意思起来,一直低着头。

江依笑着问她:"哭够啦?"

她把郁溪重新拉回台球厅里,带到郁溪一贯坐的前台桌边,问道:"你书包呢?"她在一张圆凳上找到了郁溪的双肩包,拎了过来,把里面的习题卷子、作业本统统拿出来,又把笔袋拿出来,笑着挥挥空书包说:"我没收了。"

郁溪不解地问道:"干吗呀?"

"你书包带子不是断了吗?"江依笑盈盈地说道,"我说了我给你缝的。"

郁溪说道:"别麻烦了吧。"

"小孩儿我告诉你。"江依哼了一声,"我非得把这书包带子给你缝好,不然你看不起我,真以为我不会做针线呢。"

郁溪还要说什么,江依把她按到前台旁的椅子上坐下:"你今天做作业了吗?"

"没。"

"你这小孩儿。"江依笑着说道,"马上高考了,可别偷懒啊。"

她问郁溪:"今天的作业是哪本?"

郁溪书包里一堆卷子一堆习题集,但都不是学校布置的作业。老实说祝镇高中的教学质量有点差,郁溪早就不跟着老师的安排走了,她有一套自己的学习计划,语文课上做英语试卷,英语课上做数学题,因为次次年级第一,也就没人管她。

郁溪指了指一本英语习题集,她今天准备"刷"这本来着。

江依就笑着把那本习题集摊在郁溪面前,水葱似的纤长手指在纸上点了两下:"那你做吧,我监督你。"

郁溪说:"我不需要人监督。"

江依笑着说道:"那你今天为什么到现在还不做作业?"

她说着,真就把郁溪刚才放双肩包的圆凳搬过来,放在前台不远处,自己抱着双臂坐在上面,含笑睨了郁溪一眼。

郁溪轻声说:"很晚了,我回去做吧。"她怕耽误江依休息。

江依笑了下:"就你那破台灯,也不怕近视。"她想了想说道,"要不我送你一盏?"

郁溪赶紧说:"别,你就算送我盏新的,也会被我舅妈拿走。"

这是一方面。另一方面是一盏新台灯多贵啊,郁溪并不觉得江依像她自己说的那样有钱。

郁溪怕江依再提送台灯的事,赶紧乖乖坐下做题。

江依看她坐下开始做题了,就笑了一下,松开抱着的双臂。

一阵夜风吹过,郁溪不自觉地抬起头。

江依是个挺会享受的人,她放圆凳的地方离前台不远,正对着门口,这会儿卷闸门半开着,而后面的玻璃窗破了小半块,夏夜的晚风徐徐吹进来,吹起江依妩媚而俏皮的长鬈发,也吹起江依身上浓郁而廉价的香水味和她本来就有的那股清新的栀子花香。

江依姿态放松,一只脚架在另一条腿上,一个手肘支在膝盖上,被夜色勾勒出一个过分美好的侧影。

郁溪没忍住,用手里的笔在书页空白处轻轻勾勒起来。

笔尖灵巧地在纸页上游走,很快,纸页上出现了江依的侧影,明明只是简单的几笔,却栩栩如生。

江依享受着这静谧美好的夜,嘴里不自觉地轻哼起小调来:"说乖巧,不乖巧,在我的眼里有两个月亮……"

郁溪在江依轻轻的哼唱中回过神来,嘶啦一声,把画了江依侧影的那小半页纸撕下来,团成一团,塞进口袋。

江依闻声回过头:"怎么了?"

"没怎么。"郁溪故作平静地说,"题做错了而已。"

江依笑道:"是不是我哼歌吵到你了?我不哼了。"

"没啊。"郁溪说,"我不怕吵,你哼你的,不然你在这儿坐着多无聊。"

"我不无聊。"江依一手撑在膝上,用手掌托着雪白的下巴,一张俏丽的脸像她掌心的一轮月亮,"小孩儿你不是写英语题吗?你怎么都不读不背?"

郁溪笑了一声,低头,正好看到手边的一道题,随口就念了出来:"I love you for putting your hand into my heaped-up heart, and passing over。All the foolish, weak things, That you can't help。"

郁溪记得这是首挺有名的英文抒情诗,在好几本习题集的阅读理解里都出现过。

江依撑着下巴,懒散地笑着看着她,随口应了一句:"Really(真的吗)?"

郁溪愣了。

那句诗的意思是"我爱你,因为你穿越我心灵的旷野如阳光穿越水晶般容易,我的傻气,我的弱点,在你的目光里几乎不存在"。

她笃定江依听不懂,所以才念了出来。

江依的一句"Really",把她问蒙了,她脱口而出:"你听得懂?"

为什么一个在祝镇台球厅工作的女人能听懂这么复杂的英文?郁溪的目光变得疑惑起来。

没想到江依笑着摇摇头:"听不懂啊,你说什么来着?"

郁溪看着她。

江依眨了眨眼:"我就会三句英语,yes,no,really,用来装样子的,是不是很酷?"

她问郁溪:"你刚才叽里咕噜那么长的一句,说的是什么来着?"

郁溪笑着摇摇头:"没什么,挺无聊的英语题。"

江依笑了下,转头对着卷闸门,让夜风吹起她的长发。

郁溪低下头去做题,不说话了。

完成了今天的学习计划,郁溪站了起来:"走吧。"她看了眼墙上挂着的掉漆的钟,已经过了十二点了。

收习题集和笔袋的时候,郁溪才发现她的双肩包还被江依扣着呢,于是往江依那边瞟了眼。

江依一下子笑了:"小孩儿别那么委屈,姐姐又不要你的书包,缝好了明天就还你。"

郁溪问:"那我今晚怎么收这些书和笔?"

江依说:"先放那儿吧。"

郁溪想了想也没坚持。她都被校长开除了,明早也不用背着书包去上学了。虽然江依说要给她兜底,也让她按学习计划把今天的功课做完,但她实在想不出,江依能有什么办法给她兜底。

郁溪帮江依把台球厅的门锁了,双手插在牛仔裤兜里,跟江依一起走出了台球厅。江依水红色的裙裾在夜色中飘飘摇摇。

江依说:"走吧,我送你回家。"

"你真把我当小孩儿啊?"郁溪瞟了江依一眼,"不会有人埋伏在路上打我的。"

江依笑得前仰后合:"小孩儿,你这么勇猛,我不怕别人打你,我怕你打人行不行?"江依还在笑,"我得看着你这小孩儿,也算是替天行道。"

她不让郁溪再说,率先朝郁溪舅妈家走去。

原来夜晚的祝镇,远离了镇中心的地方,比郁溪想象的还要静。

郁溪有时候晚上睡不着,会在舅妈家附近的小路上兜圈子,但她没在这么晚的时候在外面待过。所有人都睡了,好像连风和月都睡了,只剩草丛间唧唧的虫鸣,四周静得瘆人。

江依在前面走着,一双红色高跟鞋啪嗒啪嗒地轻叩着石板路,水红色裙裾飘啊飘,一头鬈曲的长发,随着她的步子灵巧地跳跃着。

她嘴里轻轻哼着刚才在台球厅没哼完的小调:"说乖巧,不乖巧,在我的眼里有两个月亮,两个都想怀里揣……"

郁溪双手插在牛仔裤兜里,跟在江依身后走得很慢。

江依扭头冲她盈盈一笑:"小孩儿,跟上来呀。"

郁溪看着江依的脸。

这会儿天上的月亮睡了,四周黑漆漆的一片,但在郁溪眼里,有一个月亮落在江依脸上,点亮了她人生中茫然的夜。

走到郁溪舅妈家门口,江依停住步子,转过头:"小孩儿,进去吧。"夜色里只剩唧唧的虫鸣、江依身上的香味和郁溪怦怦的心跳。

郁溪点点头。

江依一笑:"别想那些乱七八糟的,好好睡一觉,听到没?"

郁溪又点头。

江依柔声说:"那进去吧。"

郁溪说:"我先看着你走。"

"干吗呀,"江依笑道,"我是大人嘛。"

郁溪说:"可你都送我到家门口了。"

"那行吧。"江依没再坚持,"那我先走了,你乖乖睡觉。"

郁溪:"嗯。"

江侬笑着转身，藤蔓般鬈曲的长发，在夜色里画出一道漂亮的弧线。

郁溪望着江侬的背影，直到江侬走远了，她才双手插兜转了个方向，但她没走向自己的隔间，反而向镇外走去。脚下的石板路变成了泥路，她一路走到她带江侬洗澡的溪边。

这时候月亮又从云层背后冒了出来，月光皎洁。这样的月光，却没照亮郁溪沉沉的脸色。郁溪将手伸进兜里，缓缓把刚才塞在兜里的纸团摸了出来。

郁溪展开那纸团。

那是郁溪从英语习题册上撕下的纸，上面只有寥寥几笔，明明用的是再普通不过的水性笔，却把江侬美好的侧影勾勒得栩栩如生。

郁溪撇了下嘴角，不知是扯痛了嘴角的伤口还是怎的，她笑得很冷，眼神里也透出一股嫌恶。接着她有些暴戾地把那张纸两三下撕了个粉碎，然后又团起来往溪里一扔，直到那些纸屑被溪水浸透，又被汩汩的水流彻底冲走，郁溪的脸才又恢复了一贯的清冷。

好像她根本不愿看到那画似的。

又双手插兜在溪边站了一会儿，确定那画没"生还"的可能了，郁溪才冷着一张脸转身走了。

第二天早上，郁溪是被一阵轻轻的叫声吵醒的："溪姐，溪姐？"

郁溪缓缓睁眼，看到曹轩一张微胖的脸出现在她隔间的门口，逆着光，那脸上露出一丝憨憨的笑。

其实郁溪今早已经醒过一次了，她在平时上学的时间点，早早就醒了。可她想到今天不用上学，昨夜睡得又晚，就闭上眼想再睡一会儿，没想到很快又被曹轩叫醒了。

郁溪哑着嗓子问了句："你爸妈呢？"

舅舅舅妈在家的时候，曹轩一般是不敢来找她说话的。

"今天地里有活，他们一大早下地干活去了。"曹轩说着脸微微红起来，"门口有个漂亮姐姐找你。"

郁溪一愣，很快反应过来曹轩说的应该是江侬，心想美貌的杀伤力真是大，连曹轩看到江侬都会不自觉地脸红。

她一下子从床上翻起来。

曹轩不让郁溪讨厌的还有一点，那就是这小孩儿挺有分寸的，即便郁溪这小隔间的门形同虚设，曹轩也从不私自进来。这会儿郁溪一起床，他就很自觉地退到门边，说道："溪姐，我去上学了。"

郁溪匆匆洗了把脸，就跑出屋外。

时至盛夏，一大清早的阳光就灼灼逼人，江依像第一次来郁溪家那会儿一样，斜倚在门框上，手中捏着一根油条。

炽烈的阳光把江依的身体照得好似半透明的，仿佛镶着毛茸茸的金边，她张嘴咬着油条，丰腴的双唇十分油润。

江依听到动静，腮帮子鼓鼓地扭过头来："小孩儿，你今天又想偷懒？"她咬着油条笑道，"你表弟都去上学了，你怎么还不去？要迟到了。"

郁溪想起刚才曹轩那涨红的脸，问道："你对他做什么了？"

江依觉得好笑："他一个十多岁的小男孩儿，我能对他做什么？我就对他笑了一下呗。"

这一笑的杀伤力真够大的。

郁溪说："我被开除了，还上什么学，会被赶出来的。"

昨晚在回舅妈家的路上，她已经把跟程林打架的前因后果对江依讲了。

江依这会儿懒洋洋的，没捏油条的手从背后拎出一个双肩包："不是说了姐姐给你兜底吗？"她走过来两步，把双肩包往郁溪手里一塞，"上学去吧，不会有人赶你的。"说着她还嗔怪地瞟了郁溪一眼，像是在怪郁溪怎么不相信她。

郁溪手里的双肩包沉甸甸的，看来江依已经把习题、笔袋什么的全给她收好了。还有那断了的书包带，也被江依缝好了。

郁溪站在原地犹豫。

江依看她发呆，觉得好笑，把一节还没咬过的油条往她面前一伸，晃了晃，郁溪乖乖地张嘴咬了一口。

江依笑出了声，把自己咬过的油条扯出来，又把剩下的油条往郁溪手里一塞："好了，吃饱了快上学去吧。"

她伸手，用纤长的手指在郁溪肩上一点，也不知她给郁溪施了什么法，郁溪真就捏着油条拎着双肩包，乖乖向前走去。

走了两步郁溪心里还是没底，回过头来。

江依重新倚回门框上，优哉游哉地吃着油条，见郁溪回头，她懒洋洋地冲郁溪一笑:"小孩儿,你以后想做什么就大胆去做,凡事都有姐姐给你兜底,知道吗?"

祝镇有多穷呢?穷到整个镇只有一个油条摊。

说来可笑,就像江依给的虾条、棒冰、棒棒糖是郁溪第一次吃一样,江依给的油条,郁溪也是第一次吃。郁溪自己总是习惯性地选择吃馒头,毕竟馒头便宜又顶饱。

油条脆脆的,泛着一丝丝甜。胃里满了,郁溪的心也稍微定了些。进学校后她在路上碰到一个老师,老师朝她看了一眼,倒也没说什么。

郁溪大着胆子朝教室走去。

今天的早自习是班主任的课,班主任教语文,是个戴眼镜的古板老头。他看郁溪背着双肩包站在门口,只说了句"郁溪,你也有迟到的时候",就让郁溪进教室坐下了。

郁溪有些惴惴不安。上完一天的课,没人赶她,校长也没来找她,就连程林也没来找她。

昨天的"开除"好像一场根本没发生过的闹剧,好像它只是郁溪的一场噩梦。

放了学,今天不用去书店打零工,郁溪背着双肩包,呆呆地向台球厅走去。

台球厅一如往常。闷热的天、潮湿的风,吱吱呀呀的老式电扇根本不顶用。江依还是占着角落里那张桌子打球。她今天穿的连衣裙正是她借给郁溪穿的那一条,白色柔软的纱上印着蓝色的小花,在盛夏里看上去令人感受到一抹难得的清凉。

郁溪背着双肩包走到江依身边。

这条裙子,虽然她和江依都穿过,但穿在两人身上的感觉特别不一样。这么柔的裙子,穿在郁溪身上,竟展现出些许少年气,不知是不是因为郁溪薄薄的身板或者她略带英气的五官。而这会儿裙子穿在江依身上,软软的纱包裹着纤细的腰肢,像什么呢?像旧时的写意山水画,画上有傲然挺立的山,有波光潋滟的湖。

对,这会儿的江依就是美得像一幅画。

郁溪背着双肩包站在江依身后,觉得自己洗得松垮的旧 T 恤衫和从表弟那儿捡来的旧牛仔裤,以及脑后过分单调的马尾,都显出一种透露着少年窘迫的傻气。

她不像江依,江依是成熟的、撩人的、妩媚的。

无论穷还是不穷,江依自有她的享受,自有她的过法。

这会儿郁溪站在江依身后,看江依穿着那条她手洗后归还的白裙。她下意识用力嗅了嗅,在台球厅混杂的汗味和廉价的香水味间,那白裙上熟悉的洗衣粉味,已消失不见了。

这会儿江依没理郁溪,两个青年正缠着江依打球。江依人长得漂亮,球技也挺好的。她拿起球杆俯身,姿态懒洋洋的,可"砰"的一声,球就是很利落地进袋子里了。

青年们集体鼓掌。

江依直起身一副不在意的样子,笑了一下,问道:"姐姐厉不厉害?"

"厉害死了,依姐。"

郁溪看着江依跟那群青年调笑,清秀的眉头皱起来,她觉得江依在他人面前和独自与她相处的时候挺不一样的。

江依独自与她相处的时候那么温柔,好像她在江依世界里是挺重要的一个人。然而这时,江依看着其他人,也笑得那么好看。

明明郁溪都进来站了好一会儿了,江依却看都没看她一眼,更不要说理她了。

其实郁溪平时来台球厅的时候,江依忙着打球也不怎么跟她说话,就让她一个人老老实实坐在前台桌边写功课。可今天不知怎的,郁溪就是觉得心里酸酸的。

江依的一个小姐妹走过来:"咦,依姐,今天你的小妹妹来了啊。"江依这才转过头来,冲郁溪嫣然一笑。

然而郁溪不笑,她抿着嘴,也不知在较什么劲。直到江依微眯着眼睛对郁溪笑道:"小孩儿,你在这儿站了二十分钟都不去做功课,又想偷懒吗?"

江依说:"别看了,你看二百分钟也没用,你就是没有打台球的天赋,还是老老实实学习去吧。"说完,她姿态慵懒地从球桌边拿起一块小小的壳粉,在球杆尖儿上蹭了蹭,笑着看了看郁溪。

郁溪一下子就开心了,原来江依知道她来了啊。

虽然江依忙着跟人打球、调笑,但江依清清楚楚地知道,她在自己身后站了二十分钟。

郁溪笑起来。

"傻笑什么?"江依睨她一眼,"姐姐问你,今天上学怎么样啊?"

郁溪说:"还行。"

"那就好。"江依笑着问,"没人找你麻烦吧?"

"没有。"

紧接着,郁溪朝江依走近了两步。

在闷热的台球厅,在拥挤的人群中,在放纵的玩笑中,她走近两步,走到江依面前。

她比江依高出半个头,这会儿她紧贴江依站着,微微低头,一双漆黑的眸子,就看进江依同样漆黑的眸子里去。江依皮肤雪白,打了粉底,却没擦腮红,近乎透明的皮肤里泛出一团天然的红晕来。

江依的睫毛,那么长,眨啊眨的。郁溪就看见自己的影子落入江依眼里,自己越来越大,又因为江依凌乱的眨眼被复制出无数个。

她靠这么近,只是想问江依一个问题:"江依,你是怎么搞定程家人的?"

郁溪觉得江依像精怪,有种蛊惑人心的力量,能操纵人的情绪。她觉得江依这个女人很危险。

江依仰头看着她,一双桃花眼里似藏着撩人的钩子,可凑近了看,墨黑的瞳仁,在从气窗透进的阳光下变成了半透明的,颜色浅淡了不少。这样的她像有着琥珀色眼睛的小熊,意外有种少女的纯真。

江依整个人都是鲜活的,连呼吸都是灼热的,她看着郁溪发出一声轻笑。

"小孩儿。"江依撩了一下那头鬈曲的长发,"姐姐厉不厉害?"

郁溪闻着发香,背在背后的手指蜷起来:"你到底是怎么搞定程家的?"

江依眯着眼睛笑得像只狐狸。她说:"秘密。"

郁溪看着她。

江依退开了:"大人自然有大人的办法,你一个小孩儿少管,好好读书准备高考就行了。"

郁溪问道:"你没去求程家吧?"

"怎么可能?"江依骄傲地笑道,"他们求姐姐还差不多。"

郁溪看着江依明媚的肆意的张扬的笑容,知道江依肯定没去求人。

可江依不说她有什么办法,郁溪就是不放心,她就那样看着江依。

江依拿球杆轻轻戳了戳郁溪的肩膀:"小孩儿你看,我在这台球厅里,是不是很有自己的办法?"

这是真的。

江依说:"所以我在其他地方,也有一套自己的办法,给你说不明白,但你放心,姐姐不会吃亏的。"

郁溪知道江依在台球厅的办法,是一种有点暧昧且很难描述的办法。郁溪身处十七岁横冲直撞的世界,江依不知该怎么跟她说,郁溪也不知该怎么问。

不过江依给了郁溪一个保证:"姐姐不会吃亏的"。

江依又拿球杆戳了戳郁溪的肩膀:"你信不信?"

郁溪点点头:"信。"她觉得江依这人的魔力还在于,无论江依说什么,她都会相信。

"那就乖啦。"江依笑着说道,"你不是想考邺航吗,能考上吗?"

郁溪点头:"能。"

江依又一笑:"造飞机给我看?"

郁溪又点头,这一次她的动作变得缓慢,语气也因动作的缓慢而显得分外郑重:"好。"

江依的笑容绽开得大了一点,她看上去真的挺开心的,然后她拎着球杆走了。

江依下班以后,和往常一样,跟郁溪一起吃了炒粉。郁溪回她舅妈家以后,江依也回了自己的出租屋。

她洗了个澡,洗去一身的烟味。拧玫瑰味身体乳的盖子时,塑料罐子因做工粗糙而多出来的刺,把她的手指划了一下。

劣质身体乳的气味和劣质香水的气味一样刺鼻。这时,一阵振动声从行军床上的枕头下传来,是江依藏在那里的手机在响。

江依拿毛巾包着一头湿漉漉的长发,摸出手机,一看来电显示,她漂亮的眉头皱起来。她顿了顿,有点不想接电话,电话那头的人却意外的执着,手机响个没完。

江依的眉头越皱越紧,她最终无奈地接了:"喂。"

手机里传来的还是上次那个女声,那个声音很沉稳,细听之下有点阴郁："你干吗呢？"

江依答："刚洗完澡。"

"从台球厅下班了？"

"嗯。"

手机那头一阵啪嗒啪嗒的高跟鞋的声音响起来，接着传来一个年轻的声音："叶总，这份文件需要您签字。"一阵笔尖的沙沙声音过后，那年轻女人的声音再次响起，"谢谢叶总。"

又是一阵高跟鞋的声音，是那个年轻女人出去了。

沉稳而带点阴郁的声音再次响起："对了，我昨天去参加一场拍卖会，拍品中有釉迹的画。"

江依"嗯"了一声。

"我拍下来了。"那个女人问道，"五千万，贵不贵？"

江依说："我不知道。"

那个女人笑了一声："你怎么不知道？你不是一直很喜欢釉迹的画吗？你对这些最有研究的。"

江依不说话，双方短暂地沉默了一阵后，那个女人主动开口道："你在那边过得好吗？"

"嗯。"

"跟你设想的一样吗？"

江依说："差不多吧。"

一阵轻轻的敲门声响起后，先前离开的那个年轻女人的声音又一次响起："叶总，开会了。"

女人对江依说："我要去开会了。"

"好。"

电话挂断了，江依把手机从耳边拿开，才发现自己的手指一直在抠着窗帘上虫蛀的小洞，自己好像有些焦躁不安。

江依把手机重新藏回枕头下，又一次回到窗边，扯掉头上的毛巾，一头湿漉漉的长鬓发垂下来，像海藻，她也不急着去吹干头发。

她脸上的妆洗掉了，一张脸十分素白。她太白了，白得看起来没什么血色，浓妆时的明艳和妩媚消失了，这时反而流露出一种清冷和易碎感。

江依在想刚才电话里的女人问她的问题——这儿的生活，跟她设想的一样吗？老实说，有些一样，有些不一样。

比如这种赤贫和窘迫跟她设想的一样。

但是，她本已打定主意，不跟任何人走得太近，也不跟太多人有什么牵连，但现在一个小孩儿打破了自己的设想。

那个小孩儿啊。

江依完全没想到，自己会在祝镇遇到郁溪这么一个小孩儿。

郁溪长得清清秀秀的，那么干净，眉眼间却透着一股锐气。被人逼着退学订婚的时候，表面上不声不响，转头却把饭碗摔个粉碎，一点都不愿妥协，一点都不怕把事情闹大，浑身透着股倔劲和狠劲，面对她的时候，却有点孩子气。

江依想着郁溪的样子笑了笑。

那么，为了这小孩儿，去找程家就找了吧。

江依回想着昨晚的事情——

她和郁溪分开后，没回出租屋，而是去了程家。她大剌剌地敲开程家的门，来开门的是程林的哥哥程章，他经常去台球厅，是江依的熟客。

程章大半夜被人吵到，本来很不耐烦，骂骂咧咧的，打开门看到江依，却愣了一下："依姐？"

江依笑了下："睡了吗？找你办件事。"

程章看着江依的眼神变得玩味起来："什么事？"

江依始终跟程章保持着一段距离，她淡淡地说："让二中开除郁溪那事，你现在就打电话取消。"

程章闻言眉头皱起来："你知不知道那臭丫头干吗了？她把我弟弟给打了。"

"打得好。"

程章简直怀疑自己听错了："你说什么？"

在祝镇，敢这么明目张胆地惹他们程家的人根本没有，更别提对方只是一个在台球厅上班的女人。

江依又笑了一下，口红斑驳的红唇吐字清晰："我说，打得好。"

程章鼻子一皱就要动怒："你……"

他转念一想，还是忍住了："那臭丫头是你什么人？"他毕竟是台球厅的常客，而江依是台球厅里最招眼的人物，他还是不想一下子把事情闹得太僵。

"不是我什么人。"江依笑着说道，"就是我认识的一个小妹妹。"

"那就少管闲事。"

"要是我偏要管呢？"在夜色中江依歪着头，样子有些撩人，有些俏皮，"这小孩儿，我保了。"

要是现在说的是其他事，程章保准被江依迷得五迷三道的，但这会儿他冷笑一声："这人你保不下来，我弟弟不要面子吗？"

"是吗？"江依狡黠地眨眨眼，也不急，反而问程章，"你抽烟吗？"

程章不知这女人葫芦里卖的是什么药，却觉得这女人的笑有种勾人的魅力，勾着他从裤子口袋里摸出一包烟，抖出一根抛给江依。

江依顺手接了，说道："烟是好烟，只不过，是正规渠道来的吗？"

程章立刻辩驳："怎么不是正规渠道来的了？"嘴上这么说，他心里却一下子厌了，但他生怕江依看出来。

江依说得不错，这烟的确不是正规渠道来的，国内没引进这款烟，是有人从国外偷着带回来的。这烟刚开始在北边卖，也没缴过税，后来被查了，赔了不少钱。这事在北边闹得挺大的，听说还被列为什么典型案例。

不过，这事都过去好久了，所以北边的人悄悄找到程家，让程家在这边小规模地卖，这么多年还没出过事。

程章刚开始在台球厅遇到江依的时候，听出江依是北方口音，但他没想到江依一个年纪轻轻的女人，能一眼认出这烟不是正规渠道来的。

江依面对着气急败坏的程章一点都不怵。

程章背后冷汗都出来了："你到底是什么人？"

江依嫣然一笑："程哥，你说这小妹妹我保不保得下来？"

"我给你两条路。"江依说，"一是我去举报你，该判多少年你心里有数。二是你现在就打电话，把开除我小妹妹这事取消，我给你一个自首的机会。"

说完，她还是那样歪着头看着程章，笑盈盈的，一副俏皮又天真的模样。

程章在心里骂道：这女人真狠！

江依想完这些事的时候，藏在枕头下的手机又响了。

她有点意外，没想到那个人会一晚上给她打两个电话。最近，那个人联系她的频率明显高了起来，是她离开邺城的时间太久了吗？

她本来不想接，可转念一想，即便帮郁溪搞定程章这事不是找那个人帮的忙，可用的毕竟是从那个人那儿看来的东西。这样荒唐的巧合，让她觉得可笑。

如果不是正巧在台球厅看到程章抽的是这种烟，她一个人能自程家那儿保下郁溪吗？她也不知道。

她越想越烦，手机振得她更烦，就皱着眉接起电话来。那个人冷淡的声音传来："我在碧云居。"

江依不知道该说什么："嗯。"

"昨天我拍到的那幅釉迹的画，挂哪里好呢？"

那个人的精力向来充沛，工作起来不分昼夜，开完会大半夜还有精力来折腾这些，江依挺佩服她的。

江依淡淡地说："随便。"

那个人问："你没想法？"

江依说："我有点忘了碧云居是什么格局了。"

"看来你离开邺城太久了。"那个人问道，"什么时候回来？"

江依抿了抿唇，说道："约好的时间还没到。"

那个人难得地笑了一声："也没有多久了。"她满不在乎地说，"那画我先看着挂吧，等你回来再调整。"说完就把电话挂了。

江依握着手机在窗边站了好久，那一晚，她不知自己是怎么睡着的。第二天，天大亮，明晃晃的阳光透过没拉紧的旧窗帘洒进来，江依睁开眼，感觉昨夜的一切都像是一场梦。

那个人冷淡的声音像是离她很远很远。

江依晕乎乎地起了床，本来她上午就起得晚，不过她今天上午有点事。

她刷牙洗脸，化妆的时候特意比平时化得稍淡一些，尽量选了条素色的裙子，就背着包哼着小调出门了。

上午十点，正是二中做课间操的时间，二中学生做课间操的样子连老大爷跳广场舞也不比不上，郁溪混在人堆里混完了这几分钟，满脑子都是刚才没解出来的那道数学题。

居然还有她解不出来的数学题?

这么想着往教学楼走着,郁溪差点撞到一个人。

她闻到那股熟悉的香味就觉得不对了,一抬头更是跟见了鬼似的:"你怎么在这里?"

盛夏的上午,明晃晃的阳光从香樟树间落下来,洒在女人漂亮的脸上。

竟然是江依。

江依今天脸上的妆很淡,穿着一件素色的连衣裙,虽然裙子还是无袖的,裙摆也短,但与平日的妩媚撩人比起来,今天的她意外透出些清丽。江依笑着问:"小孩儿,高二二班怎么走?"

不知是不是因为突如其来的一阵风,还是因为别的什么,郁溪莫名其妙地有点晃神。她和江依这样站在校园里,站在香樟树下,江依身上散发出阵阵栀子花香,让郁溪觉得一切都是光明而美好的。

好像江依不是在台球厅里混日子的,好像她和江依是要共同奔赴一个光明而美好的未来的。

郁溪还来不及答话,一个女生就奔了过来:"依姐!"

江依笑眯眯地转过头:"哎呀,我迷路了。"

女生说:"教室在这边啦!快点快点!"

"知道了,急什么,那教室又不会长腿跑了。"江依笑着拍拍那女生的头。

郁溪见状眼睛眯了起来。

那女生拉着江依要走,郁溪在背后喊了声:"你……"

江依笑着回头看她。

"你们是……"

江依又拍了拍女生的头,眼神有点宠溺:"这是我小妹。"

郁溪惊得下巴差点没掉地上。

江依在镇上还有个小妹?怎么看她都是孑然一身的样子啊。

那女生已经拉着江依匆匆走了。

郁溪跟在后面,往教学楼走时她听同班的另外两个女生说:"今天高二开家长会,我妈回去肯定又要把我弟屁股打开花了……"

郁溪这才知道,原来高二今天要开家长会。她平时都埋头在题海里,消息滞后得很。

晚上放了学，去书店打完零工，郁溪背着双肩包走进台球厅。

江依在角落那张桌子边打球，倒是没换衣服，但涂上了艳丽的口红，整个人的气质一下子就变了。

看到郁溪进来，她拎着球杆主动招呼了一声："哟，小妹妹。"

郁溪不动声色地问道："你有几个妹妹啊？"

江依笑道："你说白天那小孩儿啊？"她正好打完一局休息，不赶时间，就凑近郁溪的耳边说，"我跟她妈认识，她妈今天去市里办事了，她又不想让她爸去开家长会，我就去了。"

郁溪躲开了，冷冷地道："你这么热心啊？"

江依懒洋洋地回答道："是啊，人家诚心诚意拜托我，还给了我一根棒棒糖呢。"

郁溪看着她不说话。

江依抿了抿唇："她爸平时不管她的学习，去开家长会看到她分数那么糟，一定会觉得丢面子，然后打她的。"她的声音低下去，"往死里打，我看过她身上的瘀青……"

郁溪忽然说："我也想请你帮忙。"

江依的眉毛挑了起来："啊？"

郁溪转身出去了。

不一会儿，她捏着一根棒棒糖往江依手里一塞："给。"

江依握着棒棒糖，跟摇拨鼓似的转来转去，玩味地笑着看着郁溪。

郁溪问道："后天体育高考，家长可以进学校送吃的，你……你能来看我吗？"

江依笑着晃晃手里的糖："要我假装你姐啊？叫声姐姐来听听。"

她逗郁溪玩儿，知道这小孩儿倔，肯定不会松口叫她姐姐。在她印象中郁溪只叫过她一次"姐姐"。

她没想到的是，郁溪凑了过来。在逼仄的台球厅里，在嘈杂的人群里，在过分的玩笑声中，唯有这个少女干净、明亮，一双黑漆漆的眸子没经过世俗的污染，像她带江依去看过的那条清澈的小溪。她轻轻捏起江依连衣裙腰间的那块布料，明明神色是一贯的清冷，手却晃了晃，撒娇似的说："姐姐，求你。"

"只有我这一个妹妹，行不行？"

体育高考前一天。

大雨将至,山间尤其闷热,电扇"呜呜呜"地转着,台球厅仍像个大蒸笼,连打台球的人都少了不少。

江依也懒洋洋的,她把球杆往小姐妹手里一塞,让她们应付为数不多的几个客人,自己搬了张椅子往气窗下一坐,指望卷闸门和气窗之间能来阵穿堂风。

然而什么都没有,江依跷着脚给脚趾涂指甲油,嘴里嘟囔着:"真是热啊,要是有空调就好了……"

郁溪坐在前台桌边"刷"着题,这会儿握着笔抬头看了江依一眼:"祝镇怎么会有空调?"

江依一怔,很快恢复了懒洋洋的姿态:"呵,我真是热傻了……"

她将脚踩在椅子边缘,一手捏着脚,一手给那贝壳一样的脚指甲刷鲜红的指甲油。这会儿热得狠了,她用捏脚的那只手拿指甲油刷,空出来的手去撩一头藤蔓般的长发,长发鬈曲又浓密,她一撩,像在人心尖上搔痒。

郁溪本来还能"刷题",结果不小心抬头看了江依一眼,就忍不住又看了一眼。

"真是热……"江依用手给自己扇风,然而这也就是心理安慰,因为扇不起什么风来。她好像放弃了对来一阵风的期盼,突然回头往郁溪这边看了一眼。

郁溪赶紧低下头去,生怕江依发现她在偷懒。

"喂,小孩儿。"江依的声音透着股慵懒,她似笑非笑的。

"嗯?"郁溪假装什么都没发生般地抬起头。

江依身材丰腴,这会儿天热,她好像比别人更容易出汗一些,蒸腾起阵阵体香,飘散在夏天潮湿的空气里,钻进郁溪的鼻子。江依把下巴搁在椅背上,一双桃花眼含笑望着郁溪,她伸出手指对郁溪勾了勾:"来,姐姐问你,明天跑完步,你想要什么奖励?"

郁溪说:"我想要什么你就给什么?"

"呵,小孩儿要上天啊。"江依说。

郁溪头低下去:"我没什么想要的,你来就行。"

江依笑了一声,那笑声里像藏着根羽毛,搔着郁溪的耳膜。

郁溪紧捏手里的笔,问道:"你会来吧?"

江依含笑睨了她一眼。

郁溪的头低下去了。

她这意思是……会的吧?

江依是盛开在夏天的一朵花,而郁溪和祝镇一起灰败着,没有追问的勇气。

晚上因为没什么客人,台球厅关门比平时早一些,江依照例带郁溪来到炒粉摊上。

郁溪说:"我看你吃。"

江依瞥了她一眼,说道:"小孩儿学会减肥了?"说着她在郁溪手臂上捏了一把,"小胳膊小腿的,还减肥呢,到时候没力气了。"

"不是。"郁溪解释道,"明天要跑八百米,我得饿着。"

江依笑着问道:"饿着跑得更快?"

郁溪点点头。

她从小就感受到了一个道理——饿,才会激发人最深层的欲望。她什么都没有,在自己十七岁的人生里饿得发慌,所以才会拼了命地去学,拼了命地去跑。

江依说:"那我也不吃了。"

郁溪说:"你吃你的啊。"

江依说:"我减肥。"她捏捏自己的胳膊,胳膊像截嫩藕,"最近胖了,小孩儿,你说我是不是老了?新陈代谢那么慢。"

"不胖。"郁溪低声说了句,"正好。"

"你说什么?"

"我说……"郁溪说道,"你很漂亮。"

江依笑弯了腰:"你这么小的一个小孩儿,知道什么漂亮不漂亮。"

郁溪看了江依一眼,没说话,但她在心里说:我知道。

江依饱满的脸颊,像盛开的花。江依丰腴的胳膊,像肥厚的叶。江依爽朗的笑声,像种子,播撒着美好的未来。她灼灼盛放的姿态,是郁溪十七年人生里,所见到的成熟女人最美的样子。

和郁溪分开后,江依一个人绕回炒粉摊。她找到一个叉开腿坐在塑料凳上吃炒粉的社会青年,轻轻踢了一下他的凳子腿。

这人抬头冲她笑:"依姐,我给你点一碗?"

"想吃我自己会点。"江依很快转移了话题,"我问你,你妹妹是不是高三的?"

"是啊。"青年说,"明天体育高考,我妈还要去看她呢。"

"去看的话,要带些什么啊?"江依问。

"也没什么吧。"青年说,"就带点水啊吃的什么的。"

江依说:"行,知道了。"说完她就走了。

青年在她身后问:"依姐,你要去看谁啊?"

江依轻笑了一声:"我的小妹妹。"

体育高考当天,所有人都担心会下雨,结果天是很闷热,而且树上的蝉吱吱呀呀叫得好大声。

语文课上,郁溪透过教室的窗子,望向操场。

祝镇穷,所以二中的操场显而易见的破,跑道不是红塑胶的,而是混着煤渣土的。这会儿操场上静悄悄的,偶尔飞来一只鸟,经不住晒,很快又飞走了。

上语文课时郁溪一般都在认真"刷题",这会儿难得地走神了。她望着操场想:不知待会儿那儿会不会站着一个清秀而俏丽的身影。

上完两节课,学生们准备跑八百米的时候,家长们就可以进来了。

老实说,上次在学校里看到淡妆的江依,郁溪震惊了。

她第一次看到江依卸去了浓妆的样子,像脱去了一层面具,不知怎的这带给郁溪一种感觉那更接近真实的江依。

课间时分,郁溪没想到有人来找她。是上次那个女生,让江依帮她开家长会的那个。

"郁溪。"

郁溪走出教室:"你怎么知道我的名字?"

女生皱眉道:"故意的吧你?你是不是觉得自己长得漂亮成绩又好,全校没人不认得你,才故意这么问的?"

郁溪真不是。她只是一心想脱离这里,走出大山,所以拼了命地"刷题",她的注意力从来没放在身边的人和事上。只有江依是个例外。

女生把一盒牛奶往郁溪手里一塞："这给你。"

郁溪低头看着手里的牛奶。牛奶这东西在祝镇算稀罕物。价格不便宜是一个原因，更重要的是祝镇人没有喝牛奶的习惯，因为没什么营养知识，所以他们的饮食除了碳水还是碳水。

女生说："依姐让我给你的，她说你今天肯定没吃早饭，等下跑步没力气，先喝一盒牛奶，不会胀肚子的。"

郁溪问："她什么时候把牛奶给你的？"

"今天一早。"女生说，"她说自己现在还进不来，让我第一节课下课拿给你。"

"她说我是……"

"她的小妹妹。"女生凑近郁溪的耳朵说道，"她还说，她就你这么一个妹妹。"

郁溪红着脸反问道："她这么说的？"

女生笑嘻嘻地说道："我觉得，依姐好像特别关心你。"

郁溪下意识地问了句："是吗？"

"可能是因为你也长得很漂亮吧。"女生上下打量了郁溪一番，幽幽地说道，"依姐那么漂亮，跟我不是一个世界的人，反正我是不指望她真的能当我姐的。"

说着，女生蹦蹦跳跳地走开了："我先走啦，我同学还找我呢。"

郁溪站在走廊上喝牛奶的时候，难得地来了一阵风，风扬起她额前的碎发。

牛奶不如想象中那么甜，不过回味起来甜丝丝的。

两节课后，体育高考时间到了。

校门开了，成群结队的家长涌进来。其实祝镇每年能考上大学的学生不超过十个，虽然家长们平时并不关心孩子的成绩，但一直抱着不切实际的幻想，总觉得自家孩子会是那十分之一。

操场上，郁溪一边拉筋，一边在一堆家长里找人。

其实很好分辨，一堆灰扑扑的人中，并没有那个妩媚且俏丽的身影。如果江依在其中的话，她怎么可能看漏。

八百米跑一组一组进行得很快，郁溪上跑道了，她是这一组最边上的一个。她扭头,刚好可以看到校门口。她没在操场上找到的那个身影,此时也没从校门口向她奔来。

江依没来。

"预备——"监考员一声令下,接着是一声哨响。

郁溪像一支离弦的箭,冲了出去。

高考是她唯一能抓住的救命稻草,她不可能让自己出岔子。

她越跑越快。

闷热的天气,耳边是呼啸而过的风。她跑完两圈了,很快,终点线就在眼前了。

这时有人捏着嗓子喊了句:"'疯子'的女儿跑起来也挺疯的啊。"接着周围响起一阵哄笑声。

郁溪心里一紧,脚步晃了晃,身体失去了重心。

那捏着嗓子发出声音的人是秦小涵,她的声音跟江依那种天然妩媚的声音不一样,她的声音里有种刻意装出来的娇媚。

自从上次秦小涵跟郁溪闹矛盾没占着便宜后,明面上秦小涵没办法对郁溪做什么,但秦小涵这个人做事风格跟她打架那一套一样,不能造成什么实质性伤害,却像苍蝇一样,嗡嗡地围着你,让你恶心。

平时上课她在郁溪发言时讽刺地笑,或者把粉笔擦"不小心"掉到郁溪身上,郁溪都懒得理她。

这会儿郁溪体育高考到了最关键的时候,她又跳出来了,散播那个镇上人都知道的传言——也许那不是传言,而是事实,她是疯子的女儿。

郁溪脚步晃了晃,她刚才跑得太拼了,这会儿太阳明晃晃地照着大地,她有点想吐,眼前的景象不知怎的变得模糊起来。她努力睁眼看着前方,终点线那里并没有一个等着她的身影。

一切只能靠她自己。

她用尽最后的力气冲过终点线,然后控制不住地重重摔在地上。

今天为了方便跑步,她没穿曹轩那条旧牛仔裤,而是穿了条旧短裤,这会儿一摔,她的膝盖重重地磕在地上,一阵火辣辣的疼。

耳边是监考员的声音:"2分20秒,满分。"

这是今天女生的第一个满分。

郁溪大口大口地喘着气,费力地翻了个身,让两个火辣辣的膝盖脱离了煤灰碴儿。她仰面躺着，看到天上的太阳也变得模糊起来，似乎镶了一圈毛茸茸的边。

秦小涵含着嫉妒的声音响起："看吧，只有疯子的女儿才能跑这么疯。"

闭上你的臭嘴，郁溪在心里说。

她想冲上去跟秦小涵打一架，可她真的一点力气都没了。她喘着气眨着眼，心里愤愤不平，眼里一阵酸涩。

直到她模糊的视线里出现一张妩媚俏丽的脸，她的视线才慢慢聚焦，视野才逐渐变得清晰。

江依说："小孩儿，我来晚了。"

郁溪眼眶一热，喊了声："姐姐。"

江依笑了一声，蹲下来，她抚在郁溪额边的纤细手指那么柔软。她理好郁溪因猛跑而凌乱的发，说道："你跑你的，管别人做什么呢？"

接着江依站起来，郁溪鼻端熟悉的香味变淡，却没有消失，仍环绕着她。

江依站起来走到秦小涵身边，一笑："我说这位同学——"

她长得妩媚，说话的调子柔柔的，可她走近的时候，秦小涵不知怎的就是感觉到一种压迫的气场，不自觉地往后退了两步："你干吗？你一个大人，总不会打我一个未成年人吧。"秦小涵鸡贼得很。

江依一笑，笑得眉眼弯弯的，像只狐狸，她举起一只手，在空中如柳枝般晃了晃："你觉得我要打你吗？"她凑近秦小涵小声道，"不需要，我只需要告诉你的这些同学，上次你找周齐，可周齐他……"

秦小涵生怕别人听到，怪叫一声打断她："你乱说什么！"

"我亲眼看到的事，是乱说的吗？"江依声音压得很低，"并且我告诉你，不止我看到了，那时郁溪和我一起从台球厅出来，她也看到了，可她没打算把这件事说出来，故意让你在同学面前难堪。"

"你明白了吗？"江依站直身子，看向秦小涵的眼神里满是冷意，"这就是她和你最大的区别。"

秦小涵看着江依扶起地上的郁溪，看着她俩从她身边经过。

江依笑盈盈地盯了她一眼："我的小妹妹做事讲原则，而我呢，没她这么好心。"她的语调柔媚得不行，声音里却透着股狠意，"下次你再惹她，我就不会把这事当成是两个小孩儿闹矛盾了，听懂了吗？"

秦小涵后退一步，江依见状扶着郁溪走了。

郁溪很快就感受不到膝盖的疼了。

倒不是伤好得那么快,而是她被架在江依的肩膀上,江依扶着她,说要带她去诊所,她挣了一下:"自己包一下就行。"

"你膝盖里都是煤灰,要是感染了就要把腿锯掉,知不知道?"江依吓她。

郁溪一挣扎,江依怕她摔了,就把她搂得更紧了。

被盛夏炽烈的阳光照耀着,郁溪感觉头有点晕,两个冒血的膝盖一阵麻木。江依扶她扶得很紧,两人身上都是黏腻腻的汗。

郁溪咳了一声,说道:"那个,你放开点。"

江依闻言眼睛眯起来:"怎样,想跑?我偏不放。"

郁溪语塞,只能由她去。

路过一条小巷时,路边伸出的屋檐遮掉一半炽烈的阳光,郁溪说:"站会儿再走。"

江依问:"大热天的,站什么?"

郁溪说:"我走累了。"

其实她这话说得离谱,整个祝镇都没多大,从学校到诊所走不了多远,怎么会累了。但江依想到她刚跑完步腿又受了伤,想着她也许真累了,就轻轻松开她,让她背靠着墙。

江依问道:"你腿是不是很疼?要不我借辆自行车来载你?"

郁溪摇头:"哪儿那么娇气?"

江依狐狸一样眯起了眼睛:"我明白了,你像上次一样不愿意去诊所,想在这儿拖时间找理由对吧?"

她将手臂伸过来,牢牢牵住郁溪T恤衫的下摆,一双妩媚的桃花眼里闪着警惕的光:"我警告你,站着休息会儿可以,但你别想跑,我今天拎也要把你拎去诊所。"

天太热,郁溪靠着墙,很快背上的T恤衫就湿透了,贴着身后的旧墙。

江依戳穿了她的心思,因为她妈妈的那些往事,所以她的确想要逃避,不去诊所,但江依雪白的肌肤在太阳下,像一片泛光的雪地,竟奇异地安抚了她焦躁的心。

被难得的安全感包围着,郁溪心中的问题脱口而出:"江依,你为什么来晚了?"

江依笑了笑:"我起晚了。"

时间倒退到五个小时以前。

江依坐在路边的石墩上,眯着眼望着公路。她整个人姿态妩媚而慵懒,眼神却透着些急躁之色。

她左右看看没人,从口袋里摸出手机,一看时间,已经快早上七点了,她又默默地把手机收进了口袋里。

要坐公共交通工具离开祝镇的话,这是唯一的路。早上七点左右,有一趟大巴到这来,运气好的时候大巴来得早一些,运气不好的时候就来得迟一些。

她其实把时间卡得很死。不过结果算好的了,她先坐大巴到没那么穷的邻镇去,然后包一辆车开到市里,买完东西再包一辆车回祝镇,正好能赶上郁溪的体育高考。

如果大巴今天来得迟,她的时间就太赶了。

当然,她也可以给那个人打电话,让那个人像上次一样派车来接她,可想到自己今天想买的东西,她怎么可能给那个人打电话。还好,在她着急的时候,大巴来了,她匆匆上车,坐在一堆拎着活鸡活鸭的老乡中。鸡鸭一扑腾,带些腥臭的羽毛满车厢乱飞。

车厢里的人都在打量她。

她早已习惯了这样的打量。这样的打量也不是从她来祝镇才有的,而是很久以前就已经有了。

在一片打量的目光中,江依坐直身子望向前方的公路,紧抓前排靠背的手透露着她内心的急切。

路不长,邻镇很快到了,司机一脚急刹惹得车内的鸡鸭叫声一片。

"有下车的没有?"

江依却坐在座椅上发愣,纤长的手指还紧抓着前排的靠背。

她望着前方的公路。

要是这会儿不下车,车顺着公路一直开一直开,是不是就能开到一个真正计划外的地方去?

那地方也许破也许穷,可她是不是就能真正摆脱原本的生活。

正当她愣愣地想着这些事的时候,司机一脚油门,车缓缓启动了。

江依冲到车门口："等一下，我要下车。"

司机骂骂咧咧的："刚才不下……"

江依站在路边，大巴在她身后一关车门开走了，扬起一阵尘土。她抬头，看着明晃晃的让人发晕的太阳：难道她真有脱离过去生活的勇气吗？

她苦笑一下，抬脚向停着出租车的那一片地方走去："师傅，去不去市里？"

出租车师傅抬眼打量了她一眼："上车吧。"

第四章
那人竟来了祝镇

车开到市里停下,江依下车前问司机:"我买个东西就走,你等我会儿,祝镇去不去?"

"祝镇那破地方。"司机下意识地抱怨了一句,"给多少钱?"

江依报出一个数字。

司机忍不住回头打量了一下后座这个格外漂亮的女人一眼,像是奇怪她这么有钱为什么会待在祝镇。

江依坦然迎接司机的目光。

"那去吧。"司机说,"你快点,祝镇的路难走得很。"

江依让司机停车的地方,是市里唯一一家 M 记。她估计祝镇附近只有这片市区有 M 记和 K 记。她猜得没错,这儿有一家 M 记,没有 K 记。

她推门进去,一阵久违的油炸的香气飘来,她走到柜台点单:"一个麦辣鸡腿堡,一个大薯。"

付完钱,口袋里的手机猛地振动起来,吓得她一哆嗦,她摸出手机一看,果然,还是这段时间唯一会给她打电话的那个人。

她对柜台后的人交代一句"我马上回来拿"就匆匆推门走出 M 记,深吸一口气,才接起电话:"喂?"

那个人其实很少在白天给她打电话,在邺城时,甚至没在白天给她打过电话,反而是她来了祝镇以后,打了好几个。

她离开邺城这件事,是适得其反了吗?

那个人的声音从电话里传来,没想到在白天室外明晃晃的太阳下,她的声音听起来同样布满阴霾："你在干吗？"

"没干吗。"江依随口撒了个谎，"刚起来，在发呆。"

她的演技很好，声音一丝颤抖都没有，更何况那个人看不见她因慌乱而颤动的手指，又怎会怀疑她。

那个人又问："在祝镇出租屋？"

江依说："不然我还能在哪儿？"

那个人"嗯"了一声就把电话挂了。

这是查岗？江依撇了撇嘴，无奈又嘲讽地笑了笑，转身再次推门走进M记。服务员已经把她要的东西打包好了。江依取了纸袋，上了还在等她的出租车。

这司机开车特别野，一路上尘土飞扬的，回到祝镇的时间，比她预计的还早了不少。本来江依打算直接去二中的，可看现在时间还早，就打算先回出租屋一趟。

手里的纸袋沉甸甸的，在太阳下不断散发着油脂的香气。她想到郁溪，就快乐得眯起眼睛来，那个小孩儿一定没吃过汉堡。

那小孩儿就像她自己说的那样，浑身透露着"饿"。当然不是吃饱的那种饿，而是两手空空什么都没有的那种饿。她铆足了劲，要走出大山，给自己闯出一片天空。

以前有人说，高考是千军万马过独木桥，那今天的体育高考，就是小孩儿踏上独木桥的第一步。

既然别人的家长都带吃的喝的，不如她就带小孩儿没吃过的汉堡吧。那是小孩儿一直向往的外面世界的味道。

施比受快乐，这会儿她切身感受着这句话，嘴里甚至哼起小调来。她准备回出租屋拿一张贴纸，贴在M记的纸袋上。她记得贴纸上有一朵小红花，特别适合用来宠小孩儿。

她毫不怀疑今天小孩儿会跑得很好，就凭小孩儿身上那股狠劲，她跑得绝不会差。

贴纸当然不是她自己带的，她并不喜欢这些花花绿绿的可爱的东西。那人家里的孩子在她收行李时站在一旁，孩子手里的一张贴纸不知怎么的就掉在了她的行李箱里。

往出租屋走的时候，她远远看见楼下停着一辆黑色的车，她的一颗心就怦怦地跳了起来。其实她根本看不清车的款式,更看不清车牌,也不知为什么,她心里就是有了不好的预感。

她想往回走,可是已经来不及了,如果真是那个人的话,她大老远找到这里来,又怎么会轻易罢休。

她硬着头皮走过去,手里的纸袋越来越沉重。她看清了,那辆黑色轿车不是从邺城开来的,那个人身体不好,应该不愿坐那么久的车一路从邺城过来,她应该是坐飞机到临近市里,再包了辆车过来的。

江依没想到那个人会站在车外等她。

明明是盛夏,那个人却穿着黑色的长袖纱衣,整个人被裹得密不透风。往好听了说她这是显得沉稳,往不好听了说她这是十分阴郁。

那个人拄着一根银质拐杖,遥遥望着她走来的方向。不知哪儿来的一阵怪风,扬起那个人额前的发。那个人一双墨黑的眸子,波澜不惊,好像什么都不能引起她情绪的波动。她眉边有浅浅的一道疤,什么遮瑕膏都没用。

江依深吸一口气,一颗心在胸腔里猛跳着,表面却不露声色,她迈着沉稳的步子向那个人走去。

江依感觉手上的纸袋沉甸甸的,她想扔掉纸袋,然而已经来不及了。

那个人目光如炬,肯定早就看到她手里拿着一个M记纸袋。

她走到那个人面前停住,努力控制着自己,让呼吸不要露出紊乱的迹象。

明明是闷热的天气,这会儿却吹来一阵风,不断扬起那个人额前的发,露出江依根本不想看到的那双墨黑的眼睛。"好久不见了,冉歌。"

江依心里一抖,终于控制不住自己,松开了手指,M记纸袋来不及贴上小红花,就摔在地上。里面的纸盒的盖子不知是没盖紧还是怎么的,汉堡和薯条一起摔了出来,沾了一层灰。

东西不能吃了。

江依看着地上的汉堡,那个人看着江依。

江依开口了,喉咙发紧:"叶总。"

那个人干笑了一声:"你叫我什么?"

江依闭了闭眼,唤道:"行舟。"

叶行舟一张玉石般的脸上没什么表情,她问江依:"不请我进去坐坐?"

江依张了张嘴:"进来吧。"

诊所的诊室内。

郁溪缓缓醒来的时候,感觉小腿一阵温热。

刚才在小巷里站了会儿,江依就押着她来了诊所。医生先给她清洗伤口。酒精的味道传来,她一张清冷的脸上没什么表情,倒是江依在一边双手撑着膝盖,弯腰紧盯着她膝盖上的伤口,龇牙咧嘴的:"哎呀,疼死了!"

郁溪有点想笑,可她控制着表情,冷着脸,不让自己笑出来。

起晚了,什么鬼。

原来,在她眼里比天还大的体育高考,在江依眼里不过是轻飘飘的一件小事。那么,是不是年仅十七岁的她,在江依近三十年的人生里,同样不值一提。

江依到底多大呢?二十七?二十九?还是已经三十了?

她抬眼瞟了江依一眼,江依注意到她的眼神,一撩垂着的长鬓发问:"怎么了,还疼吗?"

郁溪避开她的目光,低下头去。

郁溪有时候觉得江依像精灵,有时觉得江依像狐狸,有时又觉得江依像滑不溜秋的鱼。比如江依在面对台球厅的那些客人时,表面上随便得很,实际上什么便宜都没被那些人占到。

上次她问江依多大了,江依也是一句话就轻飘飘地带过去了。

包扎完伤口,医生说郁溪的伤口有点严重,得打吊瓶消炎。郁溪微微皱眉,刚要开口,江依马上抢先说道:"行啊,打吧,我妹妹就是这么娇气,腿一点都不能发炎的!"像是知道郁溪又要说那句"哪有那么娇气"。

郁溪抿嘴看着她,她绕到郁溪身边,轻轻拽着郁溪的衣角晃了晃:"在姐姐面前,你就撒撒娇嘛。"

这会儿,郁溪又觉得江依像只猫了。

她张了张嘴,拒绝的话不知怎么就是说不出口,最终只挤了两个字:"好吧。"

输液的诊室小得不行,窄窄的一张床靠窗摆着,就占了大部分空间。郁溪靠着门边输液,江依就绕到靠窗的那一边,半倚着床沿坐着。

江依问郁溪:"饿不饿?要不要吃东西?"

郁溪摇头:"我想先睡一觉。"

郁溪觉得人的潜能真的很奇怪,刚才那八百米好像耗干了她体内一切能调动的力气,她这会儿困得眼皮发沉。

江依说："那你睡吧。"

郁溪问："那你呢？"

江依一笑："我看着你睡。"

时值盛夏，诊室床上的厚被子被收了起来，只有一条旧旧的薄毯子，毯子散发着一股消毒水的气味。江依扯过毯子搭在郁溪肚子上，半垂着眸子看着她。

那眼神柔得像窗口吹进来的风，但又让人觉得很悠远。

郁溪想问江依看到了什么，又看不到什么，可她上下眼皮已经打起架来。江依的睫毛在眼下投出一片毛茸茸的阴影，她盯着那片阴影，不知怎么就睡了过去。

醒来时，她就感觉自己的小腿传来一阵温热。她轻轻动了动，觉得温热的源泉是江依的背，应该是江依困了，缩到床边，占了另外一头，也睡了。

郁溪悄悄爬起来，不想吵醒江依。她靠着床头坐着，可床实在太小了，她的脚趾还是碰着了江依的背。

电扇坏了，诊室里闷热得不行。人睡着了体温就更高了，江依怕热，在睡梦中出了一身的汗，一条薄纱裙子被汗浸透了，郁溪挨着她的脚趾也变得黏腻腻的。

江依睡得很沉，脸上的妆脱了一半。她真实的皮肤其实比上妆后更白，嘴唇没了斑驳的口红，透出淡淡的天然的粉色。

郁溪感受着脚趾传递过来的灼热感，心里忽然想：江依真美。

她不知道江依为什么睡得这么沉，明明跑了八百米的是她，可江依这会儿睡着了的样子，看起来比她还累。

江依侧着身，一只手枕在脸下，脸上脱了妆，露出冷白的肤色。可能诊室实在太热了，闷得江依脸上浮出两团芙蓉花般的红晕。她的睫毛很长，纤长光洁的小腿跟脸一点色差也没有，也是雪白的一片，懒洋洋地从床上垂下去，高跟鞋挂在脚上，随着她一起一伏的呼吸，一副随时要掉下去的样子。

郁溪看着这一幕，不知怎么就想起一句诗："云想衣裳花想容，春风拂槛露华浓。"

其实江依长得有些古典韵味，是浓墨重彩的浓颜美人，只是平时粗黑的眼线一画，苍蝇腿般的睫毛一涂，那股清雅的韵味就少了点，妩媚的味道就多了点。

郁溪轻手轻脚地从床的另一边凑过来,想把江依瞧得更清楚些。这诊室的床好像是江依出租屋里的那种行军床,可以折叠,人在上面一动,就吱吱呀呀地响。郁溪怕这声音吵醒江依,动一下便停一下。

江依没醒,垂着睫毛睡得很沉,两颊被热气烘成两片花瓣,娇艳欲滴。

郁溪凑近了看着江依。

她很难描述自己对江依的这种依赖。江依的美,江依的妩媚,江依的活色生香,像一道光,照亮了灰扑扑的祝镇,也照亮了她十七岁灰扑扑的青春。

江依好像她尚未有机会接触的美好未来。

郁溪想着高考以后的生活,走了神,再回过神的时候,竟发现江依不知什么时候睁开了眼睛,她微微扭过身子,枕着头,似笑非笑地望着自己。

因为刚睡醒,眼里还有着朦胧的光,令她江依更显妩媚娇艳了。

郁溪吓一跳,猛地直起身子往后退,尾椎骨不小心磕在行军床的钢架上,"咚"的一声响。

江依懒洋洋地晃着小腿,刚才要掉不掉地挂在她脚上的高跟鞋,这会儿终于掉在地上,也发出"咚"的一声响。

江依没管鞋子,还是枕着头,含笑睨着郁溪。

郁溪捂着尾椎骨的位置,江依问她:"小孩儿,你凑我这么近干吗?"

郁溪一紧张就把实话给说出来了:"我觉得你很美。"

江依一听笑出了声,眨眨眼睛,长长的睫毛就在眼下投下一片阴影,她懒洋洋地说:"没见过美女吗?"

郁溪立刻说:"没见过。"

她的意思是,祝镇不是没有长得好看的人,但没有一个人像江依这样,鲜活得直接点亮了她的人生。

江依又笑了,既然脚上的高跟鞋掉了,她干脆把脚搁到床上来。她隔着那张旧毯子,轻轻踢了郁溪的小腿一下:"等你成年以后,视野开阔了,就会发现,我实在不算什么。"

郁溪往后缩了缩,背靠着床头,没与她争辩。

江依打个哈欠,从床上爬起来,背靠着床头的钢架,双臂抱在胸前,问道:"几点了?"

郁溪看了眼墙上挂着的旧钟,指针上的漆都掉了:"都过三点了。"

"睡了这么久?"江依有点意外,望着窗外的眼神难得地有点迷茫。

郁溪顺着江依的视线看了过去，发现从窗口正好可以看见镇里唯一一条公路。

不过祝镇太小太穷，那条公路只有早上七点左右有一班车，这会儿空荡荡的，什么都没有。

江依在看什么呢？

郁溪想透过窗口往外面看，身子就动了动。这会儿两人一个靠着床头，一个靠着床尾，面对面坐着，郁溪一动，就碰到江依了。

郁溪睡久了，哑着嗓子叫了一声："姐姐。"她说，"还有六天，我过完十八岁生日，就成年了。"

江依发现郁溪这小孩儿挺贼的，平时都是很倨地叫她"江依"，但某些时候叫"姐姐"又叫得特别顺口，还挺会撒娇的。

她刚抱着双臂望着窗口那条公路，是在想，叶行舟的车应该已经开到最近的一个机场了，她应该登上回邺城的飞机了。

她想着叶行舟，神情郁郁，有点出神，直到郁溪这声"姐姐"响起，她才回过神来，收回视线看着郁溪。

这是多么年轻的一张脸啊，干净、清冷，生机勃勃。

好像连跟郁溪坐在一起的她都重新找回了青春。

江依觉得自己变得苍老许久了，这种苍老与她真实的年龄无关，而是因为她心底一片荒芜。而此时坐在她对面的郁溪，连呼吸都透着朝气，感受着郁溪的朝气，让她手臂上的每一个毛细孔都张开了。

在郁溪的气息包裹下，她觉得叶行舟的气息离她越来越远。郁溪喃喃地道："就算我成年了，我还是会觉得，你跟其他人不一样。"

江依心里一阵触动。这时护士忽然进来问道："输完液了吗？"

她倏地回过神："噢，马上输完了。"

护士站在旁边等了两分钟，替郁溪把针拔了，把吊瓶收走了。

江依下了床，抱着双臂站在一旁看护士拔针，跟郁溪的监护人似的。看着针头被拔出，护士拿棉签猛地一按针口，她自己先嘶了一声："哎哟，疼不疼？"

郁溪用手按着棉签，面无表情地说："疼死了。"

江依笑着瞪了她一眼。

郁溪从床上下来穿好鞋，江依问她："下午学校还有课吗？"郁溪摇头。

"那走吧。"江依说,"姐姐请你下馆子去。"

郁溪问:"干吗请我吃饭?"

江依一笑:"你不是考了满分吗?说了要奖励你的。"

整个祝镇就一家馆子。

这家馆子的味道其实不怎么样,价格对祝镇人来说还死贵,所以客人不算多,只不过逢年过节,这家馆子还是能给人一点仪式感。

这会儿是下午四点,不是饭点,江依带着郁溪,坐在馆子门口沾满油污的木桌边。两人也没什么话,就一起望着外面的天。

馆子上面扯了块油布,遮住三张摆在户外的桌子,卷闸门锈迹斑斑的,散发着浓重的铁锈味,有人蹲在一旁用一个红色大塑胶盆洗碗,一只瘦猫在旁边打着哈欠。

江依望着外面阴沉沉的天,说道:"终于要下雨了。"

郁溪点点头:"嗯。"

这时天边响起一声惊雷,憋了几天的雨,哗哗地落了下来。猫被雷声吓了一大跳,迈着小碎步跑到厨房里面去了。

雨落在油布上,敲打着两人的耳膜。

郁溪左右两个膝盖上各贴着一张纱布,这会儿腿不能弯,她就把腿伸得老远,用脏掉的白球鞋蹭着江依那双张扬得有些刺眼的红色高跟鞋。

"江依。"郁溪的声音被雨声盖掉一半,继而被忽然响起的雷声彻底掩盖。

江依看着郁溪在雷声中翕动的嘴,一个字都没听见:"什么?"

雷声过去,郁溪又重复了一遍她的问题:"你会永远对我这么好吗?"

江依看着郁溪,在哗哗的雨声中,又一个惊雷响起。

这时老板来上菜了,因为馆子里没别的客人,所以她们点的菜是一次性上齐的。

一碗肥肠血旺、一碗雪菜毛豆、一碗辣椒炒肉。

这馆子里的菜单薄薄的一张,潦草的手写字加上粗糙的塑封,上面也没几个菜。这会儿端上来的菜跟那菜单一样,油汪汪的,一点不清爽。空气里多了饭菜的油味和香味,可江依身上带的本来很幽微的栀子花香,在雨天越发明显,一阵阵钻进郁溪的鼻子里。

郁溪看着江依,经过老板这么一打岔,江依那微微发愣的表情就消失了。

因为下着大雨,天色很暗,江依和郁溪犹如坐在一片暮色中。

从诊室出来后,江依就把她的漆红色口红涂上了。口红质量太差,这会儿江依还没吃菜,只用一次性塑料杯喝了两口水,就已经斑驳一片。

江依刚要说什么,老板又来了,把一个同样油汪汪的不锈钢盆往桌上一放,里面是扎扎实实的一盆米饭。江依不知怎么就笑了。

江依笑盈盈地看着郁溪:"你一个小孩儿,说什么永远不永远的?"她眼神游移了一阵,又轻轻地在郁溪脸上点了两下:"人生比你想象的长很多,遇到的人、遇到的事,也比你想象的多很多。"

郁溪看着江依。

江依凑过来,她们面对面坐在一张圆桌的两端,江依一俯身,郁溪怕她的长鬈发掉进菜里。还好没有,江依一伸手,把一头长鬈发拨到后面去了。

她笑盈盈地盯着郁溪:"怎么,想到高考以后要离开祝镇,就开始舍不得我了?"

郁溪想,或许江依已经发现了她的秘密,她把江依当作美好的未来,去依赖,去想象,去崇拜。

然而这些话她说不出口,少年人的骄傲占了上风。她看着泥地上因洗碗而陷下去的一个小坑,小坑里被刚才的那只瘦猫踩出一个梅花脚印,口是心非地道:"没有。"

江依退了回去:"那就好。"

"小孩儿我告诉你,别想东想西的。"江依说,"好好高考,考出这座大山去,用你自己的手把一切挣出来,到那时候,整个世界的大门都会为你敞开。"

郁溪鬼使神差地问了句:"那你呢?"

"我?"江依笑了笑,说道,"我走一步看一步咯。"

雨渐渐小了。

江依拿起筷子:"快吃吧,不然一会儿凉了。"她冲郁溪眨眨眼睛,"这可是我给你的奖励。"

那天她就说了,等郁溪体育高考结束,她要给郁溪奖励。

江依好像饿了,挑起大团大团的白饭混着肥肠塞进嘴里,腮帮子鼓起来,口红略微斑驳的红唇边沾着一点点红油。

郁溪看了一眼，想伸手帮她擦掉，又不敢，只好默默扒着碗里的白饭。

"小孩儿，你怎么不吃菜呢？"江依看着她，夹了一大块肥肠放在她的饭上，又给她舀了一勺雪菜毛豆，还很尽职尽责地教她，"跟饭搅拌在一起吃才香。"

郁溪默默按江依说的，把饭菜搅拌好，塞进嘴里。她一直低着头，只能听到江依咀嚼饭菜的声音，听得出，江依好像只愉快的松鼠。

等两人吃完了，江依叹了一声："爽啊！"

这女人就是这样，无论是吃饭还是喝酒，都一副很享受的姿态，看起来充满活力。

江依笑着问郁溪："好吃吗？"

郁溪实话实说："一般。"

江依笑了一声，站起来隔着裙子摸了摸肚子："我的胃都鼓出来了。"

郁溪瞥了一眼，其实从她的角度来看，江依的肚子还是平平的。

江依说："走吧，我送你去台球厅。"

郁溪有点意外："你不回台球厅上班吗？"

江依懒洋洋地笑着："姐姐就不能有个调休的时候？"

从馆子出来的时候雨正好停了，旧石板路坑坑洼洼的，上面有一个又一个小小的水坑。两人一路沉默地走着，避免"踩雷"。

走到台球厅门口，江依才冲郁溪一笑："进去吧，小孩儿要好好学习啊，高考可别给姐姐掉链子。"

说完她转身走了。

江依回到家先洗了个澡，不知怎的，她老觉得自己身上有叶行舟的檀香味。明明叶行舟根本没有凑近她。

江依用一条毛巾把一头湿漉漉的长发包起来，蜷起一条腿坐在床边，对着窗外发呆。

她发现自己这澡洗得有点徒劳，因为叶行舟来过这间屋子，屋子里也有叶行舟身上的檀香味。

明明叶行舟说要来她家坐坐时，她是想说你腿不方便的，可话还没出口，叶行舟就将手里的银质拐杖在地上敲了敲。

叶行舟不会改变自己的主意。

江依只好说:"进来吧。"

叶行舟让司机和助理在楼下等着,自己跟着江依上了楼。江依估计叶行舟一辈子都没来过这样的地方——阴暗逼仄的旧楼,七弯八绕的狭窄的楼梯,楼梯转角处堆着生锈的自行车,不知哪里还传来一股鸡屎的味道。

江依在前面带路,走两步就转头等着叶行舟。

叶行舟拄着拐杖走得很慢,嘴里却道:"你走你的,我好得很。"

两人终于走到了走廊尽头,走到江依小屋的门口。江依摸出钥匙开门,叶行舟进来后四处打量了一番:"这样的地方,你住得惯吗?"

江依说:"还行。"

屋里没地方可坐,江依说:"要不你坐床吧。"

叶行舟摇头:"不用坐了,我就是来看你一眼。"她问江依,"还有几周回邺城,按照你的计划?"

江依说:"一个月。"

叶行舟说:"嗯,不算久。"她拄着拐杖转过身,"我走了。"

江依在她身后说:"你今天来到底……"

"我说了,就来看你一眼。"她压低声音道,"冉歌,你真的该回邺城了。"

江依闻言浑身的毛孔瞬间收紧,她控制住发颤的声音,尽量平静地说了句:"嗯。"

叶行舟走了。

江依回家洗澡的时候,郁溪在台球厅"刷题"。

她坐在前台桌边,不一会儿,有个穿豹纹吊带裙的姐姐过来说:"依姐的小妹妹,让我拿个东西。"

郁溪让开前台桌子,那姐姐拉开抽屉找备用的壳粉,郁溪在后面背着手靠墙站着,状似无意地问道:"依姐什么时候来台球厅的啊?"

"来了一个多月吧。"

郁溪顿了顿,问道:"她从哪儿来的?"

"不知道。"豹纹姐姐摸到了壳粉,拿出来看了看,随口道,"依姐从哪儿来,干多久,拿多少工资,这些我们统统不知道,她都是直接跟老板谈的。"

"你们没问过？"

"有什么可问的？"豹纹姐姐一笑，好像郁溪问了个很蠢的问题。

郁溪笑了笑。

这些女人好像都是这样，从一个台球厅到另一个台球厅，哪儿人气旺一点，工资稍微高一点，就往哪儿去，有今天没明天的。

聚散无定，当然就没有问的必要。那等她们老了该怎么办呢？郁溪也不知道。随便找个男人嫁了？

豹纹姐姐走后，郁溪把习题集和卷子都塞到包里，背着双肩包走了。

接下来的几天，生活跟以前没什么变化，江依占着角落的一张桌子陪人打球，郁溪在前台桌边"刷题"。

局休的时候，江依拎着球杆，总觉得有人在不停地瞟她。

她有些好笑地看向郁溪："小孩儿，我没忘，后天是你的生日。"

郁溪握着笔，脸红了。

江依觉得好玩，这小孩儿有时候特别生猛，有时候又害羞得很。刚好前一桌客人结账走了，她索性拎着球杆走到前台桌边，俯身看着郁溪，问道："姐姐问你，你想要什么生日礼物啊？"

"我不要什么礼物。"郁溪的脸更红了，"不过我生日那天，你有空吗？"

江依笑着看着她："干吗？姐姐很忙的。"

"不干吗。"郁溪说，"就是平时吃了你好多东西，我生日想请你吃顿饭。"

江依说："不会是去上次我请你的那家馆子吧？"

看来江依也觉得上次那家馆子不好吃。

郁溪老实地说："我请不起，我自己给你做，行吗？"

江依一只手撑着下巴，另一只手伸出纤长的手指，在桌面上点了两下："后天，我想想啊……"她狡黠地冲郁溪笑着，"叫声姐姐来听听？"

郁溪平静地看着她叫了一声："江依。"

"哼，小气得很。"说完，江依很快又笑了，"好吧，姐姐有空，尝尝你的手艺。"

郁溪生日那天是周三，她调了书店打零工的班，一放学就背着双肩包来了台球厅。

江依在角落那张桌边陪人打球呢,一看郁溪进来了,就眯着眼睛冲她笑:"我的小妹妹来了。"

其他小姐妹集体鼓掌:"依姐的小妹妹,生日快乐!"

她们这一闹,台球厅里所有人都往这边看,郁溪感觉有点"社死"。不过那会儿她还不知道这个新潮的名词,只是尴尬到想用脚趾抠地。

好在江依很快跟人换好班,跟郁溪一起走出了台球厅。

前两天下过一场大雨,天晴后温度又高了好几度,明晃晃的太阳挂在天上。江依伸手在自己眼前搭出一个"小凉棚",踩着高跟鞋啪嗒啪嗒地走着。

郁溪双手插在牛仔裤兜里,习惯性地落后两步,看着江依的背影。

江依今天穿了一件吊带裙,黑色布料裹着她纤细的腰,上面印满向日葵图案,看起来有点减龄的效果,一点都不显脏,反而有种清新的味道。

江依自己从来不做饭,这会儿问郁溪:"这个点还有卖菜的?"

郁溪说:"有的。"

祝镇人穷,也懒。经济不发达的后果就是,留在这儿的人没其他事可做,守着个菜摊聊天打扑克,一待就是一天,直到菜被晒得发蔫。家里没种菜的人路过时,总会顺手买两把。

郁溪偶尔会帮舅妈买菜,所以她轻车熟路地带着江依走到菜摊前,买了点肉、青椒和蘑菇,又问江依:"你还想吃什么?"

江依看了一圈,说道:"丝瓜吧。"

郁溪又买了两根丝瓜,结账的时候江依要给钱,郁溪坚持道:"我来给,说好我生日我请你吃饭的。"她甚至有点生气了,说道,"从今天开始,我就不是小孩儿了。"

江依这才把钱收起来,笑嘻嘻地屈腿对她行了个万福礼:"那谢谢啦,小孩儿。"

郁溪瞪她一眼。

江依不怕,越发嬉皮笑脸的,又叫了一声:"小孩儿。"

郁溪不理她,跟菜贩把账结了。

因为郁溪手里拎着菜,江依就抱着最后买的那两根丝瓜。丝瓜特别长,江依抱在怀里,长长的一截贴着她的侧脸,随着她起伏的步子在她脸上蹭来蹭去。

丝瓜碧绿,皮肤雪白,双唇朱红。

江依一只手抱着两根丝瓜，另一只手拿着一根冰棍。冰棍也是在刚才的菜摊上买的，是菜贩自己做的，连包装都没有，就是一点白水加了点糖，也许加的不是白糖而是糖精。郁溪从来不买这种冰棍，但听同学说吃完后嘴里会泛着一丝丝的苦味。

但江依这会儿嘬得挺起劲的，她吧唧吧唧地把冰棍舔出一个小尖尖，还伸到郁溪面前晃了晃：“小孩儿，你吃不吃？”

郁溪看着冰棍上浅浅的红唇印，眼神挪到脚下的石板路上：“我不吃。”

到了江依的屋子，两人没上楼，直接去了一楼的公用厨房。

这老房子条件不好，租客大多是各种混日子的人，每次郁溪傍晚和江依过来的时候，这儿一个人都没有。

郁溪开始洗菜，江依在一旁跃跃欲试：“我帮你干点什么？”

她挺久没吃家常菜了，挺兴奋的。

郁溪想了想，问道：“你会削丝瓜吗？”

江依说：“我试试。”

她没削两刀，丝瓜就被郁溪从她手里抽走了。

"哎哎哎，我还没削完呢。"

"你再削下去丝瓜就没了。"

郁溪意识到让江依帮忙就是添乱后，就不让江依动手了。江依对自己的实力也有清晰的认识，就半倚着灶台，嘴里客套着：“我白吃，不好吧？”

郁溪一边削着丝瓜，一边瞥过去一眼：“你唱歌吧。”

江依一只脚翘起，勾着高跟鞋，问道：“唱什么？”

"生日快乐歌。"郁溪又飞快地瞟了江依一眼，"刚才在台球厅，你还没祝我生日快乐呢。"

刚才在台球厅，那些小妹祝郁溪生日快乐的时候，江依只是拎着球杆，望着郁溪笑。

"生日快乐歌啊，怎么唱来着？我忘了。"

郁溪抬头看着江依，有点无奈。

江依含笑歪头看着她：“你给我起个头，说不定我就想起来了呢。”

郁溪重新低下头去切丝瓜：“别逗我。”

"真的啊。"江依笑出了声，"我是老人家，记性不好，你唱一句，我就想起来了。"

郁溪知道江依是为了逗她唱歌,可她从没在人前唱过歌,因为她唱得少,甚至有点五音不全。可她又实在想听江依给她唱歌,于是犹豫着要不要开口唱歌,脸都涨红了。江依依旧含笑地看着她。

终于她一边切丝瓜,一边用最低的声音唱道:"祝你生日快乐……"

她故意把砧板剁得震天响。

偏偏江依没那么好糊弄,她凑到郁溪身边,将耳朵伸过来:"你唱什么呢,小孩儿?听不清哪。"她身上阵阵幽微的香味,穿过了蒜的味道、葱的味道、辣椒的味道,还有丝瓜清甜的味道,钻入郁溪的鼻尖。

郁溪鼻尖上沁出薄薄的一层汗:"祝你生日快乐……"

江依满意了,倚回灶台边,接着,她的歌声飘荡在厨房里:"祝你生日快乐,祝你生日快乐……"

郁溪以前只听过江依唱那些缱绻的小调,这首生日快乐歌她在电视上听过很多次,但没有人能像江依这样,将它唱得这么婉转旖旎。

等江依唱完,郁溪说:"你出去吧,我要炒菜了,你在这碍事。"

"哎呀,听完小曲就赶人走,好无情。"江依笑嘻嘻地冲郁溪伸出雪白的手掌,"我的小费呢?"

郁溪伸手在江依的掌心打了一下。

江依笑着缩回手,踩着高跟鞋,乖乖走出厨房。她在外面一阵捣鼓,不知在忙些什么。

最后一个丝瓜炒蛋起锅的时候,江依又走进来:"小孩儿闭眼,带你去个地方。"

郁溪警惕地问道:"去哪儿?"

"你闭上嘛。"

郁溪看着江依。

江依有些无奈地轻笑一声,走到郁溪背后,伸手捂住了郁溪的眼睛。一直把郁溪带到院子里,她才轻轻地松开了手。

郁溪脸上还残留着江依手指柔软的触感和江依手上的香味。眼睛适应了一会儿,郁溪就看到,院子里的小桌已经支起来了,桌上摆着一个洁白的奶油蛋糕,蛋糕上郑重其事地插着十八根蜡烛,烛光在暮色中闪闪发亮。

其实在认识江依以前,郁溪想过很多次自己的十八岁生日会怎么度过。

她再沉稳,也不过是一个十几岁的孩子,哪有孩子不喜欢过生日的?

郁溪悲伤地想,最大的可能就是她一个人"刷题"刷到深夜,一个人裹着毯子沉沉地睡过去。也可能她睡不着,在床上辗转反侧。

孤独是野兽,吞噬了人心里的安全感,却吞噬不掉让人骨头发凉的寂静。

郁溪从没想过,她的十八岁生日会是现在这样的。江依隔着一张小折叠桌坐在她对面,捏着软塌塌的塑料杯喝饮料,嘴里叽叽咕咕地讲些无聊的笑话。

对面明明只坐了江依一个人,郁溪却生出热闹的感觉。

天色暗了。

"好了,来感觉了。"江依提醒郁溪,"吹蜡烛吧!先许愿。"

郁溪学着小时候在电视里看到的人那般,双手合十许愿。等她睁眼的时候江依问她:"你许的什么愿?"

郁溪老实地说:"考上邶航。"

等到郁溪一口气吹灭了蜡烛,江依一张明亮的脸成了夜色中唯一的光源。

江依脸上带笑,语气却极为郑重:"祝小孩儿无拘无束,无忧无虑,无牵无挂,海阔天空。"

"郁溪,生日快乐。"

小院里没灯,蜡烛一吹,她们就只能摸黑吃饭。江依站起来,踩着高跟鞋扭着腰走到厨房把灯打开,院子里就有了一点光,但还是很暗。

郁溪问江依:"我做的菜好吃吗?"

江依老实地说:"一般。"

郁溪抿抿嘴,她手挺笨的,做菜谈不上好吃,只能说她掌握了基本的生活技能。

江依又说:"我给你个东西。"她将手伸进口袋里,摸出个小东西往郁溪手里一塞,笑着说道,"这儿也买不到什么,不知道送你什么好。"

郁溪低头一看,她掌心里多了个小小的木飞机,于是问:"你自己刻的?"

"是啊。"江依笑得还挺得意,"姐姐刻得好吧?"

郁溪如实地说:"一般。"想了想没忍住又补了句,"挺丑的,你手也挺笨的。"

江依哼了一声:"姐姐不是手笨,姐姐那是手劲不够,我手可巧着呢。"

她像是为了证明这一点,伸手刮了块蛋糕上的奶油,往郁溪鼻子上抹去,但郁溪动作灵活,迅速地躲开了。

江依喊了一声,拿起自己的一次性杯子,不满地喝了一口啤酒。等她将杯子放回桌面,杯沿就留下了浅浅的口红印。

郁溪盯着那个口红印。之前江依吃过的冰棍上也有。这好像是成熟的一种象征。

郁溪说:"我能喝酒吗?"

江依睨她一眼说道:"小孩儿喝什么喝?"

"我再说一遍,从今天开始我就不是小孩儿了。"郁溪看着江依的眼睛,郑重地说道,"江依,你听懂没有?"

"哟,长脾气了。"江依笑着想了想,说道,"好吧,就一杯,还有四天就高考了,你别耽误事。"说完,她把自己的杯子推过去。

郁溪端起杯子,把一整杯都喝完了。

"你这小孩儿!"江依急了,"给你喝一杯是让你慢慢喝,有你这么一口闷的吗?"

郁溪有点晕了,看向江依的眼神有点呆。

江依无奈地给郁溪夹了一筷子菜,说道:"吃点菜压压吧。"

郁溪定定地看着她说:"我要吃甜的。"

江依指着桌上的蛋糕说:"这儿有很多甜的。"

郁溪"哦"了一声。

她平时挺聪明的一个人,这会儿傻乎乎的。她顺着江依手指的方向,看向桌上的蛋糕,睫毛那么长,那么浓密,黑黢黢的。

她就这么傻傻地看着,也不拿勺子。

江依问:"怎么不吃呢?"

她抬头看了江依一眼,张开嘴:"啊——"

江依低头笑了一声,觉得这个小孩儿有点好玩。江依拿起叉子叉了块蛋糕喂到郁溪嘴边:"吃吧。"郁溪呆呆地张开嘴,奶油蹭到了嘴角。

江依抽了张纸巾,轻轻地替她擦拭。

郁溪舔舔嘴唇,说道:"姐姐,我还要。"

江依一只手放在桌上,撑着下巴,另一只手一勺一勺地给郁溪喂蛋糕,她的眼神随着夜风渐渐柔和下来。当郁溪安静下来不再闹腾以后,吃相很可爱，像只小动物。

一小块蛋糕喂完以后，江依问："饱了吗？"

郁溪呆呆地点头。

江依又问："还要吗？"

郁溪呆呆地摇头。

江依笑了一声，伸手在郁溪头上揉了一把，端着空碗碟走了。

进厨房前她转头看了一眼，郁溪呆呆地仰着头，望着头顶的星空。

江依其实很少洗碗，把用过的碗碟洗完以后，她靠在灶台边。郁溪走进来，像是没想到江依正对门口站着，眼神跟江依的一接触，立马移开，低声问："那个……我刚才是不是有点得寸进尺了？"

江依双手抱在胸前，似笑非笑地看着她："你说呢？"

"可能……是有点太像小孩了吧。"郁溪支支吾吾地说道。

江依笑出了声："还说不是小孩儿呢？"

郁溪说："以后不会了。"

江依猜到了。

她问："那你现在能走路了吗？我带你去个地方。"

郁溪的警惕心又上来了："哪儿啊？"

江依睨了她一眼："拉你去卖了。"

郁溪嘟囔了一句："谁要啊？"

江依没听清，问道："什么？"

"没什么。"郁溪说，"你带路吧。"

为了证明自己一点不屙，郁溪一路都没再问去哪儿。江依在前面带路，她像往常一样，沉默着双手插兜跟在后面。

脚下的石板路变成了泥路，郁溪发现地势在逐渐变高。直到江依带着她开始爬一座小山，她微微吃了一惊："这是……"

在前面的江依得意地回过头："怎么样，没来过吧？"

石板路开始变成泥路时，江依就脱了脚上的高跟鞋，这会儿高跟鞋在她手里摇摇晃晃的。江依猜郁溪没来过这座山，因为她猜测根本没人来过这座山。

当然，说它是座山有点抬举它了，更准确的说法是一座小土包。灌木层层叠叠地遮着地面，地面上没有人踏过的痕迹。祝镇这边石头少，气候又潮湿，踩在脚底的泥路湿湿软软的，不用担心划到脚。

这座小土包是江依有天闲逛时无意发现的。很多时候事情就是这样，越是本地人，越觉得自己对哪儿都熟，于是就对家门口的东西失去了探索的兴致，反而是外地人会偶有新发现。

那会儿已经快到郁溪十八岁生日了，江依就留心记下了这里。

本来江依是走在前面的，但走山路的功夫她比不上郁溪，渐渐就落在了后面。郁溪扭头看了她一眼，伸来一只手："来。"

江依看了她一眼，犹豫了一下。

郁溪说："我保证不笑话你。"

江依这才懒洋洋地笑着说道："小孩儿，人各有所长知不知道？你打不好台球的时候我也没笑话你啊。"

她一只手拎着两只高跟鞋，将另一只手放进郁溪手里。郁溪用力一拽，山路就变得好走起来。

江依望着郁溪的背影。少女个子高高的，肩窄，但身形挺拔，从背影看上去，很有成年人的样子了。

两人都没说话，只有郁溪的牛仔裤、江依的吊带裙擦过灌木丛，发出窸窸窣窣的响声。

江依被郁溪一路牵着往上走，最难走的地方郁溪也没放开手。

郁溪在前面喊了声："江依。"

她问江依："你带我来这儿，是为了送我生日礼物吗？"

江依走山路走得有些喘，声音里平添了另一种妩媚。她说："挺聪明的嘛，小孩儿。"

等两人爬上山头，江依就轻轻把手从郁溪手里抽出去了。两人站在一棵树边，江依柔声说："小孩儿，抬头吧。"

到这时，郁溪不用问，都知道江依想送她什么礼物了。

她头顶的漫天星辰如故事里的银河一样，发出璀璨的光。古人说"手可摘星辰"，郁溪现在心里也有这种感觉，好像她一抬手，就能摸到头顶的星星。

曾经她最向往的星空，仿佛就在她手边，予求予取。

是不是高考以后，走出大山，她就能拥有这样一片星空？

郁溪看得入神，江依像是很满意这样的效果，笑盈盈地靠在树上，嘴里含糊地哼着幼稚的歌:"一闪一闪亮晶晶,满天都是小星星……"

江依的声音太柔,不管唱《生日快乐歌》还是《小星星》,都能唱出一种缱绻旖旎的感觉。

她唱得郁溪都忍不住怀疑起来——难不成《小星星》其实是一首情歌,背后藏着什么凄美动人的爱情故事?

郁溪收回目光看了过去,突然看到江依不知怎么蹲了下去。郁溪是在江依声音低下去的那刻才意识到事情不对的。江依的声音很含糊,她像在强忍着什么,硬生生吞了半个音节。

郁溪快步跑过去,就看到江依捂着脚踝蹲在树下,手指微微颤抖着。

她马上问:"你被蛇咬了?"

江依点头。

郁溪的眉头紧紧皱起来,是她太大意了。

她不知道江依曾经生活的北方是怎么样的,反正祝镇这个地方四面环山,天气又潮湿,每年惊蛰时节,山里就会有很多蛇,蛇大多是无毒的,但偶尔也会有一两条有毒的。

听说以前死过人。

只不过惊蛰一过,等天真正热起来的时候,蛇就不怎么能看到了。今年不知是雨水多还是怎的,都六月了竟然还有蛇。

郁溪后悔得要死——她该提醒江依的。

她冲过去蹲在江依脚边,替江依捂住脚踝。江依的脚踝上一点血都没有,只有两个圆圆的洞,也不知这洞有多深。

郁溪知道这样才危险,头上的汗已经沁了出来:"看清是什么样的蛇没有?"

江依摇头。

现在下山去诊所是最笨的办法。所有祝镇人都知道,要是被毒蛇咬了,耽误三五分钟都能要人的命。

郁溪对江依道:"你忍着点。"她单膝跪地,让江依坐在树下,把江依雪白的脚放在自己膝上,低头对着江依的脚踝就吸了起来。

一阵刺痛传来,江依伸手抓住了郁溪纤薄的肩,她秀眉紧锁,微微喘气,因为太疼嘴里发出呼声。

郁溪从小生活在祝镇处理这事还是有经验的。她对着伤口吸了一口血出来，然后立马把血吐到一边的泥地上。还好她这两天没得口腔溃疡，不然她也不敢这么做。要真是毒蛇，毒素会顺着口腔里的伤口流入血管里，那样的话她俩都得交待在这儿。

郁溪吐出一口血立马低头去看，还好，血是鲜红色的。她松了一大口气："没事，没毒，应该是菜花蛇。"

伤口的淤血被她吸走，鲜血就汩汩地冒了出来，她用手按压都止不住，于是她看了看四周，这儿最干净最像纱布的东西就是她身上那件白T恤衫了。

她略一犹豫，抬手把白T恤衫脱了，嘴里咕哝一句："别看。"知道江依没危险后，她紧绷的神经一下放松了，这会又知道害羞了。

江依含笑的声音传来："有什么不能看的？你有的我都有。"

郁溪飞快地抬头瞟了一眼，发现江依真的在含笑看着她。

虽然郁溪脱了白T恤衫，但她身上还有一件打底背心，什么都没露。她肩膀有着好看的直角线条，可身体实在太像一张平板，因此在江依这样成熟的大人面前她难免露怯。

郁溪不好意思起来，觉得连月光都变得滚烫起来，在晒着她露出来的胳膊。

郁溪伸手轻握住江依小巧的下巴，把她的头转到一边去："让你别看。"江依发出一声轻笑，声音脆脆的，连月光都跟着荡了荡。

郁溪飞快地给江依包好了脚上的伤口，问她："你想现在下山，还是休息会儿再走？"

江依说："休息会儿。"

其实郁溪把淤血吸出来以后，她的脚踝就不怎么疼了，她只是惊魂未定，现在才感到后怕，腿有点软。

郁溪说："我先去漱个口。"

这小山上有条小溪，小溪很窄很浅，不过水特别清亮。

郁溪缩着肩匆匆向溪边走去。江依在她身后，靠着树干躺着。

这会儿郁溪蹲在溪边，掬一捧水漱着口。皎白的月光洒下来，把山间照得透亮，连少女背脊骨的形状都能看得分明，她像一只倔强的小动物。

郁溪漱完口回到树下，就看到江依平放在地上的脚，缠的那件白T恤衫被染粉了一小片。

难道血还没止住？郁溪快步走过去，像刚才一样单膝跪在地上，抬起江依的脚放在自己膝上，轻轻打开T恤衫看了看，还好，T恤衫上的粉色应该是之前的血迹，血是止住了的。

郁溪问江依："能走吗？"

江依点点头："应该可以。"

郁溪搀着江依站起来，江依一只脚完全使不上力，不得不倚在郁溪身上。郁溪一只手扶着江依的胳膊，一只手扶着江依的腰。

郁溪穿得少，上身就一件打底背心。下了山，四周没了茂密灌木丛的掩护，江依的脚步顿了顿："你没衣服……"

郁溪说："放心，没人会看到。"

祝镇这么穷的地方，除了镇中心台球厅那一片，其他人是根本没夜生活可言的。街上没人，郁溪穿着背心低着头，扶着江依快速走过石板路。

石板路是灰青色的，皎皎的月光洒在少女雪白的背脊上。

江依说："直接回我那儿，我找件衣服给你。"

郁溪言简意赅地道："去诊所。"

江依这会儿确信自己是被无毒的蛇咬了，脚上的伤口也没那么疼，就懒洋洋地笑着，盗用了一句郁溪的名言："哪儿有那么娇气？"

郁溪瞥了她一眼："这是蛇咬的。"

郁溪扶着江依来到诊所。祝镇穷，诊所其实是个门庭冷落的地方，平常人们有个小病小痛的，自己能熬过去就绝不会来开药。这会儿夜已经很深了，诊所的卷闸门紧闭。郁溪扶着江依来到诊所门口，然后让江依靠着一棵树。

郁溪蹲下，轻轻拨开自己的T恤衫，察看江依脚踝上的伤口。

江依在一片树冠阴影的遮挡中，半垂着眸子，纤长的睫毛在眼下投下一片浓密的阴影，她躲在阴影里看郁溪。

郁溪在一片树冠的阴影里抬头："血止住了，我先用一下我的T恤衫。"

她把T恤衫从江依脚踝上拆下来，随便往身上一套，T恤衫变得皱巴巴的还沾了斑驳的血迹。她站在月光下敲卷闸门，敲了半天没人应，只有咚咚咚的声音回荡在空旷的石板路上。

江依在她身后说道："算了，明早再来。"

郁溪没抬头也没说话，埋头在那儿挺倔地敲着门。

江依说："算了。"

郁溪咕哝了一句："不行。"

她低着头,继续敲门,马尾顺着一边肩膀垂下去,江依能看到她后颈上脊骨的形状,还有发根那一圈绒毛。

江依望着树干,突然问道:"小孩儿,你想过你的未来是什么样的吗?"

郁溪敲门的手停了一下,随即继续敲着:"没有。"

她明确自己想考邶航,但那之后的生活会是什么样的,她想象不出,也不敢细想,她生怕想得太多而梦想不能实现,自己会更失落。

"没关系。"江依笑着说,"等你考上邶航走出大山,你的未来就清晰可见了。"

郁溪低着头问道:"那你呢?你会留在这儿吗?"

"我?"江依继续说道,"我不是告诉过你吗?我这样的人,过一天算一天吧。"

郁溪敲门敲得太执着,诊所里的医生揉着眼睛,咕哝着来开门,一看门口站着个穿揉皱T恤衫的少女,衣服上满是血迹,身后还有个特漂亮的鬈发女人妩媚地靠在树干上,就吓蒙了:"你们是情杀,还是仇杀?"

什么乱七八糟的。

郁溪冷静地说道:"她被蛇咬了。"说完她指指身后的江依。

江依懒洋洋地冲医生挥了挥手,脸上挂着慵懒的笑。

医生是个六十岁的光头大爷,作为镇上唯一的医生,他很快镇定下来,问道:"什么蛇?有毒没毒?"

郁溪回答道:"没毒。"

医生松了口气,让开路:"进来吧。"

包扎完伤口,江依被郁溪扶着走出诊所。在月光下江依对着脚踝左看右看:"还挺艺术。"

这居然是一个有一颗少女心的光头大爷,居然给她的绷带打了个蝴蝶结。

这时已经午夜了,郁溪扶着江依走回她的出租屋,江依说:"你快回去睡觉吧,还有四天就高考了,睡不好可不行。"她又看了眼郁溪身上的T恤衫,打趣道,"我这血染的风采像不像世界名画?"郁溪没笑她自己倒先笑了,"这T恤衫你送给我收藏吧,我赔你一件。"

她说着话,斜倚在门边:"去吧,姐姐目送你。"

清朗的月光下,少女清癯的脸有些摄人心魄。江依发现郁溪就是这样的,五官长得清秀但又有些锋利的感觉，笑起来的时候有点"奶"，一旦不笑，就显得成熟很多。

郁溪一路没说话，这时候冷不丁冒出一句："今晚我能不回去吗？"

江依愣了愣，问道："回去晚了怕你舅妈骂你啊？"

郁溪笑了下："谁管我回不回去。"她飞快地瞟了江依一眼，"我是说，还有四天就高考了，我走回去又要花时间，耽误睡觉。"

江依稍微想了想，说道："好吧。"又问，"但我这儿就一张行军床，特窄，你能睡好吗？"

郁溪点头："能睡好。"

托国内发达的制造工业的福，祝镇这些年还是普及了热水器，不过是最便宜的那种，质量不太好，热水时有时无，烫一阵凉一阵的。

郁溪匆匆洗了个澡，出来问江依："你怎么洗？"

江依的脚踝不能沾水，于是说："我就擦擦吧。"

郁溪站在原地忸怩了一阵后，问道："要我帮你吗？"

江依笑出了声："小孩儿，我是被蛇咬了脚，不是手残废了。"

郁溪觉得自己这话问得是挺傻的。但江依洗澡的时候，她想了想还是拿了本英语书，到洗澡间门口守着，万一江依伤口进水了或者有其他什么事呢。

月光皎皎，郁溪把英语书摊在栏杆上，一个个单词看得分明。她一直觉得自己的专注力不错，之前在舅妈家学习，无论舅妈闹哄哄地与人打麻将，还是尖声骂舅舅，她都能学进去。

可是这会儿，她虽然盯着英语单词，但总是走神。

这儿的洗澡间和厕所一样，门锁都坏了，门太旧也不好修。不过洗澡间比厕所好一点，里面有水声的时候，其他人都自觉地不进去了。

门缝里，阵阵劣质玫瑰沐浴露的香气传来，这味道跟这时站在门外的郁溪身上的味道一样。

郁溪穿着江依的睡衣，她本以为江依的睡衣会是那种特成熟型的，还担心自己没法穿，没想到就是一件白T恤衫，已经洗得很旧很大了，没有牌子，连假牌子都没有。

郁溪望着洒下来的月光，想着江依刚才问她的那个问题：她的未来，到底会是什么样的呢？

第五章
别对我掏心掏肺

郁溪正想得出神,江依忽然叫了一声:"小孩儿。"

郁溪吓得手一抖,放在栏杆上的英语书差点掉下楼去。

江依问:"是你在外面吗?"

郁溪摁住了栏杆上的英语书,却摁不住自己的心跳:"是我。"

"我就说外面好像有个人影。"江依的声音懒懒的,被浴室的水汽一泡,平添了一分温柔,"你干吗呢?"

月光下的人都睡了,万籁俱寂,郁溪只听到自己怦怦的心跳和洗澡间里隐约传来的水声。她低声说:"没干吗,守着你。"

江依笑了一声,反问道:"我有什么好守的?"

郁溪沉默了片刻后说道:"等你洗完我扶你回房。"

走廊外是皎皎的月光,还有黑的树、黑的路、黑的向日葵花田,一切都看不分明。

江依又问:"你在外面做什么?"

"没做什么。"看英语书这样的谎话,她根本不好意思说出口,可想象自己的未来这种实话,又显得她太像小孩儿。

江依轻笑一声,那笑声也沾着淡淡的水汽:"你唱首歌呗。"

郁溪轻声说:"你是故意的。"

明明江依从她先前唱的那句生日快乐歌,就知道她五音不全。江依又笑了一声,也没勉强她,自己哼起那首旖旎的小调:"相思的路上呀长又长,甜甜的月光叫人心慌……"

郁溪背着手站着，望着从走廊外洒进来的皎皎月光，背后是江依湿漉漉的歌声、湿漉漉的背影和沾了玫瑰味的湿漉漉的水蒸气，心里暖融融的。

等江依洗完了澡，郁溪扶她回房。

回了房，郁溪觉得自己留宿的要求，提得实在鲁莽。

江依倒是无所谓："只能挤挤咯。"她又笑着问，"你睡相不会很差吧？不会半夜把我踢下去吧？"

郁溪从喉咙里挤出一句："还行。"她扶江依走到床边，帮江依把伤脚放上床。

江依搭着一张薄毯子问道："你站那儿干吗呢？罚站啊？"

郁溪就没跟其他人这么近距离地接触过，她将双手背在背后，说道："我想再看会儿书。"

江依睨她一眼："你想一直站着看？我这儿可没椅子。"

郁溪心一横，抱着英语书上了床。

江依把薄毯子扔了半边到郁溪这边来。

这间出租屋极其简陋，没台灯，就屋顶一盏蒙了厚厚灰尘的吊灯，瓦数也不高，灯光昏黄昏黄的。江依打了个哈欠，转了个身侧躺着，背对着郁溪。

"你们小孩儿精力怎么这么好啊？还能看书。"她声音里很快有了朦胧的睡意。

郁溪问道："灯会照得你睡不着吗？"

"不会，姐姐每天在台球厅累死累活的，可以秒睡。"江依懒洋洋地说道，"你别看得太晚，高考前四天要开始注意放松了。"

郁溪应了一声。

江依困倦地说："晚安，小孩儿。"说最后一个字的时候，她的声音都低了下去，她好像真的睡着了。

屋子里没了江依说话的声音，一片寂静，郁溪觉得自己翻书的声音大得吓人，于是动作无限放缓、放轻，眼神一落在身旁的江依身上。

江依好像睡得很沉。

郁溪出了一会儿神，轻手轻脚地起身把英语书收了，关了灯，又回到床上。

她听着江依和缓的呼吸声，不自觉地放缓了呼吸。

这是郁溪第一次感觉到，在这茫茫的世间，她并非独自一人。就算陷在一片黑暗里什么都看不清，她也能感应到有人与她同在。

她安下心来，睡意来袭，她缓缓闭上眼。

黑暗中，江侬慢慢地睁开了眼。

她面对叶行舟时，总觉得自己演技差得吓人；面对郁溪时，她又觉得自己的演技挺好的。

她懒洋洋地打着哈欠说困，假装很快睡着了。看上去小孩儿是信了，翻书的动作都变得又轻又慢，没看一会儿书，就关了灯，老老实实地躺在她身边，也准备睡了，还往她这边蹭了蹭，动作笨拙而温柔。

她这出租屋电扇坏了，夜里还是热，她很快就出了一层薄薄的汗。她觉得自己的皮肤已经够烫了，可小孩儿年轻，身体灼热，贴着她的脊背，仿佛全身心地依赖着她。

明明才认识没多久，她就这么信任自己了？

江侬面色一沉，再次闭上了眼。

第二天郁溪起床的时候，江侬还在睡，像是讨厌自窗户外照进来的光，她一把扯过毯子盖在自己头上。

郁溪看得有点好笑，她不知道这女人这么能睡，明明昨晚睡得比她早，不是吗？她轻手轻脚地关上门，匆匆走了。

还好昨天双肩包就放在江侬家，她可以直接背着去上学。她平时习惯早到，上学路上碰不到什么人。今天从江侬家出来，比平时稍迟了点，她碰到了同样背着双肩包走来的周齐。

周齐主动跟郁溪打了个招呼："昨晚熬夜学习了？"

郁溪没懂："嗯？"

周齐笑了笑，说道："看你脸上的黑眼圈就知道了。"

郁溪捏着双肩包带子默默无言。

周齐习惯了郁溪的话少，又主动笑着说："没几天就高考了，你准备好了吗？"然后"自曝"了一句，"我没准备好，心里很慌。"

郁溪说："我还好。"

说句自大的话，学到这个份儿上，她觉得只要不出意外，她考过邯航的分数线应该没问题。每一个要记要背的知识点，都已经拦不住她了。到了现在，她捧着书继续看，更多的只是一种习惯。

她像一只蓄势待发的野兽，全身心都绷紧了，只等着高考的到来。

然而郁溪的一切计划，都建立在"不出意外"的基础上。这天做课间操的时候，她觉得太阳特别大，大得像她初遇江依的那一天，也就是舅舅舅妈来学校闹事的那一天。

郁溪心不在焉地做着课间操，看着这样的太阳，不知怎的，她心里有了不好的预感。

果然，做完课间操以后，班主任在人群中找到她："郁溪，你家长找你。"

说实话郁溪很难把舅舅舅妈和"家长"这个词联系起来，在她心里，江依比他们更像家长。

家长应该是成熟的人，柔软的人，会陪伴自己的人，能遮风挡雨的人，而不是像舅舅舅妈那样的，一个懦弱，一个尖酸，看着班主任带自己走过来，一脸假笑地看着她。

"我们家丫头真是长大了。"舅妈喜滋滋地看着郁溪，丝毫没问她昨晚没回家睡觉的事。

郁溪怀疑舅妈根本没发现她昨晚没回家睡觉。

郁溪冷淡地问："什么事？"

舅妈搓着手，脸上更喜庆了些："你不是满十八了吗？我和你舅来给你收拾东西。走，我们退学过好日子去！"

郁溪后退了一步，看着班主任。

班主任说道："郁溪舅妈，你这样是不对的，学校找你谈过很多次话了，你再这样，我们真的要动用法律手段了。"

舅妈表面上笑得客气，却吊着三角眼说道："老师，你看你这话说的，可别吓唬我们，什么法律不法律的，这是我们的家事。"

郁溪在班主任身后叹了口气。

班主任其实听到郁溪叹气了，他心里其实有点震撼，他不明白一个刚满十八岁的小孩，怎么会发出这样的叹息声。他不知道的是，从小无依无靠的孩子，才会像郁溪这样早熟得过分——脸上青春洋溢，心却已经老得磨出了茧子。其实郁溪不怪班主任。

在祝镇这么穷的地方，"穷"和"没前途"已经形成了一种恶性循环，家长不太看重孩子的成绩，最多就是在孩子考得不好嫌弃孩子丢人的时候打一顿。对女孩来说，退学许个人家是很常见的事，就算没到法定年龄，先订婚，等过两年再补结婚证嘛。

虽然这样并不合法，学校也进行了诸多干预，但一旦扣上"家务事"的帽子，事情就变得有些剪不断理还乱了。

郁溪冷着一张脸站在原地没动，舅妈上来扯她："你要多笑啊，你这张死人脸到婆家不讨喜的，我告诉你。"

郁溪被舅妈扯得跟跄一下，舅舅在旁边嘀咕一句："你别拉她了。"郁溪看向舅舅，在她最后一丝期待的目光中，舅舅像条垂死的鱼，无声地张了张嘴，最终在舅妈一阵尖厉的骂声中偃旗息鼓："你有病啊？我不拉她，她愿意走？她不嫁王家你修新房子的钱怎么来？没用的东西……"

舅妈应该是笃定郁溪没反抗的余地，所以在郁溪面前说这些话时一点都不掩饰。

郁溪知道舅舅在最后的时刻也不能成为她唯一的指望，眼里的那束光熄灭了。

她被舅妈拉着往教室走去。

课间操后休息的时间长一些，这会儿学生们还没上课，教室里闹哄哄的。舅妈扯着她走进教室："你坐哪儿啊？"

郁溪不说话。

舅妈哼了一声，随手拉过一个同学问道："郁溪坐哪儿？"

同学看一眼这个面相不善的女人，又看一眼旁边冷着脸的郁溪，一时不明白这是什么情况，就没吭声。

"郁溪坐那儿，第五排。"一个捏着嗓子的娇媚声音响起。

郁溪一听这故作娇媚的声音就觉得太阳穴那儿突突地疼。她抬头，就看见秦小涵捏着头发坐在那里，身边围着她的跟班闺密们。

秦小涵看着郁溪笑道："郁溪，恭喜你呀，什么时候请我们吃喜糖？"

郁溪要许人家这事，班里其他人不清楚，秦小涵可是清楚得很，毕竟她哥混得开，对王家也算了解。

她见郁溪不说话，笑得更得意了："怎么，许了王家这样的好人家，就眼睛长到头顶上，不理我们这些同学啦？"她的两个跟班闺密配合着她，发出一阵张狂的笑声。她们嘻嘻哈哈的笑声刺痛了郁溪的耳膜。

其他同学已经抓到秦小涵话里的重点了："什么？郁溪要许给王家？"

"王家儿子不是坐过牢吗？郁溪是不是疯了……"

"为了王家的钱?这不等于把自己给卖了吗?"

郁溪在心里冷笑,舅妈可不就是把她给卖了吗?

舅妈可不理其他同学这些议论,她目的明确,直奔郁溪的课桌。她甚至带了个麻袋过来,把郁溪课桌上下的书和卷子全扫进麻袋里。她一边扫,一边嘟囔:"怎么这么多书?真是浪费钱,有这钱不如给我……"

郁溪在一旁冷眼看着她。

舅舅小心翼翼地看了郁溪一眼,扯了把舅妈,小声说:"她怎么不闹?"

舅舅很清楚高考在郁溪心里意味着什么,在高考前让郁溪退学,跟杀了她一样。郁溪是他姐姐的女儿,而他姐姐,他觉得是疯的。

他都已经做好心理准备,今天来接郁溪,郁溪会大闹一场,也许她会把课桌掀了也说不定。没想到郁溪一动不动地站在旁边,冷着脸,看上去跟平时没什么两样。

舅妈一边继续收东西,一边说:"她有什么好闹的,许给王家吃香的喝辣的,人家王家在市里还有人,以后带她去市里也说不定。我给她找了这门好亲事,她谢我还来不及,还闹?"

舅舅显然不这么想,他又心虚地看了郁溪一眼。

但郁溪真的不吵也不闹,等舅妈收完东西,她就跟着舅舅舅妈一起走了。

秦小涵看着郁溪变空的课桌,扯出一个趾高气扬的笑。

曹轩今天一放学就早早回了家。他妈妈交代他,今晚王家的人要来吃晚饭,商量办婚礼的日子,顺便把裁缝带来,给郁溪量尺寸。许人家这事就算板上钉钉了。

曹轩知道郁溪上午就被他妈带回了家,那时他在教室里坐立不安,可想到他妈那样子,他又实在没有上前阻止的勇气。这会儿他回家以后,看到他妈在厨房烧菜,却没看到郁溪,就问了句:"溪姐呢?"

他妈头都没抬:"刚才在这儿洗菜,谁知道这会儿跑哪儿去了。"

曹轩有点意外:溪姐会乖乖在这儿帮忙洗菜?

他跟他爸想的一样,觉得他妈今天让郁溪退学,郁溪肯定会大闹一场。

他找了一圈,最后在郁溪的小隔间里找到了她。他对郁溪很客气,未经郁溪的允许从来不进她的房间,于是站在门口喊了声:"溪姐。"

郁溪正在"刷题",听到喊声抬头看他。

小隔间是用木板搭成的，特别闷，他妈又没给配电扇，郁溪穿着旧T恤衫和牛仔裤坐在里面"刷题"，没一会儿就热出一身汗。

郁溪身上的旧T恤衫和牛仔裤都是他的，他个子跟郁溪差不多高，甚至比郁溪稍矮一点，但他比郁溪胖很多，他的衣服郁溪穿在身上松松垮垮的。郁溪出了一头的汗，头发乱七八糟地粘在额头上，她一抬眼，那双黑白分明的眼睛看过来时，曹轩的心猛地一跳。

即便是朝夕相处的家人，曹轩也时不时地感觉到，他姐长得挺漂亮的。

郁溪问曹轩："有事？"声音一如往常，和她的眼神一样，平静而清冷。

曹轩探头往里看了一眼，问道："溪姐，你怎么……还在'刷题'，不是退学了吗？"

郁溪冷冷地说道："闲得无聊。"

曹轩的心像被抽了一下，退学这事对他姐来说是多大的打击啊，都不能高考了她还在这里"刷题"。

这时曹轩他妈在外面喊他："阿轩，你人呢？来尝尝这肉。"

曹轩一张微胖的脸埋了下去："溪姐，对不起。"

他和他爸都不知道怎么反抗他妈。

郁溪笑了一下："这也不怪你。"

曹轩抬起头，见郁溪虽然在笑，眼里却闪着清冷的光。

"我不怪谁也不靠谁，我就靠我自己。"

快到饭点的时候，王家的人来了。

来的还是上次那个王姐，她带着她的俩妯娌和一个裁缝。她儿子还是没来，她儿子好像对订婚这事一点都不在意似的。

舅妈把郁溪拉出来，满脸堆笑道："这孩子今天一早就从学校回来了，在家等你们呢。"

王姐问道："退学了吗？"

虽然手续还没来得及办，但舅妈连忙回答："退了退了。"

舅妈本来让郁溪好好打扮一下再出来见客。可郁溪一直在她的小隔间里"刷题"，连脸都没洗，这会儿碎发还汗涔涔地粘在额头上，乱乱的，纵使这样，王姐上下打量郁溪也没挑出什么错来。

这丫头长得确实俊。

郁溪总觉得王姐每次打量她，都像在打量一头牲口。但郁溪也不忤，冷冷地迎着王姐的目光。

王姐说："你这眼神进了我家得改改，我儿子喜欢温柔的。"

"这孩子从小就这样。"舅舅打了个圆场，"王姐，我们先吃饭。"

舅妈得寸进尺地说："郁溪，你给你未来婆婆夹点菜。"

郁溪冷冷的眼神扫过来："不如我敬未来婆婆一杯吧。"

傍晚，台球厅。

江依一边拿壳粉摩擦着球杆头，一边望着台球厅门口的方向。

还没到夕阳西沉的时候，但阳光总归比白天时黯淡了些，没那么刺眼。门口逆光，橘色的阳光从门外洒了进来，如果从那儿走进一个瘦瘦高高的清丽少女，这场景应该会美得像幅画。

江依昨天被蛇咬伤了，脚踝缠着厚厚的纱布，不能使力，靠在球桌边的时候，她就没平时那么潇洒妩媚。打球的时候，还得单脚跳来跳去的，她笑称自己是身残志坚，伸着雪白的手掌管客人要更多的小费，样子既妩媚又可怜，客人没有不答应的。

其他小姐妹羡慕地说道："依姐真是我们台球厅的花蝴蝶。"

"我们什么时候比得上依姐？"

江依望着门口的方向，没有等来少女清丽的身影，却等来了一个男人。

小姐妹比江依更快地反应过来，热情地招呼道："王哥，你怎么回镇上了？"

"嘻，我妈喊我回来商量订婚的事。"王哥说，"我懒得过去，让她们商量去吧。"

江依的眼睛眯起来："你妈去郁家了？"

王哥点头，冲她吹一声口哨："依姐，陪我打两局。"话音没落，他就看到江依单脚跳着向台球厅外走去。

江依单脚跳出台球厅，追上刚从台球厅出来的一名青年："小武！"

小武正骑在门口的骑摩托车上，一看到江依脸就红了。他年纪不大，也就二十出头的样子，不过初中毕业就没读书了，一直在外面做事，所以叫小孩儿也不合适。江依不知道他是怎么回事，在社会上混了这么多年，一跟人说话，尤其是跟女人说话，脸就红，一副很害羞的样子。

他不是装的。

他算是江依最喜欢的客人。这会儿江依火急燎地追出来,问道:"你能载我去个地方吗?"

老实说祝镇这地方屁大一点,想去哪儿走路很快就到了,摩托车就是青年们买来装酷用的。小巷七弯八拐,江依要是脚没受伤的话,估计她自己跑过去跟骑摩托差不多快。

小武红着脸道:"上,上来吧。"

江依跳到摩托车边,一脚跨上去。摩托车发动起来,耳边就有了风,风吹着,江依的一袭红裙就飘了起来猎猎作响。她一头浓密鬈曲的发,在风里飘扬起来,像一面旗。

她身上劣质而浓郁的香水味飘过来,小武的脸更红了。

但江依没心思理会这些,只是催促道:"你开快点,把摩托当飞机开!"

小武一愣:"依姐,你坐过飞机吗?"

祝镇这样的地方,有能力的人早走了,留下的人,可能一辈子都没出祝镇的机会。坐个大巴去市里,对他们来说就是出很远的门了,"飞机"这种名词听起来,像一个太过于遥远的梦。

江依想到那个说"我想造飞机"的清冷少女,心里堵得慌。

摩托车被风风火火地开到郁家门口,小武一刹车江依猛地往前一冲,鬈曲的发梢扫到小武的脖子上。小武的脸红到了脖子根,他不知道这个突然出现在祝镇的女人为什么连头发丝都是妩媚的。

江依下了摩托车,急忙单腿往里跳,而后背对着小武挥挥手:"在这儿等我。"

她赶到的时候饭局刚开始,郁溪的舅妈说:"郁溪,你给你未来婆婆夹点菜。"

江依听得心里又是一堵,她跳到门口的时候,刚好看到郁溪年轻的一张脸在夕阳中闪闪发光。凭什么她还没来得及开始的人生,要断送在这里?

江依很后悔,觉得自己还是大意了。

她明明早就知道郁溪被逼订婚这事,可少女很镇定地说她有办法,她就以为这件事对付过去了。这会儿她匆匆赶到,正好听到少女清冷的声音:"不如我敬未来婆婆一杯吧。"

江依一愣:难道郁溪就这样放弃了?

下一秒她就觉得不可能,她逆着光看到少女的侧脸,少女眸子清冷却泛着挺倔的光,呼应着身上的那股狠劲。

郁溪拿起了桌上的啤酒瓶。

因为王家来的都是女人,所以今天舅妈没准备白酒,一瓶瓶啤酒摆在桌上。这啤酒是其他地方早已不见了的那种,墨茶色的厚玻璃瓶反射着阳光,瓶子上面凝出一个小小的光斑。

郁溪说着敬酒,脸上却一点笑意都没有,她拿着酒瓶就向自己头上砸去。这一切发生在电光石火之间,江依连惊叫都忘了,人直接傻掉了。

鲜红的血从郁溪额头上淌下来,郁溪连眉头都没皱一下,一脸的平静,好像她刚才真的只是给人敬了杯酒。郁溪说:"要结婚也可以,娶个死人回去,你们家愿不愿意?"

江依完全忘了自己脚上的伤,也不单脚跳了。她跑着往里冲的时候,裹着厚纱布的脚踝似乎一点都不疼。

这时郁溪的舅妈尖叫起来:"这丫头是不是真跟她妈一样,是疯的?快看她砸的地方,有没有破相?"能被她当成商品,全凭郁溪这张清秀的脸,脸要是破了相,商品还怎么卖?

郁溪刚才一直没笑,听到舅妈这句话,她才冷笑了一下。

其实这决绝的办法早在舅舅舅妈第一次到学校找她时,她就想好了。高考比她的命还重要,是她唯一能抓住的救命稻草,她怎么可能放弃?

她不怕疼,甚至不怕死,她只怕一辈子困死在这里。

不过想归想,那么厚的啤酒瓶子砸在头上可真疼啊。酒瓶重重磕在她额头上,让她两耳"嗡"的一声,额角一股汩汩的暖流淌下来,烫着她的脸。

头晕乎乎的,她觉得从门口照进来的阳光都变得模糊起来,意识也变得模糊,模糊中她觉得那一片夕阳中,有个火红的影子飘了进来,带来一阵熟悉的香味。

她额角的血流得又凶又急,快速的失血让她站不住,一阵天旋地转,她直挺挺地向后倒去。

她以为自己会摔在舅妈家冷硬的地板上,像破损了的不值钱的瓷器一样摔得粉碎,没想到自己跌入了一个温软的怀抱中。

熟悉的栀子花香温柔地将她包裹住。

刚才那随着夕阳飘进来的火红的影子不是她的错觉,是江依接住了她。

这个突然闯进来的红裙女人让在场的人都愣了一下。

王姐眯眯眼睛，想起她跟这女人见过一次，上次她来郁家商量订婚的事时，这女人也出现过，她儿子叫这女人来送烟，这女人在镇上的台球厅工作。

她问："我儿子又叫你来送烟？"

"送什么烟？"女人冷笑一声，"订婚这事你别想了，人今天我带走了，她不会再回这个家了。"

王姐这才反应过来女人是来砸场子的。她生得胖，满脸横肉，一脸凶相："你带她走？人家亲舅舅亲舅妈都在这里，人家才是一家人，你跟她又是什么关系？"

"这样的人也配叫家人？"江依瞥了眼郁溪的舅舅和舅妈两人，一脸的轻蔑，看向王姐的眼神很坚定，"这样的家人不要也罢，从今天起，我是她的家人。"

江依将快昏迷的少女的手臂搭在自己肩上，勉力扶着对方站起来。女人身上的裙子红得像火，嘴上是斑驳的漆红色的口红，少女额角淌下的血沾在她脸上，两个人都像在灼灼燃烧。

女人脚踝上缠着厚厚的纱布，这会儿扶着额角染血的少女，两人站在一起其实挺狼狈的。可那火一样燃烧的姿态，让想上前去拦她们的王姐都顿了顿。

但金钱的力量是伟大的，王姐没敢拦，郁溪舅妈上前拦了："你要把她带哪里去？你一个在台球厅上班的跩什么？你这是拐卖人口！"

这时一直缩在墙角的曹轩大喊一声："别闹了！"

他都喊破音了，他妈都被他震得晃了晃，疑惑地缩回手看着他。

她这儿子平时最是好脾气，只要让他一个人在一边看旧小说就行了，这时他却红着眼吼他："你还嫌闹得不够吗？"

老实人的突然爆发挺吓人的，他妈被吼得愣在原地。这时，江依扶着郁溪走了。

小武骑着摩托车等在门口，听到屋里传来惊心动魄的"砰"的一声，他不知道里面发生了什么事，连火都没敢熄，没多久，就看到江依扶着一个少女出来了。

这个少女他在台球厅见过，其实在他们整个镇上挺有名的，二中的校花，长得清冷又漂亮。每次她一去台球厅，其他人就笑着打趣："依姐的小妹妹来了!"

这会儿江依扶着人出来,怕少女摔了,走得特稳。明明他今天耗在台球厅打了一天的球,看着江依单脚跳了一整天,受伤的脚都不能落地的。

江依小心翼翼地把人扶到后座坐着,自己跨上去坐在最后面护着少女,声音发颤却尽量冷静地说道:"去我家。"

小武看到少女一脸的血吓了一跳,凑近了看到伤口里还有点碎玻璃碴儿,就说道:"依姐,这得去诊所。"

"那样的诊所不能去。"江依沉声说道,"听我的,去我家。"

小武没办法,骑着摩托车把两人送去了江依家。

江依匆匆道了声谢,拖着郁溪从摩托车上下来往家走。小武在她身后问:"要我帮忙吗?"江依说:"不要。"

扶着郁溪进屋后,江依让郁溪躺在她的行军床上,又从枕头下摸出手机,匆匆带上门出去了。

"喂。"她尽量控制着自己的声音不发抖。

"喂。"叶行舟带点阴沉的声音传来,"你怎么会主动给我打电话?"

江依说:"你给我派辆车,接我去市里。"

叶行舟有点意外:"现在?"

"嗯,现在。"江依说,"你让车用最快的速度赶来,你肯定有办法的,对吧?"

叶行舟问道:"你去市里干吗?"

"逛街。"江依声音里的颤抖快控制不住了,"这小破镇快把我憋疯了。"

叶行舟罕见地笑了一声,只不过那笑声同样阴沉:"你是不是快待不下去了?你会提前回邺城吗?"

"或许吧。"江依捏紧手机问道,"你能派车来吗?"

"能。等着吧。"叶行舟说完就把电话挂了。

江依冲回屋里,把手机往床垫下一藏,找出一条干净的毛巾捂着郁溪的额角给她止血,直到楼下传来"嘀嘀"两声鸣笛,车灯扫过来穿透了初降的夜幕。

车真的来得很快,叶行舟真的有办法。

江依匆匆扶着郁溪下了楼。

司机看见一脸血的郁溪吓了一跳。扶着她的女人,一张漂亮的脸蛋上也沾了血，不知怎么的也没顾得上擦，应和着女人脸上的浓妆，令其更添了几分妖娆。司机说："不是去市里逛街吗？"

"是去市里。"女人扶着少女上了车，小心翼翼地让少女靠在她肩上，"不过是去医院，快走。"

司机觉得这事有点奇怪，他猜不透这两个女人是什么关系，都长那么漂亮，是姐妹吗？不过一个妩媚一个清冷，看着又不像姐妹。

虽然他心里犯嘀咕，但派他来的人，给的钱多到足以让他对这些事闭嘴了。他不再多话，发动车子向市里开去。

郁溪并没有完全晕过去。她只是晕乎乎的，觉得头很沉，连眼皮和四肢都很沉，她没有睁眼的力气也没有抬手抬脚的力气。一阵昏眩间，她觉得自己好像被塞进了一辆车里。

说来可笑，她这辈子坐车的经历很少，还是以前代表二中到市里参加知识竞赛，坐过几次车。那时车颠来颠去的，郁溪晕车吐了好几次。今天这辆车显然比以前那种车舒服得多，司机开得很平稳，只是车速很快，让不习惯坐车的郁溪心里发紧。

耳边响起一个温柔的声音："师傅，你再开快一点。"

郁溪虽然迷迷糊糊的，却知道那是江依。

郁溪低声咕哝了句"晕车"，江依就让司机把车窗打开了一条缝，带着阳光余温的夜风吹进来，吹到郁溪额角的伤口附近又消失了。

江依用手臂揽着她的肩膀，手就那么一直抬着，替她护在额前，挡着窗外的风。

郁溪心里感到一阵久违的安全，又往江依颈窝里蹭了蹭。

江依另一只扶着座椅的手抬起来，轻抚郁溪的额头，问道："烧不烧？"

郁溪迷迷糊糊地摇了摇头。

江依好像在笑："你这小孩儿，你知道自己没发烧？"她虽然在笑，声音里却有止不住的忧虑。

"你在担心我吗？"郁溪想这样问，但她的嘴皮也沉沉的，她张不开口。

她想，已经很久没人担心过我了，很久很久了。

不知车开了多久，然后在一个什么地方停下了，江依轻轻把她拽出车厢，让她靠在自己肩头，扶着她向里走去。

诊室里的漂亮女人一脸的焦急。

医生让少女躺在看诊床上,拿镊子小心翼翼地往外挑着玻璃碴儿,看上去挺疼的,漂亮女人在一旁看得嘴里"嘶嘶"的,好像镊子是在夹她额角上的玻璃碴儿似的。

医生抬头瞟了她一眼,说道:"你可以出去等。"

女人说:"我不。"

医生问道:"这是你妹?"

"嗯,是我的小妹妹。"女人说,"医生,她三天后就要高考了,你一定要给她好好治,千万不能让她发烧了。"

"三天后高考怎么伤成这样了?"

"嗯,家里有点事……"女人说,"医生,真的拜托你了,我就是怕镇上的医生消炎不到位令她发烧,都没敢带她去,连夜带她来市里了。"

医生说:"算你有常识。我先给她包扎好,然后开几瓶药,让她留在医院输液,这样她高考那天状态能好点。"

"行,谢谢医生。"

医生听护士说这对姐妹是从祝镇来的,瞥了漂亮女人一眼,问道:"费用没问题吧?"

女人肯定地说道:"没问题。"

江依知道郁溪之前没晕过去,虽然她没力气睁眼,但她一直醒着。

这会儿医生缝好针,包扎好伤口,让护士送郁溪来了病房,又给她打上点滴。在药物的作用之下,郁溪终于睡着了,她的呼吸平缓下来,之前可能因为疼而一直微皱的眉头这会儿也舒展开了。

江依舒了口气,垂手在病床边站了会儿,又检查了一下输液的速度,见没什么问题,便轻轻掩上门走出病房,坐在走廊的塑料排椅上,把手机从裙子口袋里摸出来看了看,叶行舟没给她打电话。

她收起手机,坐着发呆。市医院里有空调,她很久没吹过空调了,手臂上的毛孔微张,冷得她抱起双臂。

她不知坐了多久,一个奶声奶气的声音突然响起:"漂亮姐姐,你怎么哭了?"江依回过神来,抬手摸了一把,脸上真的冰凉一片。

她有点意外,自己有多久没有真的哭过了?连她自己都忘了。

江依笑着看着面前扎着丸子头的小女孩儿:"我也不知道我怎么哭了。"

小女孩儿又问:"那你脸上怎么有血?"

江依又笑了:"是不是有点吓人?我去洗把脸。你怎么一个人在这儿乱走?你妈妈呢?"

小女孩儿年纪不大很是机灵,自己的病房在哪里说得一清二楚的。江依牵着她的手把她送回病房后,去了洗手间,这才看到自己脸上沾了不少郁溪的血,那红艳艳的一片应和着她身上的红裙。她拧开水龙头,掬起水把脸洗了。

血迹很容易洗掉,不过刚流过泪的双眼,用清水洗过还是跟兔子的眼睛一样,红红的。她看着镜子里的自己,又想起小女孩儿刚才的问题——你怎么哭了?

郁溪决绝的做法带给她一种震撼。

原来在青春张扬的世界里,事情就是这样非黑即白,没有任何的灰色地带。

得不到,宁愿毁灭也不妥协。

郁溪一个人在病房输液,江依不敢在外面待太久,洗了脸就匆匆回到病房。没想到郁溪已经醒了,她睁着眼睛望着病房的天花板,听到声音,侧头看江依,一看就愣了:"你哭了?"

她又压低声音问了句:"担心我?"

江依这会儿已经冷静下来了,知道郁溪没事了,就恢复了平日妩媚慵懒的姿态。她拖了张椅子坐到郁溪病床边,一条腿搭在另一条腿上,一只红色高跟鞋挂在脚上,晃啊晃。

她抱着双臂红着眼睛说:"我说眼睛进沙子了,你信吗?"

郁溪低声笑了一下。

江依瞟她一眼:"还笑。"

郁溪说:"你怎么不骂我呢?"

"骂你?"江依跟着笑了笑,"你说你这小孩儿,傻是挺傻的,不过也挺酷的。"

病房里也有空调,这里比祝镇冷了不少,江依替郁溪掖了掖被角:"以后别这么干了,你不是满十八了吗,我们大人都不这么干。"

郁溪问:"那大人怎么干?"

江依想了想，这事要是交给她，在不求助叶行舟的情况下，她会怎么办。她大概率就是拖着，跟王家打太极，想办法去参加高考，拿到录取通知书，立马坐大巴走人，远远离开祝镇，从此谁都找不到自己。她不会鱼死网破，就没郁溪这么干脆利落。

江依对着郁溪黑白分明的眸子，觉得自己这样的办法不好说出口，成年人虚与委蛇那一套现在告诉郁溪是不是太早了点？

她想把这话题带过去，于是问郁溪："头还晕吗？"

郁溪说："有点。"

"那你不再睡会儿？"

郁溪问："你呢？"

"我也睡啊，床这么多。"

市医院算是这一片条件最好的医院，相应地就会给人留下比较贵的印象，当地人除了大病，一般不会选这里看病，这儿的病人并不多。郁溪睡的这间病房并排摆了三张床，但只有郁溪这一个病人，另外两张床空着，江依可以在那儿睡。

郁溪抿了抿唇，说道："要不，你陪陪我吧，我有点怕。"

江依一愣，抬头笑着说："小祖宗，你还知道怕？"

"后怕啊。"郁溪少年老成地叹了口气，"怎么不怕呢？"

江依又低头笑了笑，坐到郁溪床边。她脚上的高跟鞋大了半码，松垮垮地挂在脚上，她脚一抬，鞋就"啪嗒"一声掉在地上。

她钻进郁溪的被子里，郁溪往她身边凑了凑。

江依问："你怕什么呢？"她的声音轻轻的，柔柔的，像春天的柳枝，穿透暗黑的夜。

郁溪吞了吞口水，说了句自己觉得矫情得要死的话："怕我要是真死了，世界上就没人记得我了。"

江依一只手臂垫在头下枕着，一双慵懒的桃花眼望着病房的天花板。

郁溪顺着江依的视线看了过去，那儿除了一张灰扑扑的蜘蛛网，什么都没有。她见江依的眼神变得很悠远，好像她刚才那句矫情的话把江依拖入了什么回忆似的。

郁溪不说话了，江依也没扭头看她，而是伸出纤长的手指在她额头上轻轻点了两下："怎么说？"

郁溪就是不知该怎么说。

她把啤酒瓶子往头上砸时其实一点没觉得怕，感受到汩汩的热血从头上流下来时也没觉得怕，真正觉得怕的时候，是她晕乎乎往地上倒去的时候。

那一阵头晕目眩让她忽然发现生命比她想的要脆弱。那时她心里想着：我不会就这么死了吧？

眼前黑下去的时候，她最后看到的是满脸气愤的舅妈、满脸惶恐的舅舅和缩在角落的曹轩。

这些人会记得她吗？不会吧。

他们也许连眼泪都不会掉，只会趁她下葬收一笔钱，三天流水席摆完后，该吃饭吃饭该睡觉睡觉。

她在这个世界上消失后，不会留下任何痕迹。

真正会记得她的人，她的妈妈，她的外婆，都已经先她一步远去了。

世界是一片旷野，她是凋落的枯叶，飘着荡着，无依无靠。

但一双手轻轻接住了她。

她想着江依接住她的那一刻，又往江依身边蹭了蹭。

江依轻轻笑了一声，这笑声让郁溪觉得脸红，她已经十八了，是大人了，说"怕"会不会显得很怂？江依是在笑她吗？

可下一秒，江依轻轻伸出一只手臂道："躺上来。"

江依说："你这小孩儿啊。"

江依在她耳边喃喃地道："郁，溪。"

江依轻声问："为什么你叫郁溪啊？嗯……小溪？"

"没什么特别的意思。"郁溪再次感到一阵昏眩，"郁是我妈的姓，至于溪……大概就是因为我外婆家门口有条小溪吧。"

江依问道："就是我洗过澡的那条？"

郁溪"嗯"了一声。

江依轻声说："好名字，和你挺像的。"

干干净净，清清冽冽。

江依说："郁溪，我会记得的。"

"我会记得你，行不行？"

郁溪泫然欲泣。

郁溪紧握着江依的手,像抓着世界末日时最后一根逃命的绳索,问道:"江依,你的名字又是什么意思?"

"我爸姓江。"江依笑着说,"至于依嘛,你不是学霸吗?应该听过《诗经》里有一句'昔我往矣,杨柳依依'。"

郁溪说:"好名字,也很适合你。"

她依偎在江依怀里:"江依,我也会记得你。"

那会儿郁溪沉浸在江依带给她的慰藉里,无心思考其他的,以至于忽略了一个显而易见的事实——一个过得像江依这么潦倒的女人,她爸爸会有文化到用《诗经》里的话给女儿取名?

郁溪眼里蓄着薄薄的泪,但她有点不好意思。她这么冷淡的一个人,还满了十八岁,已经成大人了,怎么能哭?于是她瓮声瓮气地说了句:"我想睡会儿。"

江依说:"睡吧,我帮你看着吊瓶,药水快没了我去叫护士。"

郁溪躺着,却觉得房顶的灯光很刺眼,睡不着,纱布下的眉头微皱起来。

这医院为了防止破坏,病房里不设开关,每晚九点半,统一熄灯。江依的手伸过来,轻轻覆住郁溪的眼皮:"睡吧。"她轻声说,"我守着你。"

郁溪醒来后,发现被子里空了,病房的灯也已经熄了。

她心里一空,往一边看过去,发现江依俯身站在病床边,帮护士掌着一盏应急灯,护士在给郁溪拔针。

江依没发现郁溪已经醒了,声音压得很低:"轻点拔。"

护士说:"拔针又不疼。"

江依说:"那也轻点。"

护士拔完针走了,郁溪轻轻叫了一声:"江依。"

"吵醒你了?"江依笑着问,"饿不饿?"

郁溪摇头,她是没吃晚饭,不过输的液好像有镇定安神的作用,她睡了两觉,仍觉得困,她现在不想吃饭只想睡觉。

江依看她眼皮耷拉着,笑了一声,没勉强她:"那你睡吧,我帮你把内衣脱了你再睡,不过我没带睡衣,你将就一下。"

郁溪说:"不用了……"

郁溪不好意思,可江依一双桃花眼半眯起来:"咱俩都这么熟了,你还跟我客气吗？"

郁溪因为药效的缘故脑袋晕乎乎的，只好由着江依帮她脱了内衣。

一抹清亮的月光顺着窗户照进来。

江依怕郁溪着凉，迅速扯过被子帮她盖好："好了小孩儿，这下可以睡得舒服点了。"

对于江依的帮忙，郁溪本来觉得这是特不好意思的一件事，可她的脑子在药物的作用下变昏沉了，她忘了害羞，沉沉地睡了过去。她能感受到窗外的月光和江依的呼吸，可就是睁不开眼睛。她很快出了一身汗，模模糊糊地听到江依在她耳边嘀咕："怎么出这么多汗……"

药效让郁溪的脑子越发不清醒，她都不知自己是怎么想的，贴着江依凉凉的手臂道："热……"

江依不知从哪里找了本旧杂志，一边替她轻轻扇着风，一边问："这样呢，好点了吗？"

那阵轻柔而清凉的风一路钻入了郁溪的梦。

郁溪一觉睡到了早上，这在高考前倒是好事。她睁眼，看到江依睡在她隔壁的一张床上，捂着被子，露出妩媚曲折的一点头发丝儿。

郁溪笑了笑，这一笑又牵扯到额上的伤口，疼得她龇牙咧嘴的。

正好这时江依醒了，她从被子里伸出睡得毛茸茸的一颗头："小孩儿，你做什么鬼脸呢？"

郁溪在被子里蜷着手，打招呼道："早啊。"

江依懒洋洋地打了个哈欠，她连打哈欠的姿态都是慵懒妩媚的："早。"她脸上的妆被蹭掉了，清爽的脸令她看起来比平时年轻了几岁，也柔和清丽不少。

郁溪又忍不住将眼睛弯了起来："早啊。"

"一大早犯什么傻呢？"江依笑着骂她，却郑重地应了句："早，郁溪。"

因为郁溪这三天都要留在医院输液，江依就借了医院的座机，给台球厅打了个电话，让小武帮忙把郁溪的双肩包送过来，毕竟郁溪的课本、试卷都在里面，还有为高考准备的文具。她脚踝上被蛇咬的伤找市里的医生看过了，没什么大碍，她就懒得单脚跳了，医院的费用是按天结的，她就来回走着去帮郁溪交费拿药。

郁溪说："我会还你的。"

"小孩儿。"江依笑道,"慌什么呢?等你以后有了大出息,有你还的时候。"

小武拎着双肩包走进病房的时候,江依刚闲下来,正坐在病床边削苹果。

郁溪靠在床头背英语,眼睛看着江依,说道:"When I wake up in the morning, you are all I see.(当我在清晨醒来,你是我唯一所见)"

江依晃着脚上的高跟鞋笑道:"什么叽里咕噜的,听都听不懂。"

清晨的阳光从窗口照进来,郁溪和江依没衣服可换,还穿着昨天的白T恤衫和红裙,上面沾着斑斑血迹,小武却莫名其妙地觉得这两人一个背英语一个削苹果,自己走进去对她们来说是种打扰。他拎着双肩包站在门口,进也不是退也不是。

好在江依听到动静,抬头见是他便冲他一笑:"小武来啦?"

她的头发黑且浓密,跟乌云似的贴在脸边。随着她抬头的动作一缕碎发掉下来,她不在意地伸手把头发往耳后一拨,又发现手指上沾着点苹果汁,于是把手指放入唇间一嘬。

小武见状心神都随着窗外的阳光晃了晃。

江依削完苹果,站起来走到小武身边,接过双肩包的同时把苹果往小武手里一递:"跑这一趟辛苦了,吃苹果吗?"

她不仅脸长得美,身上还有股香气,这一走近,小武的脸更红了:"谢谢依姐。"

病床上的郁溪突然咳了一声,江依和小武一起看过去,只见郁溪一脸平静地说:"我渴了。"

江依说:"我给你倒杯水。"

"我要吃苹果。"郁溪说,"你这苹果不是给我削的吗?"

江依眨了眨眼睛笑了,冲小武说:"不好意思,我的小妹妹生病了,你让让她。"

她走到病床边把苹果递给郁溪,又拿起一个没削的苹果抛了抛:"小武,我再给你削一个。"

病床上的郁溪又咳了一声,江依斜眼看着她,小武也看她。

郁溪面不改色地道:"我没法咬,扯着我的伤口疼。"

江依有点好笑:"那你还要苹果?你让给别人吃不就行了?"

"可我渴了。"郁溪平静地说道,"你给我切成小块小块的,我就能吃了。"说完她又看着小武。

小武莫名其妙地抖了抖,虽然很想要江依削的苹果,但他还是说:"依姐,不用麻烦了,我得赶回祝镇了。"

江依没留小武,笑着说:"那等回了祝镇我请你吃饭。"

小武应了声"好"就匆匆走了。

江依笑了下,坐回病床边给郁溪切苹果。她虽然自称手巧,但不仅不会做饭,苹果也削得坑洼不平的,一个苹果让她削完皮就消失了三分之一,切成小块更是没剩多少了。

江依把装着苹果块的塑料袋往郁溪手边一递:"给你。"

"你喂我。"郁溪说,"我受伤了。"

"妹妹,你伤的是头。"江依睨她一眼,"怎么手不能动了?"

郁溪说:"转移了。"

江依低头笑了笑,说道:"行吧。"

苹果很快喂完了,江依也知道这苹果被自己切完后分量少得有点可怜,就问郁溪:"还要吗?要不我再给你削个?"

郁溪摇头,即使苹果切成小块小块的,但还是挺硬的,她咬得额角的伤口直疼。

江依从床沿上起来,坐到床边的椅子上:"那你那继续学习吧。"她拎过双肩包,看着里面一堆的习题试卷,"你要哪本?"她又看到书包的一角塞了个塑料袋子,想起那是她找小姐妹借的换洗衣服。

她抬头问郁溪:"我们把衣服换了你再学习?"她俩的衣服都因为昨天的事染了血渍,穿在身上不舒服。郁溪听她这样说就点点头。江依就把那包衣服拿了出来。

为了方便,江依就让小姐妹简单收了几件T恤衫。

没想到这个小姐妹,平时在台球厅穿着豹纹虎皮走妖娆性感风的,私下里穿的T恤衫却这么可爱,颜色粉嫩,短短的,胸前还印着可爱的卡通图案,是一些小花、小蘑菇之类的。

江依举起T恤衫问郁溪:"你要哪件?"

郁溪说:"黄的吧。"

江依笑着把黄色那件丢给她:"真是小孩儿。"

江依走到病房门口关了门,又自觉地背过身:"你换吧,我不看。"

郁溪今早起来后就把内衣穿上了，她身板薄，所以这T恤衫虽然小，她套上后倒也没觉得有多紧。她把脏T恤衫放到一边，叫江依："好了。"

江依转过身看着她笑道："哟，挺可爱的嘛。这小鸡黄挺适合你的，小孩儿。"

郁溪说："我不喜欢幼稚的颜色。"

"哟，装起成熟来了。"江依晃晃手里的T恤衫道，"我也换了，这脏裙子穿在身上难受死我了。"

郁溪垂眸，看着医院不那么干净的床单点点头。

江依站在门边的墙角换衣服，郁溪用手指在被单上抠了抠，开口问道："江依，你到底多大？"

这时江依换好衣服了，笑盈盈地走回郁溪的病床边坐着，一只手肘支在膝上，用手掌托着下巴："多大啊，我想想。"

"想起来了。"她微微歪头，一双桃花眼笑得眯起来，"今年十八，明年十六，等小孩儿你都三十了，姐姐我还是十六。"

这会儿正是接近正午的时候，一缕阳光洒进来，正好照在江依的背上。江依雪白的皮肤被照得几近半透明。郁溪不满地扫她一眼："你说话能不能认真点？别总是嘻嘻哈哈的。"什么今年十八，明年十六。

"那么认真干吗呢？"江依晃着腿笑道，"要高考的又不是我。"

"嗯，要高考的是我。"郁溪不知怎的冒出一句，"你就没想过，等我高考完离开这里的时候，我能带你一起走？"

话一出口，连郁溪自己都愣了。

这个想法……是什么时候钻入她脑子的？

江依也愣了："说什么傻话呢，小孩儿？"

"你不是从北方来的吗？"郁溪有点急，"你看过外面，你肯定清楚祝镇是什么样子的，难道你打算在祝镇的台球厅里混一辈子？"

"要是我就打算在这儿混一辈子呢？"江依笑着说道，"你就看不起我了？"

"不是。"郁溪的声音低了下去，"我想救你。"

像你昨天温柔地托住我一样，我也想把你从泥沼里拖出来。

江依这会儿已经恢复镇定了，她笑着摇摇头："你救不了我的，小孩儿。"

郁溪问："为什么？"年轻的倔强的眉眼，满头满脸的不甘心，好像前方是刀山火海她都要为了江依去闯一闯似的。

"我先问问你。"江依好像在跟郁溪闲拉家常,"你为什么要救我啊?"

郁溪一愣,移开目光:"就……"

江依笑着问:"因为我送你来了医院,你就感激我啊?"

郁溪垂下眸子:"嗯。"

江依纤长的食指紧贴着红唇晃了晃,弯弯的桃花眼像狐狸眼睛:"要不怎么说你是小孩儿呢?你小学写过作文吧?我送你来医院,本质上与扶老奶奶过马路没区别。小学时候写作文,人人都写过扶老奶奶过马路,对吧?"

江依一笑,食指在半空中对着郁溪点了点:"你啊,别这么容易对人掏心掏肺。"

郁溪问:"我不该对你掏心掏肺吗?"

"当然不该了。"江依懒洋洋地靠向座椅靠背,"等高考完,你去邺城造飞机,我留在祝镇打台球,我们俩的生活八竿子打不着,你对我掏心掏肺干吗?"

郁溪不说话了。她发现镇上人叫江依"狐狸精"是有道理的,她不仅长得妩媚,说话还非常有技巧,轻飘飘的几句,就把郁溪莽撞的承诺跳了过去,然后懒洋洋地扯过双肩包问郁溪:"学什么?语文还是英语?还有两天高考,现在'刷'数学题已经来不及了吧?"

郁溪说:"英语吧。"

江依就抽出英语书给她丢过去。

老实说,要是不考虑额头上的伤,在医院的这三天,实在是很静谧、美好的三天。

郁溪靠在床头背英语或语文,江依或者去医院食堂打饭,或者坐在床边给郁溪削苹果。江依削苹果的功夫是越来越好了,之前削完一个苹果只剩三分之二,现在能剩下五分之四。

有时候江依闲不住,就会说"我去小花园散个步"。

郁溪又靠在床头背了会儿语文,背"无言独上西楼,月如钩,寂寞梧桐深院锁清秋"时,渐渐走了神,总觉得窗外花园的香气,一点点飘来。

她翻身下床。现在下床的动作已经无法令她感受到晕了,江依带她来的这家医院很好,她伤得不算轻,却没感染也没发烧,就是换药的时候伤口还有点疼。

她望着花园里江依的背影。江依穿着紧身T恤衫和牛仔裤站在那里，低着头，不知在干什么。不知为什么，她总觉得江依的背影看起来有点寂寥。

明明是盛夏时节，现在接近正午，阳光明晃晃地刺着人的眼球，江依的背影却给人一种"寂寞梧桐深院锁深秋"的感觉。

江依站在小花园里，背对着住院楼的窗户。她低着头，从牛仔裤口袋里摸出手机看了一眼。最新款的手机，价值一万多，出现在这个经济一点不发达的城市里，还是打眼得过分。

没有电话，没有短信。她离开邺城的时候，是把所有事交代清楚才走的，没人联系她很正常，唯一会联系她的人，只有叶行舟。

这几天她总是趁散步的时候偷偷看手机，因为她觉得叶行舟会联系她。

那夜，为了赶快送郁溪来医院，她不得不给叶行舟打电话，谎称自己要来市里逛街。这谎言实在太容易被戳破了，叶行舟只要问一问司机，就会知道她扶了一个满脸是血的女孩上了车。

诡异的是，三天过去了，叶行舟一次也没联系过她。

叶行舟会不知道吗？江依觉得不可能。在她心里，天下就没有叶行舟不知道的事。那叶行舟是什么意思呢？江依猜不透。

她默默把手机收起来，不知怎的，回头往住院楼窗口望了一眼。

其实那会儿阳光正刺眼，她仰头的时候不得不眯起眼来，却依然能看到五楼窗口站着一个少女，少女的半张脸隐于炽烈的阳光中，见她回头，少女挥手冲她笑了笑。

看着这阳光下灿烂的一幕，好像什么阴霾都被驱散了。

在这样的场景下，邺城那座总是拉着窗帘、一片阴郁的碧云居，好像真的离她很远了。她缓缓吐出一口气，也挥手冲窗口的郁溪笑了笑。

明天就高考了，所幸郁溪的舅妈还没来得及帮郁溪办退学手续就被郁溪的"拼死一搏"吓退了，郁溪得以顺利参加高考。

在这之前，郁溪一直留着心眼，每天贴身保管着自己的身份证，所以身份证没落到舅妈手里。郁溪被分到的考场在市里，下午跟着老师去看考场时，老师把办好的准考证交给她的同时，还给她递了准备好的文具。

在市里高考，倒省去了她们提前一天赶回祝镇的麻烦。晚上，江依躺在郁溪旁边的床上，一颗毛茸茸的头从被子里伸出来："小孩儿，我给你讲个鬼故事。"

郁溪打断她："别了。"

"我偏要讲。"江依故意压低声音道，"这故事是——明天就高考了！"

郁溪面无表情地说："哇，好吓人哪。"

郁溪穿着那件小鸡黄的T恤衫缩在被子里，头上缠着一圈绷带，看上去有点可怜，可她淡漠的表情，看上去又酷又萌，像装大人的小孩儿。

江依笑起来，问道："你怕不怕？"

"不怕。"郁溪说，"所有题我都会，有什么好怕的？"

江依笑得更厉害了："现在的小孩儿都像你似的，这么得意的吗？"

郁溪想了想，摇摇头："也不是。我们班的第二名，周齐，就那个男生，你见过的……"

江依弯着笑眼道："嗯，给你写过信的那个。"

郁溪说："他就挺怕高考的。"

江依笑着问："那你为什么不怕？"

"我也不知道。"郁溪摇摇头，说道，"我就是觉得，我想做的事，我就一定会做到。"

江依看看郁溪，郁溪仰躺着望着天花板，一张年轻的脸上没什么表情。江依放低了声音，说道："嗯，你会的。"

六月七日，一个大晴天。如果每个考生的运气都像天气这么好，那就皆大欢喜了。

惯于赖床的江依这天起得挺早，郁溪起来的时候，正看到她对着个塑料袋愁眉苦脸地翻着。郁溪揉着眼睛问道："怎么了？"

"大意了。"江依皱着漂亮的眉头，"让小玫收拾衣服的时候，我只想着方便了，应该让她装两件旗袍，高考这天穿的。"

郁溪不解地问道："穿旗袍干吗？"

"旗开得胜哪！"江依睨她一眼，"小孩儿，你怎么这么笨，姐姐还指望你考个状元呢。"

郁溪笑了。

让她穿旗袍就算了，不过她还没看过江依穿旗袍，有点想看。可看到江依真的很懊恼的样子，她又笑着说："不需要旗袍，我不信这些，我信我自己。"

江依这才点点头："嗯，你说得对。"

不过江依还是把剩下的最后两件干净T恤衫里胸前印着小红花的那件扔给了郁溪，说这是鸿运当头。

考场是江依送郁溪去的。本来在郁溪的想象里，一个人去考场这事没什么，她以为自己肯定会一个人去考场的。可真走到学校门口，黑压压一片高三学生，个个都有家长送。

市里人对孩子的学习比祝镇人重视得多，送个考还有举家出动的。一家人围着个学生叽叽喳喳地说："千万别紧张！""多检查两遍再交卷！""出来妈妈烧排骨给你吃！"

郁溪忽然有点庆幸这会儿她不是一个人，江依就在她身边，穿着天蓝色的T恤衫，露着笑脸。郁溪的手向江依的手靠近，然后悄悄勾住江依的手指。

江依抓起郁溪的手，老干部握手似的大力摇了摇："小孩儿悠着点发挥，别门门考满分把其他人虐得太惨。等你考完出来，烧排骨姐姐是不会，不过姐姐可以——"她冲郁溪眨眨眼，"请你吃汉堡，你去不去？"

郁溪笑了："去。"

江依在郁溪肩上拍了拍："去吧，哎，你那2B铅笔检查好没？"

郁溪背着双肩包没回头，有点嗫嚅地冲江依挥了挥手。

江依低头笑了下。

市里的考点设置得还算人性化，为了避免陪考家长在门口晒着，学校在距离校门口五米的地方搭了遮阳棚，家长们就都集中到那边了。只有江依一个人懒洋洋地站在校门口，背靠着起伏不平的红砖墙。

江依那张漂亮的脸上没什么表情，她一个人站在这边，除了那些打量的目光太烦人外，还有一个原因。

不一会儿，她想象中的人就来了。校门口的红墙边，郁溪的舅妈和郁溪的舅舅窃窃私语地商量着什么。一个妩媚又慵懒的声音在一旁响起："这么一大早就到了，几点从祝镇出发的啊？"

突然响起的声音把郁溪她舅吓了一跳，他和郁溪的舅妈一起瞪着江依。

江依笑盈盈地看着他俩。

她猜得没错，郁溪不顾后果的决绝举动的确吓退了王姐，毕竟谁也不想自家因为婚事摊上事。郁溪也是这么想的,所以住院这三天,都没再提被逼许人家的事。

可郁溪到底年轻,她不会想到,王姐被吓退了,她舅妈会不会被吓退。有钱能使鬼推磨,郁溪订婚这事在她舅妈眼里就是一桩买卖。

郁溪舅妈问江依:"你在这儿干吗?"

江依说:"陪小孩儿高考啊。"

"你陪?"舅妈冷笑一声,"你不会真把自己跟郁溪当成一家人了吧?你一个台球厅的女人,总缠着我们家郁溪干什么?"

"台球厅怎么了?"江依云淡风轻地笑着,瞥他们一眼,"在台球厅找家人,总比在垃圾桶里捡家人好。"

郁溪舅妈很少见这么牙尖嘴利的人,一时被江依呛得说不出话,干脆一挥手吩咐郁溪她舅:"别跟这女人胡扯,浪费时间,咱们只管等郁溪考完第一门出来,再好好劝劝她。"

这话说得太"委婉"了,特意等着高考这天来"劝",不是摆明了想影响郁溪的心态吗?

这时,三个戴金链的年轻人往这边走来,跟没看见江依似的,往江依肩头狠狠一撞。

江依的脚踝本来就有伤,这一下她被撞得跟跄两步。她愣了愣,看了一眼那三人的脸,很快反应过来,神情又变得慵懒且不在意了:"是你们啊。"

王姐儿子的哥们。

王姐是被郁溪的举动吓退了,但王姐的儿子根本不怕郁溪把事情闹大。江依见他每次都懒得去郁家,还以为他对订婚这事不在意,没想到他早就看上郁溪的漂亮脸蛋了,只不过觉得郁溪不值得被郑重对待。

他派了哥们过来,估计也是想影响郁溪的心态,这倒是跟郁溪的舅舅舅妈想到一块了。戴金链的那人压低声音警告江依:"别多管闲事。"

"我也不想管闲事。"江依笑着,一双妩媚的桃花眼里尽是风流之色,"可问题是,里面参加高考的是我小妹妹,我不管谁管?"

那人瞪江依一眼:"在我还有耐心好好跟你说话的时候,你最好把我的话听进去。"说话间他把自己的指节捏得噼啪作响,手一挥,好似很不经意地"撞"上江依的嘴角。

江依舔舔嘴角,悠然一笑,目光先是扫过郁溪的舅舅舅妈,然后扫过那三个男人:"你们自己知道自己做的事是不合法的吧?"

"你们可能觉得,郁溪年纪小,你们现在折了她的翅膀,把她困在祝镇,她就拿你们没办法。可是我呢?"江依撩了撩长鬈发,"你们不会真以为,我也只能看到祝镇的这一片天,所以很好糊弄吧?"

三个男人对视一眼。他们并非完全没见过世面,这会儿江依把话挑明,他们再细细一琢磨,很难不怀疑江依这样的女人见过更高远的天。

"你们不要觉得在这样的小地方就可以胡作非为,我真要做什么,你们真觉得自己能抽身事外,逃出生天吗?"

男人顿了顿,看着拥有一张漂亮脸蛋的江依,在阳光下笑得越发明媚。

他在社会上混得久了,自有一套待人处事的逻辑。眼前这女人虽然满脸带笑,可眼神里的光却让他知道,她说的是真的,她不怕事,只要她想做的,她一定会做成。

男人心里有了计较,一挥手叫上俩哥们:"走。"

三个男人走了,郁溪的舅舅低声问她舅妈:"那我们……"

舅妈一推搡郁溪她舅:"还不赶紧走!"

两人匆匆转身走了。舅妈在心里嘀咕:让郁溪订婚收礼金这事她还是别想了,不然惹上官司就麻烦了。

两拨人走了以后,校门口恢复了安静。

江依本来觉得有点热,想去遮阳棚那边,可走过去又迎来一片打量的目光,想了想还是算了。

考试铃声响了,考完语文的郁溪顺着人潮从考场里出来。她一出来就往遮阳棚那边望,没想到身后传来一个熟悉又妩媚的声音:"喂,小孩儿。"

郁溪转身,一见到江依就问:"你嘴角怎么了?"

"哦,没事啊。"江依笑得懒洋洋的,"不小心撞了一下。"

郁溪拉起江依纤细的手腕就走,江依有点慌:"喂……"已经有不少学生往这边看过来了。

江依今天穿得很正常,别人看不出她在台球厅工作的身份,可她不想冒险,不想多出什么议论打扰到郁溪。郁溪却完全不在意似的,拉着江依走了一路,一直走到一棵树下才放开江依的手腕:"我们午饭就在这吃。"

江依一看,这是一块草坪,风景说不上好,但有一棵大树挡着太阳,很阴凉。不知郁溪是不是从小不爱在她舅妈家待着，所以很擅长找这种适合一个人待的地方。江侬说："那我去买饭。"

郁溪推她到树下坐着，说道："你老实等着。"

一阵风起，叶片飘飘扬扬，细碎的阳光顺着叶片间的缝隙掉进少女的眼睛里，少女没笑，一脸的严肃。

江侬坐在树下抱着膝盖，仰着头迎风望向郁溪。

嗯，她是有点大人的样子了。

第六章
你真以为你了解我吗？

江依坐在树下，望着郁溪离开的背影，夏风飘飘摇摇，撩动她的长发。这会儿晒不到太阳了，她整个人舒服了不少，所有感觉反而集中在受伤的嘴角，那里有点疼。

不会破相了吧？她忽然想到。不过破相也有破相的好处，要是叶行舟知道她伤成这个样子……

"想什么呢？"

江依抬头，看见郁溪一脸清冷地站在树荫下，她好像还在为自己"撞"破了嘴角这事生气。

"小孩儿。"她回过神来，冲郁溪笑起来。

郁溪瞥了她一眼，晃了晃手里的馒头："先吃饭。"

江依惊讶地问道："高考就吃这个？我不是说请你吃汉堡吗？"

"没吃过，万一吃了拉肚子怎么办？"郁溪在江依身边坐下，"吃馒头最保险，你陪我吃。"

"哟，这么霸道。"江依笑着接过她手里的馒头。

郁溪低声说："你嘴角有伤，别吃油的。"

江依靠在树干上，身上的牛仔裤显得她的双腿格外修长。这会儿她盘腿坐着，把郁溪递给她的馒头，撕成一小块一小块的，慢条斯理地往嘴里塞着。

她见郁溪看自己，就鼓着腮帮子冲郁溪笑道："你别说，这么干啃馒头也挺爽的。"

郁溪其实很想问她：你以前是没吃过馒头吗？

生活里的一切对江依来说好像都是享受，她吃什么都有滋有味的。

一阵风起，撩动江依鬈曲的长发。她的头发太浓密了，江依不停地往耳后撩，一根不怎么听话的头发飘过来，往江依唇边的伤口上凑。郁溪嘴里含着最后一口馒头，这会儿伸出手，拨了拨那根头发，然后拉着江依轻轻一扯。

江依没防备，失去重心，倒在了郁溪的腿上。

郁溪盘腿坐着，好像就是为了接住倒下来的江依才这么坐似的。

不知俩人头顶的是棵什么树，开着一朵朵粉色的小花，风一吹，一片花瓣掉在江依的眉毛上。

郁溪又伸手，轻轻蹭掉了落在江依眉心的那片花瓣。

然后江依意识到，郁溪的手正在越靠越近，一个散发着药味的棉球，被轻轻按到她的嘴角，疼得她发出"嘶"的一声。

郁溪揉着她的嘴角说："忍一忍。"

江依问："哪来的药，哪来的棉球？"

郁溪一扬下巴："那儿有家药店。"

江依说："我把钱给你。"

"我不是也欠着你医药费吗？"郁溪说，"都放到以后再说吧。"

"那怎么行？"江依懒洋洋地笑着，亏她嘴角有伤还能笑得这么妩媚，"小孩儿欠大人的钱，那是大人日行一善。我一大人欠你小孩儿的钱，那不成我占你便宜了？"

郁溪突然问："躺我腿上舒服吗？"

江依一时语塞，合着躺小孩儿大腿上就算占小孩儿便宜了？

江依睨她一眼，她笑着放江依起来。江依理了理头发问道："下午考数学是吧？"

"嗯。"

"那你2B铅笔准备好了吗？"

"你就没什么其他问题问我？总是重复这一个，跟铅笔型号似的……"

江依笑着从地上抓起一把草向郁溪扔过去："小孩儿出息了是吧？"

那草零零碎碎的，扔到一半就开始往下掉，根本没有杀伤力，郁溪还是笑着，象征性地躲了一下。

江依意识到郁溪过了十八岁生日后有了一个显著变化——郁溪开始会逗自己了，她好像不甘心是个小孩儿，想要跟自己平起平坐了。

江依垂下眸子,手指揪着地上的草。郁溪说:"时间差不多了,我要过去了。"江依松开草跟着郁溪站起来:"那走吧。"

两人沉默地穿过草地,穿过飘着粉色小花瓣的风,本来这是挺浪漫的一幕,却被不知是谁扔的白色塑料袋破坏了。

午后的太阳越发大了,走到校门口,江依被晒得不行,就用双手在眼前搭出一个小凉棚,对郁溪说:"去吧。"

少女的侧颜,在午后的阳光里,被勾勒出清秀却倔强的形状。

郁溪问:"你会等我吗?"

江依笑着说道:"会的。你考完出来,一出校门就看到我了。"

郁溪心里似有所感,忽然问了句:"我舅舅舅妈,不会来闹事吧?"

"怎么可能?"江依笑得云淡风轻,"你那么猛,他们还能不怕吗?"

郁溪想想也是,谁不怕真惹上事呢?

她倒不怕死,她只怕得不到自己想要的一切。她对自己够狠,这点绝大多数人都做不到。她知道自己眼神里透着股狠劲,只不过这狠劲在触到江依时,便似一汪春水化冻,不着痕迹地化开了。

她柔声说道:"那你在这儿等我。"

江依点头:"嗯,去吧。"

郁溪的心定了,她不再犹豫,向考场走去。

两天以后,高考结束。

江依在考场门口守了两天,无论是郁溪的舅舅舅妈,还是王姐儿子的小弟,都没再来闹事。

远远地,郁溪背着双肩包从考场出来了。

这会儿所有科目都考完了,江依才问了句:"怎么样啊?"

郁溪将双肩包挂在一边肩膀上,平静地说道:"一般吧。"

江依心想,怎么一般呢?难道说郁溪本来不紧张,临到头来还是紧张了?她想着要不要安慰郁溪两句,就听郁溪轻轻说道:"拿状元应该有点难,应该是全省前十的水平。"

郁溪还认真地自我剖析:"我理科好,但语文相对没那么好。"

江依叹了口气,说道:"你说我一'学末',怎么就遇到你这个小学霸了呢?"

郁溪有点蒙："'学末'是什么？"一些新兴名词，她在学校也听同学说过，学霸、学渣她都知道，但"学末"是什么？

江依说："'学末'就是比学渣更渣一点。"

郁溪懂了："你是吗？"

"我是啊。"江依假装哀怨地捧着脸，"要不我怎么在台球厅里混日子呢？你可千万别学姐姐。"

说着她一挥手："走，给'学末'姐姐个机会，我请学霸妹妹吃汉堡去。"

"你能吃吗？"

江依给郁溪看她嘴角的伤："好很多了。"

郁溪说："那我请你。"

"你这小孩儿。"江依伸手在郁溪头上揉了一把，"反正你在祝镇待不了多久了，就当给姐姐一个表现的机会，行不行？"她又笑嘻嘻地说，"苟富贵，勿相忘。"

郁溪说："你这些话是从哪里学来的？"

"电视上啊。"江依得意地眨眨眼，"是不是听起来挺厉害的样子？姐姐不是只会打台球好吗？"

M记离郁溪所在的这个高考考点不远，两人边说着话边往那边走。

昨天郁溪输完最后一瓶消炎药，就出院了，过段时间去镇里诊所拆线就行了。但今天考完最后一门已经下午了，回祝镇的车早停发了，江依打算带郁溪在市里的小旅馆住一晚再回。

两人往M记走时，路过一个公厕，郁溪说："我想上厕所。"江依说："行，你去吧，我在门口等你。"

郁溪进去以后，江依悄悄把手机从口袋里摸出来看了一眼，叶行舟还是没找她。

江依舒了一口气，她不知道叶行舟什么时候找她，也不知道叶行舟找到她后打算拿她怎么办，但至少今天，叶行舟应该不会找她了。

至少今天，她暂时不用想这些事情了。

郁溪从公厕出来的时候，江依叼着根冰棍蹲在地上逗猫。不知哪儿来的一只三花猫，头圆圆的，很可爱，江依把火腿肠掰碎了丢在地上喂它，还学了一下猫叫："喵。"

她学得挺像，连猫都抬头看了她一眼。

猫吃饱了脾气很好，任由江依摸它的头，它还在江依脚边蹭了蹭。江依笑着说："乖啊。"猫叫了一声就走了。

江依站起来，看到双手插兜站她身后的郁溪，吓了一跳："你怎么不叫我？"

郁溪说："看你一会儿。"

或许没人会懂。

郁溪的人生，八岁前充斥着尖叫和撕扯，八岁后充斥着冷漠和回避。而现在，一个她熟悉和信任的人蹲在地上逗猫，猫懒洋洋的，人也懒洋洋的。身边有车开过，有祝镇很少听到的呼啸声，好像这声音带着时光瞬间往前走了很远。

路灯在这一瞬间亮了，照亮那人的脸，那人的眼，那人的发。这是郁溪人生中难得美好的一瞬间，她可以安安静静地在这里站看很久很久。

那人起身，把手里一根有点化了的冰棍往她手里一塞，伸手揉了揉她的头，指尖都透着温柔："小孩儿，乖啊。"

郁溪慢慢走着，舔着手里的冰棍。这冰棍和祝镇的不一样，不是加了点糖精的白水冻成的，有一股浓厚的奶味。

郁溪吃冰棍的方法和江依不一样。江依嘬了两口后就开始咬了，避着一侧嘴角没好全的伤，咬得嘎嘣嘎嘣地响，一副快意享受的潇洒姿态。而郁溪不，她一点一点慢慢地舔着，让那点奶味在嘴里化开。

然而，就像所有美好的事都会落幕，冰棍她舔得再慢，也有舔完的时候。最后还是江依看不下去了，笑着把小木棒从她手里抢过去。木棍上面深深浅浅的都是郁溪的牙印。

"小孩儿，有这么馋吗？"江依笑她，"姐姐再给你买一根。"

郁溪摇头："不用。"

她想抓在手里的，本来就不是一根冰棍。

M记很快走到了，它在暮色中亮着暖黄的光。

江依一偏头："进去吗？"

郁溪其实有点紧张。就像江依猜想的那样，郁溪从来没吃过汉堡，从来没有过零花钱只是一方面的原因，另一方面是祝镇根本没这东西。电视里偶尔会出现 M 记的广告，那广告是欢乐的、明亮的、洋气的，汉堡这东西也就变成了外面世界的一种象征，一个符号。

郁溪曾无数次幻想,汉堡是什么味道的。面包应该像馒头一样,是软的。炸鸡应该是脆脆的、香香的。这会儿她站在门口,随着进进出出的人开门、关门,店里飘出一股她从没闻过的浓郁香气,这香气敲打着她的胃。

"你在紧张什么?"江侬笑着拍了一下郁溪的肩,"是你吃汉堡又不是汉堡吃你。"

郁溪跟着笑了笑,这笑容是青涩的,不好意思的。

江侬看得心里一暖又一疼,要是郁溪生日那天,她的汉堡送出去了该多好啊。偏偏那天叶行舟突然出现,汉堡掉在地上,沾了灰。

江侬柔声叫郁溪:"那我们进去吧。"

郁溪点头的时候,突然有人叫道:"江小姐——"

江侬的心一抖,她听到这个称呼,心里就已经有了不好的预感。祝镇认识她的人都叫她"侬姐","江小姐"这个称呼,可真是久违了。

她的心怦怦跳着。眼前出现了一个中年男人,这人挺陌生的,但又像在哪儿见过。她记人的本领还行,很快想起来,这是郁溪受伤那夜,把她们从祝镇送来市里的司机。

江侬一把抓住郁溪的手腕道:"快走。"

转过身,后面就是马路,这会儿路口亮着红灯。平时慢吞吞的一个人,这时动作却奇快,她抓着郁溪的手躲过车流,很快跑到了马路对面。

来找江侬的司机一愣,他显然没想到江侬会跑。市区不像祝镇人那么少,尤其这会儿是傍晚,正是下班的时候,马路上熙熙攘攘的,两个女人目标又小,她们钻进人流里,很快就找不到了。

郁溪感到江侬抓着自己手腕的手在抖,她反握住江侬的手,拉住她,问道:"那人是谁啊?"

江侬送郁溪来市里那夜,郁溪伤得不轻,晕乎乎的,眼睛都睁不开,根本不知道送她们来的司机长什么样。后来郁溪也问过江侬,大晚上的她从哪里找来的车,江侬得意地一撩长鬈发,说道:"客人的。"

郁溪气闷地说道:"你的客人这么厉害吗?"

江侬更得意了:"那当然,姐姐认识的厉害的人多了。"

郁溪就不说话了。

她不想再聊这个话题是因为开汽车的客人和一穷二白的她之间有着一道深深的鸿沟。

她十八了，可和不知多少岁的江依之间，还是隔着这样一条鸿沟。

她在这头，江依和她所谓的"厉害"的客人在那头。

无奈的少年人在这头，对生活很有办法的成年人在那头。

郁溪想：等我考上大学，我会变成比你所有的客人都厉害的人。

等我，等我再长大一点。

在郁溪心中，江依是一个对什么都很有办法的成年人，她从来没见过江依这副失魂落魄的样子。江依抖了抖唇，勉强挤出一个笑容："债主。"

郁溪一愣：江依……是为了躲债才来祝镇的？她这是欠了人家多少钱？

江依问郁溪："今晚不在市里住了，我们现在回祝镇行吗？"郁溪点头，又想起现在没车了。不想江依牵着她跑到一个转角处，说道："你在这等我会儿。"

跟郁溪分开后，江依跑到一个自动提款机边。她把藏在口袋里的银行卡翻出来，插进去想取钱，却发现银行卡已经被冻结了。江依猛拍一下提款机，想骂句脏话，却什么都没骂出来。

这明明是她的卡。

她一把将银行卡抽出来，跑到街边停出租车的地方问道："祝镇去吗？"司机立马拒绝："祝镇就算了……"祝镇穷乡僻壤的，山路又难走，而且祝镇人都穷，根本给不起价钱。

眼前这气喘吁吁的漂亮女人却说："我给你八百，走不走？"

司机一听眼睛立马就亮了："走！"

江依一把拉开车门上了车："先开去街角，我去接我妹。"其实江依身上就一千块现金了，但她必须立马回祝镇，因为她刚才确认了一件事，她手机上的定位一直被开着。

原来叶行舟一直在看她在哪里，是叶行舟叫那司机来找她的。

她不确定叶行舟是什么意思，只能猜，叶行舟多半是准备叫那司机带她走，直接将她送回邺城。因为，如果叶行舟有什么话跟她说的话，直接打她电话就行了，何必叫司机来找她。

她必须马上回祝镇，祝镇是这附近唯一一没通4G网的地方，叶行舟只能知道她在祝镇，却不能精准定位她在哪里，这样事情就还有回旋的余地。

她也想过把手机扔掉，可那样叶行舟立马就会明白她想与自己撕破脸，一定会立马亲自找过来，像上次一样突然出现在她面前。她知道，只要叶行舟想找她,是一定可以找到她的。

只看叶行舟是想立刻找到她,还是觉得可以缓缓。

郁溪看到街角匆匆开来一辆车,打开的车窗后是江依漂亮的一张脸。江依看上去比刚才镇定了不少,远远地叫她:"上车。"

郁溪跑过去上了车:"你哪儿找的车?"

江依简洁地说:"客人的。"

又是客人?

郁溪瞟了眼前座默默开车的司机,没说话了。

这会儿天色暗了下来,柏油马路渐渐变成了山路,车的远光灯亮起来,也只能照亮眼前的一小段路。司机嘀咕着:"这山路真是够难开的……"

离祝镇越近,山路越崎岖。

郁溪却感觉身边的江依明显放松了下来,刚才她一直直挺挺地坐着,这会儿恢复了懒散的姿态,靠在靠背上。

祝镇到了,江依带郁溪下了车,跟司机道了声谢,让司机开车走了。

郁溪忍了一路,终于忍不住问道:"你欠人家多少钱?"

江依心不在焉地答道:"这不是你一个小孩儿该管的事。"

郁溪又问:"你回祝镇,不怕债主追过来?"

"小孩儿,你没听过一句话吗?打得过就打,打不过就跑。"江依胡乱说道,"我现在没钱还,才跑回祝镇躲着,那人住市里,我运气不好才碰上他,他又不知道我在祝镇。"

见江依有点烦躁的样子,郁溪不再追问了,她拉起江依纤细的手腕:"走吧,先回家再说。"

郁溪肯定不能回她舅妈家,于是两人直接回了江依的出租屋。她俩在医院住了好几天,身上又有伤不方便洗澡,身上都有点臭臭的。

江依找了两件干净的T恤衫出来当睡衣,然后叫郁溪:"你先去洗,头上的伤别沾水,擦擦就行了。"

两人来到一楼,郁溪盯着坏掉的门锁,迟疑着不肯进去。

"小孩儿脸皮就是薄。"江依懒洋洋地笑着,"放心洗吧,姐姐给你守着。"

郁溪在里面洗澡的时候,江依在外面胡思乱想,今晚她的情绪跌宕起伏的，这会儿回到祝镇，总算勉强归于平静了。她意外发现祝镇能带给她安定感，可能是因为这儿太落后，跟外面是两个世界，这里让她觉得她离以前的生活很远很远。

明明之前来祝镇，她真的只是想来住一段时间而已，归期是早就定好的。是从什么时候开始，她心里冒出不再回邺城的念头呢。

外面太安静了，郁溪叫了声："江依。"她仿佛很缺安全感。

江依说："我在。"

江依望着天上黄澄澄的月亮，摸出手机看了看，叶行舟还是没给她打电话。

江依的心更安定了。她跑了的事那个司机肯定已经告诉叶行舟了，叶行舟没动作，应该是看她一直把手机带在身上，觉得她不想与自己撕破脸吧。

她估计叶行舟会缓一段时间，再亲自到祝镇来找她。叶行舟从来都是这样，很会把握人心。

江依决定继续在祝镇工作一段时间，攒点钱。她的银行卡被冻结了，在台球厅工作能养活自己吗？目前看来，她还是能以此生活下去的。

那老了以后呢？江依想不了那么远，她只能走一步算一步。

她打定主意，就在祝镇等叶行舟来找她。比起叶行舟叫人带她回邺城，她更希望叶行舟亲自来找她。她想跟叶行舟谈一谈她不再回邺城这事，虽然她没什么可以用来谈判的筹码，但她可以什么都不要。

这时郁溪的声音又从洗澡间里传出来："江依。"

"嗯？"

"你到底欠人多少钱？"郁溪问，"你要是不想说的话，我来猜，猜对了你就嗯一声。"

"两万？"

"五万？"

"十万？"十万在郁溪年轻的心里，已经是个天文数字了。

江依笑了："小孩儿，你到底想干吗呀？"

郁溪压低的声音混着水汽和劣质的玫瑰沐浴露香气传出来。

郁溪说："我想帮你还钱。"

那一刻，月光如溪，照亮了一个人抱着手臂站在浴室外的江依。

江依笑了一下，说不感动是假的。

郁溪虽然不明白她面临的是什么困境,那困境在郁溪心中化为难于登天的"十万",但她仍然凭着一腔孤勇说出一句——我想帮你还钱。

江依定了定神,故作轻松地说了句:"姐姐自己都还不上的钱,那就说明数目很大,你一个小孩儿怎么还?"

郁溪沉默了一会儿,当江依以为她被吓退的时候,她却坚定地说了句:"我以后会很有钱的,比你所有的客人都有钱。"

江依笑出了声:"这我不怀疑,你行的,小孩儿。"

这时江依身后的门"吱呀"一声,洗好澡的郁溪从里面出来了,她头上裹着绷带没法洗头,澡也洗得潦草,浑身跟来不及擦干似的。江依给她找的那件白T恤衫,领口和袖口都沾了水渍,贴在她身上,还有她的头发,发梢沾了水,变得湿漉漉、毛茸茸的。

连她的五官,都被水汽熏得柔和了不少,她整个人软下来,像只奶乎乎的小狗。江依忍不住在郁溪头上揉了一把。她本来想捏一把郁溪嫩豆腐似的脸,但她忍住了。

在她缩回手之前,郁溪一把抓住了她纤细的手腕。盈盈的月光下,郁溪盯着她嘴角的伤,虽然郁溪并不知道这伤是怎么来的,但她似有所感,问了句:"还疼吗?"

虽然伤口好了不少,但说它完全不疼,一听就是假话。江依不想故作坚强,反而把这事弄得严重了,就挤着眉龇牙咧嘴地说道:"你撞墙上试试。"

郁溪竟说:"我帮你吹吹就不疼了。"

江依望着郁溪,顿了顿,然后笑了:"你以为我跟你一样,是小孩儿啊?还玩吹吹就不痛了这一套。"

郁溪竟说:"真的有用,不信的话,你试试。"

江依笑着说道:"越说越没谱了,我要去洗澡了。"她的浴巾和睡衣都拿过来了,就放在洗澡间门口的凳子上。她匆匆进了洗澡间。

江依的声音从洗澡间的门缝里飘出来:"郁溪。"

"嗯?"

"高考成绩什么时候出来?"

"两周后。"

"那什么时候报志愿?"

"出成绩后三天。"

江依笑着,那"哗哗"的水声,浇在江依身上,也浇在郁溪心上。江依说:"你这么臭屁的小孩儿,肯定只会填邯航一所学校吧?"

连调剂的机会都不给自己留,傲得要死。

郁溪的确是这么想的,就"嗯"了一声。

江依的声音仿佛被水泡软了,变成一摊淡淡的墨,在郁溪心上洇出一片失落的痕迹。江依说:"等填完志愿以后,你直接去邯城吧,趁开学前打打工多攒点学费。祝镇的这些破事,你什么都别管。"说着她笑起来,"你不是想造飞机吗?姐姐给你买机票,让你坐飞机去邯城。"

郁溪问道:"你哪来的钱?"

江依又笑了:"看不起姐姐是不是?告诉你,姐姐吃的盐比你吃的饭都多,就没有姐姐搞不定的事。"

"我攒着钱呢,欠的钱很快就能还上了。你走吧,走得越早越好。"江依的声音淡淡地飘来,"这祝镇,就不该有你留恋的人和事。"

两人洗完澡回房,江依的房里,还是只有那张窄窄的小床。

江依说了声"睡吧",就率先躺了上去。

郁溪说:"我……看会儿书。"

"小孩儿学傻了吧?"江依扑哧一笑,"都高考完了你还看什么书?"

郁溪说:"习惯了,不看会儿我觉得空虚。"

江依长叹一声:"好吧,这可能就是学霸和我等'学末'的差距。"又提醒郁溪,"别看太晚,早点睡,头上还有伤呢。"

"嗯。"

江依背对郁溪躺着,一张薄薄的旧毯子搭在她身上。语文算是郁溪所有科目里成绩最不好的,这会儿她借着屋顶黯淡的灯光,看着江依的背影,一时想不出什么足够美好的形容词。

"美"在她刚成年的心里,化成一个具象的符号。

江依就是美,美就是江依。

这样纯粹的"美"带来的震撼,只有等她成为航天事业里的一员后,第一次看到浩渺星空所带来的震撼能比。

郁溪悄悄看着,听到江依的呼吸渐渐和缓,她轻手轻脚地下床,关了灯,又轻轻躺回江依身边。

江依的床那么小,每次她一躺上来,两人都是背对背。江依身上的香味在黑夜的推波助澜之下，在小房间里铺天盖地蔓延着。

郁溪在黑暗里睁着眼，轻轻攥着旧毯子的一角。她不是想看书，是想等江依睡着了，自己好跟上次一样，往江依身边蹭去。

跟上次不一样的是，这次江依轻轻挪开了身子。

郁溪紧张得汗都出来了，尴尬地定在原处，脚趾紧紧蜷起，人变成黑暗里一具不会动的雕像。

江依发现她的动作了吗？会不会觉得她很黏人？会不会觉得她还跟小孩儿似的？

其实不是这样的。所有的靠近，在郁溪心里都像月光一样明亮，代表着所有"美"对她的震撼和吸引。

可这话她不知怎么描述才能让江依懂。黑暗中她静静地听着，江依的呼吸依旧和缓，好像刚才那一躲，只是江依睡梦中一个无意的动作。

第二天，江依醒来的时候，明晃晃的阳光从窗口洒进来，让她有点睁不开眼。身边，已经空了。

她仰躺着，将雪白柔软的手臂枕在头下，而后盯着窗外的日头，现在估计已经不早了。她今天睡得比较久，除因为这几天在医院比较累以外，还因为昨晚她其实睡得很晚。

她在生活中的演技意外的好，每次在小孩儿面前装睡她都不会被发现。小孩儿又一次向她靠过来时，她躲了。怕小孩儿面子挂不住，她装成睡梦中无意做出的动作。

今天一早小孩儿就不见了，是自尊心受伤了吗？她知道少年人总是很骄傲的，何况是这么倔的郁溪。

也好。她实在受不了郁溪那毫无保留的依赖和信赖，这总让她觉得于心有愧。

江依从床上起来，先摸出藏在枕头下的手机看了一眼，如她所料，叶行舟还是没联系她。

她套上短裤，推开房门走到走廊上，走廊外的树上停着一只鸟，叽叽喳喳的。她满脑子都是昨晚的事。

郁溪说要帮她还钱的时候，她感到震撼。

可这成什么了？

且不说郁溪刚满十八岁,单说她一个身在泥沼的人,就算郁溪冲她伸出手,她凭什么要把郁溪也拖入泥沼?

树上的鸟忽然飞走了,"噗啦"一声,吓了江依一跳。炽烈的阳光下,她眯眼望向那鸟飞走的方向。

那儿有一片蓝天。

郁溪的未来,该有一片蓝天的。

郁溪拎着油条往回走,阳光明晃晃的。江依出租屋所在的小院子里,野生向日葵已经快开花了,一大早就被晒得蔫头耷脑的。

走到楼下,郁溪忍不住抬头,没想到江依真的站在那儿。

她趴在走廊的栏杆上,还没换衣服,当作睡衣的宽大白T恤衫在晨风里被吹得飘飘摇摇的,江依整个人看起来好像一只洁白的风筝,好似一不注意她就会飞上蓝天一样。

因为还没化妆,江依的脸十分素净。太阳之下,她白皙的皮肤好似透明的,连脖子上淡紫色的血管都能看到。

江依像是没想到郁溪会突然出现在楼下,没防备地与郁溪对视上了,一时没来得及移开视线。

然后郁溪笑了:"江依,早啊,我去给你买早饭了。"

郁溪把折叠桌支到院子里的时候,其他租客都还在睡觉,这会儿院子里很清静。

今早郁溪买了油条和豆浆,这在祝镇算是一顿很丰盛的早餐。油条和豆浆统统被摆在桌上,看上去味道不错。

江依坐到桌边,郁溪瞥了她一眼,问:"在想什么?"她把用塑料袋装的豆浆倒进缺了一角的瓷碗里,又把那缺口转向外面,才把碗递给江依。

"没想什么。"江依接过豆浆喝了一口。郁溪把另一袋豆浆也倒进瓷碗里,喝了一口,发现江依用手掌撑着下巴,看着她,看得还挺专注的。

"你不吃早饭看我干什么?"郁溪摸摸鼻子。

江依愣了一下,脸上才浮现那一贯慵懒的笑:"我什么时候看你了?小孩儿,你还挺自恋。"

郁溪只是笑。

江依眯眼看着郁溪,她觉得这小孩儿有时真是傻得可爱。她心里是在想事，可她想的事不能跟小孩儿说，因为她在思考一个很严肃的问题——郁溪对她会不会太信任和依赖了？

毕竟，她这样的人，并不值得。

郁溪咬着油条，抬起一双黑白分明的眸子看她："真不吃早饭？"

"要吃。"江依慢条斯理地把油条塞进嘴里。以前，她鲜少吃这么油腻的食物，而且祝镇这油条炸得不算太好，说不定还用了明矾，但糖油混合物总是令人愉悦的，她吃得一嘴油，情不自禁地说了声："爽啊。"

她问郁溪："今早怎么这么奢侈？"毕竟在人人习惯买馒头当早饭的祝镇，豆浆、油条算是奢侈品了。

郁溪一笑就会露出洁白的牙齿，处处透着年轻和干净。她说："高考完了，庆祝一下。"在郁溪心里，高考和十八岁生日一样，是通往大人这条路上的里程碑事件。

江依故意逗她："你就不怕自己没考上邺航？"

郁溪这个小孩儿看上去挺沉默的，不喜欢说话，也不喜欢跟人争，可骨子里有股傲气，闻言她斩钉截铁地说道："不可能。"阳光洒在青春的脸上，她那么骄傲。

江依挑眉，说道："厉害呀。"

江依觉得这事有点麻烦，因为郁溪看她的眼神，明显变得柔和起来。要是郁溪真把她看得太重的话……

江依笑了。她这么个人，真的不值得呀。

吃完早饭，郁溪问江依："你们台球厅还招人吗？"

江依立刻瞥她一眼："你？你球打得那么烂，你不行。"

其实重点不是郁溪打球不行，而是郁溪实在太干净了，江依可舍不得把她往台球厅带。结果郁溪说："我没想去打球，我知道自己技术不行长得也不行。"

江依笑了，撑着下巴，晃着小腿，高跟鞋荡啊荡的，她饶有兴致地看着郁溪："你觉得自己长得不行？"

郁溪"嗯"了一声："我跟你长得那么不一样。"

江依又笑了："跟我长得不一样就是长得不行？"

"因为我觉得你长得挺行的。"郁溪瞟了江依一眼，"你觉得我长得行吗？"

江依一双桃花眼眯起来："小孩儿，我发现你挺贼的啊，原来你是故意的。"

郁溪"嘿嘿"一笑。江依发现郁溪变开朗了，也许是高考结束了，曾经等了很久的生活终于离得近了。

江依说："不打球你去台球厅想干吗？"

"扫地，擦桌子，收拾。"郁溪说，"就是打杂，给工资就行。"

"你不会还想着帮我还钱这事吧？"江依警惕起来，"都跟你说了，我钱攒得差不多了，这事不用你一个小孩儿操心。"

郁溪说："我自己想攒学费，行不行？"

江依说："那行，我帮你问问老板。"

中午台球厅开门的时候，江依就带着郁溪去了台球厅。怎么说呢，江依虽然来台球厅的时间不长，但她长得漂亮球技又好，很快就成了台球厅的台柱子。台球厅所有人都知道郁溪是江依的小妹妹，江依介绍小妹妹来打工，当然没什么不可以的，老板很爽快地答应了。

郁溪虽然以前也来台球厅，但那会儿她都在前台"刷题"，这会儿拿着抹布满屋转悠，才发现江依真的很受欢迎。台球厅陪人打球的人不少，但大多数客人一进来，就都围着江依转。

江依笑着推杆，这么平凡的动作她一做偏偏就是风情万种，她的长鬈发垂在台球桌上，荡啊荡，跟拂在人心上似的。

一个青年喊："依姐，好球！"青年一边鼓掌一边就要把垃圾扔地上，没想到江依伸过球杆一挑，笑盈盈地说道："别乱扔呀。讲卫生树新风，镇里不是还拉着横幅吗？"

青年一愣，才看到江依身后还有一个挺年轻的女生，这女生好像是以前二中的校花，叫郁溪，她拿着扫帚撮箕正站在那儿。

江依又是一笑："大家听好了，以后垃圾都不能往地上扔，不要增加我妹妹的工作负担。"

郁溪有点不好意思，说道："江依，不用。"

江依笑着睨她一眼："我这是教大家讲文明，践行社会主义核心价值观，镇长听了都得给我鼓掌，你说不用？"

郁溪说不过她，嘀咕一句："孙猴子似的。"

"什么?"

"说你是山大王。"

江依扑哧一声笑了,把球杆靠在腰上,一本正经地数了起来:"母鸡、松鼠……你还说我像什么动物来着?"又自我安慰道,"还成,我现在进化了,不是猴儿,是猴儿精了。"

郁溪也笑了,她明明是很不爱笑的一个人,不知怎么的,在江依面前,她总是笑眼弯弯的。

江依一声令下,台球厅干净了不少。郁溪拿着抹布和撮箕晃来晃去晃半天,根本没多少事可做,她有点白拿钱不干活的心虚。江依说:"你是不是傻?偷懒你不会?一看你就是没经过社会的磨砺。"

郁溪说:"怎么偷懒嘛?"

江依给她出主意:"要不你去你打零工那家书店,买两本奥数题回来做,你不是想学航天工程吗?把数学练好总是没错的。"

郁溪说:"真的可以吗?"

"只要你把分内的工作做完了,有什么不可以的。"江依冲她眨眨眼,跟狐狸似的,"小孩儿我告诉你,你以后去了邺城别这么老实,要吃亏的。"

郁溪轻声说:"谁说我要去邺城了?"

"我给你安排的。"江依说,"你不是相信自己一定能考上吗?志愿填完你就走,录取通知书我寄给你。"说完她又拍拍郁溪的肩,"什么都拦不住你。"

她转身打球去了,郁溪望着她的背影,没说什么。

因为在台球厅实在太闲了,少量的打扫工作做完以后,郁溪真如江依说的那般,买了本奥数题,在前台桌边趴着做题。

江依的小姐妹一脸的诧异:"你的小妹妹怎么做题做得这么开心?这种眼睛闪着光的样子我只有在买衣服和吃烧烤的时候才会有。"

江依一把捂住她的嘴:"别用你那套想法带坏小孩儿。"

小姐妹挣开江依的手笑道:"依姐,你对她真好,她都满十八岁,要上大学了,怎么还是小孩儿?我也才十九,你怎么没把我当成小孩儿?"

江依瞥了她一眼:"你那么机灵,拿什么人都有办法,我怎么把你当成小孩儿?"

小姐妹笑道:"是,也就是你的小妹妹,傻乎乎的,一门心思只想着学习。"

江依点头承认了。

又打了两局,江依撑着球杆局休的时候,发现自己的衣角被扯了扯。她转头,就看到郁溪乖巧地站在她身边,讷讷地说道:"江依,我渴了。"

江依瞥了她一眼。

郁溪更加乖巧地问道:"能借你的杯子喝口水吗?"

江依想,她怎么这么乖,好想掐她的脸。

江依手都抬起来了,伸到一半突然转了方向,探进裙子口袋摸了摸,然后扬声叫道:"小玫。"

小玫拎着球杆走过来:"怎么了,依姐?"

"我记得你不是买了个新杯子,想把旧的换掉但还没换吗?"江依说,"你先拿来给我小妹妹用,你再去买个,我给你钱。"

小玫不懂江依的想法:"干吗呀依姐?小妹妹就打一个暑假的工,还搞个新杯子干吗?拿你的凑合凑合得了。"

"怎么,我小妹妹不值得拥有一个自己的杯子呀?"江依笑骂道,"让你去拿你就去拿,我的妹妹我自己宠。"

"行行行。"小玫笑着走了。

郁溪的脸色黯淡下去。江依这是宠吗?这分明是躲着她好吧?难道江依想着她要走了,就不想跟她这么亲近了?

小玫很快把新杯子拿过来了,江依笑着道了谢,把杯子拿到水龙头下仔细地洗了洗,又给郁溪倒了杯水,扬着桃花眼对郁溪说了句:"慢点喝,小心呛着。"

郁溪说:"喝水都能呛着,你以为我几岁?"

江依歪着头思考了一下:"三岁?"

她笑着拎着球杆走开了,郁溪没了做题的心思,趴在前台桌上,对着那杯水发呆。

水杯是透明的,印着一朵朵黄色的向日葵,郁溪并不觉得这杯子可爱,但她认为这个杯子在其他女生眼里就是可爱的,因为小玫刚才将杯子拿过来时,特别舍不得,说:"哎呀,我都不知道店里还有没有这一款。"

"没有你就去买豹纹的,更适合你。"江依笑着把杯子抢过来,"这种可爱的杯子还是更适合小妹妹。"

说完,江依又拍了拍小玫的肩:"请你吃炒粉,加火腿肠。"

假装生气的小玫这才笑了,走之前冲郁溪眨眨眼:"有姐姐疼可真好。"

郁溪勉强扬起嘴角:"是呀。"

郁溪的视线从杯子上移开,她望向台球桌边的江依,两个青年把江依的球技吹得天花乱坠的,江依把球杆立在一旁,叉着腰喝水,脸上带笑,眼神却飘忽不定。

她每天都涂那样斑驳的漆红色的口红,把杯子放回去的时候,杯沿就会留下一圈浅浅的唇印,这唇印隔老远都能看见。她的眼神好像要往郁溪这边飘来,可察觉到郁溪好像在看她,又倏地飘走了。

这时,郁溪确定江依是在躲她。

这天郁溪不用去书店打零工,就一直待在台球厅。做了会儿奥数题后,她拿撮箕和抹布把台球厅里里外外打扫了一遍。老板刚好回台球厅拿东西,走进来又出去了,看一眼门口的招牌,说:"我是不是走错地方了?"

整个台球厅干净得发光。

江依笑道:"我这小妹妹老实得可爱,每天打扫卫生都当作大扫除做呢,老板,你是不是得加钱?"

"加钱加不起。"老板一挥手,"店里的汽水随便喝,好吗?"

江依笑着在老板肩上拍了一下:"小气。"

老板拿了东西笑呵呵地走了。

郁溪坐在前台桌边,地不平,塑料凳子就摇啊摇的。她无意识地踢着凳子腿,看着跟老板开玩笑的江依。郁溪发现江依这人的风情不只体现在她的一颦一笑中,还体现在她的每个小动作上。比如她会轻轻地在别人的肩膀上拍一下,或者轻轻拉一下别人的袖口,她柔得就像柳枝,做起这些动作来一点都不生涩,不像赤裸裸的勾引。

她就是充满风情,一副风情万种的模样。

郁溪又发现,从昨晚她凑近江依,江依躲开以后,就再没对她做过这些小动作了。

台球厅打烊以后,江依带郁溪去吃炒粉,因为答应了请小玫,所以今天同行的人还多了个小玫。江依要了三份炒粉,加了三根火腿肠,又冲老板说:

"老板帮我们炒好一点，外香里嫩的。"

老板热情地说道："好。"

郁溪在一边看着，估计江依自己都没意识到，刚才她一撩头发冲老板笑那一下，蕴含着多么神奇的魔力。

三人坐到塑料凳上等炒粉。

郁溪在口袋里摸了半天，江依以为她要干吗呢，结果她摸出一卷什么东西，快速地往江依手里一塞。

江依低头，才发现郁溪塞给她的是钱："什么意思？"

"今晚我请。"

"看不起姐姐是不是？"江依笑着把钱扔给她，"怎么可能让你请客？"

郁溪说："我现在打两份工，有钱。"

江依说："那也不可能让你一个小孩儿请。"

郁溪争辩道："高考完了还是小孩儿吗？"

"不是吗？"江依笑盈盈地看着她，一条腿架在膝盖上，抱着膝盖晃着小腿，她身上艳紫色的薄纱裙跟着一摆一摆的。

江依也注意到了自己的裙摆，拽起一角问小玫："我今天是不是穿得像茄子？"

小玫点头："是有点像。"

郁溪微动嘴唇，想说什么，又忍住了。因为她想说的那句话太文艺了，不像她会说的话。

她想说，江依不像茄子，而像一个瑰丽的梦，或者是一片夏夜的天空，泛着玫瑰紫，缀着星辰。

江依跟小玫说完话又转向郁溪，撑着下巴扬起嘴角："说自己不是小孩儿，我给你讲个鬼故事。"

小玫发出一阵爆笑："依姐，你别逗小妹妹了，你是不是想把小妹妹吓晕，好继承她的炒粉？"

江依微笑，看着郁溪，又好像没在看她，漆红色的嘴唇在夜色里亮闪闪的。

郁溪的手在塑料凳下攥紧，她不讲话，见状江依的嘴角浮现出一缕轻笑。

郁溪觉得江依得逞了，因为自己表现得就像个稚嫩的小孩儿，一个鬼故事就能唬住，自己过了十八岁生日又怎样，根本没有与江依平起平坐的资格。

她先前说的帮江依还钱的话，随之变成了一个玩笑，江依不需要她。

三人围坐在同一张塑料凳边，却被江依用一个小伎俩分成两派，她划出一道隐形的鸿沟，稚嫩的郁溪在这边，成熟的江依和小玫在那边。

小玫笑着说："依姐，你把小妹妹逗生气了。"

郁溪看着江依，江依却不看她，只是抱着膝盖，把裙子勒出一道褶，看着塑料凳中心的那个圆洞。

郁溪忽然意识到，江依今晚没点啤酒。

因为小玫在，郁溪微微凑近江依的耳朵说道："你是想省钱吗？我给你买啤酒。"

江依扑哧一声笑出来。

小玫说："什么笑话啊，怎么只给依姐讲？"

江依笑着说："小妹妹问我是不是没钱喝啤酒，她要请我喝，好可爱。"

小玫也笑了，她告诉郁溪："你可别傻了，依姐可是我们台球厅里最有钱的，她要请客你就乖乖让她请。"

"小孩儿，姐姐只是不想喝酒。"江依冲郁溪眨眨眼，"年纪大了，准备金盆洗手退出江湖了。"

小玫插了句："依姐，你到底多大？"

江依瞟了小玫一眼："狐狸精不是至少一千岁吗？不然怎么成精？"

小玫笑得前仰后合的："好吧，我无法反驳，老祖奶奶。"

江依悄悄瞥了郁溪一眼，小孩儿低着头，没说话。

其实江依今晚没点啤酒，确实是想省钱。现在，她的银行卡被冻结了，在台球厅工作也赚不了多少，她想在叶行舟找她以前，能攒一点是一点，至少攒到感冒请三天假，也不会把自己饿死的地步。

她自嘲地笑了笑，发现郁溪在偷偷看自己以后，嘴角那抹笑又变得轻飘飘的。

吃完炒粉，小玫向江依道了谢，三人就散了。

走在深夜的石板路上，月光朦朦胧胧，铺了满地，像两人都无法言明的心思。

江依艳紫色的裙摆轻轻扫着郁溪的牛仔裤。郁溪觉得江依有时候离她很近，有时候又离她很远，有时候对她照旧亲昵，有时候又好像在躲着她。

郁溪双手插在牛仔裤口袋里，突然出声了："跟你说个事呗。"

"什么？"

"你以后省着点花钱。"

江依不在意地笑道："小孩儿管起我来了？"

"不是。"郁溪不知道江依欠别人那么多债，跟她花钱大手大脚有没有关系。

江依说："小孩儿，你真的别操心了，我都跟你说了我欠的那些钱，攒得差不多了，很快就能还清了。"

她冲郁溪招招手："我送你一个礼物。"郁溪伸出手，一个轻飘飘的信封就落到她手上。郁溪打开，发现里面是一张机票，日期是高考填志愿的后一天，目的地是郁溪想了很久的邺城。

郁溪第一反应是多少钱。

"怎么又在说钱啊，小妹妹？"江依笑着道，"都跟你说了姐姐不差钱，我让市里来的一个客人帮我买了送过来的，不过隔壁市才有机场，到时候你去那儿坐飞机。"

郁溪低头看着机票，一张一千块，可江依不是说她欠的债还要攒钱才能还上吗？郁溪把机票装回信封，推拒道："我自己有钱，我可以坐火车去邺城。"

"那能一样吗？"江依说，"你一个学航天工程的，入学了连一次飞机都没坐过，像话吗？"

她眯着桃花眼笑道："你不是说要记得我吗？小孩儿，你以后肯定会飞黄腾达的，到那时你想起我来，至少这张最重要的机票是我送的。"

郁溪摩挲着手里的信封，叫着江依的名字。皎皎的月光洒下来，照着她们。

"其实不管怎么样，我都会记得你的。"

江依笑着凑近郁溪。月光清冷，可江依凑近后，那清冷的月光就变成了紫色。

"真不想要机票？"她吐气如兰，"那你还我。"

郁溪定了定神，把装着机票的信封往江依手里递，没想到江依手一缩。

郁溪问道："你不接，我怎么还你？"

"你还不还是你的事，我接不接是我的事。"

江依身上那条艳紫色的裙子，在月光的照耀下，薄纱轻盈飘逸，令她看起来有些让人不可捉摸。

郁溪轻轻叹了口气，江依总有办法对付她，还机票这事，暂时就这样被揭过去了。

接下来的一路，郁溪格外沉默。

虽然她平时也挺沉默的，但那时她眼里是江依飘逸的裙摆，鼻端是江依的香水味，耳里是江依的高跟鞋啪嗒啪嗒的声音。而现在她在全神贯注地想一件事。从江依不跟她共用一个杯子，到江依买机票让她提前走，所有的事好像都指向一个结论——江依真的在躲她。

想得太专注，以至于郁溪再抬头时，发现俩人没走回江依的出租屋，反而走到台球厅这边来了。

郁溪问："你忘带东西了？"

江依笑了笑："帮个忙呗。"她让郁溪帮她抬那厚厚的卷闸门。

郁溪一边抬着卷闸门，一边瞟向另一侧的江依。

昏黄的路灯光洒在江依身上，江依白皙的皮肤就变为暖黄色，光把江依的轮廓晕染得有点模糊，她整个人就有了种朦朦胧胧的不真实感。

这时郁溪忽然有点想哭。

也不是难过，就是鼻尖一阵发酸，也许是年轻人的矫情在作祟，她总觉得江依就像此时眼里看到的，有种不真实感，轻飘飘的，好像自己一不注意她就会飞走，不像卷闸门，能被人踏踏实实地抓在手里。

进了台球厅，江依没开灯，径直往里走，郁溪以为她进去拿个东西就出来，于是站在门口等着。

结果江依叫她："你过来。"

郁溪跟上江依的脚步，这才发现江依走到了台球厅最里面。郁溪走近，江依拧开一盏小小的灯，灯很不亮，但郁溪可以看清楚眼前是一间储藏室，不过没当储藏室用，里面摆了一张小小的床。

"这是老板以前睡午觉的地方。"江依说，"不过老板再婚以后就不在这儿睡了，我问过了，老板答应我你去邺城前可以在这儿睡两周。放心，床单我换过了，从我家拿来的，很干净。"

郁溪盯着那床单，床单是粉紫色的，看着很是柔媚，很有江依的风格。郁溪想：江依是什么时候做这些事的？是她去书店选奥数题册的时候吗？

郁溪张口问道："我为什么要睡这儿？你家怎么了？"

"我家不是只有一张床吗？你在这儿，我们不是可以一人睡一张床吗？你总说自己不是小孩儿了，只有小孩儿才喜欢跟大人睡呢。"江依说完，像是觉得自己说的话很好笑，轻摆腰肢，笑得前仰后合的。

郁溪没笑，冷着一张脸，轻声说了句："要是我不介意呢？"

江依也不笑了，说："可我觉得不方便。"

郁溪问："为什么？"她觉得自己在江依面前挺没出息的。江依有那么多小伎俩，可她就像那种咬着人衣摆不放的小狗，一句一句的"为什么"，就是抓着江依的衣摆不甘心放手。

"为什么？"江依轻晃脑袋重复了一遍她的问题，像是觉得她的问题很奇怪似的，"大概是因为我还没结婚，现在就开始带小孩儿睡，早了点吧。"

郁溪说："干吗总说我是小孩儿？"

江依笑着睨她一眼："我认识你的时候你就是一个小孩儿啊，在我眼里你永远都是小孩儿。"

郁溪说："你放屁。"

江依立刻瞪了她一眼："小孩儿怎么说脏话呢？"

郁溪怯怯地说道："都说我不是了。"

那盏小灯的开关就在眼前，郁溪本能地伸手把灯关了，卷闸门外的路灯照不进来，室内突然陷入一片黑暗。

江依从嗓子里挤出一句话："你什么意思？"

郁溪说："你不是觉得我看起来太像小孩儿吗？那你就不要看。"

江依默默无语。

郁溪压低声音问："为什么躲着我？"

郁溪觉得江依是老狐狸，她很快就恢复了镇定。

"我哪有？"

郁溪不接招："别跟我演，认识你这么久，我了解你。"

江依轻笑一声低下头，长长的鬈发一荡一荡的，隔着薄薄的T恤衫扫在郁溪的肩胛骨上："小孩儿，你真以为你了解我吗？"

"我哪儿不了解你？"郁溪说，"你告诉我。"

江依又一次陷入沉默。

郁溪凑近她说道："我真的长大了，所有的事，我都可以跟你一起分担。"

江依感觉到郁溪在微微发抖,连呼吸都在发颤,可她没有后退的意思。

也许这就是少年,莽撞又怯懦,卑微又骄傲。

江依回答道:"你真的还小呢。"

"在你眼里,多少岁才不算小?才能跟你一起扛事?"

"这不是多少岁的问题。"江依说,"我的事,你扛不了。"

郁溪抿了抿嘴:"你不告诉我,怎么知道我扛不了?"

其实郁溪也知道她太过年轻,人生经历太过贫瘠,人生经验太少,可她就是不想退让。她堵着江依,还是像咬着人衣摆不愿放开的小狗。

她就是不想让江依独自承担。

江依的呼吸顿了顿,有那么一瞬间,郁溪觉得江依是想开口告诉她些什么的。可就在这时,窗外一只不知哪来的猫叫了一声。

两人之间的气氛就被破坏了。

江依笑着伸出手,在郁溪肩头轻轻一点。郁溪本来就紧张,这会儿触电似的,猛地一缩。江依笑了:"你是要离开祝镇的人了,别管我的事了。"

她走到墙边把灯打开,猛然亮起的灯光刺着郁溪的眼。江依蹭到房里唯一的旧立柜前而后坐了上去,靠着墙,鬈曲的长发蹭在斑驳的墙上,懒洋洋地笑道:"等你去了邺城,就会发现世界好大,你应该跟同龄的小孩儿交朋友,去喝酒,去笑去闹,别总想着跟我这样年纪的人混在一起。"

郁溪垂手站在一旁,问了句:"你到底多大?"

"我?"江依笑道,"我已经老了,老得没有耐心再跟任何人讲我的故事了。"

她从立柜上跳下来,像夏夜里的一阵烟,飘走了。

江依回到出租屋以后,站在门外的走廊上想着郁溪关灯的那一刻,她在想什么呢。

她对着月亮,今晚月亮很大,连一丝遮蔽的云都没有,皎皎的月光好似能照清人的一切思绪。

她也想依赖郁溪吗?

江依以为自己早就对人生不抱任何指望了,可郁溪不一样,她那么年轻,朝气蓬勃。跟郁溪在一起,好像自己都仿佛身处在春天里,不由得焕发出生机,好似寒冬的折磨已经过去。

她的故事太复杂,她不想拖郁溪下水,不过她本能地向往着、靠近着,有时会有一瞬间的晃神。

她确定,早点送郁溪走这个决定,就再正确不过。

她还有一张卡,这卡是什么时候办的她早忘了,好像是因为卡上面的图案办的。翻出来之后她依稀想起,不知什么时候的一笔劳务费打到这张卡上,她吃了两顿饭买了两件衣服,卡上就只剩两千块了。

她用其中的一千块给郁溪买了张去邺城的机票,刚好有个常来打球的客人要从市里回祝镇,就把机票给带回来了。

走吧,江依对着夜空叹了一口气。那浩渺的天空才是属于郁溪的未来。

江依起床时头如宿醉后般疼,来祝镇后本来她就没有吃早饭和午饭的习惯,这会儿却晃到馒头摊:"来俩包子。"她拎着包子晃去台球厅,远远就看到少女蹲在门口。

她走过去问道:"你在干吗呢?"

郁溪抬头,回答道:"喂猫。"她脚边是一只中华田园猫,猫脸尖尖的,在吃郁溪掰成小块的火腿肠。

台球厅门口有个小木凳子,在这儿风吹日晒的,朽了一块,不过每天还是有挺多人光临的。江依坐上去,笑着撑起下巴:"小孩儿出息了啊,都有钱买火腿肠喂猫了。"

郁溪说:"猫太可怜了,该花的钱得花。"

其实猫太可怜了是一方面,另一方面郁溪是想讨好这猫,让它以后大半夜的关键时候,不乱叫。昨晚猫一叫,江依就回过神了,郁溪忍不住想,要是猫没叫呢?江依会告诉她实话吗?

这么想着她看了江依一眼。坐在小木凳子上的江依懒洋洋的,一手撑着下巴,一双桃花眼微眯着,眼神有点迷离,好像还没完全睡醒。

江依打了个哈欠,把手里的俩包子丢给郁溪:"给你。"她自己可以不吃,不过小孩儿还在长身体不能不吃。

郁溪低头一看是包子而不是馒头,说道:"不是让你别乱花钱吗?"

"小孩儿真想管我?"江依心不在焉地笑道,"都跟你说了别操心钱的事,姐姐攒钱真的攒得差不多了,我这是吊债主胃口呢。"

郁溪第一次听说还钱还有吊人胃口的，她站起来走到江依面前，拿了个包子递给江依："一人一个。"

江依懒洋洋地说道："我其实没有吃早午饭的习惯，要胖死了。"

那么昨天是她买的豆浆油条，江依才吃的？郁溪这样想着，心里暖洋洋的。

她固执地把包子递给江依，说道："你不胖。"

她的眼神掠过江依嫩藕一般的手臂，觉得江依丰腴得恰到好处。

她是盛开的花，饱满的果，是年轻人向往的未来。

江依看着郁溪，说道："小孩儿怎么这么倔？"

郁溪一句"我担心你"无论如何说不出口，只好更加固执地把包子递到江依面前："你吃。"

她以为江依会拒绝，没想到江依伸手接了。

这个女人真的很奇怪，有时候像在躲着她，有时候又真的很顺着她。

郁溪说："你往那边坐过去些。"

她在江依身边坐下，沉默地吃着包子。

那只中华田园猫吃完了火腿肠，便走过来，在江依的小腿上轻轻蹭着。江依被蹭痒了，笑着把小腿挪开，没想到那猫又贴过来继续蹭。

江依笑得更开心了，她微微俯身，用纤长的手指去撸猫的头："这猫怎么总蹭我？"

郁溪咬着包子看江依撸猫，她长鬈发微掩的侧颜那么好看。

江依拍拍裙摆站起来："吃饱了，打球去了。"

郁溪说："你真吃完了吗？检查。"

江依笑起来："小孩儿，你真是要反天了。"她这样说着，但还是把双手向着郁溪摊开，雪白的掌心在阳光下闪闪发亮。

郁溪说："嗯，乖。"

江依笑着瞪她一眼："别在姐姐面前装大人，你还嫩了点。"说完她飘走了。

郁溪发现江依躲她的行迹越来越明显了。

当然江依对她还是很好，比如今早看到她拿火腿肠喂猫，下午她去书店打完零工回来，就看到前台桌边的角落里堆了一箱火腿肠。

郁溪问小玫："是依姐买的？"

小玫说："嗯，依姐说外面来了只流浪猫。"

可每当郁溪拿着抹布或撮箕向江依靠近时，江依就会像风一样飘走了。

她去跟找她打球的客人说话，手在人家肩膀上轻轻地拍一下。

她去喝水。

她走开去吃一个桃子。

郁溪不知道江依为什么吃个桃子都吃得那么动人。直到几年以后她在邺城，跟人一起看一部著名导演的老电影，电影里的故事发生在上世纪七十年代，里面有一个文工团的女孩儿站在阳光下吃西红柿的一幕——

西红柿淡粉色的汁液流到女孩儿修长的手指上，女孩儿整个人干净得不像话，又清纯又诱人。

那时郁溪才明白，为什么江依吃个桃子都吃得那么妩媚动人，因为江依看着风情万种，她的骨子里却又有不被人看见的脆弱和天真。

江依要扔桃核的时候，郁溪突然走过去，摊开手掌，江依看了她一眼。

那会儿人多，很多人围着江依打球，还有好几个在台球厅工作的女孩儿，她们聚在一起陪人聊天。江依再躲，就显得太刻意了。于是江依笑了笑，把桃核轻轻放在了郁溪的掌心。

郁溪托了一会儿，才扔到垃圾桶里去。

晚上去吃炒粉的时候，小玫又来了。

郁溪轻声问江依："你又请客？"

这话却被小玫听了去："我不敲你姐竹杠，我自己买单！"

三人围着塑料凳坐在一起，小玫笑嘻嘻地对江依说："依姐，这家炒粉我以前也来吃过，没觉得多好吃，可我昨天看着你吃，觉得好香啊！"

郁溪想：这是真的。

后来她去了邺城，在4G网络遍布的世界里，她知道了一个职业叫"吃播"，就觉得这个职业无比适合江依。江依无时无刻不给人一种酣畅淋漓地享受生活的感觉，她喝什么什么美，吃什么什么香。

郁溪有时候都怀疑：这真是一个欠债的女人吗？

三碗炒粉端过来，在燥热的夏夜冒着腾腾的热气。江依这时候不怕胖了，拿着双一次性筷子大口吃着，吃得腮帮子鼓了起来。

郁溪瞟着她，走了神，掰一次性筷子时手一滑，筷子被掰断了。

江依跟小玫聊着台球厅的八卦，都没给她这边一个眼神，却特别自然地把断掉的筷子从她手里抽走，又重新掰了一双，递到她手里。

郁溪低着头吃炒粉，觉得老板可能加了糖，这炒粉有点甜。

可细细一思量，江依刚才递筷子给她的时候，连她的手都不愿碰到。她又觉得老板可能加了醋，这炒粉有点酸。

一顿炒粉，郁溪吃得五味杂陈的。

吃完后，三人散了。江依和郁溪走到路口，随后江依道："我先走啦。"

郁溪不满地道："你不送我去台球厅？"

江依觉得好笑："小孩儿，你要是路上遇到坏人，悠着点，别把人打残了，姐姐还得去替你赔钱。"

郁溪忽然问了句："你怎么知道我手劲挺大的？"

江依瞟她一眼："我不是看过你把啤酒瓶往自己头上抡？"

"哦。"

回台球厅的路上，郁溪想了无数种回头去找江依的理由，比如突然蹿出只猫把她抓伤了，但猫可能被她的火腿肠收买了，没来；比如台球厅的卷闸门突然坏了，但这老式卷闸门质量意外的好，没坏；比如小仓库的床突然塌了，但她在床上蹦了蹦，床也没塌。

郁溪从床上爬下来，坐到床边叹了口气：为什么有时候的好运气，反而是种坏运气？为什么有时候的坏运气，反而才是好运气？

郁溪想着，就把小仓库的气窗打开，想透过小小的一扇窗户，去望天上的月。突然她激动起来：天好像挺阴的！难怪最近热得出奇，今晚不会下雨吧？特大的那种雷雨！

郁溪盯着天空看了一会儿，见时间晚了，就躺回床上，默念自己知道的神仙和菩萨。孙悟空算不算？算吧，他挺厉害的。那猪八戒算不算？不算，他挺懒的。郁溪不知想了多久，就在她迷迷糊糊快要睡过去时，噼啪，噼啪，真有一滴滴雨打在窗上。

她一下从床上坐起来，望着窗外。其实祝镇所在的省算是一个极端天气挺多的地方，夏天里暴雨和雷雨都很常见，那她的愿望，应该不算很难实现吧？

漫天神佛，谁有空帮帮我？

突然，一道闪电划过天边，接着响起了轰隆隆的雷声。

郁溪猛地从床上翻下来，鸟儿一样飞出台球厅，她连帆布鞋的鞋带都没系，拖在积水的地上变成湿漉漉的一条。

雨一下子下得很大，遮住本就灰暗的灯。茫茫的夜里，只有郁溪和她的脚步声，噼啪噼啪，应和着跳动的灯。

谁年轻时没淋过一场大雨，只因无人奔赴。

可她跑着跑着，脚步却慢了下来，T恤衫淋了雨贴在身上沉甸甸的，她缓缓站定，抹了把脸上的水。

突然这么跑过去，找江依说什么呢？说自己怕打雷？会不会被江依嘲笑"就说你还是小孩儿吧"？

去问江依是不是怕打雷？江依大概率会糊弄她说"狐狸精跟雷公电母很熟的好吧"。

明明脑子还没想清楚，身体却已经带着她向江依的出租屋跑去。

郁溪跑到了江依租房的院子门口，脚步又一次慢下来，江依故作轻佻的笑脸浮在她眼前，她不喜欢。

短短一路，郁溪犹豫了数次，步子变换了无数频率。她慢慢往院子里踱，所有昏暗的路灯都被大雨浇得好像没开一样，院子里一片半人高的模模糊糊的影子。

郁溪瞟了一眼，发现那是在大雨中被淋得蔫头耷脑的向日葵。那向日葵就像现在的她，有太阳才能重新昂起头。于是她深吸一口气，向那栋二层的出租楼走去。

上楼梯的时候，她又走得很快了。逼仄的楼道里堆放着旧自行车和破纸箱，满是灰尘的味道，这味道沾到她身上的雨气，就变得潮湿了，像少女的心思，无限蔓延。

走廊两端，有一些屋子还亮着灯，光从门缝里漏出来。郁溪放轻脚步，轻轻地敲门。

动作一轻，她就很难控制手指的颤抖。

敲了门她才想起来把紧贴在身上的湿T恤衫拉了拉，把紧贴在额前的湿发理了理。她不想显得太急切，也不想显得太狼狈。

屋里静悄悄的，毫无反应。

谁在雷雨夜听到这样轻轻的敲门声，都会觉得自己听错了吧？

郁溪又伸手敲了敲门，她指上的雨在江依的木门上留下一道浅浅的痕。

屋里江依的声音压得很低："谁啊？"

郁溪动动嘴唇，但是没说话。

她怕一说"我是郁溪"，今晚这门就不会开了。她只是又敲了敲门。屋里终于响起一阵轻轻的脚步声，是拖鞋的声音，沙沙的。

郁溪的一颗心好像被人捏紧了，她浑身都绷着。

门开了，江依没开灯，郁溪想象中的暖黄灯光没有出现，只有与门外如出一辙的黑暗淌了出来。

郁溪动了动嘴唇，她以为江依应该会问"你怎么在这儿"或者"你发什么神经"，没想到江依抱着双臂看了她两眼，竟问了句："冷吗？"

"呃……还好。"

江依没问她有什么事，但也没有让她进门的意思，只是抱着双臂看着她。黑暗里，江依漂亮的脸很模糊，直到又一道闪电划过天空，照亮了那充满无奈和困惑的一双眸子。

江依是在等她解释吧？郁溪舔舔嘴唇，没想好要说"我怕打雷"还是"我怕你怕打雷"。可为什么借口挤到唇边，就无法说出口。

虽然我们之间隔着你不为人知的故事，隔着邯城和外面世界之间一段崎岖的山路。

但，江依，你是这世界我唯一拥有的善意。

轰隆隆的雷声淹没了郁溪说出口的第一个音节，然后江依屋里的灯突然开了。郁溪诧异地瞟了眼，心想，又没人动开关，这是灯坏了还是闹鬼了？

然后她发现都不是，是有人开了灯。

因为一个身影从江依那张窄窄小小的行军床上坐了起来，像是被雷声惊醒发现身边人不在，怯生生地喊了声"依姐"。江依回头应了句："在这儿呢。"

郁溪心中一紧，心脏越挣扎着跳动，就越被拉扯得疼。那股疼变成一股铁锈味，从嗓子眼里冒出来，混着今夜的雨水味。

郁溪转身跑了，她跑得太快，踩到自己没来得及系上又被大雨打湿的鞋带，差点绊了一跤。

郁溪跑在大雨里，一边笑着，一边在心里狠狠地骂自己真狼狈。

郁溪越是跑，脑子里想甩掉的影子越是清晰。灯光亮起得太突然，那影子猝不及防，像刺青一样刺进郁溪的眼底。

那是一个跟自己差不多大的女生，只是一头茶色的发微卷，露出的半张侧脸有点好看，那个词怎么说来着，挺"洋气"的。

"洋气"是什么意思呢？

是祝镇的反义词。

是自卑怯懦的反义词。

是郁溪的反义词。

到这时，郁溪觉得自己曾经问江依的那句"只有我一个妹妹，行不行"简直傻得可笑了。她跟江依才认识了多久？她真的了解江依吗？

在江依的世界里，有她见都没见过的女孩儿，而且明显比她跟江依更熟。

江依拒绝了她的依赖，却任由女孩儿住在自己家。

郁溪心想：我很招人烦吗？我到底哪儿招人烦了？

有时候郁溪在江依面前很自卑，可想到这儿，她骨子里的那股倔强还是占了上风。

她转身，疯一般向江依所在的院子跑去，湿漉漉的鞋带甩在雨地里，啪嗒啪嗒的。她越跑越快，她倒要问问江依，她到底哪儿招人烦了？她闷头跑着，这次一点都没在院子门口停，直接跑向逼仄的楼梯，没想到刚跑到楼梯口，就撞到一个人。

郁溪完全没想到，这样的雷雨夜除了她还有别人要出门，于是咕哝一句："对不起……"

一阵熟悉的香味飘过来，她顿时反应过来，她该说的不是"对不起"。果然，她抬头就看到被又一道闪电照亮的江依的脸。

江依穿着一条红色吊带裙子，就是郁溪看她穿过的那条，手里举着一把红色的伞，她刚要撑开伞就被郁溪撞到，她一点雨都没淋到，依旧是那么美丽。

郁溪望着她。

闪电暗下去，雷声响起来。

轰隆隆的声音响在两人之间，打断了郁溪原本要说的话。

江依收起伞转过身："你跟我上来。"

郁溪握住江依的手腕："等一下。"江依手腕灼热的温度连同黑暗一起滋长了郁溪的勇气。她压低声音问:"那个女生是谁?"

耳边响起江依的一声轻笑,郁溪适应了一会儿楼道的黑暗后,眼前江依的五官逐渐清晰起来。耳边是不知谁的咳嗽,眼前是江依的笑脸,江依饶有兴味地看着她。

郁溪把这个笑容解读为她问了个蠢问题,于是不等江依回答,接着问:"为什么你跟其他人那么亲近,却躲着我?我很招你烦吗?"

江依的笑更深了。

那个笑刺痛了年轻人骄傲的自尊,郁溪凑上前:"今天不把话说清楚,我不会让你走的。"

江依终于出声了:"你怎么不让我走?"

郁溪漆黑的瞳仁,在雨夜也能从中瞧出独属于年轻人的莽撞:"我就这么一直拽着你。"

江依望着郁溪。郁溪的手被大雨淋得很凉,可内里涌动的血液滚烫。

连江依自己都说不清,郁溪一句"我就这么一直拽着你"是如何触动了她。

江依的生活中已经许久没有这样的人出现了,这样鲜活的、失控的人,带着冲破一切的气势,江依心中荒芜的原野上,好似再次燃起燎原的火。

郁溪觉得江依有一瞬间露出了笑容,可下一秒,那笑容又化作了轻轻的叹息。

江依低声说:"不是这样的。"

郁溪倔强地看着江依,一副今晚不打算放她走了的样子。江依叹了口气:"你先跟我上来。"

上去?干吗呀?上面还有个人呢。

郁溪说:"我怕我跟你屋里那女孩儿打起来。"

江依问:"那你猜我会帮谁?"

她主动来拉郁溪的手腕,郁溪紧绷的身子就软了。

"好吧。"郁溪说,"上去就上去。"

江依带郁溪上楼的时候,轻手轻脚的。趁江依掩门的时刻,郁溪瞥了眼行军床,那人还在那儿端端地睡着。不过那人的睡眠好像挺浅的,江依一开门,她就醒了。很快,她坐起来看着江依带回来一个浑身湿漉漉的少女。

郁溪冷漠地看着那人,那人五官秀气,有一种大城市里才生长得出的漂亮,跟江依完全相反,江依是那种带点古典韵味的妩媚。郁溪越看那张脸越觉得对方年轻,对方最多比她大一两岁。

那人无视郁溪眼神里的敌意,将旧毯子搭在膝头,抱着膝盖饶有兴致地看着郁溪笑。

江依给她们俩互相介绍了下:"这是舒星,这是郁溪。"

郁溪没说话。她不是那种会寒暄的人,这也不是什么值得寒暄的友好场合。

江依介绍完之后对舒星说:"你睡你的。"

舒星摇头:"没事,反正外面一直打雷,我不怎么能睡着。"

江依左右看了看,找了个旧纸箱让郁溪坐在上面:"你是不是忘了你头上还缝着针了?"

郁溪真忘了,这会儿被江依这么一说,才想起来。纱布浸了雨,贴着额头变得不再清爽,连缝针的伤口都湿答答的一片。

不过她身体素质好,伤口愈合能力强,这会儿没觉得伤口疼,只是满脑子想着另一件事——凭什么舒星能待在床上,她就要叉着腿坐在门边的箱子上?

其实她很明白,原因是舒星洗了澡穿着干净的睡衣,而她淋了雨浑身湿着。但她就是想问,凭什么舒星能待在床上,她就要坐箱子上?

她又往床上瞟了一眼,没想到跟舒星对视上了。舒星抱着膝盖看江依给她拆纱布,笑得更意味深长了。

第七章
江依以前是什么样的人？

江依把郁溪头上的湿纱布拆下来，又拎了个小袋子过来，从里面翻出棉球，轻轻把郁溪伤口处的雨擦干，最后一下没忍住用了点劲："我倒要看看你伤口发炎了怎么办？疼死你！"

郁溪说："我不怕疼。"

她跟江依犟着，不自觉微微皱了皱眉，江依以为她疼了，看了她两眼，犹豫了一下，用指尖在她额头的伤口周围轻轻揉了揉，又从小袋子里翻出干净纱布给她缠上："明儿早上再去诊所吧。"

郁溪问："你家里怎么有这些东西？"

"因为我想抢镇上医生的饭碗，行不行？"江依缠好纱布后抱着双臂站在一边，把郁溪的一颗头当成她的作品来打量，又觉得郁溪的问题很好笑，"因为有小孩儿经常受伤呗。"

郁溪闻言心软了点，直挺挺的背也跟着软了点。

江依拿起放在地上的红伞说道："走吧，我送你回台球厅。"

郁溪又往床上瞟了眼，心想：凭什么舒星可以留在这儿？

尤其是，她都没在祝镇见过舒星，也不知江依从哪儿把人找来的，反正这雷雨夜舒星在祝镇应该没地方可去，走的只能是她。

从江依屋子出去时，郁溪没忍住又往床上瞟了眼，没想到舒星还在看她，笑盈盈的，还冲她挥了挥手。

什么情况，郁溪在心里说。

她和江依走到楼下，发现这会儿雨小了点，变得绵密起来。

江依撑开伞，说道："走吧。"

雨没了如注的气势，路上为数不多的路灯的昏暗光晕就又露了出来，洒在郁溪的红伞上，暖融融的一片。郁溪发现那片暖红的天，一直牢牢遮到自己肩膀那里，她往江依那边瞟了眼，发现江依的一边胳膊在外面露着，淋了雨，肌肤白得发光。

她伸手去拿江依手里的伞："我来打。"可她的指尖一碰到江依，江依的手就躲开了："小孩儿打什么伞，大人才有控制权。"

郁溪沉默地夺过伞柄，把伞朝江依那边倾斜了一下。

江依笑了一下，没说什么。

大雨激发出杂草的气味、石板下泥土的气味，这些气味混合着江依身上的气味，变成一个难以言说的夏夜宇宙，包裹着郁溪。

郁溪往江依那边蹭了蹭，胳膊紧贴着江依的胳膊。刚才在屋里时，江依找了条干净毛巾给郁溪擦身体，可郁溪衣服湿着，又打死都不愿穿江依的那些吊带裙，这会儿雨滴就顺着湿T恤衫淌到她的胳膊上，把江依的胳膊也沾湿了。

江依问了句："冷啊？"

"嗯。"其实郁溪不冷，她的皮肤滚烫。

江依没再说什么，任由她这么贴着。

一路无言地走到台球厅，到了门口，江依撑着伞停住了，说道："进去吧，用热水把身上擦擦，别着凉。"

郁溪问："你不进去坐坐？"

江依闻言笑了。

那时郁溪还不知自己正在演绎电视剧上的一个经典桥段，叫"要不要进来喝杯茶"。

江依一笑郁溪心里就有点没谱，于是找了个先前想好的理由："我怕打雷。"

江依却笑得更欢了："你怕打雷？"

郁溪豁出去了："嗯。"这会让她依偎在江依怀里瑟瑟发抖她也能演。

江依笑着说："那明儿我给你买个毛绒玩具兔子，下次打雷的时候你可以抱着它汲取安全感，反正今晚是不会再打雷了。"

郁溪站在原地不动，江依伸手在郁溪肩上轻轻一点，指腹烫着郁溪的肩胼骨:"去吧。"

郁溪不得不向台球厅里走去。

江依撑着伞飘远了。

郁溪本来想就这样睡了算了,又怕江依骂她,于是接了热水擦干身体。躺在床上时她想,为什么刚才她没问江依呢?

"舒星是你什么人?"

"你为什么对她那么好?"

郁溪不知道自己为什么没开口问,明明那因沉默而漫长且尴尬的一路,有很多机会可以问的。

她觉得自己就像鸵鸟,以为把头埋进沙子里,就可以视而不见、听而不闻了,可笑又可怜。

第二天阳光洒进气窗时,郁溪起床了,她习惯早起把台球厅里里外外打扫一遍,再拿着英语书到门口背会儿单词。

没想到她一拉开卷闸门,就看到熟悉的一张脸。

江依站在门口,穿一条蓝底白点的吊带裙,像雨后初晴的天空上的一朵云,她像是正要敲门,却被郁溪猛地抬起门吓了一跳,怔怔地看着郁溪的脸。

就那么一瞬间,她的神情又变得懒洋洋的了:"早啊,我来押你去诊所。"她像是不喜欢早起,慵懒地打了个哈欠,随手一撩头发,一如既往的风情万种。

如果忽略掉她身边的舒星的话,这是挺美的一幕。舒星看上去倒是比江依精神很多,化着淡妆,笑盈盈地跟郁溪打招呼:"早啊。"

郁溪瞥了舒星一眼没说话。

江依把手里的豆浆油条递给郁溪:"边吃边走。"又把另一份递给舒星,"你们俩小孩儿一起吃。"

郁溪问:"你不吃?"

江依懒洋洋地笑着:"都说了姐姐没吃早饭的习惯,姐姐年纪大了新陈代谢慢,怕胖。"

舒星说:"其实我早上也没吃油条的习惯。"

江依问:"那你习惯吃什么?粥行吗?明天给你买粥。"

舒星问:"这儿早上有粥卖吗?"

"你当祝镇是什么地方？"江依笑了，"外星球吗？"

舒星说："粥可以，我本来以为这份油条你是给你自己买的呢。"

江依说："那要不油条给郁溪吧，她爱吃。"

舒星问郁溪："你爱吃油条？"

郁溪点头，油条在祝镇是一种奢侈品，比馒头好吃。

舒星笑了："那我也尝尝吧。"

江依带着她俩往诊所走。她踩着高跟鞋走在前面，郁溪跟在她身后咬着油条，舒星跟在郁溪身边，一边小口小口咬着油条，一边瞟郁溪。

郁溪心想：你看我干什么？吃个油条还要别人示范吗？

郁溪被看得心里发毛，把最后一大块油条塞进嘴里。这时舒星问："你在这镇上有什么朋友吗？"

郁溪正往江依那边瞟，舒星这一打岔，惹得她一阵猛咳，差点没被油条呛死："没有。"

舒星又笑着问："为什么？"

郁溪看着江依的背影："不为什么，不喜欢。"

舒星点点头："哦。"

到了诊所，医生给郁溪拆绷带检查伤口，江依和舒星站在郁溪两侧，跟左右护法似的。

医生说："还行，没什么问题。"在医生换药时，郁溪一直拿眼睛去瞟江依。

她总觉得江依一直在看着她和舒星，笑盈盈的。

然后江依说："小孩儿，趁你换药，我给你介绍一新活儿。"说着她笑着指指舒星，"舒星和我一样，是从北方过来的，不过人家和我不一样，她是大学生，在美院上大二。"

舒星自己接过话头说："暑假我们有写生任务，要画山间不常见的植物，我知道依姐在祝镇，这儿山多植物也多，就来找依姐了。"

郁溪问："你们是怎么认识的？"

舒星看了江依一眼。

江依说："她是我一个客人的表妹。"

舒星点点头："嗯，对。"

"总之舒星去山间写生，需要一个向导。"江依笑着说，"小孩儿，你不是正合适？"

郁溪说："我不合适。"

"为什么？"

"我在台球厅有工作。"

江依笑了，冲郁溪眨眨眼："舒星家很有钱的，当她的小向导，可比在台球厅赚得多多了。"

她报出一个数字，医生给郁溪换药的手都抖了抖。郁溪觉得要不是他年老体弱，他都要脱口而出"我行我上"了。

郁溪问江依："你怎么不去？"

江依像是很不习惯早起，这会儿一副还没完全醒来的样子，懒洋洋地打着哈欠说："姐姐年纪大了，只想在台球厅吹电扇打球，赚不了这份辛苦钱。"她劝郁溪，"你不是要攒学费吗？刚好你还要在祝镇待两周，舒星也要在祝镇待两周，时间正合适。"

郁溪沉默了一下，说道："好吧，我去。"江依报出的确实是一个让人没法拒绝的数字，而她确实需要钱。

舒星挺高兴的样子："那从今天下午开始吗？"

郁溪："行。"

郁溪看江依走到诊所外面去了。

换好药郁溪走出诊所，江依一个人站在外面。她走过去叫了一声："江依。"

江依好像在想什么事，还想得挺专注的，闻声肩膀微微一抖，回过神来才冲她一笑。

"舒星呢？"江依问。

"在里面让医生给她介绍中药。"郁溪答，"她说有些药材她没见过，也能当画画素材。"

"噢。"

与秋天的"一场雨一场凉"相反，盛夏是"一场雨一场热"，昨天的暴雨过后，今天的阳光更加明晃晃的，照得江依的桃花眼都眯了起来。

"你是高兴还是不高兴？"

"嗯？"

"我下午陪舒星去山里写生了，不在台球厅了，你是高兴还是不高兴？"

江依望着太阳，一双桃花眼眯得更厉害了："你说呢？"然而，在郁溪开口要说什么的时候，她又抢话道："我高兴得很呢。"

阳光下她那张绝美的脸，笑盈盈的。

出了诊所后，舒星就说要先回江依家，她要收拾画画的东西。舒星走了以后，郁溪和江依两人慢慢往台球厅走，阳光晒着她们的背。

郁溪双手插在牛仔裤口袋里，低头看着脚上的帆布鞋。昨夜鞋子淋了雨，过了一夜还有些潮，不过在一大早就炽烈的阳光下干得很快。

她没能从江依嘴里问出的谜底，像昨夜的大雨，如今已了无痕迹。她只能盯着自己淋了雨又被晒干，变得有点硬的帆布鞋。鞋子踩在石板中间，是不要跟江依说话；鞋子踩到石板边缘，是要跟江依说话。

她想着想着脚步就乱了，一脚踩到两块石板，这是要不要跟江依说话？

江依的蓝裙子飘啊飘，晃着郁溪的眼。

"你……"

"你……"

两人几乎同时开口，然后江依笑了，看不出和从前有什么区别。

郁溪说道："你先说。"

果然，江依问了个不痛不痒的问题："你的头还疼吗？"

郁溪摇头，心里的话就被摇了出来："昨晚我嫉妒舒星了。"

郁溪说："我怕你对别人比对我好。"

江依笑得更厉害了："小孩儿，你这么霸道吗？"

郁溪抿了抿嘴。其实她不是霸道。她也不知该怎么说。她的人生太贫瘠了，贫瘠到只有江依这唯一的一抹光亮，她迫切地想要抓紧、抓牢江依，姿态狼狈也不管不顾，她总希望，自己对江依来说是有那么几分特别的。

郁溪开口说道："要我不嫉妒也行。"

江依挑挑眉，问道："嗯？"

郁溪道："只要你解释清楚，为什么她可以留在你家，但我不行？"

江依瞥了她一眼："你不是有台球厅的小单间可以睡吗？单间不比跟我挤一张小破床舒服？我说了她是我以前一个客人的表妹，她来祝镇，不睡我家就没地方可去啊。"

"那你没有躲我？"

"我躲你做什么？"

"因为你觉得我要走了，往后我们的人生就没有交集了，所以你不想跟我走得太近。"

江依定定地看了郁溪一会儿。郁溪太年轻，她也说不上江依那样的眼神意味着什么。

江依的语调，比起平日的妩媚轻飘，听上去多了些许沉重："你有句话说得极对，往后我们的人生，的确就没有交集了。"

郁溪问道："如果我不这么想呢？"

"你为什么不这么想？"江依道，"我都告诉过你了，等你去了邺城，就会发现世界好大，你应该去跟和你同龄的小孩儿交朋友，去笑去闹，别总想着跟我这种年纪的人混在一起。"

郁溪撇了一下嘴："同龄人没意思。"

江依觉得好笑："为什么？"

郁溪说道："太吵太闹了，没你温柔。"

江依笑得直不起腰："你说什么？你说我温柔？"

郁溪倔强地道："不管别人觉得你轻浮还是别的什么，我就是知道，你挺温柔的。"

"越说越没谱了，我这个人，可跟温柔不沾边。"走到一个分岔路口，江依指着另一边，"别聊了，你往这儿走。"

"干吗？"

"去书店再买本书啊，就习题集什么的。"江依说，"陪舒星去山里写生其实没什么事，你多带点书上去。"

郁溪买完书回到台球厅，再把台球厅里外打扫了一遍，就到舒星约好来找她的时间了。

舒星准时出现在台球厅门口。

郁溪见到舒星就把习题集收进双肩包里："走吧。"

她往最边上那桌看了一眼，江依拎着球杆站在那儿，像棵亭亭玉立的柳树，一个青年在给她讲笑话，她笑得前仰后合的，看都没往她这边看一眼。

郁溪抿抿嘴，想叫江依一声，又不知如何叫，倒是舒星喊了一声："依姐。"

江依向这边望过来。

舒星问:"你真不跟我们一起去山里啊?山里空气应该很好。"

江依举起手里的球杆晃了晃:"我得工作。"

舒星笑道:"你还挺投入的。"

江依点点头,没说什么,刚好轮到她打了,她俯下身,动作慵懒,出杆却十分利落,一杆球就进洞了。

"哇,依姐可以啊。"舒星笑着招呼郁溪,"我们走吧。"

郁溪带着舒星上了山。

郁溪从小跟着外婆住在镇边的村里,八岁才搬到镇里,这附近的山她都摸得很熟。听舒星说要画一些不常见的植物后,她想了想,带舒星去了一座植被茂密的山。

背着画板的舒星走得气喘吁吁的,一看就是不常走山路。

郁溪想了想,伸手过去:"我帮你背。"

舒星边喘边笑:"可以吗?"

郁溪点头:"嗯。"

画板背在她这个走惯了山路的人身上,轻飘飘的,好像一点重量都没有。她走在前面,舒星跟在后面,她时不时回头看舒星有没有掉队。

直到爬到山顶,钻出茂密的植物丛,郁溪才看到舒星的腿被灌木划得全是红印子。想到以后带舒星去的都是植被这么茂密的地方,郁溪出声提醒:"以后最好穿裤子,牛仔裤。"

舒星今天穿了一条白裙子,裙子上面什么印花都没有,质量看起来十分好,质感和郁溪身上的白T恤衫、江依身上的花裙子,都不一样。她笑着说:"我夏天喜欢穿裙子。"

裙子的确适合她,露出的光洁的小腿,白皙纤长。她像什么呢?像电视里出现的那种高级的鹭鸟。

听舒星这样说,郁溪抿抿嘴没说话了。

她只是在想,还是吃的苦头不够多,才会如此任性。像她们小时候在山上捡松果干活,一天在灌木丛里钻来钻去不知多少次,就算再喜欢穿裙子,也乖乖地把牛仔裤穿上。

好在舒星不是那种特矫情的女孩,一到山顶看到那么多没见过的植物,眼睛都亮了:"来祝镇真是没来错!"

她兴奋地把画板架好,郁溪就在旁边找了棵树靠着。

感谢江依的提醒,她现在有题可做,不至于太无聊。

郁溪很久没上山了,比起镇里,还是山上待得更舒服,凉风习习的。

她看看周围,旁边有那种她们小时候经常含在嘴里的草,长得跟狗尾巴草有点像,不过秆儿是中空的,一吸就有微微泛甜的汁液流出来。

郁溪咬着草,咬到完全没甜味了也没想起来吐,她"刷题"时总是很专注。

不知过了多久。

"喂。"

郁溪抬起头,只见舒星笑盈盈地望着她。

"你在吃什么?"

"草。"

"我知道是草。"舒星笑着问,"什么草?"

"不知道。"她们从小就管这叫"草",也没人深究过这草的学名是什么。

舒星又问:"什么味儿?好吃吗?"

"甜的。"郁溪说,"你应该吃不惯。"

"甜的我怎么吃不惯?"舒星来了兴趣,"我能尝尝吗?"

郁溪就在身边采了根,走过去递给她,又走回树下坐着。

舒星吸了一口,说道:"有点涩,有点苦。"

郁溪不意外:"就说你吃不惯了。"她把头低下去。

舒星又问:"你在写什么?"

"奥数题。"

"奥数题?"舒星问,"高考不是结束了吗?"

"嗯。"郁溪说,"我想考的专业,数学很重要。"

"你想考什么大学啊?"

"邶航。"

"你想当空姐?空姐不需要数学好吧。"

"不当空姐。"郁溪说,"想造飞机。"

舒星很真诚地说道:"哇,厉害。"

郁溪笑了笑低下头,又没话了。

傍晚时分,郁溪带舒星下山。

虽然郁溪帮舒星背着画板,但舒星却比上山时喘得更厉害:"原来下山更累。"

老话说"上山容易下山难",就是这么个道理。植被茂密的地方路滑,像舒星这种没走惯山路的很难掌握平衡,时不时差点滑倒。

郁溪说:"我扶你吧。"

舒星又露出笑容:"可以吗?"

"嗯。"

这会儿她牵着舒星的手扶她下山,不由得对比了一下江依的手。

舒星的手也很软,不过是年轻的、有弹性的,不像江依,江依似柳枝,手也软得跟柳叶一样,没骨头,握在手里都不敢用力,怕给捏碎了。

那样的触感在她的脑海里,与江依对她的温柔叠在一起。

舒星感到郁溪握手的力度轻了,问道:"在想什么?"

郁溪沉默地摇头:"没想什么。"

两人到达山脚时,夕阳已经开始落山了,那刺眼的光芒变成了柔和的一片。

郁溪背着画板往台球厅走的时候,没想到外面站了一个人。

她丝丝缕缕的头发被暖色的夕阳染黄,一只手搭在腰上,随意一站就美得像幅画。

郁溪蹿上前来,江依被她吓了一跳,眯眼看了看她背的画板:"小孩儿,慌什么呢?"

郁溪说道:"我渴了。"

江依笑了一声,转身进台球厅倒了杯水,用的是现在专属于郁溪的向日葵杯子,然后往郁溪面前一递:"给。"

直到这时,舒星才走过来。

江依笑着问她:"喝水吗?"

"不喝。"舒星说,"热死了,我马上回去洗澡,回去再喝。"

江依问:"今天画得怎么样?"

说到画舒星的眼睛亮了:"挺不错的!依姐,我就是特地过来给你看我的画的,郁溪带我去的山上真的有很多我没见过的植物,我都画下来了。"她从郁溪身上拿过画板,就要在台球厅门口打开。

"你这孩子。"江依笑道,"晚上我下班回去你再让我看不就得了?还特意跑这么一趟。"

"我急着让你现在就看!"舒星把写生从画板里拿出来晃着,"你不是最懂画的吗?"

这时,一直安静地站在一边听她们说话的郁溪插了句嘴:"江侬为什么最懂画?"

原本热闹的场面一瞬间安静了。

舒星很困惑地看着江侬。

倒是江侬,很舒展地笑着:"小孩儿,看不起姐姐是不是?"

"姐姐在那么多台球厅工作过,有那么多厉害的客人,见多识广,怎么就不能懂画了?"

听江侬这样说后,舒星马上说:"对,侬姐以前有个客人是画家,所以侬姐特别懂画。"

江侬笑着睨了郁溪一眼,这个话题就轻描淡写地被带了过去。

舒星给江侬看她的写生,江侬点评了两句。

郁溪端着水杯走开了,远远地坐到门口朽了的木凳子上。

江侬瞟了她一眼。

等郁溪一杯水快喝完的时候,舒星说:"不行了侬姐,我太热了,得回去洗澡了,晚上再跟你慢慢聊。"

江侬说:"好。"

舒星收拾画板走之前,笑着问郁溪:"明天见?"

郁溪飞快地看了一眼江侬,江侬双臂抱在胸前,看着她们,面容慈祥得像个长辈。

郁溪回答舒星:"好。"

舒星满意地走了。

台球厅门口有个旧竹筐,以前大概是用来放苹果之类的,用到现在实在太旧了,就被放到台球厅门口,跟朽了的木凳子放在一起,装来往客人扔的烟头。江侬踩着高跟鞋走到旧竹筐边。

夕阳映着她的裙摆,蓝天变得瑰丽,江侬身上的香味飘进郁溪的鼻子里,郁溪喊住她:"等一下。"

江侬回头,含笑看着她。

郁溪慢吞吞地从兜里摸出一根草:"你见过这个吗?"

"嗯?草?"江侬的桃花眼眯起来。

"这能吃。"郁溪迫不及待地介绍,"你可以吸它的秆儿,里面有汁,挺甜的,我们小时候上山捡松果时常吃,我好久没见过了。"

"是吗?"江依伸手接过来,"直接吃?"

"对,你试试。"郁溪把草在手心蹭了蹭,递给江依。

江依咬开草秆子,偏头吸里面的汁。夕阳下,嘴唇嫣红,碧草青翠。

郁溪不懂为什么江依这个女人,怎么会做什么都能美成一幅画。她问江依:"好吃吗?"

"还不错,甜丝丝的。"

"舒星觉得苦。"

江依咬着草懒洋洋地笑了:"她是那种世界里都是糖的小孩儿,一点点涩当然也觉得苦。至于我嘛,一点点甘我都觉得是甜的。"

郁溪高兴起来,因为她也觉得这草是甜的。

她饶有兴致地问江依:"你想知道这草叫什么名字吗?我们从小就叫它草,不过我记得二中有《本地植物图》鉴,你要想知道它的学名是什么,我可以……"说着她突然住了嘴。

"你可以什么?"江依笑着说道,"去查这草叫什么名字?不用了,你们从小叫它草,那它就是草呗。"

郁溪点头:"嗯。"

江依转着那根草走回台球厅去了。

郁溪想的却不是那根草,她在想,天哪,自己在山上的时候,舒星问十句她答一句,那时候她觉得挺正常的,因为她从小就是个话少的人,可她在面对江依时,江依答一句她恨不得说十句。

这就是……熟悉和不熟悉的区别吗?

郁溪下午陪舒星去写生,晚上照例在台球厅打扫卫生。今天客人很多,江依忙得片刻不停。下了班去吃炒粉时,小玫也在。现在她们两个人之间总是多了个小玫,郁溪没什么与江依独处的机会。

回到出租屋后,江依总算舒了一口气。

她不是没看到郁溪偷偷瞟她的眼神,她只能假装看不到。

还好,江依想,只有两周。

两周以后郁溪去了邺城,就会知道,原来天广地宽的生活是那么不一样。

到那时，自己就只是郁溪少女时代的一个过客而已了。

她不值得郁溪莽撞地许下帮忙还钱的诺言，不值得郁溪全心信赖，不值得郁溪把人生与自己这样的人绑在一起。

郁溪想救自己，可江依想，自己的人生，又哪里还有被拯救的可能呢。她的内心早已是一团泥沼，她不该拖着那么年轻的郁溪也陷进去。

江依进屋时，舒星已经洗完澡换好干净的睡衣了。休息了一阵缓过劲来的舒星很有朝气地叫她："依姐，你下班了！快来看我的画！"

江依笑着走过去："嗯。"

还好现在有舒星。舒星才更适合与郁溪作朋友。

舒星专注地看着自己的画，却发现江依总往她脸上瞟："依姐，你总看我干吗？"

"我看你是越长越漂亮了。"江依坐到郁溪那天坐过的纸箱上，望着舒星笑，"你应该有很多朋友吧？"

舒星一定很招人喜欢，毕竟她家世好，专业好，长得好，性格好。江依二十岁时，就希望自己活成这个样子。

舒星笑着回答她："是不少，但是……"

江依抽了张纸，将之托在掌心，接过话茬儿："但郁溪跟她们都不一样，是吧？"

舒星笑了："依姐，你看出来啦？"

江依挺直背，伸了个懒腰："我都快三十啦，看你们跟看小朋友似的。"

"郁溪嘛，是挺特别的。"舒星说，"我以前没见过她这样的，她不是想考邺航吗？以后她都在邺城了。"

江依问："你想跟她做朋友？"

舒星点头："是想，依姐，你觉得怎么样？"

"我觉得不错啊。"江依托着下巴，桃花眼眯起来，"我看你们小孩儿觉得特好玩，好像自己也变年轻了似的。"

舒星却说："可我觉得郁溪这人性子其实挺冷的，她唯一愿意敞开心扉接近的人，好像是你。"

江依闻言脸上的笑容不减，手指却攥紧了。

舒星说："依姐你最了解人心，难道你不觉得吗？"

"这个嘛……"江依笑着说，"你知道人在青春期时若身边出现个年长的同性,就挺容易依赖对方的。可要说亲近?谈不上,她都不知道我是谁。"

"也是,毕竟要了解以后两个人才能真正走得近嘛。"舒星笑了,"世界上还有谁会比叶总更了解你呢?不可能的嘛。"

江依笑着站起来:"我出去一下。"

出去前她把枕头下的手机拿了出来,她觉得叶行舟今晚还会给她打电话。果然,她刚到走廊,手里的手机就振动起来。

江依接了起来:"喂?"

叶行舟阴沉的声音传来:"舒星怎么样?"

"还行。"江依说,"比我想象中还要适应这里。"

"我突然找人把舒星送来,你是不是很惊讶?"

"这问题你昨晚打电话就问过了。"江依淡淡地说道,"我不惊讶。"

她是真的不惊讶,也许是因为她早就习惯叶行舟的一意孤行、有恃无恐了。

叶行舟说:"放心,舒星不会掉链子的,她叫你依姐是不是叫得很顺口?我嘱咐她哥,让她来祝镇前练了好几天。"她问江依,"我有心吗?"

"谢谢。"

叶行舟难得地笑了一声,不过是冷笑:"你跟我说谢谢?"

江依望着夜色,面无表情地道:"好吧,我收回。"

叶行舟说:"你知道舒星她哥是我很重要的客户,你帮我看好舒星。"

江依说:"我知道。"

叶行舟说了句"等你回来"就把电话挂了。

虽然叶行舟做什么江依都不惊讶,但她确实没想到叶行舟会把舒星送过来。

她觉得叶行舟这招很妙。

叶行舟现在肯定知道祝镇有个郁溪,还知道郁溪与自己的关系挺好的,好到自己不肯提前回郏城,哪怕冒着惹她生气的风险也不肯。

可叶行舟只是把舒星送来了,然后轻飘飘地说一句"等你回来",好像什么都没发生一样。

这时身后的门开了,"吱呀"一声,舒星探出头来:"依姐,我能涂点你的指甲油吗?"

江依笑了笑:"行啊,你随便玩。"

走廊上的灯光暗淡，可舒星一张脸青春无敌，无论处在多暗淡的地方，她的脸都在闪闪发光。

江依盯着舒星的脸，觉得叶行舟跟她的想法一样——舒星一来，江依就该明白，那种正常的青春的单纯的相处，早就离她们很远很远了。

第二天下午，郁溪陪舒星上山，舒星还是穿着露小腿的白裙子，郁溪看了一眼，没说什么。

山上的时光不难熬，舒星画画，郁溪咬着草"刷题"。这草昨天江依也尝过，江依说甜，郁溪就觉得这草更甜了。

不知过了多久，舒星叫她："喂。"

郁溪抬起头。

"你'刷'得很专注啊。"舒星笑着问，"你是学霸吗？"

郁溪说："一般。"

她在祝镇考第一算不了什么，她知道到了邺城，一定是人外有人天外有天。

舒星说："你话真少。"

郁溪答道："从小就这样。"

舒星托住腮，问道："我问了你那么多问题，你就没什么想问我的？"

郁溪看了她一眼。

舒星抬手晃了晃："依姐的指甲油，我涂好看吗？"

郁溪说："还行。"舒星皮肤白，涂这种张扬的颜色不难看，只不过相较于江依的风情，她有一种简单青涩的美。

舒星索性把画笔放下了："画累了休息会儿，来嘛，随便问我一点问题，难道你什么都不好奇的吗？"

郁溪沉默了一会儿："问题倒是有一个。"本来她不想问的，因为有打听别人隐私的嫌疑，可这问题一直在她心里盘桓，现在舒星又催着她问。

她张口问道："江依以前……是个什么样的人？"

舒星低头笑了。

郁溪咬着草看着她。

舒星笑了一会儿抬起头："郁木头同学，我是让你对我好奇，没想到你……"她问郁溪，"你是不是觉得依姐很不一般？"

郁溪坦诚地道："是。"

小地方的好处是，外界的繁华喧闹进不来，外界的弯弯绕绕也进不来。有时候舒星看着郁溪那双清澈的眸子，就像看到了一条没被污染过的小溪。

舒星托腮看着郁溪，问道："你对依姐是什么感觉？"

郁溪毫不犹豫地回答："我信任她。"

舒星笑得停不下来："那郁木头同学，我问你啊，你知道她的过往吗？你了解她最亲的人吗？或者说得再简单点，你知道她最喜欢什么颜色？有什么菜是她绝对不吃的吗？"

郁溪不说话，老实说她之前也想过这些问题。

舒星道："信任一个人，至少得建立在了解她的基础上，你看你刚才这问题问的，显然一点都不了解依姐，对吧？"

郁溪还是不说话，嘴里的一根草，从圆到扁，深深浅浅全是齿痕，甜蜜的汁液被吸完了，苦涩的汁液溢了出来。

"依姐以前啊……"舒星想了想问道，"你见过比依姐更漂亮的人吗？"

郁溪摇头。

"没见过就对了。"舒星笑着说道，"我也没见过。"她瞥了郁溪一眼，提醒道，"别太依赖依姐，她不会一直……跟你这么亲近的。"

郁溪问："为什么？"

"哎呀……我也不知道。"舒星说，"我只知道依姐这样的人，就像云，感觉谁都抓不住她，她对谁都是淡淡的。"

郁溪忽然说："如果我是不一样的那个人呢？"

舒星看了她一眼，说道："你不会是的。"

其实舒星真正想说的是，真正不一样的那个人在邺城。郁溪你拿什么跟人家比。

傍晚郁溪回到台球厅，看到江依又站在门口，她今天穿了一条苔藓绿的裙子，这绿色比草绿要暗一些，像经过时光之河的洗涤，细细的一条带子系在修长的脖子后，衬得两边的肩膀尤为白皙。

郁溪想起舒星的问题：你见过比依姐更漂亮的人吗？

其实郁溪觉得，她一辈子都不会见到比江依更漂亮的人了，也一辈子都不会见到比江依更有风情的人了。

哪怕她以后会走出大山，走向邺城，走向广袤的天地。

哪怕她现在才十八岁，以后还有漫漫岁月可期。

她年轻的心已经提前知道了这个答案。

江依主动跟她打了声招呼："哟，小孩儿。"

郁溪总觉得，自从舒星来以后，江依好像活得松弛了不少，不知这是不是她的错觉。

郁溪轻声问："怎么连续两天站在外面？"

江依瞥了她一眼，才懒洋洋地说道："大概是要下雨了，屋里闷得很，出来透透气。"她又问郁溪，"舒星今天没跟你一起过来？"

郁溪点头："她说太累了，要回去洗个澡休息会儿。"

江依问："是你送她回去的吧？"

"嗯。"郁溪说，"我帮她背画板。"

江依似笑非笑地看着郁溪，突然说道："那就好。"

"那是因为礼貌。"郁溪忽然说，"我帮舒星背画板，只是出于礼貌。"

江依笑了，露出那种看小孩儿的神情："那怎样才算不礼貌？"

郁溪瞟了江依一眼，忽然抬手，很自然地轻轻拍了一下江依的头，然后也不去看江依，径直走进台球厅里去了。剩下江依一个人站在夕阳下，眯眼看着郁溪的背影。

这小孩儿……出息了啊？

晚上还是郁溪、江依和小玫三人一起吃的炒粉。

郁溪见舒星每晚都不跟她们一起吃饭，问了句："舒星吃什么？"又补了句，"这是出于礼貌。"

小玫一脸的困惑："什么礼貌不礼貌的？"

江依笑了一声，油汪汪的炒粉让她的双唇油汪汪的："不用担心，舒星有吃的。"

郁溪当然不知道，舒星一早就知道自己肯定吃不惯祝镇的饭菜，直接运了两箱自热饭来，藏在江依出租屋的墙角。

事实上，郁溪这时候连什么是自热饭都不知道。

吃完炒粉三人就散了，小玫先走，郁溪回台球厅的路和江依回出租屋的路，有短短的一段是重叠的。

江依说:"刚才小玫讲的那个八卦,是不是太刺激了?"

郁溪一脸茫然地抬头:"嗯?"明显她刚才没听进去。

江依笑了下:"算了,没什么。"

郁溪刚才在闷头想事,这会儿开口道:"我有话问你。"

"舒星在家等我呢。"江依转身想走,"有什么事明天到台球厅说。"

"不行。"郁溪想去抓江依的手腕,"台球厅人那么多……"

江依转身太快,郁溪只触到一点飘扬的裙摆。江依已经走了,雪白的手腕在夜色中闪闪发光,那手腕滑嫩细腻,好像就算抓在手里,江依轻轻一挣,也会跟水一样流走似的。

郁溪看着江依的背影。她不是一个文艺的人,心里却生出无限的怅然来。她觉得江依是一朵云,一汪水,一阵风,一个暗夜里过分漂亮的苔藓绿的影子。

江依就在她眼前又怎样?她抓不住,只能眼睁睁地看着江依飘远。

这时舒星的话又在她耳边响起:别太依赖依姐,她不会一直……跟你这么亲近的。

郁溪心里的那股怅然忽然被一股气冲破。

凭什么不会?为什么不会?江依对别人都是淡淡的又怎么样?

我是我,别人是别人。

她冲上去,她觉得江依不一定会让她握住自己的手腕,可她还是冲了上去。

旧旧的白色帆布鞋踩着旧旧的石板路,啪嗒啪嗒地响。

郁溪在跑,向着那个所有人都认为抓不住的缥缈的影子跑去。

"江依。"她喊了一声。

江依没等她跑近,表情已经写满了拒绝。

这时,天空忽然下了一阵雨。瓢泼般的大雨从天上浇下来,淋得江依一愣,郁溪就笑了。

她顺势抓起江依的手腕:"傻站着干什么?跑啊。"她牵起江依的手就跑。江依的绿裙子沾了雨,她一跑起来裙摆就打在小腿上,啪叽啪叽的,像一段美妙动听的旋律。

祝镇太穷,所以临街的小店很少,大部分房子又是没有屋檐的,郁溪牵着江依跑了好一会儿,才看到一家小卖部的屋檐微微伸出一截,便牵着江依跑过去。躲进屋檐下后，两人都在喘。

"这雨下的。"江依喘着，看着眼前的雨幕。

"嗯，祝镇的雨就是这样。"郁溪解释道。因为祝镇地处山间，气候多变，夏天的大雨，总是来得又猛又急。

郁溪偷偷往身边的江依看了一眼。

江依淋了雨，平时蓬松而鬈曲的额发这会儿湿漉漉地贴在额上，却比平时更漆黑、浓厚，像墨，衬得她皮肤雪白。漆红色口红在刚才吃炒粉时蹭掉了，嘴唇露出本来的颜色，因刚刚这一阵猛跑，所以这时嘴唇和双颊一样，泛着淡淡的粉色。雨珠挂在她的肩头，顺着柳树那般滑落。

江依撩起裙摆拧了拧，雨水就像小溪一样流下来。她笑道："都淋成这样了，不如直接淋着雨回家算了。"

郁溪说："我头疼。"

江依看了一眼她的头，叹了口气："小孩儿，你这个伤啊……"

郁溪头上的纱布都被雨淋湿了。江依说："你头低下来点。"郁溪对着江依低下头，江依就把她头上的绷带一圈圈拆下来，露出缝了针的伤口。

江依看了一眼，问道："很疼？"想了想又道，"这样，你在这儿等我，我跑回台球厅拿伞，再来接你去诊所。"她转身想跑，却被郁溪拉住了。

"你吹吹就不疼了。"郁溪说。

"你这个小孩儿，真是……"江依睨她一眼。

不过，就算伤口不疼，也不能浸水，不然容易感染。江依想了想，最后把视线停在郁溪身上："把衣服脱了。"

郁溪有点傻："啊？"

江依用她那北方口音，字正腔圆地重复了一遍："把衣服脱了。"

郁溪："这不太好吧……"

江依直接伸手去脱郁溪的衣服，这小孩儿话太多，伤口一直被雨浸着。

江依的手指不小心蹭过少女光滑紧致的小腹，不知是不是因为刚跑了一会儿，她的皮肤滚烫。

郁溪配合地抬起手，T恤衫被脱下来后她身上就剩一件被淋湿的棉质小背心紧贴着身体。

她低头看着江依，江依不看她，拧着手里的T恤衫。郁溪身上的旧T恤是两人身上最接近全棉的东西，很薄。江依拧得很有技巧，她抓着T恤衫的一角，只把那一小块拧干，又叫郁溪低头。

郁溪低下头，在江依面前乖乖的。江依小心翼翼地用T恤衫擦着郁溪的伤口。郁溪感受着江依的温柔，那因江依的拒绝而被打碎的勇气又在心中无限蔓延。她终于问出那个藏了一晚的问题："江依，你真正敞开心扉接纳过什么人吗？"

江依不说话。

那样长久的沉默让郁溪觉得雨的声音太大，而她的声音太小，或许江依根本没听清她的问题。

正当她准备再一次开口时，江依忽然说："舒星跟你说什么了？"

"也没说什么。"郁溪答，"她就说你这样的人就像云，谁都抓不住，说你对任何人都是淡淡的。"

江依轻轻地笑了："可能我见过的人太多。等你大了你就知道，人见得太多心就糙了，哪儿还能随意敞开自己的一颗心。"

"那你从来没对人敞开过你的心吗？"郁溪追问道，"没有信任、依赖过什么人？"就像我对你这样。

"好了。"江依让她抬起头，"暂时先这样，明早再带你去趟诊所，你可真是多灾多难。"然后江依看着她笑，"小孩儿，你怎么那么多问题？你是十万个为什么吗？"

郁溪咕哝了一句："我对舒星一个问题也没有。"

江依没听清："嗯？"

郁溪注意到江依脸上的笑容虽然轻佻，可她抱着双臂的身子却微微发着抖，就有点疑惑："你冷？"

"冷啊……"江依笑着说道，"这雨一下风一吹，温度就降下来了，我又不比你们小孩儿，身上有三把火。"

郁溪也不知道江依是真的觉得冷，还是因为她那个问题想起了什么往事。她只知道，江依现在需要温暖。她看着江依，江依看着雨幕。

然后她就绕到江依身前，挡在了江依和雨幕之间。

"小孩儿，你做什么？"江依问，"你快站到屋檐外边去了。"

"没有，我淋不到雨。"郁溪说，"你不是冷吗？我帮你挡挡风。"

江依感受着从郁溪身上传来的隐隐的温度，这是郁溪对她全心全意的保护。

好像不管她过去是个怎样的人，郁溪都能完完全全地接纳她。仿佛她再多的过往、伤痛、不堪，在此都尽数消弭了。

江依有些贪恋这样的温暖，又觉得自己不该这样。

正当她打算开句什么玩笑打破这气氛，郁溪忽然再次开口："江依，不管你以前有没有对什么人敞开过你的心，我都不在意。"

"因为现在在你面前的是我。"

江依闭了一下眼："小孩儿……"

"你觉得我现在还是小孩儿也行。"郁溪居然笑了一下，"可小孩儿总有长大的一天，我也能让你信赖我的。"

江依回到出租屋，舒星趴在窗边向外张望，看到江依浑身湿透的样子吓了一跳："依姐，没事吧？"她又说，"我本来想拿伞去接你的，又不知你走到哪儿了，我担心了好久。"江依笑着回答："我没事啊，淋了点雨而已。"

舒星看着江依眉目舒展的样子，并没有因为淋了雨而心情不好的样子，于是建议道："依姐，祝镇条件确实不好，气候也不好，你体验得差不多了就提前跟我回邺城吧，不然叶总知道你这样吃苦，多担心你。"

"她担心我？"江依笑着喃喃地重复了一遍。

"她当然担心你啦，谁不知道叶总最担心你。"舒星说，"她今晚好像给你打电话了，我听到你藏在枕头下面的手机振动了，我没看也没接。"

舒星教养好，很懂得尊重别人的隐私，这会儿提醒江依："你看看是不是叶总，给她回个电话吧。"

"是她。"江依无比简洁地回答，"不回。"

说完，她拿着浴巾和睡衣进了洗澡间："我淋了雨，先去洗澡了。"

舒星看着她的背影，觉得她有点奇怪。

第二天一早，江依和舒星就去了台球厅，郁溪已经在台球厅边等着了，她看上去跟平时没什么区别。舒星笑着跟郁溪打招呼："早啊。"

也许只有江依能看出来，郁溪的马尾比平时梳得整齐了一点，旧旧的白T恤衫拉得比平时整齐了一点，起了球的鞋带系成了两个好看的结。

江依移开了目光。

今天的豆浆和油条是舒星买的，她给自己留了一份，又递给郁溪一份。

郁溪说道："谢谢，我给你钱。"

舒星笑着说道："我想请你行不行？"

"也行。"郁溪不再推辞，"那下次我请你。"

舒星笑着说道："好啊，下次一起去油条摊坐着吃。"

郁溪没答话，默默咬着手里的油条。这油条没以前香了是怎么回事？这豆浆没以前甜了是怎么回事？

郁溪瞥了江依一眼，江依懒得吃早饭，所以手里空荡荡的。

她们吃完早饭，来到诊所门口，医生一看又是她们，问道："又怎么了？"

郁溪坐下来让医生检查伤口，医生说："还好你皮实，没什么事，周末可以来拆线了。"

舒星坐在一边，趴在椅背上看着这一幕，问道："医生，会不会留疤啊？"

"疤肯定会留的。"医生说，"不过还好，没缝几针，时间长了会越来越淡的，头发一遮，看不出什么。"

"那就好。"舒星说，"郁溪长这么好看留疤就太可惜了。"

诊室里就两把椅子，郁溪坐了一把，舒星坐了一把。江依便斜倚在医生的办公桌边，双手放在背后撑着桌面，笑着说了句："你们两个小孩儿都好看。"

"是吗？"舒星很高兴的样子。夸她好看的人不少，可这话从第一好看的江依嘴里说出来，显得格外有说服力。

"真是这样。"江依表情真挚地点了点头。

她的确是这么想的，俩小孩儿坐在一起，同样青春的脸，同样的朝气、光洁、蓬勃。

"好看得像一幅画。"她们那么相衬。

江依觉得自己已经老了。

她的脸也许仍然饱满紧致，可她的心已经老了。老到她在这头，俩小孩儿在那头，她们中间隔着一道无形的鸿沟。那些简单的干净的喜欢的心情，已经离她很远很远了。

郁溪一边让医生处理伤口，一边瞟着江依。

镇上的人总说江依很轻佻，是天生的"狐狸精"。可郁溪总是看到江依脸上露出这样缥缈的神情，很悠远。

"依姐。"舒星喊了一声，江依再度变得慵懒而随意了。

江依笑着问:"什么?"

舒星从口袋里摸出手机,说道:"你帮我和郁溪拍张照呗。"也许是江依刚才夸她俩坐在一起像幅画,这引起了她拍照的兴致。

医生正给郁溪额头上着药,瞥了一眼手机,感叹道:"嚯,现在手机都这么漂亮了。"

手机在祝镇不是必需品,因为祝镇太小人也太闲了,有啥事走两步招呼一声就行了。再加上祝镇不通 4G 网,智能手机在这里更是没用,还贵。

江依走过来,笑盈盈地接过手机:"好啊。"她又走回原处,斜倚在桌边,提醒道,"郁溪,看镜头。"

郁溪抬眼,没看手机镜头,而是看着拿手机的江依。

郁溪以前对智能手机没兴趣,现在却很想要。以后她工作了有钱了可以买一部,用来跟江依合照。

江依的抓拍技术挺好的,见舒星对镜头露出笑容,她按下拍照键,"咔嚓"一声,拍下最自然的一幕。

她走过来,把手机还给舒星:"看看怎么样?"

舒星笑着接过手机,说道:"依姐,你拍照还有什么问题?"

舒星一看就笑了,问郁溪:"你要看吗?"然后主动把手机递了过去。

郁溪低头,看到手机屏幕上年轻的两张脸。

原来现在的手机拍照这么厉害啊,一点都不失真,色彩也饱满,就像把某一时刻永恒地定格在时间的长河中了。

舒星问:"你怎么不笑呢?"

郁溪答:"不爱笑。"说着她往窗边望去。

舒星兴致高昂地拉着郁溪看照片的时候,江依笑着看了她们一会儿,就抱着双臂走到窗边,她好像望向了很远很远的地方。

郁溪只能看到江依的侧脸,她在想,如果是自己跟江依合照的话,她会笑吗?

下午在上山写生的时候,郁溪发现舒星一直盯着她看。

一般来说,郁溪是注意不到这些的,她做起题来很投入,可舒星的眼神太专注,郁溪不得不抬头看了她一眼。

"怎么了?"郁溪问。

"被你发现了?"舒星笑着问,"这么明显?"

郁溪点头。

舒星说:"那你过来吧。"

郁溪问道:"到底怎么了?"

舒星说:"给你看个东西。"

郁溪放下奥数题集走过去,随着舒星一努嘴,把目光落在舒星的画板上。

舒星问:"好看吗?"

郁溪沉默着不说话。

画板上是她的脸,她坐在树下,阳光透过叶片影影绰绰地在她脸上投下光斑,这一画面被舒星手里的碳棒清晰地勾勒出来。

舒星说:"上午在诊所,我让依姐帮我们拍了张照后,我就发现看你特别上相,我画累了想休息会儿,就画画你。"

"你喜欢吗?"舒星笑着问。

郁溪摇摇头,坐回树下。

"不喜欢?"舒星有点惊讶。

毕竟她从小学画,顺理成章地进了美院以后,连教授都夸她是难得一遇的天才。

她忽然想起一件事,问郁溪:"你是对画不感兴趣吧?"

第一天写完生下山的时候,她特兴奋地给江依看她的画,那时郁溪就躲到一边去了。

郁溪说:"是不感兴趣。"

"为什么?"舒星歪着脑袋问。

"可能因为我是理科生吧,不懂这些。"郁溪把奥数题集重新拿起来,说道,"所以别画我了。"

又过了一会儿,郁溪抬起头:"你怎么还在看我?"

"不画你就不能看你吗?"舒星托着下巴道,"因为你好看呗。"她的目光带着笑意,落在郁溪的眼睛、鼻子、嘴唇上。

郁溪被看得有点不自在,忽然问了句:"你这样说,是有什么企图吗?"

"是。"舒星很坦诚,"我想跟你做朋友,好朋友。"

"为什么?"郁溪不由得问。

"因为你很特别。"舒星问道,"你不觉得自己很特别吗?"

郁溪摇头。

舒星走到郁溪面前蹲下，一手托着腮，笑着看她。郁溪发现舒星很喜欢穿白裙子，每天都是一身不同款式的白裙子，在山间炽烈的阳光下显得干净纯粹。舒星身上淡淡的香味飘来，那是一种很干净的柠檬的香味，和江依身上混合了玫瑰的味道很不一样。

郁溪往后躲了躲："干吗？"

舒星笑着往左右两边看了看，看到草地上有一朵淡黄色的小花，问："这儿的花可以摘吗？"

"可以。"郁溪说，"这都是野花，摘了长得更快。"

舒星伸出手，郁溪发现舒星的手很漂亮，有点像江依的手，十指白皙而纤长。舒星摘下那朵小黄花，递给郁溪。郁溪想躲，但没躲开，舒星把花别在了她的鬓边。

"你等等啊。"舒星说着从口袋里摸出手机，咔嚓一声拍了一张照，又把手机递给郁溪看，"好看吗？"

郁溪低头，看见屏幕上自己清冷的脸，一双漆黑的眸子里透着倔强。从小就有很多大人说她清秀，她不笑的时候却有点慑人。这会儿她没笑，不过那点锋利感被鬓边的小黄花掩饰掉了，倒显得她多了一点可爱。看上去她确实像个刚满十八的女孩了。

舒星说："你的眼睛像这山间的溪，阳光投射在溪里，似粼粼的波光也似锐利的锋芒，你偶尔沉默着看人的时候，就会露出那样的眼神。"

"郁溪，你跟我以往见过的所有人，都不一样。"

郁溪在心里默默地想：我哪里特别呢？

江依的影子在她心里晃啊晃。那些点亮了她晦暗青春的花裙子，才是特别的。

傍晚的时候两人下了山，舒星下山的动作熟练了不少，但难走的部分，郁溪还是得扶着她。

舒星忽然捏了一下郁溪的手："你的花呢？"

郁溪愣了下才反应过来舒星说的是别在她鬓边的那朵小黄花，她下意识地抬手一摸："不知道掉哪儿了。"

舒星轻轻"哦"了一声，也没说什么。

郁溪走回台球厅的时候，发现江依还是站在门口。明明昨晚已经下过雨了，难道台球厅里还很闷？郁溪也不知道，毕竟在台球厅待了一天的人不是她。

江依笑着问："舒星先回去了？"

郁溪点头："你干吗呢？"

"透气啊。"

"哦。"郁溪就木凳子上坐下了。

江依抱着手臂看了她一眼，那意思是"你坐这儿干吗"。

郁溪说："我看夕阳。"

江依似笑非笑地看了她一眼。

正当郁溪要移开眼神的时候，江依忽然走过来："你这儿沾了什么？"她没像以前那样用手蹭郁溪的鬓角，只是微微俯身盯着那儿看了一会儿。

一阵香气袭来，江依今天穿的是黑裙，整个人被衬得白得发光，晃得郁溪有点头晕。

郁溪抬手在鬓边摸了一把才想起来："哦，是花粉，舒星在山上摘了朵花别在我这儿了。"

"花呢？"

郁溪拍拍手上的花粉，说道："不知掉哪儿去了。"

江依直起身，脸上的表情又变了。郁溪总觉得她这会儿的神情，跟之前不太一样。

江依走开了。

郁溪问道："你站那么远干吗？"

江依笑着，远远地瞟她一眼："大夏天的，咱俩凑那么近不热吗？"

郁溪用手指摩挲着木凳子，凳子上面有个微微凸起的钉子，但因为时间久了变得圆润光滑，一点不扎手。她忽然说："舒星说我很特别。"

江依笑着睨郁溪一眼，问道："你跟我说这个干吗？"

郁溪说道："为什么不能跟你说？"

江依笑道："这不是你们小孩儿之间的事吗？谁跟谁做朋友，谁跟谁闹别扭，跟大人说了，不就没意思了。"

"我是想问你，你觉得我特别吗？"

"你？"江依含着笑瞥过来一眼。

郁溪搓搓手指，上面沾的花粉已经被她搓掉了："舒星今天跟我说，我的眼睛像这山间的溪，阳光投射在溪里，似粼粼的波光也似锐利的锋芒，她说我的眼神就是那样的。"

"说得没错啊。"

"你怎么知道说得没错？"

"什么意思？"

郁溪缩了一下手指："你很认真地……看过我的眼睛吗？"

江依看着她眯了眯眼："小孩儿，你觉得我没仔细看过你？"

"嗯。"

江依低头笑了笑，说道："我不是每天都在看你吗？"

郁溪鼓起勇气追问道："你是不是不敢？"

江依一顿。

郁溪抬头看着她："你是不是不敢看我的眼睛？"

江依顿了顿，然后笑道："谁说我不敢？"

"那你看啊。"

江依垂着眸子，良久，她缓缓抬起眼来。她的睫毛轻轻颤抖了一下，郁溪觉得她的睫毛像将要落雨时附在花蕊上扑扇着翅膀的蝴蝶。

当江依看入郁溪眼底的时候，手指不自觉地蜷缩起来。她这才意识到，她是不敢看郁溪的眸子的。

舒星的形容很准确，那双眼像山间的小溪，太干净、清澈，阳光在其间投出粼粼的波光，那波光很锐利。人看着那双眼，会情不自禁地想要说真话，说那些自以为一辈子跟任何人都不会再提及的话。

这时一阵摩托车响着轰鸣，轰轰轰地逼近。

"依姐，你看我新买的衬衣帅不帅？"

一辆摩托车上载了三个小青年，为首的那个看上去跟江依特别熟，嬉皮笑脸的。

江依笑着走过去，纤长的手指贴着他的肩快速滑过："哟，这么帅。"她看上去好像对对方很亲昵，其实漫不经心。

可为首的那个小青年和郁溪不一样，他是不会发现这些的，他心满意足，笑得很得意："走，陪帅哥打两局去！"

江依笑着飘走了，剩下郁溪一个人坐在原地，对着一轮鸭蛋黄似的夕阳。

她在想，刚才江依看上去像是有什么话要跟她说，那会是什么呢？

晚上江依下班回家后，发现舒星在翻行李箱。

"找什么呢？"江依问。

舒星笑着抬起头："找本书。"

江依知道舒星带了些理论书过来，就问道："怎么，写生遇到困难了？"

"不是。"舒星把在裙子里兜着的一朵淡黄色小花举起来给江依看，"想做标本。"

江依一下子明白过来，那就是舒星戴在郁溪鬓边的那朵花。

原来，那花长这个样子。

江依在旧纸箱上坐下，一手撑着下巴，看舒星从箱子里翻出厚厚的一本专业书，小心翼翼地把那朵小花展平了夹进书页里。江依问："就这么看重郁溪？"

舒星点头："我觉得郁溪很好。"

江依笑着说："可你还说不上了解她呢。"

"对，这确实是个问题。"舒星笑起来，"依姐你知道吗，郁溪告诉过我，她想造飞机。"

江依有点疑惑："嗯？"

舒星说："我觉得她那么倔的人，她想做什么事，一定会做成功的。等她去了邺航，我们就都在邺城了，我可以去她的学校食堂找她吃饭，她可以到我的学校来听艺术讲座，她手头不宽裕的时候，我还可以找我的朋友给她介绍兼职，一直到她真的成为一个工程师。"

她年轻的脸上绽放着干净的笑容："我的意思是，我和郁溪，我们都这么年轻，还有大把大把的时间去相处去了解彼此。至少现在来说，我看好她。"

舒星觉得祝镇实在太热了，她只翻了会儿行李箱，就又出了一身汗。她决定再去洗个澡。她拿着浴巾出去后，轻轻把门带上了。

江依一个人站在窗前，想着舒星刚才说的话。

舒星说得对，郁溪那双干净的眼，就该始终清澈，始终明亮，而她的过往太沉重，连她也因此变得颓废，她又何必投入进去，把那双小溪般的眼睛给搅浑了。

可那个雨夜，在屋檐下躲雨时，当郁溪挡在她身前，为她挡风时，她有了不一样的感受。

江依自嘲地笑了笑，她不觉得自己的人生还能重来，不觉得自己能重新燃起希望。

可能最近她面对年轻人的时间太多了，她的一颗心都跟着躁动起来，好像春日原野上还会再度燃起的火苗，带着蓬勃的生命力。

不应该的。

第二天一早，郁溪抬起卷闸门，把台球厅里里外外打扫了一遍。她一直等到中午，江依也没来。

其他人陆陆续续上班了，郁溪问小玫："依姐呢？"

"我怎么知道？"小玫笑着反问，"你不是依姐的小妹妹吗？"

郁溪没话讲。她知道这些在台球厅工作的女孩儿，流动性其实很大，她们看起来好得跟亲姐妹一样，其实随时都可能各奔东西。其他人是树，她们是浮萍，飘来荡去的，不留一丝痕迹。

也就是说，如果江依想走，她是可以彻底从郁溪面前消失的。没有任何人有江依的联系方式，甚至很快，就不会再有人记得江依。

郁溪又等了一会儿，江依没来，舒星背着画板来了。

"江依今天怎么没上班？"郁溪问。

舒星告诉她："依姐说今天懒得很，晚点再来上班。"江依平时给台球厅赚得多，偶尔任性一次，老板肯定不会说她什么。

高考以前，郁溪都是傍晚才来台球厅，她也不知道江依是不是经常有这种晚来的时候。不过这很符合江依懒散的性子。

舒星问道："我们上山吗？"郁溪点点头。

今天在山上，舒星发现了一种新植物，她画得专注，没再看郁溪。郁溪做了一会儿题，反而抬头看了她一眼。

舒星虽然没看她，却很敏锐地捕捉到了郁溪看向自己的眼神，立马笑着看过去："怎么了？"

郁溪摇头："没怎么。"

舒星之前太专注了，这会儿停下来才发现肩都僵硬了，她伸个懒腰揉着肩："你是不是觉得奇怪，我明明想跟你做朋友，怎么一点行动都没有？"

郁溪点头。

她发现舒星很聪明,她真是这么想的。

"急什么呢?"舒星索性放下画笔,托着腮跟她聊起了天,"我还是觉得,要想做朋友,就应该慢慢了解你,而且等你考上邺航到了邺城,未来有的是时间。"

郁溪低下头去。

她到了邺城,江依留在祝镇。

她奋勇高飞,江依自甘沉沦。

她和江依,还有多少时间呢?

郁溪没想到的是,她和舒星都下山了,江依还没来台球厅。郁溪本想把舒星送到江依的出租屋就走,可这会儿又绕了回去。

来开门的是舒星,她手里拿着一张浸湿的帕子。

"江依病了?"郁溪问。

舒星点头:"好像有点发烧。怎么办啊?要不要去诊所买点药?"

"不用那么麻烦。"江依的声音从房里飘来。

郁溪走进去,说道:"是不用买药,镇里的诊所开的感冒药从来没用。"

郁溪走到窗边坐下,问道:"烧得厉害?"她抚摸江依额头的动作,太过于自然和坦然,以至于江依没躲,只是愣愣地看着她。

江依发着高烧的脸红艳艳的,透出一种病态的美。

郁溪站起来,说道:"烧得有点厉害,我去采点草药。"

舒星拦住她,问道:"什么草药?"

"就是一种草。"郁溪不明白舒星怎么总是在意草的名字,祝镇山里那么多草,谁有空挨个给它们取名?不过,她还是解释了一句:"黄绿色的,采来熬水喝,能退烧。"

舒星有点紧张:"不会中毒吧?"

江依笑了:"舒星,你新闻看多了,觉得山里到处是那种吃了能看到小人儿在头上跳舞的东西。"

郁溪说:"不会中毒,我们从小喝到大的。"

小时候她一发烧,外婆就会采这种草给她熬水喝。搬到舅妈家后,曹轩身体不好经常发烧,舅妈去诊所开的药从来不起作用,每次都是她采来这种草,趁夜偷偷熬水给曹轩喝,曹轩没两天就好了。

郁溪出去以后,舒星坐到江依床边,把那张浸湿的帕子敷在江依头上。她没什么照顾人的经验,在邶城都是别人照顾她,所以这会儿十分紧张,她迟疑地说道:"依姐,要不我还是给叶总打个电话吧?"

江依笑了笑,不以为然地道:"发烧而已。"

"可在祝镇这种地方发高烧……"舒星皱眉,说道,"你要是有什么事,估计叶总……"

江依又笑了:"哪儿有那么夸张?"

给叶行舟打电话这件事,她拒绝得很干脆。

舒星感觉江依好像很排斥联系叶行舟,但她觉得这一定是她的错觉。

不一会儿,郁溪回来了,她动作很利索,已经把草药熬成水了。她扶着江依喝下药,江依躺下后她又摸了摸江依额头的帕子,发现帕子已经不凉了,就出去把帕子重新浸凉了再给江依敷上,又把房间窗户打开。

她这一套动作如行云流水一般,看得舒星目瞪口呆的。

郁溪无疑很会照顾人,这种在山里放养长大的孩子,真跟她挺不一样的。这时她听到郁溪说:"今晚我留下来照顾江依,你去台球厅睡,免得传染给你。"

舒星问:"你不怕传染?"

郁溪说道:"我身体比你好,而且,你不会照顾人。"

其实郁溪安排得很合理,而且,她镇定的声音有种天然的说服力。这是舒星第一次发现,郁溪挺有领袖气质的。

舒星说:"好吧。"

晚饭是郁溪熬的粥。她做的饭菜味道不怎么样,但将饭菜弄熟还是没问题的。一锅白粥,一碟豆腐,一碟青菜,都是寡淡无味的。

舒星却饶有兴致地吃着:"好吃!"她和郁溪在旧箱子上吃粥。江依靠在床头,郁溪把粥给江依端过去。

闻言,郁溪看了江依一眼:"你也觉得好吃?"

江依说:"很一般。"

郁溪低头笑了笑。

吃完饭收了碗,郁溪对舒星道:"走吧,送你去台球厅。"

舒星说:"你等会儿,我洗好澡再去。"说完她拿着浴巾出去了。

郁溪把那个旧箱子搬到床边，坐那儿看着江依。江依发着烧有点无力，说话的声音绵软："你以为你两只眼睛是紫外线射灯啊？你这么看着我，是能杀菌还是能怎么着？"

郁溪笑了。

她发现她在江依面前，是常常笑着的。

这种感觉真是久违了，从高考结束以后，她和江依就很少真正独处了，要么就是舒星在，要么就是小攻在。

郁溪笑着笑着，眼神变得柔和起来。

江依屋子里的灯很暗，这段时间灯好像出了点问题，灯光更暗了。昏黄的灯光洒下来，像一个温柔的小宇宙，江依雪白的脸是这温柔宇宙里的启明星。

郁溪伸手摸了摸江依额前的帕子，看到江依额边的一缕碎发被帕子蹭乱了，就很自然地伸手理了理，她的手指擦过江依的额头。

"好烫。"她说。

江依软绵绵地笑着："你那神奇的药草，什么时候起作用？"

郁溪回想以往曹轩感冒发烧的经历，说道："两三天的样子。"

"这么久——"病中的江依嗓子哑着，说话时拖着长音，有种特别的味道。

郁溪说："江依，我有点生你的气。"

江依疑惑地问道："气什么？"

气你总是让人想要信赖你，而你不自知。

可这话她说不出口。毕竟这不是江依的错。就像星辰的光芒照耀着草地，一棵小草不能因为星辰不属于它，就勒令星辰不要发出光辉。

她问江依："你想快点好吗？"

江依这会儿感冒越发严重了，鼻子被堵住了，于是没好气地说道："谁愿意病着？"

"那，我还有个办法。"郁溪说着俯身，凑近江依。

她与江依离得那样近，然而正在这时，出租屋的门开了，手臂上搭着一条浴巾的舒星站在门口。

昏黄灯光营造出的小小宇宙被打破，只属于两个人的世界被打破。

江依别开了头。

郁溪缓缓坐直身子，问道："洗完了？"

舒星点头："嗯，我们走吧。"

夜色茫茫，两人走在旧旧的石板路上。

舒星一袭白裙，背着手走在前面。郁溪双手插在牛仔裤口袋里，低头走在后面。石板因被太多人走过而变得光滑，月光在上面拖出长长的一道痕，石板看起来就像波光粼粼的湖面。

"那个……"舒星走到郁溪身边，问道，"你刚才是想给依姐换额头上的帕子对吧？"

郁溪看了舒星一眼，舒星笑笑。

她们一个装傻，一个知道对方在装傻。

郁溪说道："我想问你一个问题。"

"哟，终于有问题要问我了。"舒星点头，"你问啊。"

"你真的想跟我做朋友对吧？"

舒星笑了，点头："对。"

郁溪便问道："那你会介意我更依赖江依吗？"

女性之间的情谊，有时很微妙。

这情谊包含了信任、依赖，也许还有说不清道不明的占有欲，比如中学时女孩们常常会问一个问题："你最好的朋友，是不是永远只有我一个？"

面对郁溪的问题，舒星想了想，说道："介意，又不介意。"

"介意嘛是一种本能反应，不介意嘛是思考之后的反应。"

郁溪问道："为什么？"

"首先我确实不会照顾人，就算我想留下来，我确实没把握照顾好她。另外嘛……"舒星的手指在白裙裙角里绕了绕，她冲郁溪一笑，"依姐又不会永远给你依赖。"

郁溪的心怦怦地跳着："因为她对谁都不愿意敞开心扉吗？"

"不管她愿不愿意，反正她愿意敞开心扉的对象，肯定不会是你。"舒星说，"要是她想要向谁敞开心扉，她身边有人比你合适得多。"

郁溪的手指在牛仔裤兜里攥紧了："谁啊？"

这时舒星又笑了："谁知道呢？客人吧。"她眨眨眼，"你要知道依姐在邺城可是很受欢迎的。"

送舒星到台球厅以后，郁溪说："进去吧。"

"嗯。"舒星笑着点点头，"好好照顾依姐，不然邺城有人要伤心的。"

回去的路上，郁溪依旧双手插兜，一路低着头，刚才舒星的话回荡在她耳边："她身边有人比你合适得多。"

郁溪笑了笑。

怎么看，这世界上比她和江依更投契的都大有人在。毕竟她和江依——一个十八，一个年近三十。

一个从没走出过大山，一个四处漂泊见多识广。

一个清冷寡言，一个美丽动人。

怎么看，她们都是一块磁铁的南北两端，或是两条永不会交叉的平行线。

月光变得冷冷的，郁溪的步子随着断成一截一截的石板路变得碎裂，然后，江依所在的出租屋就到了。

郁溪推门进去，见江依睡得昏昏沉沉的。

她不是很担心，因为她知道这是草药在发挥作用。她给江依换了张帕子，又去洗了澡，回房后，四处打量了一下。

陈旧剥落的墙皮、窄小的行军床、旧旧的纸箱、随处乱放的吊带裙，这样的条件，就算在祝镇也不能算好的。

郁溪却觉得"可爱"。

觉得一间小破屋子可爱，她是不是疯了？嗯，可能可爱的不是屋子。

她关了灯，轻手轻脚地在江依身边躺下。床实在太小，她的脚难免蹭到江依的小腿。

为了明天有精力好好照顾江依，郁溪希望自己快点睡着。她背对江依，小心翼翼地在她和江依之间拉出一条窄窄的缝，让自己一点都不要打扰到江依。

江依的呼吸比平时重也比平时快，可还算有规律。

按道理，这样的呼吸声能算助眠的白噪声了。可郁溪就是睡不着，她总觉得江依的呼吸很近，近到她的后脖子根似乎能捉到一点动静。

她在黑暗中睁开眼，然后发现，这是真的。因为江依烧得昏昏沉沉的，出于本能向她靠拢。今天实在太热了，郁溪洗澡时用的水很凉，她算是江依身边最凉快的物体了。

"喂，江依。"郁溪低声喊了一句。

江依还在乱动，郁溪实在忍不了了，翻身起来："江依。"

她双膝跪在床上，双手抓着江依纤细的手腕，四目相对。

江依迷迷糊糊地看着郁溪。她没睡着，可也实在算不上清醒。

郁溪觉得江依有点自虐倾向，都病成这个样子了她竟然笑了起来，喃喃地道："病了挺好。"

郁溪问："好什么？"

江依脑子里估计是一团浆糊，她竟问郁溪："你是不是想了解我到底是什么样的人？"

郁溪沉默了一会儿。

"你想让我知道吗？"她反问。

江依看着她傻笑。

这会儿郁溪的眼睛已经完全适应了黑暗，江依的样子，她就看得很清楚了。

这副样子的江依是不常见的。虽然江依经常喝酒，但喝的只是啤酒而已，郁溪也没见江依醉过，江依一般只是沾了点酒气，眸子在夜色里闪闪发亮。而且郁溪总觉得，江依酒量很好，她属于喝不醉的那种。

这会儿江依迷迷糊糊的样子，只因为她生病了才能窥见。

郁溪不希望江依生病。

郁溪就这样看着江依，等着江依的答案。

江依停了会儿，忽地问："小孩儿，你怎么在这儿？"她手一拉，郁溪差点倒下去，赶忙用手撑着。

"我一直都在这儿啊。"郁溪心里空落落的，不知江依是完全烧迷糊了，还是病中瞬间清醒了，对她重新竖起了防备。

山里的草药在江依体内显现出神奇的效果，江依高烧着，反而比平时开心了一点。

郁溪忍不住低头，望着江依。

江依又笑。

郁溪想了想，颤抖着抬起一只手。

江依的胸腔随着呼吸微微起伏，再往上，是她透着绯色的一张脸。

江依明明在笑，可她为什么笑着笑着，眉心又蹙了起来，像是想起了什么不愿面对的往事。

郁溪的手指颤得更厉害了。

江依咬着唇,一双眼微微闭着。

"没事的,没事了……"郁溪喃喃道。

江依忽然张开眼:"怎么会没事?"说这句话时,她眼底的光是冰冷的、沧桑的,接着她用力推开了郁溪的手。

郁溪的心猛然一缩,她觉得自己让江依厌烦了。

她翻到床边坐着,远远离开江依,不想动作太大以至于差点掉到地上。

"喝不喝水?"她缓了缓,带着一额头的汗问江依。

江依烧得迷糊,手又软软地垂了下去,她摇摇头,又翻了个身。她向郁溪靠近了一点,郁溪往旁边躲。终于,江依沉沉地睡过去了。

郁溪心里憋得慌,在黑暗中摸到那条旧毯子,她躺下把头蒙在里面。她想低吼一声,最终还是把额头轻轻靠在江依身上。

郁溪终于舒出一口气:"姐姐,"她蜷成一团,将头蒙在毯子里轻抵着江依的背,问道,"为什么即便病迷糊了,你还是什么都不愿意告诉我呢?"

第八章
依姐离开祝镇了

江依烧了两天，郁溪找来熬水喝的草药一度让她的意识模糊得更厉害，舒星很是担心，幸好两天以后，她的烧真的全退了。

周日江依陪郁溪去拆线的时候，整个人神清气爽的。

其实第二天，郁溪在江依意识清醒的时候问过她一次："你记得昨晚发生了什么吗？"

"记得。"江依点头，"你在照顾我，谢谢。"郁溪于是没再说什么了。

等郁溪拆完线，舒星说："我们去庆祝吧。"

"我知道你想去哪儿。"江依倚在医生的办公桌边，看着她们俩小孩儿坐一起，脸上带着笑，"走吧，姐姐请你们去。"

时值盛夏，镇里开了家刨冰店。

其实老板是卖冰棍那大姐的老公，刨冰和冰棍一样，就是一点白水加了一点糖或糖精，老板用一台别人淘汰的旧机器把冰块磨成碎冰，最后洒一勺会掉色的果味色素。

舒星吃两口就把舌头伸出来咯咯笑："我是不是中毒了？"她要了碗葡萄味的，这会儿舌头全紫了，她以前没吃过这种东西，觉得特好玩。

江依看着舒星笑，她要了碗樱桃味的，娇红的色素染在她的唇上，显得越发娇艳欲滴了。

天太热了，江依又容易出汗，蓬乱的头发粘在脖子上，显得她慵懒而随意。她拿手掌扇着风，说："热啊。"

舒星说："忍几天，很快就可以……"她突然不说了。

郁溪问:"很快就可以什么了?"

舒星笑了笑:"很快就可以下雨了。"说完她又眨眨眼。

郁溪知道舒星刚才想说的肯定不是这个。祝镇的天气复杂多变,连天气预报都算不准,舒星又不是先知。

郁溪瞟了江依一眼,江依托着下巴咬着碎冰懒洋洋地笑着,仿佛什么事都没有的样子。

倒是舒星站起来,问道:"我怎么觉得那边有棵草我没见过?我过去看看。"

舒星计划来祝镇两周,现在过去一周了,她攒不少画稿了。刨冰摊支在一个小小的水塘边,用旧砖砌成的岸上有些类似芦苇的水生植物。郁溪觉得,舒星不是去看什么植物,她是躲开了。

江依咬着软塌塌的塑料勺,懒洋洋地笑着。郁溪问:"舒星刚才想说什么?"江依一条腿架在另一条腿上,晃悠着小腿:"我又不是她,怎么知道她想说什么?"

她又笑了笑,说道:"不过,我有话跟你说。"

郁溪点点头:"我也有话跟你说。"

江依又把一勺刨冰塞进嘴里,含糊地说道:"行,那一会儿回台球厅说。"

郁溪也是这么想的。

这会儿是上午,刨冰摊没什么人,她俩坐在塘边,吹着风。她们围着一张塑料凳坐着,离得很近,江依飞扬的裙摆随风飘飘摇摇,扫着郁溪的小腿。

郁溪低下头去,垂着眼眸。

江依注意到了,问道:"怎么了?"

郁溪摇头:"没什么。"

她有话对江依说,但不是现在说,舒星随时会过来,她不想被打断。

她的牛仔裤口袋里藏着一张存折,存折沉甸甸的。她要说的话,很郑重。

下午郁溪陪舒星上山写生的时候,打了几局球的江依出来站在台球厅门口透气。小玫出来叫她:"依姐,强哥他们都找你呢。"

"我今天手太臭了,得缓缓,你帮我顶两局。"

闻言,小玫笑了笑就进去了。

江依缓缓吐出一口气。

江依有很多绿裙子，这些裙子都很便宜，今天她穿的也是一条绿裙子。远看看不出布料的优劣，只看得出江依就像棵婀娜的柳树。

时值傍晚，太阳没那么晃眼了，盯着看也不觉得刺眼。江依盯着太阳想着待会儿怎么跟郁溪开口。

"郁溪，其实我……"她还没想好措辞，一个清隽的身影就逆着夕阳缓缓向她走来。

江依的手指颤了颤："今天你怎么回来这么早？"

郁溪笑了笑，说道："有话跟你说。"她的手一直插在牛仔裤兜里，好像里面藏着什么很重要的东西似的。

"你先说。"

"嗯。"江依缓缓地说道，"其实我呢……"

她这一生戴过很多面具，却没想到当要对着郁溪揭下面具时，自己会这么紧张。

因为郁溪太年轻了，也太干净了。

祝镇和邶城太不同了，她的生活经验统统失效，她不知道郁溪知道真相后会有何反应。

但她总是要说的。

"其实我……"

为什么要说呢？

明明按照计划，在舒星回邶城后，她也该走了。也许是叶行舟亲自来接她，也许是叶行舟派豪车来接她，夸张点的话叶行舟可能会包架飞机带她回邶城。

可是现在一切都变了。

她不想回邶城了。她想在祝镇耗到叶行舟来找她，她要跟叶行舟好好谈谈。

她不知道，到底是她内心深处其实一直是这么想的，还是她遇到郁溪后变了想法。她必须承认的是，郁溪激发出了她内心的什么东西。

她本来没想过跟祝镇的任何人产生关联，可现在，面对眼前这张年轻的脸，这双黑白分明的眸子，她觉得有必要说清自己是谁。

"说呀。"郁溪笑着催促道，"你说完，我也有话说。"

"好，我说。"江依正要开口，小玫急匆匆地从台球厅里跑出来，喊道：

"依姐，出大事了！"

刚到台球厅的客人带来个消息——台球厅的老板跑路了。

这台球厅作为镇上唯一的文娱活动场所，其实开了挺多年。房子是老板租的，但房租是几年一给。带来消息的客人表哥在邻镇，知道内幕，原来这老板好赌，欠了很多钱，赚的钱完全不够填窟窿的，更别提房租了。老板怕要债的提刀上门，连夜收拾东西跑路了。

在台球厅的工作那些女孩儿，工资被拖欠了好几个月，等她们知道消息的时候，老板已经不知道跑哪儿去了。

小玫哇的一声哭了："他五个月没发工资了！我看他这台球厅开了很多年才不着急的！我家还有个生病的妹妹呢！"

接下来，江依完全没空跟郁溪说话了。她忙着安慰小玫。其他女孩儿也被老板欠了很多钱，她们家里各有各的难。小玫哭着打听到老板还有个寡母，住在镇旁边的村子里，就哭着领姐妹们上门去要账。

江依怕她们情绪太激动闹出什么事，就跟着她们一起去了。

郁溪一个人在台球厅愣了很久，她想了想，还是把台球厅里里外外都打扫了一遍，毕竟她也不知道自己还能做什么。

又等了一会儿，江依还是没回来，她去江依租的房子找舒星："江依今天可能晚点回来。"她把台球厅的事告诉了舒星。

舒星特别担心，问道："依姐不会有事吧？她可是……"

郁溪问："什么？"

舒星说："我担心她。"

郁溪说："应该不会有事。"

郁溪依稀记得她小时候跟外婆住村里时，见过那老太太，老太太跟儿子关系不好，两人没什么往来，郁溪以前也没见什么人到村里找过她。

不过回台球厅后，郁溪里里外外找了一遍，找到一根棒球棒。

祝镇没人打棒球，这种外来的运动离他们太遥远，而且这根球棒表面坑坑洼洼的，早就不能用了。

郁溪把棒球棒握在手里掂了掂，棒球棒沉甸甸的，挺称手。她决定再等十分钟，江依再不回来，她就去村里找江依。

正当她要出门的时候，江依匆匆回来了，带着小玫。

郁溪迎过去，悄声问："其他人呢？"

江依也悄声答:"回家去了。"

其实郁溪在台球厅工作一段时间后,就知道小玫是家里最困难的一个,她想为家里生病的妹妹多攒些钱,所以没租房子,都是在这个姐妹家住一周,在那个姐妹家住十天。

郁溪也知道,每次小玫吃的炒粉都是江依请的。

小玫因为居无定所,所以很多东西放在台球厅。郁溪知道江依肯定会陪小玫回来收拾东西,所以才在这儿等。小玫哭得停不下来,江依皱着眉帮她收拾东西。

最后郁溪把旧旧的行李袋从江依手里接过来,说道:"走吧,我跟你一起送她。"

小玫这段时间住在一个小姐妹的出租屋里,这出租屋就在祝镇边上。

江依挽着小玫走在前面,郁溪拎着行李袋走在后面。

路还是一样的石板路,走在上面的脚步却格外沉重,如沼泽一样,绊住了人的脚。

终于走到出租屋了,小玫还在哭:"依姐,谢谢。"

江依摇头:"谢什么,我也没帮上什么忙。"

郁溪把手里的行李袋递给小玫,小玫就哭着进去了。

江依还皱着眉,说道:"等我一下,行吗?"

"行。"

今晚的圆月大到有些荒唐,江依看着月亮,心里有点烦躁。这事情放在以前,她要帮小玫很容易,简单粗暴地拿出钱来,小玫所有的难题就迎刃而解了,就算小玫怀疑她怎么有这么多钱,她也可以糊弄小玫说找客人借的,以后会还。

可现在,她的银行卡被叶行舟冻结了,那张卡买完机票就剩一千块了,钱远远不够。

原来没钱的滋味是这样的。

这时郁溪说:"我有话跟你说。"

江依皱眉道:"现在?"

郁溪点头:"嗯,就现在。"

其实这会儿江依皱眉想着小玫的事,稍微有点心不在焉。

"嗯，你说。"

小孩儿那满脸倔强的样子，她拦也拦不住。

郁溪走到江依面前，江依倚着面半塌的围墙，只见从刚才开始就一直把手插在兜里的郁溪把什么东西往江依手里一塞。

江依愣了两秒，才反应过来那是什么，因为那东西在除祝镇以外的地方已很不常见，那是一张存折。

江依抬头，疑惑地看了郁溪一眼。

郁溪问："台球厅没了，你打算怎么办？"

江依怔了怔，小玫家里的事太麻烦，她还没空想自己的事。

"我是在台球厅工作的嘛……"江依慢条斯理地说道，"哪儿有台球厅我就去哪儿呗。"她扬扬手里的存折，"这你的？让我帮你保管？"

郁溪没回答，反而问道："你和我一起去邶城，怎么样？"

"小孩儿……"江依微笑起来，"我去邶城做什么？"

"那你去哪儿？"

"去哪儿？"江依偏着脑袋，说道，"去一个不通4G网又有台球厅的地方。"

郁溪一愣："4G网怎么了？"

"4G网没什么。"江依笑着说，"不过我是老人家了，喜欢古老的生活，像祝镇这样的地方，不就挺好？"只是祝镇的台球厅没了，不然，她还真打算一直在祝镇待下去。

郁溪说："行。"

江依没明白，问道："行什么？"

郁溪说："你欠上次那人多少钱？"

江依又怔了一下才反应过来："怎么又问这个？不是说了让你别操心，姐姐很快就能还上了。"

郁溪努努嘴，说道："这是一万。"

江依看着她。

郁溪轻轻地说道："上次说了我帮你还钱的，不管你欠十万，二十万还是三十万，我帮你还。"

江依缓缓打开存折，里面真是一万块钱，一个零头缀在后面，精确到分。

一笔一笔的钱，郁溪一个未成年人，在祝镇这样的地方，不知存了多久。

江依把存折拿在手里掂了掂，小小的一张存折在手里沉甸甸的："这是你存的学费？"

郁溪点头。

"你把学费给我了，你怎么上学？"

郁溪轻飘飘地说："我不上学了。"

江依猛地抬起头："你再给我说一遍？"

郁溪说："我不上学了，你去哪儿，我就去哪儿。我很聪明，我打工帮你还钱……"

郁溪话没说完，一个巴掌落在了她脸上。

江依气喘吁吁地看着她："你是不是疯了？"

郁溪捂着脸笑了笑："你怎么跟当妈的似的，一听小孩儿要放弃学业，就急得跟什么一样……"

江依说："那是你不知道自己放弃的是什么。"

她真生气了。

郁溪看到她雪白的肩膀从绿裙子里挣了出来，在月光下微微发着抖，于是换了个话题："你白天想跟我说的话是什么？"

江依笑了笑，轻佻而妩媚地问道："其实我想问你，你行李收拾好没？"

郁溪一愣。

"你一周后不就要去邺城了吗？"江依笑着说道，"我有点等不及了。因为你一直缠着我……"

"很烦。"

郁溪看着江依："你胡说。"

江依的眉毛挑高了："怎么，不信？我告诉你吧，其实我是快三十的人了。"她睨着郁溪笑道，"我们差了差不多十岁啊小孩儿。以你十八岁的年纪，看一个八岁小孩儿，你什么感觉？你会觉得对方特傻特烦吧？"

"刚认识你时，我觉得新鲜，还有点意思。可现在我烦了，谁愿意天天给一个小孩儿当保姆？"江依晃晃手里的存折，跟看不起似的，塞回郁溪手里，"你行李收拾好了没？"

郁溪呆呆地看着江依的眼睛。

她觉得江依在扯淡。

前段日子的相处，江依那些笑，那些颤抖，那些欲言又止的神情，不是假的。

可现在，江依这些轻佻，这些漠然，这些不耐烦，也不是假的。

如果这些都是真的，那江依的演技也太好了吧？

郁溪深吸一口气，说道："你在台球厅的时候，小武天天跟你屁股后面，你突然这么说，不会是因为小武跟你求婚了吧？你在这里有家人了，就不再需要我了是吗？"

江依笑道："原来你知道啊。"

"我是比你小。"郁溪说，"但我不傻。"

"你别这么看着我。"江依看着郁溪笑，桃花眼微眯着，"小武跟我求婚这事跟你有什么关系吗？说白了，我跟你有什么关系吗？"

郁溪低头笑了一下，说道："没有。"

那些快乐时刻张扬的笑，那些低语时刻温柔的眼神，都是我的一厢情愿。反正你从来都是这样，跟谁都不交心。原来我从来都不是那个例外。郁溪这样想着，转身就走。

少年人的骄傲让她不愿在原地多停留一秒，她走着走着，跑了起来。

在陈旧的破碎的石板路上，在冷淡的灰败的月光下，郁溪越跑越快。

她狠狠地撞到一个人，两人都打了一个趔趄。

"对不起……"郁溪站定了才发现那人是周齐。

周齐揉着额头看着郁溪笑道："我听我哥说你现在借住在台球厅，看来没找错……"

"什么事？"郁溪气喘吁吁的，她现在的确是往台球厅的方向跑。

"我听说台球厅出事了，还有——"周齐腼腆地笑了笑，"我拿到高考卷子的标准答案了，明天一起估分吗？"

另一边，江依回到出租屋。

舒星一下子扑过来："依姐，你没事吧？"

江依笑了笑："能有什么事？"她那张漂亮的脸完好无损，可舒星总觉得她的脸色有些苍白。

舒星拉她过来坐下，说道："依姐，真想不到你还能去干讨债这样的事。"

江依像在出神，听到舒星的话又抬起头，俏皮地冲她眨眨眼："想不到吗？"

舒星笑了:"好像也能想到。毕竟是你嘛,什么职业你都可以做好,对吧?"

江依跟着笑了笑。

"舒星……"江依思忖着该如何开口,曾经优渥的生活让她不知道这句话竟是如此难以说出口,"你……能借我点钱吗?"

舒星不过是个大二学生,可也是一位真正的千金小姐。

一听这话,舒星愣了一下,她没想到,这辈子她还能从江依嘴里听到借钱这种话。

江依勉强笑着。

那句话在她心里又一次冒了出来:原来,这就是没钱的滋味。

舒星看着她的脸色问道:"你是遇到什么事了吗?"

江依摇头:"我能有什么事,就是想帮个朋友。"

舒星有点为难:"我是想借你,但是……"她坦言道,"来祝镇前,叶总交代过我,不要借钱给你。"

江依一愣,叶行舟对她的防备,到这个地步了吗?

她喃喃地问道:"为什么?"

这话显然不是在问舒星,年轻的舒星不可能知道答案,她更像是在自问,问自己如何让事情发展到如此地步了。

没想到一个略显阴沉的声音在她身后响起:"因为怕你不回邶城了。"

舒星抬起头,江依回过头,然后笑了。

生活有时比电视剧更像电视剧,因为巧合得有些荒唐,比如在江依回头的时候,天边闪起一道惊雷,照亮了叶行舟永远阴郁的脸。

叶行舟生得白,脸长得其实挺年轻,眉清目秀的,但眉毛边留着一道浅浅的疤,她没用遮瑕膏去遮,表情又冷淡,整个人就显得十分阴郁。

她永远穿着一身黑色的长袖长裤纱衣,在最热的夏天也是这样,拄一根银质拐杖,像从电影里走出来似的。

所有人在看到叶行舟时都会紧张,比如这会儿,江依就明显听到舒星在她耳边深吸了一口气,带点怯意地叫了声"叶总"。

其实按舒星家里人和叶行舟的关系,舒星叫一声"行舟姐"才正常,可叶行舟好像跟谁都没熟到那份儿上,她不对任何人笑,除了江依。

这会儿外面轰隆隆打起雷来,叶行舟笑着对江依说:"你在邶城的事情那么多，所以我提前两周来接你回去，行吗？"就算她笑了，脸上那股阴郁之色也始终没散，所以江依宁愿她不笑。

江依站起来看着叶行舟，因为她接下来要说的话很重要。

江依说："不行。"

叶行舟白玉般的脸上从来没什么表情，这会儿她也只是眯了眯眼。

"不行？"她玩味地重复了一遍，忽然问，"上次你陪着去市里治伤的那小孩儿，叫什么来着？姓郁？"

江依闻言手指在背后蜷紧。

"你自己不是小孩儿吗？"江依说。

叶行舟干笑一声："可我早就长大了。"

江依看着她不说话。

"冉歌。"叶行舟又叫了一声，窗外又一道闪电照亮她阴郁的脸，"你非得跟我回去不可了。"

"因为，朵朵病了。"

叶行舟走近，掏出手机，给江依放了一段早已录好的视频。屏幕上的小女孩眉目清秀，对着镜头开心地说："冉阿姨，我想你了，你什么时候回邺城呀？"

第二天，郁溪醒得很早，当了这么多年学生，她的生物钟早已形成了。

她想了想，还是按时起床，把台球厅里里外外打扫了一遍。虽然老板已经跑路了，台球厅不会再开了。而且祝镇愿意做这门生意的人不多，估计不会有人接手。

也许再过一段时间，这间台球厅就会像郁溪高中时常在那里做作业的那个废弃仓库一样，布满尘埃了。

郁溪打扫完，搬了把椅子坐在台球厅门口读英语，她知道自己口语不好，祝镇没好的英语老师教她。

可她坐了半天，英语书也没翻一页。她也不知道自己在等什么。

一阵脚步声靠近，郁溪茫然地抬起头。

来的是周齐，周齐看到郁溪的神情怔了怔，问道："怎么了？"

郁溪摇头："没什么。"

她心里有点失望，是因为她刚才听到脚步声就知道来的人不是江依，又有点茫然,则是因为难道她现在还在等江侬?开什么玩笑!

周齐笑了笑,晃晃手里捏的两张纸,说道:"我们来估分吗?"

"行。"

两人都是学霸,其实对高考卷子答成什么样挺有谱的。他俩对着周齐带来的标准答案,很快分就估出来了。

郁溪的神色一如往常地清冷。

周齐也看不出她考得是好还是不好,就小心地问了句:"怎么样?"

郁溪:"一般。"

周齐想,难怪她脸上没什么笑容。但他太想知道郁溪会去哪所大学了,所以还是狠心在郁溪的伤口上撒了把盐:"一般是……多少?"

郁溪面无表情地道:"650左右。"

周齐忍不住在心中大吼:这可是逼近全省状元的分数了好吗?面对这么个大学霸自己担心个鬼啊!

郁溪又问了周齐一句:"你怎么样?"

不管郁溪是不是出于礼貌才问的,周齐反正挺开心的:"我应该是600出头。"

郁溪点头,他这个分数算是正常发挥。

"我想去邯师。"周齐瞟了郁溪一眼问道,"你呢?还是邯航?"

"嗯。"

至少,两人还在一个城市。

正当周齐这么想的时候,郁溪忽然问:"你上大学后要找女朋友吧?"

周齐蒙了:"啊?"

郁溪问道:"你说,人与人之间最亲近的关系,到底是什么样的?"

周齐看着郁溪,他不傻,到这会儿也明白郁溪问这问题不是因为他,于是笑了笑,说道:"就是未来的计划里,每一天都有她吧。"

周齐的脸微微红了,他勇敢地看着郁溪的眼睛。这已是一个内向的少年所能做出的最炽热的表白,其实足够明显,如果对方有意,就会发现。

但郁溪只是"哦"了一声,垂下眼去。

周齐无声地笑了笑。他不知道郁溪在想什么,但显然,内容与他无关。

郁溪想的是,她认同周齐这个答案——人与人之间的亲近,就是未来的计划里,每一天都有她。

在她灰败的青春里，只有江依是她唯一的救赎，所以她不可抑制地想要亲近江依。

昨晚她说不上学了，江依去哪儿她就去哪儿，江依干吗那么生气？也许自己真的只是江依眼里一个无足轻重的小孩儿，江依刚开始感觉新鲜，久了就烦了。

周齐走了以后，她一直坐在台球厅门口，跟傻瓜似的晒着太阳。

午后，又一阵脚步声向她靠近。她静静地抬起头，知道来的人是舒星。

"你在读英语啊？"舒星如往常一般笑着，"我们上山去吧。"

郁溪飞快地往舒星身后看了一眼。

因为昨夜突然下的一场暴雨，今天更热了，树上的知了吱吱呀呀，叫得好大声，石板路上好像隐隐蒸腾起热浪，在一波波地向路人涌来。

舒星的身后一个人都没有。当然，也没有郁溪期待的那个身影。

郁溪站起来合上英语书，说道："走吧。"

她带舒星上山。走了一周多的山路，舒星比之前熟练了不少。路上舒星指着一株植物给郁溪看的时候，郁溪想问："江依今天在干吗？"

舒星指着一只蝴蝶给郁溪看的时候，郁溪想问："江依今天在干吗？"

舒星指着溪水里漂流的一片花瓣给郁溪看的时候，郁溪想问："江依今天在干吗？"

可郁溪咬着唇，在心里骂自己：不准问，没出息。

在山上的时光和之前的每一天一样，舒星画画，郁溪做奥数题集。后来舒星画累了，伸个懒腰，说道："你要不要来看看我的画？"

郁溪想说"我不喜欢画"，可嘴里却吐出一句："江依今天在干吗？"

好像这句话早已从她心里涌到了嗓子眼，一直卡在那儿，她一张嘴这句话就迫不及待地流了出来。

舒星快速低下头去："她没干吗。"

"哦。"

正当郁溪觉得对话进行不下去时，舒星抬起头来看她："依姐走了。"

郁溪愣住了。一只蜻蜓飞过来，落在郁溪乱了一缕的头发上，她问："到哪儿去了？"

其实郁溪一开始没明白舒星说的话是什么意思。她以为江依临时离开祝镇去什么地方了，比如去市里还那个人的钱，或者去买什么东西。

舒星说:"不知道去哪儿了,就是走了。"

郁溪眨眨眼。

舒星说:"她离开祝镇了,再也不会回来了。"

"她去其他镇找工作了?"郁溪问。

"也许吧。"舒星握着手里的画笔,看起来有点烦躁的样子,"你不会要等她吧?"

郁溪想了想又问:"你怎么知道她不回来了?"

舒星一下把画笔扔到笔筒里:"祝镇的台球厅都没了,她回来干吗?"说这话时她脸上一丝笑容也没有,其实她挺爱笑的,但这会儿她看上去很严肃,她又问郁溪,"你不会要等她吧?"

郁溪说:"我不等她。"

舒星松了口气。

郁溪说:"我去找她。"

舒星马上盯着郁溪,问道:"你是不是疯了?"

郁溪低头笑了一下。

这话江依也曾说过。怎么一个两个的都说她疯了?难道全世界的人都能看出她是一个疯女人的女儿?

不过,疯就疯吧。

郁溪抬起头来,很平静地对舒星说:"我会找到她的。"

舒星问道:"你去哪儿找?"

"附近镇里。"郁溪说,"附近有台球厅,又没4G网的镇。江依说过,她不喜欢网络。"这算一个挺明确的指向。

可舒星很肯定地说:"你找不到她的。"

郁溪问道:"为什么?"

舒星把画笔拿起来,在手指上敲着,一副很烦躁的样子:"人海茫茫,你找个人,跟大海捞针似的,哪儿那么容易找到。"

"找不到的话……"郁溪很平静地笑了下,说道,"就一直找下去呗。"

聊完天,傍晚也到了,两人沉默地下了山。郁溪帮舒星背着画板,走到江依租的房子的门口。

她问舒星:"我能进去看看吗?"

舒星点点头，郁溪跟着舒星走进去。

屋里跟江依在的时候没有什么两样，一张窄窄小小的折叠床，一个旧纸箱堆在一边，那些花花绿绿的裙子全都凌乱地堆着。

郁溪问："这些裙子她都不带走吗？"

舒星说："可能她想重新开始吧。"

这事说来也不奇怪，郁溪现在有点了解在台球厅工作的那些女孩儿了，每一条看起来十分艳丽的裙子，其实都是她们的"战衣"，衣服质量很差但很便宜，一季一换也正常。

郁溪又问："她没给我留什么话吗？"

"没有。"

郁溪在屋里乱转，舒星就跟在郁溪身后，双手背在郁溪看不到的地方，指甲掐进掌心里。

"她也没告诉你她去哪儿了？"郁溪觉得这是最说不通的一点，"你们不是很熟吗？"

舒星说："也没那么熟，依姐这个人，其实跟谁都没那么熟。"

"哦。"郁溪说道，"没事。"

郁溪在接受江依走了的事实后，觉得这也没什么。

人找不到了，她就一直找，直到找到为止。这是她身上的狠劲，也是她的倔劲。

郁溪说："我先走了。"

"等一下。"舒星叫住她，"我还有个事跟你说。"

郁溪转头看着她。

舒星说道："我也要走了，多留一天是为了跟你道别。"

郁溪想起来了，问道："江依不是说你打算待两周吗？"

舒星说："画稿攒得差不多了，另外我在邨城有点事，打算提前走了。"

其实她在邨城没什么事，是她表哥昨晚给她打电话，让她马上跟着叶行舟回邨城，不要留在祝镇多生事端，是她跟表哥好说歹说，才争取多留一天再走。

她的确想好好跟郁溪道个别，于是问道："今晚能一起吃个饭吗？"

"可以。我请你。"郁溪问舒星，"你要是不太饿的话，咱们晚点吃行吗？"

"我不算饿。"舒星问,"你请我吃什么?"

"江依最喜欢的那家炒粉,是个夜宵摊子,所以得等等。"郁溪说完转身走了。

舒星问:"你去哪儿?"

"去找个人,晚点再来接你。"她说完匆匆地走了。

郁溪走了以后,舒星缓缓坐到床边。

她把手缓缓伸到枕头下,那个以前江依藏手机的地方。手机已经被江依带走了,这是整间屋子里江依唯一带走的东西。本来这屋子里的其他东西,跟真正的江依没有任何关系。

那个原本藏手机的地方,现在藏着一封信,准确地说是薄薄的一张纸。这信是昨晚江依离开前,匆匆写了偷偷塞给舒星的,她让舒星一定帮忙转交给郁溪。上面的字很潦草,总共只有三行——

我不是你以为的那个人,别找我,好好去上你的学。

舒星当时说"好"。

可江依走了以后,她就把这张纸藏起来了。

郁溪从江依家出来以后,先去找了小武。

祝镇这地方,连混社会都混不出什么花样来。这会,小武正和一帮小青年蹲在一堵断掉的围墙上,无所事事。

郁溪双手插在牛仔裤兜里,隔着一段距离,远远喊了声:"陈武。"

小青年都往这边望了一眼,集体起哄:"哟,武哥,有姑娘来找你!"还有人冲郁溪吹口哨。

郁溪冷着一张脸没理他们。

小武红着脸阻止其他人:"别闹。"他向郁溪跑过来,问道:"你怎么会来找我?"

郁溪实在不知道小武这么害羞,是怎么混社会的,又觉得江依对小武另眼相看有点道理。

郁溪问:"江依昨天有没有找你?"

小武一愣:"依姐怎么会主动找我?"

"因为你跟她求过婚。"

小武一听脸更红了:"你怎么知道?"

郁溪心想：我天天盯着江依，我有什么不知道的。

小武笑了笑，说道："她早就拒绝我了。"

这下郁溪有点意外："是吗？"

在台球厅待的这段日子，郁溪还了解的那些女孩儿的一点就是，就算面对不愿接受的客人，她们也不会明着拒绝，而是吊着对方。

小武笑了笑，说道："是我癞蛤蟆想吃天鹅肉，我求婚没两天，依姐就找了个没人的时候拒绝我了，她让我别天天混日子，找个好姑娘。"他说着就想起江依那天的样子，"她嘴巴涂得那么红，整个人靠在台球桌边上，腰那么软，又美又酷。"

郁溪转身就走。

"哎，你怎么就走了？"小武叫住她，"你为什么找我问这个？"

郁溪平静地回过头，说道："江依走了。"

小武愣住了："走了是什么意思？"

"就是离开祝镇了。"

"是因为台球厅不开了吗？"小武问，"她去哪儿了？"

"没人知道。"郁溪问，"你会去找她吗？"

小武明显犹豫了一下。

郁溪笑了："我会。"

"我会去找她。"

告别小武后，郁溪又去找了小玫。

"依姐走了？"小玫跟小武一样惊讶，"她去其他镇找工作了吗？"

"不知道。"郁溪问，"她昨天来找过你吗？"

"没有。"小玫说道，"不过今天舒星来找我了，说是依姐让她来的，舒星给我送了一万八千块钱来。"那正好是小玫妹妹做手术的钱。

"我问依姐怎么没来，她说依姐挺忙的，也没说依姐走了的事。"小玫有点蒙，"依姐走了？那我这钱怎么还啊？"

郁溪说："你先攒着吧。"

等我找到江依再说。她转身走了。

郁溪转道回出租屋找舒星的时候，舒星已经在楼下等她了。

她走过去说道："我们吃饭去吧。"

舒星点点头："好啊。"

郁溪带着舒星走到炒粉摊前。台球厅突然倒闭，炒粉摊的生意就变差了，也不知这样下去炒粉滩还能撑多久。

郁溪叫老板："来两碗炒粉，加豆芽、火腿肠、肥肠。"这是江依喜欢的豪华版本。

舒星和郁溪一起坐在塑料凳上等，来祝镇这一周，舒星稍微习惯了一些这种满是油污的塑料凳了。不过当老板把炒粉端过来的时候，舒星还是结结实实地被吓了一大跳："这么多？"

一个白色塑料袋套在一个不锈钢盘子上，上面是菜、肉和炒粉，满满当当的，堆得跟座小山一样。

舒星问："依姐喜欢吃这个？"

郁溪点头，舒星尝了一口，油汪汪的。

舒星又问："依姐能把这一份吃完？"

郁溪又点头。舒星明显被震惊了。

郁溪问："怎么了？"

舒星说："依姐以前在邺城不怎么吃这样的东西，也吃不了这么多。"

"她在祝镇……"舒星挑着炒粉，说道，"怎么说呢，挺不一样的。"

她抬头看着郁溪，说道："不过不管怎么样，她已经走了。"

郁溪"嗯"了一声。

舒星说道："你刚才是去镇上问了一圈，看有没有人知道依姐去哪儿了吧？"

郁溪没否认。

舒星说："不会有人知道的。"

郁溪问："你怎么知道？"

舒星说道："因为依姐打定了主意才走的，她没打算让任何人找到她。"

郁溪忽然想起小玫曾经说过，她们这样的女人，像浮萍，飘到哪儿算哪儿，所以不会跟什么人交心，离开一个地方，就等于永远消失了。

所以江依忽然离开，是因为她本性如此，还是因为她欠人钱又没了工作要跑路，又或者是因为自己昨晚说的那番话有赖着她的嫌疑？

郁溪也不知道。

"现在你知道你很难找到依姐了吧。"舒星问，"你还要找吗？"

郁溪吃着炒粉,腮帮子鼓鼓的,动作迅速地点了点头。

舒星问:"你找她干什么呢?"

郁溪想了想,其实她也不知道,找到江依她能干吗?

至少她要问问江依:这样突然一走了之,到底算什么?

也许在她心里,从江依把她从舅妈家救走那天开始,江依就是她在这世上唯一重视的人了。

她把所有的信赖和赤诚全都给了江依,而在江依心里,她又算什么?

江依真把她当一个烦人的小孩儿,当人生中一个无足轻重的过客,一点真心都没有吗?

她总觉得,虽然两人在祝镇相处的日子不长,但两人之间的感情实在不该是这样的。

"喂。"舒星叫了郁溪一声,郁溪回过神来。

舒星面前的一份炒粉没怎么动,她托腮看着郁溪,说道:"我明天一早就要回邶城了。"

"你怎么走?坐大巴?"

"有人来接我。"

郁溪点头:"一路顺风。"

舒星忽然笑了:"依姐走了,你说要去找她。那我走了,你也会去找我吗?"

郁溪说:"不。"

"喂,木头。"舒星笑着从口袋里摸出一张纸,"这给你。"

说来好笑,她画的画太多,带来的画纸都用完了,而江依的出租屋里,就一个不知哪任租客扔那儿的旧本子,本子封面上是老式的挂历女郎,里面的纸张都泛黄了。

江依给郁溪的留言,就是她从这本子里扯下一张纸匆匆写的。舒星现在递给郁溪的纸,也是从这本子里扯下来的,上面写着她的手机号码。

这样的巧合,像是命运开的一个玩笑。

郁溪却说:"不用了。"

舒星攥着那张纸笑了笑:"我问你,要是你一辈子都找不到依姐呢?"

郁溪语气平静得像在说一件无比顺理成章的事:"那就找一辈子。"

这更坚定了舒星的想法:不把江依留下的字条给郁溪。

舒星低下头,又吃了一口油汪汪的炒粉,心想:这竟是江依喜欢的味道。

江依那样的人,像是舒星过分顺遂的生活中的一个异类,舒星可以轻易和任何人打成一片,唯独看不透江依。所以她才会顺着江依的视线关注到郁溪,才会想跟郁溪做朋友。

吃完炒粉,舒星找老板要了支笔,又牵起郁溪的手。

郁溪抗拒道:"喂……"

"别动。"舒星把郁溪的手拉到面前,既然郁溪不要那张纸,她索性低头在郁溪的手上写下自己的手机号码,"你到邺城之后,就会发现麻烦的事比你想象的多得多。"

"到时候记得找我,嗯?"

郁溪缩回手。

舒星看着她说:"那么,郁溪,以后再见。"

"再见。"郁溪说完转身走了。

当晚舒星在出租屋收拾东西的时候,郁溪也在收拾东西。

收拾完后,郁溪去洗了个澡,那时,她才瞥到自己手上那串蓝色的数字。

她一冲水,那串蓝色数字就变淡了,随着汩汩的水流,数字最终消失不见了。

6月底,高考出分的日子。

查分是凌晨开始的,周齐守在电话旁,手有点抖。他妈路过的时候说:"早点睡吧,明天再查。"他爸也说:"考得好嘛,光宗耀祖,考不好嘛,也无所谓。"

成绩这东西,在祝镇没那么被人看重。

周齐抬头笑了笑,他发现自己的嘴唇也有点抖。

其实上次跟郁溪一起对过答案以后,他知道分数离他估算得应该八九不离十,只是他还是忍不住紧张,总怕有什么意外发生。

他又想起郁溪那张总是冷冷淡淡的脸,她的脸没任何表情也那么好看。他有点佩服郁溪,郁溪好像天生有颗大心脏。

周齐盯着墙上的钟,终于到了十二点,他一把抓起电话,颤抖着手指拨了出去。

分出来了,604分,跟他估算的只差两分。

周齐放下电话的时候，一颗心还怦怦地狂跳。

他想大叫，想大吼，想迫不及待与人分享他的喜悦，可他看一眼爸妈的房间，他们早已睡了。

最终他跳起来跑出门去，一路跑到台球厅。

平时他不怎么来台球厅这边，一来他戴着眼镜，清秀孱弱的形象与台球厅实在不匹配，二来他知道郁溪对他没意思，怕去得多了惹人烦。

可这是一个值得高兴的时刻，郁溪应该比他考得还好吧。

他一路狂奔到台球厅门口，双手扶着膝盖喘着气。

然而他愣了。

台球厅生锈的卷闸门紧锁着，锁上积了厚厚的一层灰，一副很多天没有打开过的样子。台球厅老板跑路这事他是知道的，他也知道在台球厅工作的女孩们被欠着工资，讨薪无门，台球厅早不营业了。

可他知道郁溪一直借住在这儿，台球厅房主人不在镇上，这段时间房子没人管，他就以为郁溪一直住在这。

可郁溪不在？她能去哪儿？这镇上还有其他她可以容身的地方吗？

周齐缓缓直起了身子，想不出答案。

高考查分当天，太阳很大，树上的知了叫得所有人懒洋洋的。

曹轩这天肚子疼，没去上学，窝在自己房里看旧小说，整个人懒散得不行，反正今天要查高考分的人也不是他，就算是他，他考得不好也没必要查什么分。

毕竟这是在祝镇嘛。

他翻了个身继续躺着看小说。爸妈下地干活去了，家里就他一个人。看了一会儿他叹了口气，这段时间小说看得太快了，没看过的已经一本都不剩了。

他挠了挠头坐起来，打算出去再买点旧小说。

起床这事没什么难度，因为早上准备上学的时候，他肚子疼得厉害，可知道可以不上学能在家里看小说后，他的肚子好像又不疼了。

真是神奇。

他穿上短裤和鞋走出去，撞见一个鬼鬼祟祟的人影正往墙角躲。他尖叫一声："谁啊？有贼！"

那个人转身，一脸的不好意思，说道："曹轩，别喊，是我。"

曹轩松了口气，原来是周齐。

曹轩胆子小，刚才被吓昏头了，那么瘦弱的背影，怎么可能是贼。

"齐哥，你怎么在这儿？"曹轩想起今天是高考查分的日子，于是问道，"你考得好吗？"

"还行。"周齐问他，"你溪姐在吗？"

"溪姐？"曹轩一脸惊讶的样子，"你找溪姐怎么会找到这里来？她已经很久没回过家了。"

周齐问："你爸妈不找她？"

曹轩笑了笑："溪姐那么厉害，他们不敢。我也不好意思去找溪姐，毕竟我爸妈那样对她……"他问周齐，"溪姐是不是还住在台球厅？她好吗？考得怎么样？"

周齐沉默了一会儿，说道："她不见了。"

曹轩眨眨眼，问道："不见了是什么意思？"

"我刚才来你家之前，已经在镇上问了一圈，已经好多天没人见过郁溪了。"周齐说，"我想她已经不在祝镇了。"

曹轩愣了："她能去哪儿？"

盛夏炽烈的阳光下，两个男生面面相觑。

高考查分当天，祝镇东边的一个小镇。

一个年轻女生往前走着，她背都挺不直，整个人蔫头耷脑的，旁边跟着的应该是她妈和她妹，她妈嗑着一把瓜子，边嗑边往地上吐皮："考得不好就不好咯，我上次给你找的那个男人不是蛮好，你嫁了就行了。"

郁溪靠在旁边的一堵矮墙上，看着女生走过。

这一幕让她想起祝镇，那个她生活了十八年的地方。现在她待的这个地方跟祝镇很像，一样穷，一样不重视成绩，一样没有 4G 网。

唯一不同的是，这儿比祝镇更加山清水秀，有一处地方有机会开发成旅游景点，有开发商看中了这里，这会儿正在大肆修房子，所以建筑工地很多。也许在不久的将来，这里就不穷了。

郁溪看了没一会儿，身后就响起一阵吆喝声："开工了！开工了！午休结束了！"她站起来，把一顶安全帽扣在头上，沉默地向工地走去。

下午三点，工地附近的一个小卖店里。

一个中年女人背起泡沫箱子说道："小苹，我去卖水了。"

很快，一个扎马尾的女孩跑过来，一把从她妈手里抢过泡沫箱子："我去我去，不是说了吗，以后都是我去。"

中年女人被女孩风风火火的样子吓了一跳："你这丫头撞鬼了？以前懒得抽筋，现在怎么突然这么勤快了？"

小苹笑了笑，没说什么，背着箱子走了。

走到工地旁边的时候，远远的有个女孩对小苹招手："小苹，你来了。"

小苹背着箱子跑过去，唤道："小茉。"

两个女孩一人背着个箱子，往工地走去。小苹卖水，小茉卖包子、八宝粥这些熟食，以前这一片是没有她们这些卖东西的，大量建筑工地的涌现，让她们有了生意。

小茉问："怎么现在每天都是你来？以前不都是你妈来吗？"

小苹笑了笑，说道："我现在不是没读书了吗？多帮忙一点咯。"

小苹读到了高二，其实这时退学有点可惜。可前段日子有人上门提亲，她妈觉得对方条件不错，而且小苹成绩实在不好，她妈就让她退学了。

小苹只见过那个男人一面，客观来说男人长得也算周正，可她什么感觉都没有。

一走进建筑工地，就有工人熟稔地跟她们打招呼："可算来了，就等你们了。"

山里天热，工地上没有降温设备，更是酷热难耐，工人们体力消耗大，吃完午饭到下午三点多的时候就又饿得不行了，就等着买点熟食和冰水，趁机休息会儿，工头也不会骂。

小茉笑呵呵地卖包子、八宝粥，哪儿人多她往哪儿钻，小苹和她不一样，她背着箱子径直走到工地的角落里。

"要水吗？"她小声问。

郁溪抬手擦了一下额头的汗，点点头："谢谢。"说完她摸出一块钱递给小苹。

小苹把手伸进泡沫箱子的角落，挑一瓶最冰的水给郁溪。

郁溪接过瓶子道了谢，拧开瓶盖一仰头，咕嘟咕嘟地把水灌了下去，一副很渴的样子。

小苹没有问别人要不要买水,躲在一旁偷偷看郁溪。

人对美都是向往的,不知从哪天开始,这片工地上就多了这么个好看的女孩,在大部分是糙汉子的工地上,多的这么个女孩就很招眼。一开始不少人一脸猥琐地上前搭话,问郁溪找了婆家没有,需不需要人照顾,却都被郁溪一脸冷淡地逼退了。

这女孩儿的话实在太少,渐渐地就没人跟她搭话了。不过,这女孩儿也有主动跟人搭话的时候,一旦工地上有新来的工人,她就主动上前,每次只问一句:"你见过一个很漂亮的女人吗?"

小苹听郁溪描述过那女人——皮肤雪白,长发鬈曲,腰跟柳枝一样软,长着一双桃花眼。

听起来,那真的是一个很漂亮很漂亮的女人。

小苹第一次听郁溪这么说的时候,没忍住在旁边问了句:"比你还漂亮吗?"

郁溪看了她一眼。

她本以为郁溪不会理她,没想到郁溪低声说了句:"比我漂亮得多。"

那样的语气,像在回答她,又像在喃喃自语。她像在缅怀什么,像在想念什么。

小苹不敢问下去了。

这天小苹悄悄地偷看郁溪,没防备郁溪忽然低头看了她一眼。她吓了一跳,慌忙低下头躲避。

"喂。"郁溪的声音,跟她好看的脸一样冷淡,小苹好半天才反应过来郁溪是在跟她说话,毕竟郁溪不常跟人搭话。

她鼓起勇气抬头看着郁溪。

郁溪问:"你叫什么?"

小苹小声答:"小苹。"

"小苹。"郁溪点点头,一脸平静地问,"你为什么总看我?"

小苹差点没把身上的泡沫箱子摔了,语无伦次地说:"我觉得你长得好漂亮。"

"别想着跟我做朋友。"

"憧憬跟一个随时会消失的人交朋友,会倒霉的。"后面这一句像是她有感而发,因为小苹看到她眼睛垂下了,可没想到的是,她竟然笑了。

小苹愣了一下。

她从没看郁溪笑过,她相信除了她,这工地上也没人看郁溪笑过。

原来郁溪笑起来这么好看,仿佛冰川都消融了。

"你笑什么?"小苹太好奇了,鼓起勇气问,"你不是说会倒霉吗?"

郁溪笑着说道:"是挺倒霉的,不过,又挺幸运的。"

最后她给自己下了结论:"真是神经病。"

晚上下工以后,郁溪回到出租屋。她这屋子是合租的,小小的一间屋,摆了四张高低床,因此分摊到每个人身上的房租,便宜得令人咋舌。

她在工地能赚到一点钱,因为想攒得更多,就选了这么便宜的地方。

这会儿她洗了澡,躺在床上休息。跟她合租的几个女人都在洗发店打工,这会儿都没回来。

窗户开了一条缝,盛夏幽幽的花香飘进来。郁溪一手枕在头下,一手搭在肚子上,想起江依身上那股特别的香味,跟所有的花香都不一样。

她来这个小镇已经快一周了。因为祝镇没人知道江依去哪儿了,所以她在出发找江依前,列了个计划。

附近符合江依描述的,没有4G网的乡镇,不算多,也不算少,要是她一个个地跑过去看当地有没有台球厅,就太费钱也太费时间了,还很容易跟江依错过。

她想了个办法,圈了几个交通相对比较好的镇。

这附近流动的工人大多会经过这几个镇。她在建筑工地打工,一是为了攒钱,二是为了找人。

她一个一个工人地问,问人家有没有见过江依。她没有手机,也因此没能留下江依的任何影像。江依那个样子,郁溪相信只要有人见过,一定能立刻明白她说的是江依。

然而,没有人见过江依。江依像泡沫一样消失了,没留下一丝痕迹。

高考出分后的第五天,开始填志愿了,周齐在学校见到了郁溪,他差点没被吓死。他忘了害羞,一个箭步冲上去抓住郁溪的手腕,问道:"你去哪儿了?我还以为你不回来填志愿了。"

郁溪淡淡地看着他,和以前一样,一脸的平静。那双黑白分明的眸子太干净,以至于周齐不自觉地放开了手,挪开了眼。

不过他又问了一遍:"你去哪儿了?"

郁溪简洁地说:"打工。"

"去哪里打工了?"周齐低下头,就看到郁溪双手上都是淡淡的红色磨痕。

郁溪回答道:"建筑工地。"

周齐惊讶极了:"你一个女孩子怎么跑建筑工地打工去了?"

郁溪看了周齐一眼,说道:"女的怎么就不能去建筑工地打工了?"

她一直觉得这些想法很奇怪,这些人到底是根据什么判断男的该干什么女的该干什么的?

说实话,抛开找江依这一点,她挺喜欢在建筑工地打工的。赚的不算太少,而且靠力气吃饭,没那么多弯弯绕绕。每天出一身汗,她睡得也很好。

就是这份工作确实需要力气,不过她从小在村里长大,力气不算小,也不知算不算幸运。

周齐问郁溪:"你高考多少分?"

郁溪回答:"不知道。"

"不知道?"周齐又惊讶了,"你不知道你高考多少分?!"

"我还没查。"

"你干吗不查?"

"我觉得我估分的数字差不离。"

周齐想,好,郁溪是个比他想象的还狠的狠人。

他带着郁溪到校长室找了个座机,让郁溪查分。分数查出来了,656,跟郁溪估的分数只差1分。

周齐顿了顿,问道:"你知道我们省高考状元多少分吗?"

郁溪看着他。

周齐回答道:"681。"

郁溪的理科成绩好得出奇,语文和英语拖了一点点后腿。

填志愿的时候,教室里很空,因为祝镇每年能考上大学的也没几个。

周齐把第一志愿、第二志愿、第三志愿填得满满当当的,然后扭头看郁溪的志愿表,她的志愿表就第一志愿一栏孤零零地填着个"邶航"。

周齐被郁溪吓死了,他觉得郁溪就是那种摇摇晃晃地走钢丝的人,就问道:"你不怕出什么意外吗?"

郁溪一脸的冷静:"不会。"说完她干脆利落地把志愿表交了。

周齐再次确认她就是个狠人。

填完志愿往校外走的时候,周齐对郁溪说:"我还以为你不会来填志愿呢。"

郁溪说:"我是这么想过。"

如果能找到江依,她是真的愿意不上这个学,而是去打工帮江依还钱。

可是现在,她找不到江依。她总觉得从长远来看,她要走到更高处,找到江依的希望才更大。

不过现在,暑假刚刚开始,她还有两个月的时间继续找。

她打算在她圈出来的那些镇里找,一个镇待一周,问那些建筑工地流动性最大的工人有没有见过江依。

太阳明晃晃的,夏蝉吱吱呀呀的,路边野花凋零的花瓣落在碎了的旧石板上。

祝镇好像被抛弃在时间长河之外,几十年都没有改变。

没有人知道在郁溪十八岁的这个夏天,她的生活发生天翻地覆的变化。她会找到江依吗?

同一时间,邺城。

儿童医院 VIP 房间,房间是温馨的粉蓝色调,墙上贴满可爱的兔子和小熊。

江依坐在床边有点出神,回邺城一段时间了,她身在这里,却时不时想起祝镇。

那逼仄的房间,破旧的墙面,灰扑扑的抽丝窗帘,结了蛛网蒙了尘的灯,一切都和眼前的精致形成鲜明对比。

还有此时她身上的衣服,是淡淡的青色,没什么特殊设计,那合体的剪裁和细密的暗纹,都在昭示着它价格不菲。

床上的小女孩儿静静地玩着拼图,她九岁了,躺在这样的儿童病房里显得有些违和,可她柔美的脸上一派天真,又与这童话般的氛围很契合,可见女孩儿从小被保护得很好,好像生活在一个童话世界里。

江依坐在床边出神,倒是小女孩先抬头喊了声:"小姨。"江依一抖,转过头。

叶行舟拄着银质拐杖站在那里,一身长袖黑纱衣像从来没换过,神情阴郁,显得跟儿童病房格格不入。

江依微微点了点头,回应小女孩:"朵朵。"

她手指蜷着,在叶行舟看不到的地方,指甲嵌进了肉里。

叶行舟注意到江依在看她,江依那神情像是在说:"你怎么在这儿?你不是很忙吗?"于是叶行舟道:"朵朵一个人,我来看朵朵。"

朵朵拉过江依小声说:"你回来以前,她没这么常来。"

江依想,也许朵朵是全世界唯一不怕叶行舟的人。

叶行舟问江依:"你在这里坐多久了?"

江依说:"很久了。"因为是提前回的邺城,她这段时间没什么工作,每天守在儿童医院里。

"那走吧。"叶行舟说,"陪我去花园走走。"

这是邺城最奢华的儿童医院,以有一座极美的花园而闻名。

江依说:"我陪朵朵。"

叶行舟说:"我腿疼。"

江依低下头,笑了笑。

她笑叶行舟真的是操控人心的大师,尤其擅长操控她的心。

"走吧。"她站起来,淡青色的长裙垂在雪白的脚背上,上好的料子,柔软得像一片羽毛。

儿童医院的花园里,叶行舟拄着银质拐杖走得很慢,江依默默地陪在她身边。

其实就算叶行舟真的腿疼,她叫江依来的意义也不大,因为江依并没有扶她。只是江依在这里,叶行舟的心就好像安定一点,江依的心里也好过一点。

这医院的医疗费贵得吓人,是祝镇那儿的人想都不敢想的天文数字,所以这儿人少。下午是最舒服的时候,花园里很清静。

除了叶行舟和江依,就只有一对年轻父母带着他们看起来六七岁的小女儿在花园里散步。那小女孩儿应该快痊愈了,精神很好,蹦蹦跳跳的,吃着棒棒糖。往江依这边看过来的时候,小女孩儿的眼睛都亮了,她往这边跑了两步,看到江依身边的叶行舟,一下子又变得怯生生的。

但她犹豫了一下，最终还是没战胜江依对她的吸引力，跑到离江依不远的地方，冲江依招招手："阿姨，你可不可以过来一下？"

江依笑着走过去。

叶行舟拄着拐杖在后面等江依，这种时候，她是愿意等江依的。

江依很少笑，除了面对着孩子的时候。她清冷的眉眼因这笑而变得柔软起来，有些像她曾经在那人面前的样子。

叶行舟看着江依，也想把自己的目光放柔，可发现自己做不到。这么多年过去了，阴郁早已变成一张长在她脸上的面具，不是她想脱就能脱下来的。她看着那小女孩儿对江依说："阿姨，我就是想告诉你，你好像仙女啊。"

江依又笑了。

她今天穿着一身淡青色的长裙，裙子并无繁复的花样，就是料子极软极贵。裙子贴着她柔美的身体，一直垂到她雪白的脚背上。一头乌黑的直发，如丝缎一般垂下来，挂在肩膀两侧，随着花园里的阵阵微风轻轻摇晃。

她清雅又美丽。

叶行舟想，小女孩儿嘴中的仙女，应该是古希腊神话中的女神，江依是担得起这样的赞美的，她就是有这样的气质。

这时小女孩的爸妈发现她过来搭话了，赶紧追过来："小艾！不要打扰人家……"

小艾妈妈跑近了一抬头，愣了："请问你是江冉歌吗？"

江依笑着点点头。

"哎呀，真是本人啊，气质真的太好了。"小艾妈妈抱着小艾说道，"不好意思，我女儿打扰你了。"

江依摇头："没事，不过我有朋友在等我，我要先走了。"

小艾妈妈赶紧说："好的，再见。"

江依离开的时候，听到小艾爸爸压低声音说："江冉歌身后那个人是叶总吧？叶行舟……"

小艾妈妈说："是吗？可叶行舟从来没曝光过照片啊……"

"我是听人说的。"小艾爸爸压低声音道，"说叶行舟总是拄一根银色拐杖，一定是她……"

再后来，江依走远了，听不到两人的窃窃私语了。

叶行舟在儿童医院待了一会儿就走了,她是真的很忙。

江依则待到了晚上,医院管理严格,不让家属过夜,叶行舟就派来豪车和司机,把江依送到碧云居。

江依开灯的时候吓了一跳,低呼一声:"啊!"

叶行舟坐在圈椅里,面对着门口,把银质拐杖握在手里,不悲不喜的,像一尊雕像。

她问江依:"吓到你了?"

江依抚摸着胸口:"怎么不开灯?"

叶行舟说:"开不开灯有差别吗?"

江依在叶行舟对面坐下,两人沉默片刻。

叶行舟开口问道:"朵朵怎么样?"

江依答:"还好。"

"你要好好照顾朵朵。"

"知道。"

叶行舟好像早已习惯这种她问一句江依答一句的模式,没说什么。过了一会儿她又说:"我来看看,你把釉迩那幅画换地方没有,结果你没换。"

釉迩那幅画,就是江依在祝镇时,叶行舟帮她拍下的那幅画。釉迩的画现在已是天价,釉迩也是江依特别喜欢的画家,不过江依现在对此没什么兴致。

"不用换了。"江依淡淡地说道,"你挂的位置可以。"

"是吗?"叶行舟拄着拐杖站起来,"我要先走了,还有工作要忙。"

叶行舟真的走了,没有多停留的意思。

江依走到窗边,向外望去。

叶行舟总是走得很快,豪车早已远远地消失了。夜色之中空留一片小小花园。和祝镇那个开满野生向日葵的小院子不同,这里姹紫嫣红的,一看就是由花匠定期精心打理过的,美则美矣,却失去了那股旺盛的、野蛮的、凌乱的生命力。

这时手机响了,江依皱着眉接起来。

没人知道她提前回了邺城,也就是说,给她打电话的只可能是一个人。

果然，手机里传来那个阴沉的声音："冉歌。"

"嗯。"

其实她在祝镇时，叶行舟联系她的次数并不多，好像只要知道她在那儿就行了。不过从某一天开始，叶行舟联系她的次数忽然多了起来。

是从什么时候开始的呢？江依仔细回忆了一下。

嗯，是从她真正跟郁溪熟起来后开始的。

现在，叶行舟明明刚离开碧云居，居然又给她打了个电话，这种情况在以前根本没出现过。

叶行舟说："你胖了。"

"是吗？"江依淡淡地说，"可能是吧，我不是去祝镇体验生活了吗？"

叶行舟说："这是好事。"

江依没说什么。

叶行舟又说："我让司机再送点吃的过来，你想吃什么？"

江依说："就以前那些吧。"

叶行舟说行，就把电话挂断了。

江依缓缓踱到冰箱前，她没开厨房灯，冰箱发出的淡白色光照亮她的脸。她脸上没什么表情，和在祝镇的神采飞扬相比，现在的她显得有点木讷。冰箱里是满满的奶酪、生食火腿、鹅肝酱、蓝莓，旁边被冰箱灯映亮的酒柜里摆满了红酒，每一瓶看上去都价格不菲。她却没什么食欲，皱了皱眉，关上了冰箱。

在邺城，她总是这样，没什么食欲，没什么欲念。

但让叶行舟不买食物是没有意义的，只要叶行舟觉得需要买，哪怕这些食物最后的归宿是垃圾桶，她也会让人买了送来。

江依关上冰箱，把自己扔进沙发里，而后拿起茶几上早已卷边的一沓纸翻看着。

郁溪是在暑假临近结束的时候，才意识到自己是找不到江依的。

她把自己圈出来的几个镇都跑了一遍，来来往往的工人那么多，但她一无所获。也就是说，江依已经去到很远很远的地方了。

那情况就变成舒星所说的大海捞针，中国那么大，她毫无线索，要到哪里去找江依？

周齐这天逛到台球厅附近,看到台球厅的卷闸门居然半开着,顿时吓了一跳。

上次郁溪回学校填完志愿后就走了,而台球厅的卷闸门一直紧闭着,也因为这样,周齐每天出来走走的时候,都会到台球厅这边来。而郁溪在台球厅的时候,他是不好意思来这边的。

每天对着一扇紧闭的满是铁锈的卷闸门,周齐也不知自己在想些什么。

不想今天,卷闸门居然开了。

周齐犹豫了一下,走过去敲了敲门。过了一会儿,有人弯腰从卷闸门的缝隙里钻了出来。

"真是你?"阳光下周齐的脸瞬间就红了,"你什么时候回来的?"

郁溪说:"昨晚。"

周齐问:"你找到她了吗?"

郁溪摇头。

"那……"周齐又问,"马上要开学了,你的行李收拾好了吗?我爸妈本来一点都不看重成绩,但家里出了个大学生他们又得意了,我妈给我大箱子小箱子地装了一堆。"

周齐想上邺师,郁溪想上邺航,以他俩的成绩填报他们想上的大学一点问题都没有。郁溪走了以后,她的录取通知书是周齐去学校领了帮她收着的。

郁溪说:"我没什么行李。"

她孑然一身,无牵无挂。

有时她觉得江依就是算准了这一点才突然消失的,让她再也找不到她,而这世界上再无另一个她可以容身的地方,除了乖乖去上大学,她还能去哪儿?

那些攒下来的她想帮江依还的钱,变成了她的学费和生活费。

周齐笑着安慰郁溪:"没什么行李也好,到了邺城一切都是新的,一切都重新开始。"

他又红着脸问了一句:"你的学费没问题吧?你有没有奖学金?"少年人总是脸皮薄,觉得谈钱是件丢人的事。

郁溪说:"应该没有吧,我没接到任何通知。"

两天以后,郁溪踏上了去邺城的火车。她没跟周齐一起走,她不习惯。

她真的什么行李都没有,就一个人,一个双肩包,双肩包还没装满,包里就塞了几件T恤衫,空荡荡的。她坐在火车窗边,抱着双肩包望着窗外。

火车咣当咣当的,不知载着多少人的希望和未来,哪怕这只是一列最便宜的绿皮火车。

未来像从车头飘出的烟,轻飘飘的,白茫茫的,风一吹就不知飘往何方了。郁溪包里最沉重的东西,就是那张最终没被用掉的机票,它像一只锚,锚定了她的未来。

郁溪跟周齐去他家拿录取通知书的时候,看了一眼周齐的行李,那是四个大小不一但装得满满的箱子。站在邺航的校园里后,郁溪才发现周齐的行李根本不算夸张。

绿树成荫的校园里全是送孩子来报到的家长,每人身边都是巨大的箱子,少的五六个,多的七八个,像郁溪这样一人一包的,好像就她一个。

她没有人陪,也没行李。

不少人朝郁溪看过来。

不知跟从小没用过电子设备有关系,郁溪的视力和听力都挺好的,她能听到不少人在议论她:"她好漂亮啊,个子也高,是空乘专业的吗?"

"她身上穿的是什么?抹布吗?"

"其实我觉得,邺航还是应该设置一下入学门槛的,像这种贫困生被招进来,万一自卑了导致心理扭曲怎么办?"

郁溪心想,她才不自卑。

她站在一棵香樟树下排着队,阳光透过叶片间的缝隙影影绰绰地照在她的脸上,一阵微风扬起她额前的碎发,于是众人看到少女一脸的倔强和桀骜不驯。

九月踩着夏天的尾巴走来。邺城的热和祝镇的很不一样,祝镇是那种湿答答的热,而邺城的热是干燥的,爽利的。郁溪觉得皮肤发烫,可她连汗都没怎么出。

轮到郁溪了,她把证件和表格递过去。

因为报到的学生太多了,今天有不少学生会的人来帮忙。郁溪面前是一个短发女生,她戴着金丝眼镜,忙着记录,头也不抬地对郁溪说:"行李在哪边?先登记一下。"

郁溪说："我没有行李。"

女生这才抬起头来。她在这儿忙了一上午了，哪个学生不是五六件行李，居然有人没行李？

入目的是一张漂亮的脸，五官秀气但是带点锋芒，没什么笑容的脸看着十分清冷，重点是那双眸子，黑白分明的，像没受过污染的小溪，整个人干净得不像话。

短发女生不禁低头看了一眼女生递过来的资料，上面就简简单单的"郁溪"两个字，字迹遒劲，有点不像女生写的字。

"你是郁溪？"短发女生主动自我介绍，"我是学生会的许雅。"

"待会儿报完到后，你去学生处找一下秦老师，她有事找你。"

邯航很大，有层层叠叠的景致，不像祝镇，一眼就能望到头。

这给郁溪一种错觉，好像单单是邯航这一座学校，就比祝镇还大。

郁溪找了一会儿才找到教务楼，又找了一会儿才找到学生处，她站在门口敲了敲门。

有人应了一声："进。"

郁溪走进去，一个戴黑框眼镜的女人坐在那儿办公，郁溪叫了声："秦老师。"

秦林马上反应过来了："你是郁溪吧？"她指指办公桌前的一把椅子道，"坐，我找你好久了，一直联系不上你，你们高中的座机是不是坏了？"

郁溪有点蒙，她也不知道，她不在祝镇好久了。

秦林说："现在呢也不算晚，不过需要你快点做决定。"她从办公桌里拿出一张纸放在郁溪面前，"你看看有没有兴趣。"

郁溪低头看，那是一张全部是英文的纸。她的英语没有理科那么好，不过最拖后腿的是听力和口语，她读写还行，这会儿她没怎么费力就把纸上的内容看完了。

上面的内容简而言之是英国有所很厉害的大学，它跟邯航有合作计划，两所学校在各自的一年级里选拔优秀的学生做交换生，算是定向培养。这个计划今年才开启，是很多人求之不得的机会。

"你是航天工程专业的第一名，所以我优先告诉你。"秦林说，"不过我提醒你，去当交换生苦得很，压力很大，每晚都要哭着赶那些你可能一道题都不会的作业。"

她看着郁溪,戴着黑框眼镜的眼中带着些笑意。她一看见郁溪就对她挺有好感的,觉得这姑娘身上有股倔劲,也有股狠劲。

果然,郁溪想都没想就说:"我去。"

"很好。"秦林点点头,"那你回去准备一下吧,不用参加军训了,会有教授提前给你补课的,一周后出发。"

"那费用……"

"学费全免,你自己负责生活费就行,有问题吗?"

"没问题。"

郁溪背着双肩包走出秦林的办公室的时候,抬头望了一下天。

邶城的天和祝镇的天很不一样,在盛夏里也显得辽阔而高远,一声鸽哨响起,有鸽子干脆利落地飞过天空。

郁溪想:既然无牵无挂,无依无靠,那么就靠自己去闯去拼了。

一年后,夏末秋初时分。

这会儿开学刚一个月,周齐低着头,翻看着手机微信里的消息。

他已经大二了,经过大一一年的时间,他们的老乡群断断续续地加了六十多人,都是来自同一个省的。

这天群里进来了一个新人,头像是一架飞机,名字什么花里胡哨的符号和字母都没有,就简简单单两个字——郁溪。

周齐心跳如擂鼓。

大一报到不久,趁着军训没开始,周齐到邶航找过郁溪一次,告诉她自己买了新手机,也有手机号了,还把手机号码告诉了她。郁溪点点头,把他的手机号码记在了一个本子上。

周齐问:"你还没有手机号码?"

在祝镇不用手机很正常,可是来邶城上学还不用手机,就很不常见了。

周齐不知道郁溪是不是经济方面有什么问题,他刚想问,就听郁溪说:"到英国再办吧。"

"英国?"周齐惊讶了,"你要去英国?"

郁溪点头:"去当一年的交换生。"

她把英国某所知名大学跟邺航合作的交换生计划跟周齐简单讲了讲。

周齐沉默了。

就是从那一刻起,他发觉郁溪和自己走向了两条可能再不会相交的轨道。

他们从祝镇这一相同的起点出发,可在大学的十字路口分道扬镳。

郁溪脸上没什么笑容,她和以前一样清冷,可周齐觉得那张脸在邺城的阳光下闪闪发亮。

他不禁抬头看了一眼天。

世界从此天高云阔,任郁溪去闯。离开了祝镇,什么都关不住她了。

周齐记得,那天郁溪请他在邺航的食堂吃了顿饭,他们吃了鱼香茄子和青椒肉丝,郁溪又送他到学校门口。

分开的时候,周齐问郁溪:"你什么时候走?"

"一周后。"

周齐的嘴唇动了动,郁溪淡淡地看着他。

最终周齐说:"那,祝你一路顺风。"

郁溪点头:"谢谢。"

然后周齐就走了,他走了两步又回过头来,校门口人来人往的,却没了那个清秀又倔强的女生的身影。

周齐自嘲地笑了笑,郁溪怎么可能站在校门口目送他远去。

那么,他劝郁溪在国内办个手机号码,再把号码留给他的这种话,也就没说出口的必要了。

到了大一,周齐才开始频繁地接触 4G 网。

他家虽然在祝镇算条件不错的,但跟外界一比还是穷。上课之余他会去打工,给小孩子当家教老师,给自己买了个笔记本电脑。这电脑除了用来学习,就是用来和室友一起打游戏。

他有个室友很爱看美剧,一度试图"安利"美剧给他,可他看了两眼,大概是从小没有看金发碧眼的白种人的习惯,总是代入不进剧情,就算了。他唯一跟国外的连接,就是经常搜郁溪去当交换生的那所大学。

那所大学真的很有名,值得报道的事太多了,他除了在交换生计划刚开始的时候搜到过一次有关的消息,后来就再也搜不到相关的消息了。

放寒假的时候,他回了祝镇。过年那几天,他在郁溪舅妈家周围转了几次,遇到过一次曹轩。曹轩笑着叫他:"齐哥,新年好。"

"新年好。"周齐点点头问道,"你溪姐回来了吗?"

曹轩笑了:"溪姐怎么会回这个家过年?她肯定是留在邨城不回来的。"

周齐这才发现,郁溪连去英国这事都没告诉他们。

又过了一学期,暑假的时候,周齐再次回到祝镇,每天满小镇地转悠。

每个人遇到他都说:"你变洋气了,也愿意出门了,不是以前那个只会学习的书呆子了,上了大学就是不一样。"

周齐胡乱应着。

他不觉得自己变开朗了,他满镇乱转只为遇到一个人——郁溪。

但一个暑假,郁溪都没出现过。

离开祝镇回邨城上学的那天,周齐还在想:什么情况?难道郁溪留在英国没回来?

结果开学一周后,郁溪就被拉到老乡群里来了。

拉郁溪的人,也是邨航的一个女生,不过这个女生跟郁溪不在一个校区。大一老乡聚会的时候,周齐跟那个女生聊过几句,他们喜欢打同一款游戏,所以加了微信,但两人从来没私下聊过天。

这会儿周齐颤抖着手点开女生的微信,问道:"你怎么把郁溪给拉进来了?"

女生回复道:"你认识她?"

"她和我是一个高中的。"

"哦,她不是去英国当交换生了吗?好像项目做得挺好的,暑假就留在那边了,开学两周了她才回国,我去她们校区找人的时候碰到她了,都是一个省的嘛,我就拉她进群了。"

周齐半天才打出一个"嗯"字。

女生回了个表情就再没说什么了。

他点开郁溪的头像,又退出来,如此反复几次,始终没有加她为好友的勇气。

他还去看了郁溪的朋友圈,那里空荡荡的,什么都没有。

周齐退出郁溪的微信界面以后,就见刚才那个女生在群里发出号召:"大二新学期新气象,我们组织一次老乡聚会吧!我知道一家新开的韩国烤肉不错。"

群里的人纷纷应和:"可以。"

"安排上,安排上。"

有一个男生私信周齐:"你去吗?"这男生是邮政法的,算是跟周齐关系最好的老乡。

周齐想说不去了吧,刚开学功课挺多的,而且他对吃烤肉这事没什么兴趣。

他刚打算回复对方,群里就冒出一条消息。

这消息来自用飞机当头像的郁溪:"我也去。"

周末,老乡聚会。

周齐到得很早,却没进去,一个人在烤肉店门口站了半天,一直等到那个邮政法的男生到来。那男生疑惑地问道:"你怎么不进去?站在这儿不热啊?"

周齐说道:"等你呢。"

"什么时候对我这么好了?"男生笑了。

两人一起进去,里面的气氛已经挺热烈了。周齐看了一圈,没看到那张清秀倔强的脸。

郁溪还没来。

他说不上是松了口气,还是失望。

邮政法的男生一直在跟他聊天,他心不在焉地应着。那个男生很快就说:"你变了!"

周齐笑了笑。

他心不在焉是因为他满脑子都是郁溪。

大一一年,他变了不少,曾经微长的头发剪短了些,有些粗的黑框眼镜换成了细框的款式,他也没再穿印有类似"阿迪王"那些字样的T恤衫了,而是换上了简单的素色T恤衫和牛仔裤。用他室友的话说,他的衣品提高了不少,人越来越帅了。

学校里也有不少女生追他,他一开始都拒绝了,可有个叫龚晓的女生一直穷追不舍,两人就断断续续地聊着。

周齐对龚晓绝对说不上心动,至少从没有生出过他对郁溪的那种感觉。

龚晓烫了鬈发后,又渐渐地开始化妆了,衣服也由卡通T恤衫变成了飘逸的裙子,她问周齐:"好看吗?"

周齐说:"还行。"

其实他没什么感觉,说完他却心潮澎湃地想:不知道郁溪去英国交换一年会变成什么样,她会不会烫了鬈发?会不会开始化妆了?会不会开始穿裙子了?

这时烤肉店的门被人拉开了。

周齐一抬头就愣了。

那是他熟悉的清冷的一张脸,他熟悉的扎着马尾的黑长发,他熟悉的白T恤衫和牛仔裤,甚至连那挂在一边肩膀上的双肩包,都还是高中的那一个。

郁溪好像什么都变了,又好像什么都没变。

她走进来,带来一阵夏末傍晚暖阳的气息,这气息混合了她身上清新的香味,令人心悸。

她扫视一圈,看到坐在角落里的周齐有点意外,很快背着双肩包朝周齐走过来:"你也在这个老乡群里啊?"

周齐点点头,紧张到连一句"好久不见"都说不出口。

当他以为郁溪要在他旁边坐下的时候,郁溪背着包走开了,她坐到热闹而拥挤的陌生的人群里。

难道郁溪变得开朗爱聊天了?

他很快发现并不是这样的,因为郁溪跟每个人搭话的时间都很短,他借着走过去拿泡菜的机会听到了内容。

郁溪在问:"你回乡时见过一个很漂亮的女人吗?白皮肤,长鬈发,跟别人都不一样的是,她有一双桃花眼。"

"只要你见过,就一定知道我说的是不是她。"

所有人都摇头,郁溪眸子里的光暗了。

吃完烤肉散场的时候,酝酿了一整晚的周齐,终于鼓起勇气走到郁溪身边,招呼道:"嗨,好久不见。"

郁溪点头:"时间过得真快,一年没见了。"

"一起去地铁站?"

"好啊。"

夏末的晚风徐徐吹着,周齐能闻到自己沾染上的烤肉的油烟味,他有点不好意思,可想到郁溪身上是跟他一样的油烟味,他的心又安定了些。

两人一起走过卖奶茶的小店，走过花团锦簇的花店，走过一家电影院，电影院门前挂着一幅写意的《撞击》电影海报。

地铁站都快到了，周齐才开口问道："你还没放弃啊？找……依姐。"

"嗯。为什么要放弃？"郁溪的眸子黑白分明，像溪水一样，清凌凌的。"大海捞针""毫无指望"这些丧气话，周齐很难在这双眸子前说出口。

周齐说："你要是一直找不到呢？"

郁溪难得地笑了笑："那我就一直找下去。"

第九章
终于又见到她了

周齐和郁溪分开后,一个人坐地铁回了邯师。很快他接到邯政法那个男生的电话:"你是一个人吗?"周齐回答:"我不是一个人难道是个鬼吗?"

"不是,我是说你没和你那高中同学在一起吗?"

"没。"

"你居然认识这么漂亮的女生!她……是你女朋友吗?"

周齐笑了下:"我倒是想,人家看不上我呀。"

"那你觉得她能看上我吗?"

"想多了。"

"为什么?"对方哀号,"我哪儿不够好?"

"可能你没长一双桃花眼。"

"啊?那你看我现在去整容还来得及吗?"

"开玩笑的。"周齐说完默默地把电话挂了。

郁溪和周齐分开后,先去图书馆做了会儿题。

她在英国当交换生的一年,项目合作得挺成功,虽然她现在回国了,但相应的研究还在继续。

她一边学习一边做项目,身上的担子比其他学生重很多。

一般她回宿舍时都比较晚了,她怕打扰到人,会刻意放轻手脚。

她们宿舍四张床,都是床和书桌一体的那种,上面是床,下面是书桌。同宿舍的三个人,金小宁和严华已经上床了,孟辰辰还坐在下面对着电脑。

见郁溪回来了，金小宁有点阴阳怪气地说："哟，大学霸回来了。"

"回来得可真早呢。"严华接着说道。

"你别阴阳怪气嘛。"金小宁跟严华一唱一和的，"人家是大学霸，生活节奏当然和我们不一样了，人家从来不跟我们一起吃饭一起玩，这也是正常的，看不上我们嘛。"

"可这样太不合群了。"

郁溪站在门口，双肩包挂在一边肩膀上，一脸的清冷。

她回国一周了，被分到这个宿舍，不知是因为她大一不在还是怎样，虽然是同班同学，但金小宁和严华这两人对她都不太友好。

她刚开始以为金小宁和严华只是过过嘴瘾，相处熟了就好了，没想到一周过去了，两人还是这样。

郁溪刚要开口，就见书桌前的孟辰辰把耳机摘了下来，笑眯眯地对床上的金小宁和严华说："哎，难为我从明天开始，每天上厕所都要把你们拉出来。"

严华气呼呼地说道："我们又没和你抢过厕所。"

孟辰辰眉眼弯弯地说道："啧，听不懂？我是在形容你们的人品，跟那什么一样。"

孟辰辰天生一张娃娃脸。郁溪和她熟起来后发现，她最擅长的，就是用最萌的表情说最损人的话。

金小宁立刻怒了："你怎么说话呢？"

孟辰辰倒不急，悠闲地指了指自己衣柜门上挂着的跆拳道服，捏了捏手指。

郁溪瞟了一眼，黑带。

金小宁和严华都面色不善地一把拉上床帘，不说话了。

孟辰辰正要戴上耳机，就见郁溪倒了杯水放在她面前，她眨眨眼："干吗？"

郁溪说道："会说话你就多说点。"

孟辰辰就笑了。

一段友情的开始有时候就这么简单。

孟辰辰对郁溪晃晃耳机："我在看剧，还挺带感的，你要不要一起看？"

郁溪看了眼屏幕，上面一众金发碧眼的俊男美女，她从小没什么看剧的习惯，就摇摇头谢绝了："我有点累，先睡了。"

孟辰辰点头："行吧，你怎么舒服怎么来。"

后来郁溪发现她之所以能和孟辰辰做朋友，就是因为孟辰辰的这一点。

第二天下课后，教导处秦林老师的门被敲响了。

"进。"秦林抬头一看是郁溪，问道，"怎么了？研究项目有什么问题吗？"

郁溪摇头："没问题。我想问问，最近学校有什么勤工俭学的项目吗？"

秦林看了她一眼："你又要做研究又要学习，有时间打工吗？"

郁溪一脸坦然地道："我不是学费还没交吗？"

穷不可怕，穷还不努力才可怕。一年级交换生的学费全免，但在英国生活费用太高，那边研究的强度又大到她没法规律地打工，所以积蓄用得差不多了。

回国头两周她都在对接研究项目的一些事，秦林的安排是，让她两周以内把开学手续补齐，现在期限马上就要到了。

郁溪手上项目对接的事终于弄差不多了，她便想找份工作看能不能预支工资，先把学费交了，生活费再慢慢想办法。

秦林说："学费你不用交了。"

郁溪愣了一下，很快说："无功不受禄。"

秦林笑了："你这小孩儿还挺老派。不是学校免除了你的学费，是有个好心的资助人把你这四年的学费都交了，对方还说只要你想读，无论硕士博士还是博士后，都供你读下去。"

郁溪有点没明白："为什么资助我？"

"也不是指定资助你。"秦林解释道，"是指定资助航天工程系第一名的学生，那不就是你吗？你别有什么心理负担，我们学校这种事挺常见的，一些老航天人就喜欢用这样的办法回馈母校。你把学习搞好把研究做好，以后像他们一样为航天事业做贡献，就算没辜负他们了。"

郁溪点点头："谢谢秦老师。"

"谢我干什么？又不是我出的钱。"

"谢谢神秘资助人。"

秦林又笑了，她觉得这小孩儿有点直也有点愣，挺好玩的，而且这小孩儿长得好看，一看就让人心情很好。

每次秦林看到郁溪，都在想，怎么会有人长得这么好看呢？

以前秦林就没在现实生活里见过这么好看的人，只有……秦林的目光落在一张电影海报上，这是昨天在校门口有人塞给她的，她觉得好看就拿回来放在办公桌上了，这会儿她看着电影海报心想，只有明星才有郁溪这么好看。

中午，学校食堂。

"哇，有人资助你四年的学费，这么好？"孟辰辰和郁溪对坐着吃饭，听到这个消息孟辰辰挺为郁溪高兴的，"那你是不是不用打工了？"

"还是要打工的，要赚生活费。"郁溪说，"不过压力小了很多，我找份兼职就行了。"

两人继续吃饭，孟辰辰看了郁溪一眼。

郁溪把一块萝卜塞进嘴里，见此问道："我脸上沾东西了？"

"没有。"孟辰辰摇头，"我就是没想到你会跟我一起吃饭，毕竟我是话痨嘛，我还以为你喜欢安静。"

郁溪说道："学习累了和你一起吃饭挺好的。"

"真的？"孟辰辰还没来得及感动，郁溪就一脸平静地说："白噪声。"

孟辰辰大叫："原来你把我当规律背景音，根本没听进去我说了什么！"

郁溪咬着萝卜笑，她觉得孟辰辰挺好玩的。

这时有人在旁边小声叫："郁溪学姐。"

郁溪看过去，一个留披肩发的女生被身后的两个女生架着，杵在桌前，其中一个女生捅捅中间那个女生的胳膊说："上呀。"

女生一咬牙，把手机往郁溪面前一放。

郁溪先把嘴里的萝卜吞了，然后看了手机屏幕一眼："加好友就不必了。"她又抬头看了女生一眼，问道，"日常不聊天，不在朋友圈分享生活。"

女生涨红了脸，她闺密在一旁帮她说话："加一下好友吧，郁溪学姐。她可仰慕你了，从你回学校那天开始！"

然后大家就看到总是一脸清冷的郁溪罕见地笑了笑。

"别去仰慕什么人。"郁溪说，"尤其是一个你根本不了解的人。"

吃完饭郁溪陪孟辰辰去学校门口买奶茶，刚好她学了一上午也想散散步放松一下脑子。

孟辰辰一路上一直在瞟她。

郁溪说道："有什么想问的你直接问。"

孟辰辰觉得自己刚才差点没憋成一只河豚，这会儿她终于一吐为快了："你是不是有什么故事啊？我总觉得你刚才对学妹说的那句话，意有所指似的。"

郁溪在邶航也算个传奇人物，作为学霸和校花，她对谁都淡淡的，谁都难以走进她心里去。

孟辰辰正问着呢，郁溪忽然向旁边跑去。

旁边是一个建筑工地。邶航这个校区历史悠久，位置十分优越，就有一个老板盘下旁边的一小块地建咖啡馆和民宿，以方便来旅游的人。

孟辰辰看到郁溪跑到工地边，跟一个年轻男人说着话，平时清冷的眸子里闪着期待的光。

年轻男人是建筑工人，饱满的胸肌在阳光下闪闪发亮。

孟辰辰捂着胸口想：原来校花喜欢这种类型，果然不走寻常路。然后孟辰辰又看到，郁溪的眸子瞬间黯淡下去。

孟辰辰又想：我不会刚好见证了校花分手的一幕吧？

郁溪走回来后，孟辰辰小心翼翼地问："你们吵架了？"

"我不认识他，跟他吵什么？"郁溪说，"我只是问他，有没有见过一个长着桃花眼的女人。"

后来孟辰辰就知道了，郁溪在找一个长着桃花眼的漂亮女人。

"别说，你这故事还挺动人的，听上去她简直是你生活里的一道光，是你唯一的救赎。"孟辰辰说，"我好想知道她长什么样，你怎么就没她的照片呢，要不你说说她长得像哪个明星，让我想象一下。"

郁溪在脑子里搜索了一下认识的明星，摇头道："没有，她长得比她们都好看。"

"真的假的？"孟辰辰有点不信，在手机里搜出几张女明星的照片，"比她们长得都好看？"

郁溪点头，又指着最后一张照片说："我在电视上看过她演的电影，她叫什么苇……"

"葛苇。"孟辰辰说，"天哪，郁溪，要是葛苇知道全国范围内还有人记不清她的全名，也不知会气死还是乐死。"

郁溪说："江依跟她长得有点像，但比她好看。"

"真的假的？"孟辰辰又问了一遍。老实说，她有点不信，这世界上会有人长得比葛苇好看。而且葛苇现在大幅减少工作量，不怎么拍电影了，一代神颜终成绝唱，她在粉丝们的心中就更加神秘了。

孟辰辰觉得郁溪这是对桃花眼姐姐的滤镜太重，不过她没打击郁溪，买了杯奶茶就跟郁溪一起回学校了。

下午下课，郁溪和孟辰辰一起吃了晚饭，然后孟辰辰回宿舍追剧，郁溪则去了图书馆。

说实话，高中时期，学习对郁溪来说跟玩儿似的，进了航天工程专业她才发现，有些功课是真难，尤其是她研究的项目里的一些难点让她绞尽脑汁。

她有点累，回宿舍时又听到金小宁阴阳怪气的声音："严华严华，你看我有没有一双桃花眼？"

严华发出一阵爆笑。

孟辰辰戴着的耳机也不是完全隔音的，这会儿她立马把耳机摘下来看着郁溪："我什么都没说！"

郁溪点头："放心，我没怀疑你。"

其实金小宁和严华知道这事她不意外，毕竟她在食堂跟学妹说的那句话听上去太意有所指了，路过的很多人也听到了，有心人只要去郁溪她们老乡群里打听，就知道她在找一个长着桃花眼的女人。

孟辰辰转头对金小宁说道："金小宁，你……"

郁溪走过去在孟辰辰肩膀上按了一下。

她平静地走到金小宁床下说道："金小宁，你下来。"

金小宁翻了个白眼："你让我下来我就下来？你谁啊？"

郁溪把双肩包扔一边，顺着梯子就爬上去了。

金小宁正躺床上看小说吃芥末薯片呢，被郁溪吓得一口芥末粉差点把她呛死。主要是郁溪那张清冷的脸上的那双黑白分明的眸子透着股冷意，太吓人了。

"我是谁不重要，你偶尔说我，我也能忍。"郁溪站在梯子上，高出金小宁一截，她看着金小宁说道，"但你再说跟她有关的半个字试试？"

金小宁抖了抖，觉得郁溪的声音里有股狠劲。这会儿离郁溪近，她第一次看到郁溪额头上的碎发下有一道浅浅的疤，是缝过针的。

她的心本能地一颤:"你额头怎么了?"

郁溪一脸平静地回答道:"啤酒瓶子砸的。"

金小宁想,这女人狠起来连自己都砸!这得多狠啊!好了知道这女人不能惹了,她彻底闭嘴!

不过,金小宁并不肯就此罢休。不出半个月,全校都知道郁溪在找一个长着桃花眼的女人了。

郁溪在校园里太招眼了,她漂亮,是学霸,但穷。穷在郁溪身上变成了一种很难描述的特质,在她和所有打扮得花里胡哨的姑娘之间划出一道泾渭分明的线。

有些相信这个故事的人,怪声怪气地说:"谁知道她一直找人家是想干吗,不是自己有什么问题,想赖上人家吧?"

有些不相信这个故事的人,也怪声怪气地说:"她这是想走文艺路线呗,编个故事给自己造人设呗。"

孟辰辰替郁溪头疼:"你不该透露自己以前的故事的。"

郁溪将胳膊伸过去:"你捏捏。"

孟辰辰对着郁溪嫩藕似的胳膊疑惑地问:"你皮肤是挺好的,用不着这么刺激我吧?"

郁溪笑道:"我是让你捏捏,看这些人每天说我,我有没有少块肉。"

秦林把郁溪叫到学生处办公室。

秦林问道:"最近学校里关于你的风言风语很多你知道吗?"

郁溪点头。

秦林说:"这不太好。"

"哪儿不好?"

"就是……这样影响不好。"

"违反校规了?"

"校规上不会写这些事。"秦林摆摆手,说道,"这么多人说你,你不觉得困扰吗?"

郁溪又道:"我又没吃他们家大米。"

秦林闻言低头笑了。

郁溪站在这里,那张年轻倔强的脸上满是桀骜不驯,她好像什么也不怕,什么也打不倒她似的。她那熠熠闪光的生命力像什么呢?嗯,大概像傲然挺立的小白杨吧。

秦林冲郁溪笑道："这样挺好，没事了，你忙去吧。"

郁溪从学生处出来后，看到孟辰辰在走廊另一端等她。看到郁溪出来孟辰辰马上蹿过来："你引起这么多风言风语，秦老师没怎么你吧？"

郁溪摇头，递了根棒棒糖给孟辰辰。

孟辰辰问道："哪来的？"

郁溪回答道："秦老师给的。"

"她不仅没说你还给你棒棒糖？这让我不得不怀疑你是占了这张脸的便宜。"孟辰辰盯着郁溪问道，"哎，你怎么没去表演系呢？"

"没兴趣。"郁溪说，"我想造飞机。"

不过她现在进了航天工程专业，造的可能就不只是飞机了。

孟辰辰说："有时候我觉得你漂亮跟演员似的。对了，你和我去看电影吧，我有赠票。"她又问郁溪，"你知道大家最近都在议论《撞击》吗？"

郁溪回忆了一下。

在食堂吃饭时，她好像是听到很多人在说这个，不过她对电影没兴趣也就没留心。她刚才去秦林办公室的时候，看到秦林桌上好像放着张电影海报，半个月前那海报就在那儿了，看来秦林也对电影挺感兴趣的。

"不去了。"郁溪说，"我还要去图书馆搞研究项目。"

"别呀，一部电影花不了多少时间，而且你不和我去，难道要我找金小宁和严华吗？"孟辰辰劝郁溪，"你不是说最近做项目遇到瓶颈了吗？说不定你出去放松一下，就突然发现新视角，想通了呢。"

这话以前郁溪在英国当交换生的时候，一个老教授也跟她说过。她被说服了："好吧，什么时候？"

"就今天十二点！首映！带劲吧？"

郁溪一想到要牺牲睡眠时间去看电影，就有点为难，但看到孟辰辰兴奋的样子，她也就没说什么了。

午夜十二点，孟辰辰拖着从图书馆回来的郁溪兴冲冲地赶到电影院。

郁溪有点惊讶："这么多人？"

孟辰辰笑道："你以为谁都和你一样清心寡欲？这电影很火的！"

虽然这是部文艺片，但在嘉宁集团投资下，这部电影不但排片很密，上映前还大肆宣传了一个月,一下子把众人的期待值拉得很高。

郁溪对电影不怎么感兴趣,她这两天搞研究项目搞得头昏脑涨的,连晚上睡觉脑子里都是公式,这会儿电影院的灯一灭,她就有点想睡。

本来她不想浪费孟辰辰的首映票,可架不住眼皮开始打架了。

旁边的孟辰辰专注地盯着银幕,根本没发现郁溪快睡着了。电影开场十分钟左右,孟辰辰兴奋地用手肘捅了捅郁溪:"冉姐出来了!美不美?哇,我从没看过她这种造型。"

孟辰辰还在絮絮叨叨地说着:"虽然挺多人骂她的,但我还是最喜欢她,比'葛皇'还喜欢……"

郁溪已经完全听不见孟辰辰在说什么了,她一点睡意都没了,盯着银幕,完全呆住了。

银幕上的女人肤白胜雪,一头妩媚的大波浪鬈发像弯曲的藤蔓,穿着一条豹纹吊带裙,走起路来腰软得像春天里最柔软的柳枝,她每一个动作都那么轻柔妩媚,好像没骨头似的。

更绝的是,她有一双勾人的桃花眼。

电影里,有人围在台球厅门口,大声地议论着:"看沈桃那样子,真是个狐狸精,镇上怎么会来她这种人……"女人只当没听到,笑着俯身,拎起手里的球杆,瞄准桌上的一颗黑球,球一杆进洞。

郁溪浑身发抖,听到四周的人也发出跟孟辰辰一样的议论:"哇,想不到冉姐还能做这种造型,演这种角色,绝了!"

郁溪浑身抖个不停,不知是不是电影院里的冷气开得太大,她的嘴唇也抖着,她开口问孟辰辰:"她叫什么?"

"不会吧,你不知道她叫什么?"孟辰辰说,"冉姐,江冉歌,她很有名啊。"

原来女人的名字是江冉歌。

在电影里,女人在一个小镇的台球厅工作,名叫沈桃。

而在郁溪心里,从头到尾,那女人有且只有一个名字——江依。

后来,孟辰辰就没再说话了。再后来,整个影院都安静下来。

一开始议论江依那身造型的人,还有那些惊叹于江依可塑性的人,好像都被电影剧情牵着走了,最后,影院里充满了啜泣声。

连孟辰辰都哭得鼻涕塞住鼻腔,她瓮声瓮气地问郁溪:"你带纸巾了吗？"

郁溪没反应。孟辰辰趁电影画面定格在江依的大特写的时候，抽空看了郁溪一眼，只见郁溪死死地盯住屏幕，比她还专注。

好吧，孟辰辰决定忍了，不找郁溪要纸巾了，因为这种让别人吃下自己"安利"的爽感，简直和掰巧克力时对上了每一条边、叫外卖时老板看了备注、网购饼干时饼干几乎没碎一样爽。

电影结束，来看首映的观众集体沉默了一分钟，然后有个人开始小心翼翼地问："冉姐……是不是……去哪儿修炼演技了？"

大家就都议论开了。

孟辰辰兴奋地问郁溪："怎么样，电影是不是很棒？我冉姐在这电影里演技真是太棒了，以前大家都说她是木头美人，她终于开挂了啊！"

这会儿电影连结尾的字幕都放完了，整张银幕变成一片淡淡的灰白，可孟辰辰发现郁溪还是死死盯着屏幕。

"怎么了，你？"孟辰辰又用手肘捅了捅郁溪，"入戏了？你别说，男女主角这小镇爱情故事是挺动人的，就是太惨了，那小混混要改邪归正时怎么就得了绝症呢……"

郁溪还是没反应。其实她心里有一万个问题想问，一万个动作想做，第一个想做的动作就是逃离电影院，而不是像个卑微的小丑一样坐在这里。可她好像被钉住了，动弹不得。

她想开口问孟辰辰我们为什么还不走。可双唇好像被粘住了，她开不了口。

很快她就知道孟辰辰为什么不走了。

又等了一会儿，在场的观众都骚动起来了，电影银幕缓缓往上收，工作人员开始快速地往上搬椅子，一群人从侧门往台上走。孟辰辰彻底兴奋了："主创分享会要开始了！我带你来看这首映值不值？"她笑着说，"我喜欢冉姐这么多年，都没见过她真人！她大部分时间待在国外，你这下可有眼福了！"

当主创人员走上舞台就座时，郁溪的第一反应是移开目光，她怕被眼前的一幕灼伤。可她依然动弹不得，她连转头的力气都没有，只能死死盯着舞台。

江依坐下了，随意地撩起披在肩头的长发。

原来江依平常……是这样的。她穿了一条浅蓝色的牛仔裤，一件遮住半边肩膀的白色小上衣，这跟她在祝镇的打扮，完全不一样。

这会儿的江依露着半边雪白的肩膀，脸上画着淡淡的精致的妆，连头发也不是在祝镇时的蓬松鬈发，而是黑长的直发，披在肩头，像丝缎一样闪着光。

还有就是，江依瘦了。

她从风情、妩媚、活色生香的代名词，变成了典雅、清冷、"高岭之花"的代名词，再顶着这样一张绝美的脸，她让人连靠近这一想法冒出来都觉得自己不配。

郁溪听到身边的孟辰辰高呼："啊，我冉姐是不是美死了？是不是跟电影里她演的那个角色特别不一样？我告诉你吧，这才是平常的她，你说她的演技是不是开挂了？"

郁溪默默无言，只是死死地盯着舞台。

江依低垂着眉眼，下意识地用纤长的手指点着话筒，轻轻晃动白色的高跟鞋，目光悠远。

她好像在发呆，好像她人坐在这里，心却飘到了很远很远的地方。

郁溪不知道为什么江依会露出这样的神情，她想开口问，可是该怎么问？

江依坐在舞台上，坐在聚光灯下，收获众人的惊叹和赞美。

她坐在一片黑暗的观众席里，藏在面目模糊的观影人群中，籍籍无名。

这样的距离，该怎么跨过？

在其他主创人员热聊结束之后，话筒终于被递到了江依手里。

主持人问："沈桃这个角色与你本人完全不同，请问你是如何演绎的？"

郁溪总觉得江依举起话筒的动作慢了半拍，她的表情也淡淡的，眼里飘着薄薄的雾，这个她跟祝镇那个会大笑、大声说话、大口吃东西的女人，那么不一样。

江依在回答主持人的问题之前，先抬眼淡淡地看向观众席。

其实郁溪的座位不是很好，虽然没有很靠后，但位置很偏，就在走廊边上。

江依好像不想多谈，所以视线淡淡地扫过整片观众席。如果不是这样的话，她一定看不到角落里的郁溪。

事实上这会儿舞台上的灯光非常亮，观众席完全没有光，在江依眼里观众席应是暗淡模糊的一片,郁溪觉得江依根本不可能看到她。

可江依的目光定住了。

江依是演员,所以脸上并没有露出什么过分惊讶的神情,可她的眼睛一眨不眨地望向郁溪这边,死死地定住了。

那是郁溪第一次在这张变得陌生的脸上,看到熟悉的东西。

在祝镇时,江依看着她时,偶尔也会露出这种眼神。

郁溪忽然站了起来。

江依明显愣了一下。

后排的人发出抱怨的声音:"干什么呢?快坐下!"

郁溪转身就往外面跑,在一片黑暗中,她差点被低低的台阶绊倒。

孟辰辰在她身后低声惊呼:"你干吗去?"

郁溪低低地回了句:"你先看,我有事。"

江依在回答主持人提问的时候,手都在抖。她用力捏了捏手,又捏了捏手,可怎么也止不住颤抖。现场的观众看不出她的异样,如果摄像机对着她拍,给她个特写,这一点绝对会被发现。

可她没一点办法,她甚至不知道回答主持人时说了些什么。

问题都是提前安排好了报过来的,答案也是提前准备好的,且是一审二审三审过的。可早已背熟的东西突然变成混沌一片,她嘴中的字词支离破碎。

她当然知道郁溪在邺城上学,可她没想过会在这里遇到郁溪。在人群中突然看到那张脸时,她整个人都傻了。

她想开口叫郁溪,可她坐在舞台上,被聚光灯照射着,被观众盯着看,她颤抖着嘴唇说不出话。然后,她就看到郁溪站起来跑了。

她拿话筒的手垂下去,眼眸也垂下去,嘴角挤出一个嘲讽的笑。

是啊,郁溪怎么会乖乖坐在那里呢?郁溪当然会对她失望透顶啊。

江依不知道自己是怎么从台上下来的。她往后台走的时候,一个被请来同台聊电影的女演员走到她身边说道:"冉姐,我第一次见到你本人,你真的太美了,跟你一比我觉得自己这个形象给演员抹黑了。"

江依说:"哪儿的话。"

通道边,一个粉丝突然冒出来喊道:"冉姐,我喜欢你很多年了!"

安保人员赶紧上去阻拦:"退后,退后!"

粉丝嚷嚷着："我只想要个签名而已！"

这个粉丝以前在影城工作过，知道这条秘密通路，就偷跑过来。他原本只是想碰碰运气，谁不知道江依是有名的"高岭之花"，从不跟粉丝亲近。

没想到江依说："没事，过来吧。"

助理看了江依一眼。

江依知道这一眼是什么意思，的确，按她以前的习惯，她是不会停下来给粉丝签名的，因为她对什么都不感兴趣，对演戏没兴趣，对粉丝没兴趣，对整个世界都不感兴趣。可她这会儿不太想回休息室，她脑子里乱糟糟的。

拿到签名的粉丝如获至宝："谢谢冉姐！"粉丝走后，江依仍站在原地。

助理出声提醒道："江小姐，该走了，叶总在休息室等您。"

江依的眸子垂下去。

她呼出一口气："走吧。"

江依走到休息室，尽管全程垂着眸，但她知道叶行舟就坐在角落里，穿着她那一身长袖长裤的黑色纱衣，整个人像一只被笼罩在阴云里的鸦，手里握着她那根银质拐杖。

叶行舟问江依："你不舒服？"

"嗯？"江依努力克制着自己的情绪，心不在焉地说道，"没有。"

"刚才回答主持人问题的时候，你的手在抖。"

江依盯着地砖上隐隐裂开的一条缝，那条缝像枯叶上的脉络，有种垂死的美感。

叶行舟说这句话她一点不意外，因为她知道，她的每一次采访、每一次活动，叶行舟都会安排一台固定的机位对着她。

她回休息室之前，叶行舟就在看录像了。叶行舟放大画面，盯着江依的手看。

"没什么。"江依说，"只是这段时间跑宣传太累了。"

"那就好。"叶行舟说，"夜里挺冷的，把衣服披上吧。"

江依说道："我不冷。"

可叶行舟已经站了起来，她拿着一件江依的外套站在那里，一只手拄着拐杖，另一只手倔强地伸着。

江依站起来走过去，垂着眸子接过外套。

叶行舟说："走吧，送你回碧云居。"

郁溪坐在影城后门的台阶上。

她不了解邺城，不了解明星的生活，可她脑子清楚。刚才她跑出来，跑到影城大门口，看到那儿黑压压地围了一堆粉丝，都是没拿到首映礼票的。

十月中旬的邺城，夜里已经有点凉了，今天又起了阵阵的风，可围在门口的粉丝们都是一脸的幸福："感谢冉姐回国拍了这部电影！不然都没什么机会在国内看到她！"

郁溪绕着影城走了一圈，在隐秘的角落发现一扇后门，这门连着一条窄窄的无人的马路。说不定待会儿江依离开，会从这儿走。

她本想站着等，站在角落里，站在木芙蓉和香樟树的阴影里，可她发现自己腿软得站不住，于是她跌跌撞撞地走过去坐到台阶上，将两条大长腿蜷起来，膝盖弯着，两只手搁在膝盖上，抠着手指。

江依在舞台上的高贵优雅和在祝镇的轻佻妩媚，像一块磁铁的南北两极，南辕北辙，那种反差感不断撞击着她。

她忽然撇了撇嘴。

有点好笑的是江依主演的这部电影就叫《撞击》。刚才她一直盯着江依在银幕上或哭或笑的脸，剧情一点都没看进去，心里如片名一般，只感受到一阵猛烈的"撞击"。

不知等了多久，她等得手指冰凉，脚趾在帆布鞋里无意识地抠着地面。

忽然一阵骚动传来。

郁溪沉浸在自己的思绪里，抬头的时候有点茫然。她看到一堆粉丝跑过来，其中有人在说："我朋友跟我说这个影城有后门，冉姐肯定从后门走，低调点，低调点，别把更多人引过来了。"

这时，一辆豪车从路边驶过来。

郁溪没见过豪车，她连车都没见过多少。走出大山一年多，对车的牌子她还是没什么概念。但她知道这辆车绝对很贵，因为那车有流畅的线条，有黑曜石一般的颜色，在暗夜里熠熠生辉。

打开的车灯像一张人脸，放肆嘲笑着郁溪的贫穷和卑微。

车门快速打开，露出莹莹的灯光和香槟色的真皮座椅。

这时，努力保持安静的粉丝又骚动起来，他们向一个方向猛地围过去。

"冉姐！啊啊啊——我好喜欢你！"

"冉冉，我喜欢你好多年了，呜呜呜！终于见到你了，呜呜呜！"

郁溪呆呆地坐在原地，她想站起来，可双腿没有一点力气。她只能握紧搁在膝盖上的双手，远远地看着江依在粉丝的包围下露出的一个头顶。

随着安保人员的开道，郁溪能将江依看得清楚一点了。江依披着一件淡米色的风衣，腰部微微束紧，但没扣扣子，衣摆在夜风里飘起来，显得人仙气飘飘的。黑长直的披肩发下，两条长长的耳线垂下来，随着她的走动一晃一晃的，在黑夜里闪着璀璨的光，呼应着她脚上镶钻的高跟鞋，显出几分女明星的奢华。

粉丝高呼："冉姐！冉姐慢点走！"

一脸严肃的安保人员围在江依身边，好像把她围进一个真空的保护罩里。

不知道为什么，郁溪脸上的笑意越来越深。

虽然从小长在外婆家，但她从没觉得自己穷。

后来到了舅妈家，整个祝镇贫富差距也没那么大，她也不觉得自己穷。

后来去了英国，研究室的人都在埋头搞研究，她还是没觉得自己穷。

而现在，她盯着自己放在下一级台阶上的双脚，露出一个嘲讽的笑。

她生平第一次觉得自己真穷啊。

她的脏球鞋和江依的高跟鞋，她发灰的起球的鞋带和江依熠熠生辉的耳线，她的旧卫衣和江依的长风衣，在她和江依之间划出一条深深的鸿沟。

如众星捧月一般，江依被粉丝挡在那一边。

郁溪一个人孤零零地待在这边。

这就是江依连真实身份都不屑于告诉她的原因吗？

接着，她看到江依身后不远处走来一个人。

那人穿着一身长袖长裤的黑色纱衣，整个人被裹得密不透风，一头黑色长发束在脑后，脸上的表情有些阴郁，个子不高，走得不快，行动有些受限，可她手里的那根银质拐杖，跟江依的长耳线一样，在夜色中闪耀着光芒。

她跟江依是同一个阶层的人。

果然，她走在江依身后，安保人员没有拦她。

很快，她跟江依钻入了同一辆车，被吸入了那个香槟金的奢华世界。

那样的光晕，那样的质感，让那个世界的一切好像散发着香味。

就是郁溪走过商场时，从那些奢侈化妆品柜台传来的她买不起的那种香味。

郁溪忽然扯起自己T恤衫的一角闻了闻。

有汗味吗？

有油味吗？

她也不知道。

她听里粉丝群最外面一圈有人在低声议论："那是叶总吧？是嘉宁集团的那个叶总吧？我听人说叶总总是拄着一根银色拐杖。"

"她居然也在，那她跟冉姐关系很不一般的传闻是真的？"

一阵夜风吹过，卷起今秋的第一片落叶，暗淡的路灯下，那辆闪着暖金光晕的豪车缓缓开走了。

痴狂的粉丝还追在车后喊："冉姐不要走！冉姐让我多看你一眼！"

可豪车不停留，在夜色中转了一个弯。

郁溪突然从台阶上站起来，拼了命地跑。

一开始她混在一群追车的粉丝群中，被湮没了。

可渐渐地，追车的粉丝越来越少，越来越少，最后一个都没有了。毕竟人能追着汽车跑多远啊？搞笑啊，又不是在进行高考体能测试。

只剩郁溪一个人在夜色中追着车跑着。

江依是从影城后门离开的，这条马路极窄极偏，根本没其他车，也没其他人。

其他粉丝都被郁溪追车的架势惊呆了："这是真爱粉吧？这么牛，下届粉丝会选她当会长吧。"

郁溪当然不知道这些，她只是看着在夜色中江依的车与她的距离越来越远。

她不停地跑着，跑得鞋带都散掉了，呼吸都乱了，一头长发在风中飘摇，又随着冷汗贴在额头上。

到后来，喉咙里都是铁锈的味道，但她还是咬着牙跑着，大口大口的冷风灌进她嘴里。

然而，江依的车还是越来越远，渐渐地，在她眼中凝成一个黑色的小点。

她想追上江依的车，想拍窗，想大喊，想吼叫"江依，你给我从车上下来"。

我感念你成为我人生里的救赎。

我想把一切都给你，我的人生，我的未来，我的钱和我的真诚。

可是你骗我。你连名字都是骗我的。

你到底是谁？

郁溪跑到后来，脸上湿漉漉的一片，也说不出清那是额上的汗，还是眼里不断涌出的泪。

江依的车还是彻底消失在夜色中了。

郁溪想要继续追下去，可她连脚都抬不起来了，心脏撕裂般地疼。

终于，她歪七扭八地靠在路边的一面红色砖墙上，然后俯身，双手撑着膝盖，大口大口地喘着气。

那面砖墙是一个住宅区的围栏，中间是一片复古雕花的铁栅栏。现在，她已分不清那浓浓的铁锈味，是铁栅栏发出来的，还是从她喉咙里冒出来的。

她记得小时候陪外婆看过的那些很古老的电视剧，每当女主角有悲惨故事发生的时候，天空就会下起雨来。

可她不是女主角，所以这时的天空不会应景地下起一场雨来，只有一辆趁夜作业的洒水车开过。

其实郁溪听到洒水车开过来的声音了，但她实在太累了，累到连抬脚的力气都没有，她只好撑着膝盖傻站在原地，看着洒水车开来又开走，在自己的牛仔裤上留下令人尴尬的痕迹。

于是她的旧牛仔裤更脏了，白色球鞋更灰了。

坐在豪车里的江依，知道曾有人在夜色中不要命地追她的车吗？

江依看到了吗？

郁溪不知道答案，她只能落寞地撑着双膝一个人站在墙角，看着裤脚和鞋面上的水渍，嘴边露出嘲讽的笑。

她想，自己真是傻瓜，被人骗成这样。

郁溪不知道自己在夜色中站了多久，总之，等到第一班地铁开始运营的时候，她才回邺航。

早高峰还远没有开始，清晨的第一班地铁难得空空荡荡的。郁溪失魂落魄地坐在座椅上，随着地铁的行进摇摇晃晃的。

她呆呆地看着地铁的一角，过了很久才发现那儿有人在看她。

那是一个流浪汉，不知道流浪了多久，也不知是怎么混进地铁站来的，他穿着褴褛的衣服，冲着郁溪傻笑。

郁溪也笑了笑。她说不清她和这个流浪汉比谁更可怜，谁更流离失所。

终于，地铁到站了，郁溪拖着沉重的步子，向学校走去。

此时，碧云居。

江依一个人躺在床上，高支埃及棉的床单不知比祝镇那个出租屋里的床单舒服多少倍，可江依在祝镇没有失眠的毛病，一回邺城，曾困扰她很久的失眠问题就跟着回来了。

她翻来覆去的，白皙如雪的胳膊枕在头下。

这段时间为了宣传电影，她参加了很多活动，其实挺累的。刚上车，她的眼皮就直打架。叶行舟递过来一个真丝眼罩："睡会儿吧。"

江依"嗯"了一声，就把眼罩戴上了。

不过她在车上没睡着，在床上躺了大半夜也没睡着，眼前，一双年轻的充满倔强的眼在晃个不停。

年轻人的诚意是汹涌的，由此而生的恨意也是强烈的。郁溪现在，会如何恨她呢？

第二天一早，孟辰辰睁眼后的第一件事就是看郁溪回宿舍没有。

昨天，首映之后的主创人员见面环节，郁溪看着看着突然站起来跑了。见面环节结束后，孟辰辰出影城找了半天也没找着郁溪。她给郁溪打了好几个电话郁溪都没接，她只好一个人回了学校。直到她睡觉，郁溪也没回来。

她打定主意，要是今早还联系不上郁溪，她就报警。所以，当她从床上探出头往下看，看到好端端地坐在书桌前擦脸的郁溪，松了好大一口气。

金小宁和严华还没醒，孟辰辰哼了两声引起了郁溪的注意，她低声问："你什么时候回来的？"

郁溪小声答："没多晚。"

郁溪转头往床上看的时候，孟辰辰吓了一大跳。

其实郁溪的皮肤特别好，她每天素面朝天都将其他人比下去了。孟辰辰偷看过郁溪的化妆品，她曾以为是郁溪在英国找到了什么护肤圣品，皮肤才如此好，没想到郁溪就用一款国产面霜，还是最便宜的那种，而且连爽肤水都没有。

孟辰辰还贼心不死地买了那款国产面霜试了试，结果根本没用。孟辰辰恍然大悟，原来不是面霜的问题是脸的问题。

所以，当孟辰辰这会儿看到向来没任何肌肤问题的郁溪顶着两个超大的黑眼圈时，下意识小心翼翼地问："没多晚怎么这么重的黑眼圈？最近学习太累了？"

"可能是。"郁溪平时脸上就没什么表情，所以她这会儿顶着一张扑克脸，孟辰辰也没看出异常，很快就从床上爬下来去洗漱了。

两人一起去吃早饭，郁溪还是老三样——馒头、白粥、免费咸菜，便宜又顶饱。她跟个机器人一样，把食物往嘴里塞，不过她平时也这样。她脑子里想着研究项目的时候，也像个没什么感情的机器人。

孟辰辰喝着胡辣汤问道："你昨晚怎么突然跑了？"

郁溪回答道："嗯，有点事。"

"什么事啊，主创人员见面会你都不看了？"孟辰辰说道，"我看你之前看电影的时候，不是看得挺投入吗？我还以为你也被我冉姐迷倒了呢。"

郁溪低头喝着粥不说话。

孟辰辰忽然"啊"了一声："不会是你那桃花眼姐姐联系你了吧？"

郁溪飞快地看了孟辰辰一眼。

孟辰辰立即噤声。

怎么说呢，郁溪平时就面无表情的，清秀的五官又带那么一点锋芒，有点"生人勿近"的味道，可她整个人还是和善的。而刚才郁溪那一眼却让孟辰辰立刻想起了郁溪给她讲过的拿啤酒瓶子往自己头上砸的故事。

孟辰辰虽然是理科生，但她不那么敏锐的神经还是立刻告诉她"桃花眼姐姐"从此在郁溪心里，变成一个不能提的禁忌话题了。

一顿早饭吃下来郁溪表现得都挺消沉的，孟辰辰和她一起往教室走的时候，想聊点什么让她换换心情。想起昨晚郁溪看《撞击》看得挺认真，孟辰辰便问："你觉得我冉姐怎么样啊？是不是特别美？"

郁溪闷头往前走着，双肩包胡乱挂在一边肩膀上，就这她就吸引了许多目光。郁溪静默了好一会儿，正当孟辰辰以为郁溪对这个话题不感兴趣的时候，郁溪忽然问道："她叫什么？"

"谁？冉姐？"孟辰辰说道，"你昨天在领衔主演那一栏不是看到了吗？那么大三个字。"

郁溪问道："她一直叫江冉歌吗？"

"不然呢？明星的名字哪有随便换的，名字就是明星最值钱的符号。"孟辰辰问道，"怎么？你真不认识她啊？"

郁溪点头。

孟辰辰想了一下其中的关窍："哦，冉姐和其他明星不一样，她除了刚出道时演过国内一部文艺片，其他时间一直在美国发展，演一些美剧啊、电影啊，被称为神秘优雅的东方女郎。"孟辰辰又问郁溪，"你说你们祝镇没通4G网是吧？冉姐的剧啊电影啊都是在网上很火的，国内没版权电视不放的，你没看过也很正常。"

郁溪觉得还有一个原因，那就是在祝镇的江依，和在外面的江依相差得太大了。

在祝镇的她化大浓妆，睫毛刷得像苍蝇腿，一头长鬈发妩媚又蓬乱，还有许多花色各异的吊带裙，这些东西的共性就是张扬浮夸，让她美得毫无保留。她像朵开得艳丽的花，那时的她和这会儿孟辰辰给郁溪看的江冉歌，判若两人。

郁溪问道："她很红吗？"

"红，很红，特别红。"孟辰辰连说三遍，"虽然我是冉姐的粉丝，但我客观地说一句，她在那些美剧啊国外的电影里啊，演技其实不怎么样，但架不住她人美呀！除葛苇以外，国内好像就没这种浓颜系的女明星了。"

孟辰辰越说越激动："更何况，葛苇的性格和她的长相挺一致的，她是狐狸精。但冉姐不一样啊！咱冉姐可高冷了，笑都不常笑，是娱乐圈有名的'高岭之花'，你说她这内外反差，不比葛苇更带感？"

孟辰辰跟狼一样双眼闪着绿光，看着郁溪。郁溪始终低着头，面无表情。说郁溪对江冉歌不感兴趣吧，好像又不是，孟辰辰困惑了。

这时郁溪主动问了句："那个叶总……"

孟辰辰吓了一跳："你刚知道江冉歌就知道叶总了？果然八卦的传播速度是最快的。"

郁溪低着头，手指在孟辰辰看不到的牛仔裤口袋里蜷紧，她追问道："她是谁？"

"这位叶总，就是嘉宁集团的总裁叶行舟。"孟辰辰说，"嘉宁集团你知道吗？全国最大最有名的律所，可赚钱了。这个叶行舟也是个传奇人物，她不接受任何采访，不过圈内人说她总是挂着一根银色拐杖，只要看到银拐杖,就能猜到谁是叶行舟了。"

郁溪问道:"她和江冉歌的关系很不一般?"

"她们关系好不好我上哪儿知道去?"孟辰辰笑着说,"我又不住她们家。"

郁溪隔着牛仔裤兜的薄薄一层布,用手指抠着自己的腿。

孟辰辰说的是"家"。

孟辰辰是多年老粉,她的情报应该不会有错。

郁溪问:"她们住在一起?"

郁溪发现自己挺能演的,她好像只是在问一件和自己无关的八卦。

原来她真的只是江依人生里的一个过客,真正走进江依生活的,另有其人。

"也不算住在一起啦,只是传说叶总虽然有很多套房,却经常待在冉姐家,还时不时留宿。有人说她们关系很近,冉姐能演那些美剧啊还有电影啊,都是因为叶总有投资。不知道这是真的还是假的,估计是真的吧。"孟辰辰说,"其实我们这些老粉也不是很在意,有一个叶总这样的人照拂冉姐,不也挺好的。"

孟辰辰笑了笑,又说道:"这也不算什么黑料,比起其他'塌房'偶像的粉丝,我们这些冉姐的粉丝幸福多了。"

郁溪终于不说话了,她心中最后残存的一丝侥幸也破灭了。

原来江依不是不能敞开心扉,她只是不会对自己敞开心扉。

上完课,郁溪就把自己关入了图书馆。

连孟辰辰都知道她的研究项目最近遇到了瓶颈。她做这个项目其实挺费钱的,研究公式只是一方面,她还得不停地买材料做实验,这样才能对各种参数了解彻底。

郁溪一度觉得很头疼,恨不得撂挑子不管了,可她现在却无比感激这个研究项目,至少它能让自己徜徉在数字的海洋里,暂时忘掉一切。

郁溪口袋里的手机振动起来。她最近在找工作,所以一看到陌生号码,就觉得是自己投出的简历有了回复,立刻站起来去到走廊上,接起电话:"喂,你好。"

对方听到她的声音先笑了起来,然后一个久违的声音响起:"郁溪,好久不见。"

郁溪听出来了:"舒星?"

舒星约郁溪见面,说有东西交给她。

郁溪问:"什么东西?"

舒星笑着说道:"秘密。"

明明知道不可能,郁溪却总忍不住想,舒星要交给她的东西,会不会跟江依有关。江依当年,是不是多少对她有个交代。

郁溪收起双肩包,去了舒星约见面的咖啡馆。她一走进去,就闻到满室的咖啡香。舒星坐在角落里冲她招手:"郁溪,这里。"郁溪走过去坐下。

舒星笑着说:"你真是一点都没变啊。"

一样的单马尾,一样的白T恤衫,不过罩了件外套,一样黑白分明的眸子。

舒星说:"我还以为你来了邺城会变得不一样呢。"

郁溪摇头:"不会,我还是我。"

舒星问:"喝什么?这家的手冲咖啡挺不错的。"

郁溪摇头:"不喝了。"

她喝不了咖啡,大概是从小没有喝咖啡的习惯,所以一喝咖啡就心跳得厉害。虽然有人说茶叶里的咖啡因更多,但她喝茶就没事。

舒星也没勉强她:"好吧。"舒星让服务员给郁溪上了杯水。

郁溪默默喝了一口。

郁溪问:"你……有什么东西要给我?"

那样小心翼翼又带点期待的语气让舒星心里一震。

一年多前,她扣下了江依留给郁溪的字条,那时她的心里就有种预感,她觉得郁溪对江依的追寻并不会随着时间淡去。

心里油然而生的一股莫名的嫉妒是她扣下字条的原因。凭什么这么真挚的感情,归属于江依那样的人?

在舒星从小生活的世界里,钱、豪车、奢侈品……什么东西都唾手可得,唯独这种赤诚的真挚,她没听过也没见过。

所以,当打听到郁溪已经回国以后,她立刻联系了郁溪。

这会儿郁溪在她面前拘谨地坐着,拼命掩饰着自己的期待,问她要给自己什么,像是不想错过江依留下的任何一点痕迹。

郁溪是多倔强多骄傲的一个人啊。

舒星表面上笑着，藏在桌下的脚却一下一下轻轻地踢着包了软皮的沙发脚。

其实江依给郁溪的字条就在她的钱包里。现在没什么人用钱包了，她不知该把江依留下的字条放哪里。也许郁溪的感情太赤诚，直接烧了纸条，她总觉得自己会因此遭天谴，就一直把纸条放在不用的钱包里。

这会儿如果她想，就可以把字条拿出来交给郁溪。

可是，她不想。

"先别急。"舒星问郁溪，"最近有部电影叫《撞击》，特别火，你看了吗？"

郁溪机械地点点头。

"那你……"

"嗯，我知道了。"

舒星笑了一下，说道："对不起啊，当时我没能告诉你。因为冉姐当时去祝镇体验角色，是签了保密协议的。而且叶总也千叮咛万嘱咐，让我什么都不能说。"

郁溪问："你和叶行舟认识？"

"你知道她？"

"听说过。"

"我表哥是她律所的客户，我们两家很早就认识了，算是世交。"

郁溪面无表情地"哦"了一声。

不要再问了，她在心里对自己说。可不知是她天生有自虐倾向，还是人类都喜欢往伤口上撒盐，她听到自己平静地问："叶行舟和江冉歌关系非常好吗？"

好像哪怕再说一次"江依"这个名字，她就会显得卑微可笑。

"挺好的，毕竟她们认识都快十年了嘛。"舒星点头，"冉姐在祝镇体验角色的时候，叶总还去看过她，而且后来冉姐回邺城，也是叶总去接的。"

郁溪再次"哦"了一声，心想自己为什么要问这个问题呢，再没什么其他的问题要问了吧。

舒星看着郁溪的脸色，迟疑地问道："后来……冉姐走了以后……你有想过她吗？"

"没有。"为什么要想江依？这个狠狠骗了她的女人，让她所有的想念，所有的寻找，所有在工地上流的汗，都变成了一个荒唐的笑话。

舒星笑了笑，问道："那你……想过来找我问吗？"

郁溪看着舒星。她洁白的裙子、光洁的皮肤、柔软的头发、闪闪发光的指尖，无一不是经过精心护理的。她身上没有 logo 却材质上佳的白裙子，郁溪直到来了邺城，才知道它有多贵，那是她穿一辈子的白 T 恤衫也抵不了的价格。

郁溪忽然问："你是叫舒星吗？"她笑了笑，"你不会也是骗我的吧？"

舒星低下头，从包里拿出身份证放在桌上，又把身份证推到郁溪面前。

"要不要我再郑重地自我介绍一下？我叫舒星，女，二十二岁，家住邺城斜烟巷 332 号。"她轻声说，"郁溪，我没有骗你。"

郁溪又笑了笑，问舒星："你要给我什么东西？"

舒星从包里拿出一个透明亚克力相框，推到郁溪面前。

郁溪低头看去，那是朵生长在祝镇山间的小花，淡淡的黄色，细而长的花蕊，花瓣只有一点点大，有一种山间质朴的美。

郁溪本以为那应是世间最常见的一种花，没想到离开祝镇以后，就再也没见过它了。

"记得这朵花吗？"舒星问她。

郁溪以为舒星是问她记不记得这朵花是祝镇的特色。她刚想说记得，就听舒星说："有一天你陪我上山写生，我摘了这朵花别在你耳边，想起来了吗？"

郁溪一怔。

舒星这么一说，她才想起来，好像是有这么回事。那朵花好像在她下山的路上掉了，她也没管，没想到被舒星好好收着，还被做成了标本放进相框里。

"送你。"舒星笑着说，"你别想多了，我就是想着我们都在邺城，就物归原主罢了，若是以后能偶尔见见面聊聊天，感觉也挺好的。"

对上舒星的眼睛后，郁溪忽然生出了点愧疚。

舒星的眼里有一种她熟悉的小心翼翼。这种小心翼翼，曾在她面对江依时出现过多次。江依狠狠地骗了她，而自己却多次无视舒星。

就连当年舒星留在她手上的手机号码，她也是很无所谓地用水冲走了。

郁溪把桌上的透明亚克力相框收起来，语气真诚地对舒星说："我会好好收着的。"她甚至主动问了舒星一句,"要加微信吗?"

舒星笑着说:"好啊。"

扫码的时候郁溪问舒星:"你是怎么知道我的手机号码的?"

舒星说:"我一个闺密的闺密,跟你同在一个校区。她无意间聊到邶航有个学霸从英国当交换生回来了,我听了名字才知道是你。"她夸郁溪,"厉害啊。"

郁溪摇头:"运气好罢了。"

聊完,郁溪背着双肩包要走,舒星说自己晚点再走。她坐在原处看着郁溪的背影,一下一下轻轻敲着桌面。

她想:这么看来,是不是她的演技比木头美人江依还好呢?

回到宿舍,郁溪从包里把透明亚克力相框掏出来往书桌上放时,刚好孟辰辰洗完脸回宿舍。

"这是什么?还挺好看的。"孟辰辰瞄了一眼。

"花的标本。"郁溪说,"一种祝镇才有的野花。"

"你不是对花花草草什么的不感兴趣吗?"孟辰辰觉得奇怪,"啊,我知道了!是不是桃……"

她刚说出一个音节,又硬生生把话吞了回去,因为她想到郁溪今早的眼神,觉得郁溪肯定不愿她再提起那个桃花眼姐姐。

郁溪知道她想说什么,就摇摇头:"不是她,是一个朋友送的。"

完了完了,郁溪连提都不肯提那个桃花眼姐姐了。

果然,郁溪接着说:"你以后能不能不提她了?我不想听。"

孟辰辰点点头,又小心翼翼地问道:"你找到她了?你们吵架了?"

郁溪嘲讽般地笑了笑。吵架?她配吗?她在黑暗无人的街上一阵疯跑,也只能看着载着江依的车越来越远。

江依怎么会跟她吵架?她只是江依体验的角色的世界里,一块小小的拼图而已。

江依怕是早都忘了她叫什么了吧。

郁溪笑着对孟辰辰说:"没吵架,但我以后不想再提这个人了。"

孟辰辰虽然不知发生了什么,但郁溪的笑让她狠狠心疼了一下,世界上怎么会有人舍得伤这么好看的郁溪的心呢?她立马承诺:"好!不提不提!

郁溪，你别难过，桃花眼这个坏东西……"郁溪看了她一眼，她立马噤声。

她可太难了！

第二天，当郁溪在图书馆对着公式咬笔头时，江依结束了一场电影的宣传访谈。做访谈的女主持人挺有名的，以问题犀利、不留情面著称，不过江依跟她聊得还算愉快。

访谈结束后，女主持人特意找到她的休息室："冉歌，你长得真的太好看了，特别漂亮，我好喜欢你。"

江依淡淡地说道："谢谢。"

江依一直觉得，有时候不管是美貌也好，天赋也好，不仅仅不会给本人带来益处，反而会带来诅咒，变成禁锢。就比如她，要是她没长这样一张脸，当年是不是就不会遇到那个人。那现在她的境遇，会不会完全不一样？

江依的眸子里闪过一丝倔强。

只是……江依又想起曾经对着她苦笑的那张苍白的脸："依依，我只能靠你了。"

如果当年她没有遇到那个人的话，她的境遇，是会更好，还是会更糟？

大概会比现在更糟吧。

她眸子里的倔强消失了，取而代之的是一种深深的倦意。

女主持人见此，不由得关切地问道："你怎么了？不舒服？"

江依摇头："没事，可能是最近的电影宣传活动太多了，我有点累。"

"确实辛苦了。"女主持人说，"那我不打扰你了，你好好休息。"

女主持人走了以后，江依摸出手机，无意识地一下一下用手机敲着掌心。距离偶遇郁溪那天已经过去两天了，可那双年轻的倔强的眼一直在她眼前晃着，挥之不去。

江依没忍住打了个电话给舒星。

舒星很快接了，笑着问："冉姐，你最近不是很忙吗？怎么有空给我打电话？"

"啊，没事，我在一个访谈棚里等着司机来接我，司机堵在路上了。"江依说，"助理买咖啡去了，我就想找人随便聊两句。"

舒星问："聊什么？"

江依握紧了手机，问道："当时在祝镇，你把我写的字条交给郁溪后，她……说什么了吗?"

舒星沉默了一会儿,说道:"没有,她什么都没说。"

江依闻言长长的睫毛垂了下去:"是吗?"

电话那端,舒星欢快的声音传来,这欢快跟江依声音里深深的倦意形成鲜明的对比:"对了,冉姐你知道吗?我和郁溪重新联系上了。"

"我们现在都在邺城了,你说,我能在郁溪的朋友里获得一席之地吗?"

听了舒星的话,江依浅浅地笑道:"应该没问题吧。"她反复捏着自己的指尖,想不出郁溪有什么理由拒绝这种年轻、单纯又无挂碍的情谊。

这才是应该属于郁溪的正向的情感。

舒星还要说什么,却被江依轻声打断:"司机来接我了,我先挂了。"

舒星于是笑道:"依姐,再见。"

江依挂了电话,一个人坐在化妆镜前发呆。

忽然她俯身凑近化妆镜。

她觉得自己老了。

其实她不到三十,任谁看来,她都算风华正茂。只是她突然发现,自己眼下浅浅的细纹不知何时像蛛网一样往上攀爬了。

听说,很多人看到自己眼下的第一道细纹时都大哭了一场,觉得那是初老的痕迹。江依倒没想哭,她只是撑着头,呆呆地望着镜子里的自己。

这样的细纹靠现在的医美手段很容易去掉,只不过,她本该肆意张扬的青春岁月,却已经虚度过去了。

这里像一个囚笼。

这时,顺手放在化妆桌上的手机响了,她眯了眯眼。手机不放过她,仍响个不停。

江依接起电话:"喂。"

电话那端先是传来一阵清脆的咬苹果的声音,嘎嘣嘎嘣的声音伴着那人的呼吸,不知怎的,听上去有些吓人,那人像在咬什么其他的东西。

江依没什么反应,也不催对方,只是静静地听着。电话那端传来阴郁冰冷的声音:"你刚才给舒星打电话了?"

江依反问:"你这么快就知道了?"

叶行舟说:"我刚开完会,随手翻翻,消遣一下。"

哪有人拿翻别人的通话记录当消遣的?

江依并不想问叶行舟是通过什么手段实时看到她的通话记录的。反正对方是无所不能的叶行舟。她只是回答："是给舒星打电话了，聊两句。"

"无聊了？"叶行舟问，"周日带你去赛马怎么样？"

"不用了。"江依说，"我很累，我想休息，顺便陪陪朵朵。"

叶行舟没有勉强她的意思："好吧，我工作完也过来。"

江依挂了电话。

又一天，郁溪在图书馆跟公式搏斗的时候，一个陌生号码打了进来。

郁溪到走廊上接起电话："喂，你好。"

对面传来的女声很客气："请问是郁小姐吗？"

"我是。"

"我们在网上看到了你的求职信息，我们这儿有一份工作，不知道你感不感兴趣？"

终于接到回应她求职的电话了，郁溪舒了一口气。

她将求职信息发在网上已经有段时间了，因为要上课和做研究，工作时间受限，所以回应她的公司并不多，只有寥寥几个，而且要么是地点不合适，要么是薪水不合适。生活费方面郁溪怎么都能对付，但为了在买研究材料时手头充裕些，她必须找一份高性价比的工作。

"请问你们那边是什么职位？"

"家教。"

说起来，去做家教这个主意还是周齐给她出的。

上次老乡聚会，两人互加了微信。周齐听说郁溪在找工作后，就提议她去应聘家教试试。郁溪的数学学得特别好，教初中、高中都没问题，而且这种相对自由的工作时间，相对高的薪酬也适合她。

"请问是教初中生还是高中生？"

"小学生，刚刚九岁。"

郁溪有些错愕："我好像没投递教小学生的职位。"

对方笑了："是，郁小姐，但是我老板想给小姐找最好的老师。老板看了你的简历觉得你很合适。"

"我们老板很大方。"对方报了一个数字，"你有兴趣试试吗？"

确实很大方，给出的月薪是其他人给的三倍。

郁溪需要钱，于是说道："那我试试吧。"

其实教几岁的孩子都是教，不过她没什么跟小孩打交道的经历，而且自问不是一个有耐心的人，所以要去试试才知道怎么样。

女人说："好，明晚八点试一节课可以吗，地址我发你手机上。"

"好的。"

第二天郁溪早早从图书馆出来，坐地铁去了女人说的那个小区。

到了地方郁溪才发现这是一片别墅区，大门口守卫森严，门卫让她填了一份详细的表格，又跟户主打了好久的电话才放行。

郁溪往里走时收到孟辰辰的微信，孟辰辰想让郁溪陪她去撸串儿，郁溪说自己不在学校，然后告诉孟辰辰自己来试课这事。

孟辰辰一听小区名字就惊叫起来："那不是住了好多明星的著名小区吗？"

郁溪对明星不感兴趣，本来她也不认识几个明星。现在知道江依也是明星后，她对这两个字很反感。

小区很大，郁溪走了二十多分钟，才走到她要去的那一栋，还好她出门早不至于迟到。来开门的是个面相和善的女人，郁溪忽然想起自己忘了问这个老板叫什么了，只好省去姓氏，打招呼道："老板，你好。"

女人笑了："我不是老板，我是这家的家政。"她问郁溪，"你是小郁老师吧？进来吧，小姐在等你了。"

女人引着郁溪走到一间书房里，一个小女孩儿正在里面静静地玩拼图。听到动静，女孩儿转过头来看郁溪。小女孩儿有双像星星一样的眼睛。

郁溪说："你好，我是今天来给你试课的家教，我叫郁溪。"

小女孩儿说："你说话怎么这么一本正经的，把我当成大人了？我才九岁。"

郁溪愣住了，她居然被一个小孩儿抢白了，看来她真的不适合跟小孩儿打交道。

郁溪说："要是你不喜欢我，我可以先走。"

小女孩儿说："谁说我不喜欢你了？我就选你当我的家教老师了。"

郁溪说道："我还没给你试课呢。"

小女孩儿粲然一笑："可你长得好看呀！我喜欢长得好看的人。"

江依这天提早结束活动回家了，因为朵朵今天要来碧云居住。

为了赶时间，江依礼服都没来得及换，披了件西装外套就上了来接她的车。她到家的时候章阿姨来开的门。章阿姨看到她眼睛都亮了："江老师这身好漂亮。"

江依微微点头："章阿姨，辛苦了。"

江依本来让章阿姨叫她名字的，可叶行舟不让，她让章阿姨叫江依"江老师"。江依心想：我算什么老师呢。

章阿姨接过江依的西装外套，问她冷不冷，又给她递上一件家居毛绒衫。

江依一边往胳膊上套衣服，一边问："老师来了吗？"

章阿姨笑道："来了，和朵朵在书房呢，是一个很漂亮的小姑娘。"

江依应了句："是吗？"

不知怎么的，那一刻她心里想的是：能有多漂亮呢？比郁溪还漂亮吗？

她换了拖鞋，见章阿姨端着果盘往书房走，便叫住章阿姨："我去吧，顺便看看朵朵。"

章阿姨一边笑着把果盘递给她，一边说道："朵朵一来就问你，你回来她肯定可高兴了。"

江依端着果盘走向书房，轻轻敲了两下门就进去了，一眼看到一大一小两个背影埋头在书桌前。

朵朵很快回过头，像是一直在等她，很快跳起来跑到她身边，抱住她的腰："冉阿姨，你回来了！"

江依目光放柔，摸摸朵朵的头，问道："你乖不乖？"

"可乖了。"朵朵哼了一声，"不信你问郁老师。"

江依搂着朵朵抬起头，还没明白朵朵那一声"郁老师"意味着什么，就看见了一张令她愣住的脸。

郁溪也愣了。

整个书房只剩朵朵还在说话，她搂着江依的腰问："冉阿姨，郁老师是不是很漂亮？"又笑着问郁溪，"郁老师，我冉阿姨是不是很漂亮？"然而两个大人都失去了回答问题的能力，隔着一段距离，遥遥对视。

郁溪看着江依。

她想，江依是请她来给朵朵上课的老板吗？江依是特地请她来的吗？

为什么？明明两人一个是大明星，一个是穷学生，中间隔着怎么跨都跨不过去的鸿沟。

她惊讶到大脑宕机，失去处理信息的能力，只能呆呆地望着江依。

她在心里嘲笑自己，看到江依的第一反应竟然是姐姐真美。

江依今天穿了一条白色流金的礼服裙，披了件毛绒衫，天鹅颈长长的，黑长的直发垂在肩头，耳下那根亮银色的长耳线闪闪发光。她整个人都在发光，她的礼服裙上镶满了水钻，像鱼尾一样包裹住她纤长的美腿。

她像一条美人鱼，站在那里，美丽又哀伤，她的眼睛里好像有很多很多话，然而她涂成浅玫瑰色的嘴唇动了动，只问了句："吃水果吗？"

郁溪背起双肩包就走。

江依没想到郁溪是这样的反应。她搂着朵朵站在门口，郁溪冲出书房的时候离她很近。

郁溪经过她身边时，她闻见了自郁溪身上传来的洗衣粉的香味，那种熟悉的香味令她一瞬间失了神，她低低地喊了声："郁溪。"

郁溪走得很快，长长的马尾扫过她的胸口。郁溪冷笑一声："你叫我郁溪？"

她逼视着江依："那我又该叫你什么？是江依还是江冉歌？"

朵朵天真地睁着一双眼问道："江依是谁？"

郁溪又冷笑一声，背着包头也不回地向外走去。朵朵在她身后喊："郁老师，你去哪儿？课还没上完呢！"

江依匆匆把果盘往朵朵手里一塞："朵朵，你帮我拿一下。"她穿着拖鞋就追了出去。

郁溪个子高，走得也快，江依追出去的时候，她已经走出老远了，只见黑色马尾在及人高的灌木丛中若隐若现。

江依追过去。她本以为自己穿着晚礼服和拖鞋跑不快，追不上郁溪。但不知怎么的，郁溪还是被她追上了。

郁溪纤瘦的手腕插在牛仔裤兜里，被江依一把拉住："郁溪。"

她面色阴沉，但又不是叶行舟的那种阴沉，她黑白分明的眸子里有一团火焰在燃烧，那是独属于年轻人的生机勃勃的愤怒。

郁溪凑近了低低喊了声："姐姐。"

江依心头一颤。

郁溪这小孩儿很倔，总是固执地喊她的名字"江依"。

这会儿郁溪低低的一声"姐姐"，那些在祝镇独处的时光悉数回来了，郁溪的呼吸灼热，因愤怒而急促。

郁溪咬着牙问她："为什么骗我？"

江依垂下头去。不管内心曾有过多少千回百转的念头，不管她是不是想过对郁溪袒露自己真实的身份，不管最终她又是因何把到嘴边的剖白吞了回去，总之，如果要给一年多前的事下一个结论，那么，没错，她骗了郁溪。

郁溪低喝："说话。"

可江依能说什么。

她回了邺城，一切就难以改变了。

她的沉默进一步激怒了郁溪："我让你说话。"

说完她又忍不住问道："朵朵是谁？"说着郁溪又抿了抿唇，"是你的女儿吗？可她为什么要叫你阿姨？因为你是明星不能公开她？"

"不是我的女儿。"江依喉头微动，"不过，也算我的女儿。"

郁溪冷笑一声："你这女人，嘴里没一句实话。"

江依看着郁溪，一双在祝镇时顾盼生辉的桃花眼，这会儿满是淡淡的雾、静静的哀伤。

"别这么看着我，是你骗了我！"郁溪压低的声音从嗓子里挤出来，她像只受伤的动物，"我问你，有意思吗？"

江依不知该说什么，嘴唇微动了两下，最终却什么都没有说出口，她望着郁溪的眼，那样温柔。鲜活不再，只余下这点不变的温柔让人回忆起在祝镇的那些日子。

郁溪愣了一会儿。

可下一秒她甩开江依，后退一步，眼神充满愤怒和哀伤。

"你在祝镇的一切都是假的对吗？"郁溪问，"你到祝镇，找个台球厅体验电影里的职业，还打算找个人跟你搭戏？而我恰巧撞了上去？"

郁溪坐在影院里看首映时，心里十分震撼，情节没怎么看进去，但那些零碎的画面不断刺激着她的眼。

那样年轻的眼神，那样灼热的情感，那样毫无保留的信任。

当时观影的观众有人说："只有年轻人才这么傻。"

江依说："对不起。"

郁溪冷笑出声。

她想听的是对不起吗?她刚才故意放慢脚步,等江依追上自己,只是为了心底残存的那一丝侥幸,她想看江依会不会给她一个解释。

她把双肩包背好转身就走。

江依又叫了她一声:"郁溪。"

郁溪回过头,说道:"你找我来当朵朵的家教,就是为了看我知道被你骗以后伤不伤心是吗?我告诉你,我不伤心。"

她看着江依的眼睛,说道:"你值得我伤心吗?"

江依笑了笑,说道:"我不值得。"

郁溪点头:"我也觉得,所以以后别找我了,我不想再看到你。"

郁溪走了,尽管双腿发颤,但她还是走了。

郁溪回到学校,看到孟辰辰在宿舍楼下等她。

孟辰辰在低着头玩手机,听到郁溪的脚步声她抬起头:"我一听这脚步声就知道是你!"

说完,她站起来去拉郁溪的胳膊:"你是不是找到家教工作了?走,为了给你庆祝,我俩现在去撸串儿!我可太想撸串儿了。"

不想手一挽上去,她就发现郁溪在抖,立刻关切地问道:"你冷啊?是穿少了吗?"

郁溪说道:"也许吧,撸完串儿就不冷了,走,我请你。"

"你发达了?"孟辰辰笑着说道,"你今天找的家教工作是不是薪水很高?你不会是在哪个明星家里当家教吧?"

郁溪摇头:"我给推了。"

孟辰辰吃了一惊:"啊,为什么?"

郁溪和她并肩往校门口走,低头不语。

孟辰辰不问了。

她觉得从某一天开始,郁溪就变得神神秘秘的,也不知郁溪遇到了什么事。但孟辰辰把郁溪当朋友,郁溪不说,她就不问,等郁溪有一天想说了,自然会告诉她的。

街边有许多夜宵摊子,卖臭豆腐的、卖铁板鱿鱼的、卖鸡蛋汉堡的、卖无骨鸡柳的。郁溪没有吃夜宵的习惯,这条学院街她还是第一次来。看到这么多夜宵摊子她有点震惊。

孟辰辰看着郁溪微微睁大的眼睛，有点得意："我带你开眼界了吧？"

郁溪真挚地感叹了一句："怎么这么多摊位。"

孟辰辰道："你以为'一上大学胖十斤'这句话是假的？"

郁溪默然。

这些东西，她都没吃过。

事实上，在祝镇的时候，她什么都没吃过，是那个像道光一样突然出现在祝镇的女人给她买了可乐、炒粉、冰棍、棒棒糖。

说到底，她人生许许多多的第一次，都是江依给的。

可这个女人是个骗子，连江依这个名字，都是骗她的。

郁溪吸了吸鼻子，不想沉浸在这些往事里，她问孟辰辰："你不是想撸串儿吗？哪家最好吃？"

目光所及之处，就有四家烧烤摊。

孟辰辰骄傲地说："这你可问对人了！这些一眼能看到的，都不行，都是骗新生的。"

她带着郁溪七弯八拐地走过一条小巷，一个连招牌都没有的烧烤摊出现在眼前。摊位上的炉子油腻腻的，烤架油腻腻的，连旁边放的木桌木椅也是油腻腻的。

孟辰辰说："这个，才是我们邶航学院街的隐藏王者！"

对，这是邶航校外的学院街。

可这样的小摊让郁溪想起祝镇的那个炒粉摊，江依不知带她去那里吃了多少次炒粉。

郁溪心里烦，问孟辰辰："你能喝酒吗？"

"能。"孟辰辰说，"但酒量不太行。"

郁溪说："那来一点。"

两人点了烤翅、牛肉、牛油、小面筋，还有一个香喷喷的蒜香茄子。郁溪让老板拿了六瓶啤酒，这小摊上的啤酒也很野，不是那种精致的小瓶，更接近祝镇那种复古的大瓶。

见此，孟辰辰心里有点打鼓："太多了吧？"

郁溪淡定地说："不多。"

孟辰辰用崇拜的目光看着郁溪："你酒量应该很好吧？"

郁溪不说话，沉默地给两人倒酒。她倒得猛，泡沫直往外冒，孟辰辰赶紧把自己的杯子抢过去："够了够了。"

接下来孟辰辰吃烧烤，郁溪喝酒。

郁溪喝酒跟喝水似的，孟辰辰举着烤肠看得有点蒙："海量啊小郁，你们那儿的人是不是都这么能喝？"她话还没说完，郁溪就一头栽在了桌上。

孟辰辰吓了一跳，喊了声郁溪，却没有得到回应，于是她大声问："老板，你这不是假酒吧？"

老板一口地道的东北话："小丫头怎么说话呢？我这是二十年老字号了，还能卖假酒？"

孟辰辰又晃了晃郁溪，才发现郁溪这是醉倒了。

郁溪从嘴里挤出几个字，孟辰辰没听清，就凑了过去，问道："你说什么？"

郁溪嘀嘀咕咕又说了一遍。她说的是："坏人。"

不知为何，孟辰辰听得惊心动魄的。

她没控制住自己熊熊燃烧的八卦之心，推推郁溪，问道："谁是坏人？"

结果郁溪直接睡了般，不再出声了。

第十章
乖一点好吗？

郁溪这一醉倒，孟辰辰就犯了难。

等孟辰辰把所有烧烤都吃完了，郁溪还没醒，趴在桌上一动不动。

孟辰辰没想到长着这么一张桀骜不驯的脸的郁溪，喝起酒来却是个菜鸟。她不能把喝成这样的郁溪带回宿舍，否则得被宿管阿姨骂死，而且阿姨还有可能告到辅导员那儿去。

她问郁溪："你带身份证了吗？"

郁溪当然不可能回答她。

孟辰辰也没带身份证，她不可能回宿舍去拿，都这个点了，她进了宿舍就出不来了。可她能把郁溪送哪儿去呢？她和郁溪都是外地人，在邯城无亲无故的。

正当孟辰辰苦思的时候，郁溪口袋里的手机忽然响了。

孟辰辰本来没想接的，但对方很执着，孟辰辰怕对方有什么急事，就把手机从郁溪口袋里摸出来，一看是个陌生号码，就帮忙接了。对方问："是郁老师吗？"

老师？是今天郁溪去面试的那家人吗？

"我不是郁溪，我是她朋友。"孟辰辰瞟了郁溪一眼，"郁老师现在不太方便接电话，请问你有什么事？"

电话里，中年女人的声音听起来挺和善的："是这样的，郁老师今天来我们家上课，落了一本课本在我们家，我晚上收拾书房才发现，我怕郁老师明天上课要用，就赶紧打过来问问。"

孟辰辰问："什么课本？"

对方回答了一个书名。还好，明天没有这门课。

孟辰辰说："郁老师喝多了，而且现在太晚了，我让郁老师明天来取行吗？"

中年女人说道："你稍等。"听上去像在跟什么人回话。

很快中年女人对孟辰辰说："郁老师喝多了没法回宿舍吧？你们现在在哪儿？"

孟辰辰心想这人还挺细心的，便把烧烤摊的位置说了。

中年女人说："其实我老板是郁老师的朋友，她马上来接郁老师，顺便把课本送回给郁老师。"

对方居然是郁溪的朋友？她怎么没听郁溪说起过呢？

不过，因为是朋友才闹了别扭吧，难怪郁溪面试回来不是很开心的样子。

总之，郁溪今晚有地方可去了，这让孟辰辰松了口气。她坐在烧烤摊边一边等人过来，一边托着腮看倒在桌上熟睡的郁溪。

郁溪长得可真好看，脸蛋白白净净的，睫毛还特别长，这会儿抿着嘴，嘴边居然出现了一个浅浅的酒窝。说实话，孟辰辰觉得郁溪的好看程度都快赶上江冉歌了，就是两人的风格不一样。

这时，一辆车开到了巷口。这条巷子太窄，车是开不进来的，孟辰辰听到有人走过来便直起身。

一个浑身香气的女人走到孟辰辰面前，问道："请问你是孟辰辰吗？"

孟辰辰傻了。

她觉得不怪自己没出息，当喜欢了多年的偶像走到自己面前，还温柔地喊了一声自己的名字时，是个人都得傻，她没晕过去就不错了。

孟辰辰结结巴巴地开口："冉……冉冉姐？"

江冉歌点了点头，看了一眼趴在旁边桌上的郁溪，说道："辛苦你照顾她了，她这样没法回宿舍，我找个酒店让她睡一夜吧。"

江冉歌问孟辰辰："你们明早几点上课？"

孟辰辰吞了口水，才能把话说出口："八点半。"

现在，她喜欢了近十年的偶像江冉歌，就站在她面前，是活的，是真实的。江冉歌穿了一件乳白色针织衫，一条浅蓝色牛仔裤，一双米色矮跟短靴，外罩一件中长款风衣，一头黑长发柔柔地披在肩头，尽管打扮得挺简单，却依然在夜色中闪闪发光。

不知江冉歌用的是什么香水，好香好香。江冉歌的那张脸比在屏幕上好看十倍。

江冉歌看着呆呆的孟辰辰，再次开口，声音特别清脆好听："那，我就把郁溪带走了。"江冉歌还问她，"你需要看我的身份证吗？"

孟辰辰赶紧说："不用不用。"

全国上下除了她室友兼好友郁溪，还有谁不认识江冉歌啊？

江冉歌点头："好。"

在江冉歌走过去扶郁溪前，孟辰辰叫住她："冉……冉姐。"

江冉歌回过头："嗯？"

孟辰辰想象不出郁溪是怎么跟江冉歌成为朋友的，但现在她有"郁溪好友"的光环，觉得江冉歌对她也挺温柔的。

她很庆幸她们这张桌子离烧烤摊很远，巷子里的灯光又暗，根本没人注意到这边，她得以享受这片刻跟江冉歌的独处。

她问："你能给我签个名吗？"

江冉歌想了一下。

孟辰辰知道像江冉歌这样混迹欧美影视剧里的艺人，跟在国内的艺人习惯不太一样，她们将工作和生活分得很开，一般在工作时间以外是不给人签名的。可孟辰辰觉得机会太难得了，江冉歌在国内的时间本来就少，她一个学理科的普通大学生，下次再想见江冉歌，得等到猴年马月去了。

江冉歌问孟辰辰："你跟郁溪的关系不错吗？"

孟辰辰说："是啊，郁溪的同学里就数我跟她关系好了。"

郁溪这种个性清冷，性格直爽，脸之分好看的，还挺难让人接近的，要不是她天生是个小太阳，也没法跟郁溪熟起来。

江冉歌问："你有纸笔吗？"

孟辰辰愣了一下，才反应过来江冉歌是同意给她签名了。

孟辰辰马上说你等等，然后从书包里翻出纸笔递给江冉歌。

江冉歌挺贴心地问："你是哪个辰？时辰的辰吗？"

孟辰辰赶紧点头。

江冉歌慷慨地给了孟辰辰一个"TO签"，孟辰辰接过纸笔的时候手都在抖，之后江冉歌说："要不要留个手机号码，有事我打给你。"

孟辰辰激动地连连点头，还得寸进尺地问道："冉姐，我还能跟你合个影吗？"

江冉歌居然说可以。

孟辰辰拿出手机，在切换自拍镜头时，手抖得更厉害了。江冉歌很自然地走到她身边，注意到孟辰辰比她矮，她还很贴心地往下蹲了一点，待脸入镜后，她用纤长的手指一撩垂在脸侧的头发。

孟辰辰快晕过去了，连忙按下拍照键，拍下这激动人心的一刻。

江冉歌直起身子说："那我们先走了。"说完她扶起郁溪。

孟辰辰赶紧说："我帮你吧。"

江冉歌摇头："不用。"她搀扶郁溪的动作小心翼翼的，十分温柔。

直到江冉歌扶着郁溪走到巷口钻进豪车，豪车呼啸着开走了，孟辰辰还站在原地发呆。

天哪，她最喜欢的偶像明星，竟然是她好友的朋友，这剧情也太"神"了！

豪车的司机是一个短发女生，名叫倪敏，见江依扶人上了车，便问道："咱去哪儿啊？"

"去 H 酒店。"江依说，"小敏，借你的身份证用一下。"

郁溪没带身份证，她也不可能用自己的身份证，H 酒店她比较熟，她以前回国参加活动经常在那儿住。

"好嘞。"倪敏挺利落地发动了车子。

江依提醒道："今晚的事，不要……"

"不要告诉叶总。"倪敏说，"冉姐你放心，我是你这边的，我真觉得叶总有时候挺离谱的……"

"没什么哪边不哪边的。"江依轻声打断她，"还有，不要这么说叶总，她不容易。"

倪敏咕哝一句："我知道她不容易。"

倪敏的车技很好，车子开得很平稳。夜色深沉，车子穿行在邺城车水马龙的大街上，趁着红灯，握着方向盘的倪敏偷偷往后看了一眼。

被江依扶上车来的年轻女生这会儿静静靠在江依肩头，长长的睫毛垂着，眉头微皱，不知是不是喝多了酒难受，还是其他原因。

年轻女生长得很好看，不过这种好看是和江依不一样的好看，江依是"高岭之花",这女生长得偏英气,有点像现在最流行的那什么,"小狼狗"。

江依扭头看着车窗外,好似注意力没放在女生身上。可车就算开得再稳,也有颠簸的时候,女生喝多了酒意识不太清楚,轻轻哼了一声,江依就很自然地把手放在女生的耳朵旁,很温柔地护着女生的头。

倪敏跟江依的时间不算短了,从没看过江依这么温柔的神色。江依通常是冷冷的,淡淡的,倪敏经常觉得江依很哀伤,这种哀伤像窗户上蒙着的雾气,怎么擦也擦不掉。

倪敏小声叫:"冉姐。"

"嘘。"江依抱着女生的头望着窗外,用近乎气声的声音说道,"你说。"

倪敏问道:"你和这个小妹妹是怎么认识的?"

江依回答道:"在祝镇认识的。"

"就是你体验角色的小镇?"倪敏说,"想不到你会和一个小妹妹那么熟,你们这是忘年交啊。"

江依护在郁溪耳边的手指紧了紧。

郁溪微微动了一下,江依的手指又放松了。

"什么忘年交,"江依回答倪敏,"我有那么老吗?"

倪敏笑了。

该怎么定义她和郁溪的关系呢?江依自己也不知道。

车开到 H 酒店,倪敏问:"要我帮你吗?"

江依说:"我自己就行。"H 酒店有一条 VIP 通道,她熟,也不担心遇到人。

时至深秋,其实夜里已经有点凉了,江依穿得有点单薄,但从车上下来时她却一点也没觉得冷。

因为郁溪在她的臂弯里,浑身滚烫。

白天她见到的郁溪,眼神、语气都那么狠。这会儿醉了的郁溪却意外的老实,挂在她肩头,嘴里嘀咕了一句什么。

江依离这么近也没听清,就下意识地问:"什么?"

郁溪又嘀咕了一遍。

这次江依听清了。郁溪说:"坏人。"

江依微微低头,无奈地笑笑。

把郁溪扶到房间躺下以后,江依出了一身汗。

郁溪穿得薄，深秋了还只穿一件薄薄的卫衣，她的腿很长，牛仔裤就显得有些短，她没穿袜子，露着一截雪白的脚腕。

江依怕郁溪着凉，把房间的空调打开了。很快，房间温度升上来了，江依觉得热，就把风衣脱了。

郁溪这一路过来，一会儿清醒，一会儿迷糊。这会儿沾了床，她睡得也不怎么安稳。

江依知道郁溪不能喝酒，她还知道，郁溪喝醉以后会想吃甜的。

明明在祝镇度过的那短短的两个多月都是一年以前的事了，电影都拍完好久，还做完后期已经上映了。可江依回忆起祝镇的那段时光记忆依然清晰。

关于郁溪的事就像刻在她心上似的。

江依在客房的迷你吧里找了一下，里面没什么适合小孩儿喝的甜水，于是她打电话叫客房服务送一杯橙汁过来。等待的时间，她俯身凑近郁溪，问道："很难受吗？"

她伸手想去摸郁溪的额头，看看还烫不烫，没想到手一伸过去，就被郁溪抬手狠狠拍了一下，她纤细白皙的手腕立刻一片绯红。

郁溪咕哝着："坏人。"

江依苦笑了一下。

是，她是坏人。她让小孩儿醉成这样，让小孩儿在梦里还不忘打她一下。

江依收回手，绕过去坐在床的一角，把脸埋进掌心。

她都做了些什么呢？

当她想对郁溪袒露真实身份时，发现郁溪信赖她信赖到竟说出不上学了，要打工帮她还钱这种话。只有她这种过来人，才知道郁溪一时冲动之下想放弃的是什么。

她不可能让郁溪这么做，一走了之才是最明智的选择。她以为年轻人的心是一只鸟雀，在见过更大的丛林后，就会忘记曾经见过的一株柳树了。她以为自己的心是一潭死水，回邨城以后，她就想不起祝镇那些年轻的身影了。

她以为她和郁溪往后的人生，会成为两条再不相交的平行线。

她没想过再见郁溪，也没想过郁溪的恨意这么灼热，郁溪嘴里说着不伤心，转眼却醉成这样。

这时，房间门铃响了，江依打开门，服务员一看到江依就愣了："江小姐?"

江依点点头。

服务员憋红了脸,可职业素养使得她冷静地说出下面这一番话:"您好,您的客房服务送到了,请慢慢享用,没什么其他吩咐的话,我就不打扰您了。"

江依接过橙汁说:"谢谢。"

服务员离开前还是没忍住说了句"江小姐,您真漂亮"。

江依脸上没什么波澜:"谢谢。"

再次道谢后江依关上门,把橙汁拿到床边,看着躺在床上的小孩儿微微皱起眉,她的目光不自觉地柔和起来。

郁溪翻身,江依退开一点,把郁溪扶起来,说道:"喝点橙汁再睡,解酒。"

没想到刚才还挺老实的郁溪,被她一碰,就又凶起来。郁溪小臂一挥,就把江依手里的橙汁碰翻了。

江依赶紧抓住杯子,里面的橙汁只剩小半杯了,其余的洒在了郁溪身上、床单上,还有江依的衣服上。乳白色的毛衣被染黄了一片,江依叹了口气,伸手摸了摸郁溪额前蹭乱的发:"小孩儿,乖一点好吗?"

见郁溪这次没凶她,她大着胆子又摸了摸郁溪的额头。

郁溪额角上那道浅浅的疤,要她躺着头发散开时才能看到,那是啤酒瓶砸在头上留下的疤,缝针还是江依带她去的。

江依又在这道疤上轻轻摸了摸,心中有股莫名的情绪。

不知是她的安抚起了作用,还是郁溪累了,总之这会儿郁溪不挣扎了,江依终于把剩下的小半杯橙汁给郁溪喂了下去。

江依直起身,已出了一额头的汗。手上沾满了黏糊糊的橙汁,她走进浴室,走到盥洗台边洗手。她抬头看着镜子里的脸,那脸上满是寂寞和疲惫。

或许别人看不出来,但她自己能看出来。这些年,她越来越老了,心的沧桑让她比同龄人老得快得多,她像朵即将开败的花。

她默默把水龙头关了,走回床边。

她准备走了,走之前想给郁溪盖上被子。没想到她刚伸出手,郁溪的手就动了,当她以为郁溪又要打她一下的时候,郁溪一把抓住她的手腕,喃喃道:"姐姐。"

郁溪微抬起被酒精熏红的眼皮,眯着眼看她。

江依心下一震。

郁溪这一声"姐姐"，没有敌意，没有嘲讽，很温柔，夹杂着一点撒娇和欲语还休的意味，好像两人回到了在祝镇的时候。

江依心怦怦跳着，看着郁溪，她发现郁溪没醒。

虽然眼睛睁开了，但郁溪还醉着，她攥着江依的手腕说："姐姐，不要喷香水。"

江依心里又一震。

她忽然明白为什么刚才郁溪打开她，这会儿却拉住她了。

因为刚才的她手腕上都是香水味，那香水是她作为"江冉歌"时惯用的一款，被橙汁洒了一手，又去洗了手，这会儿手腕上的香水已经淡掉了。

郁溪很讨厌邶城的江冉歌，但郁溪很想祝镇的江依。

江依忽然有点想哭。

江依愣神的时候，郁溪用力攥着江依的手往下一拉，江依跌到床上。

郁溪愣愣地望着江依，这下子，两人的视线平齐了，江依不再是高高在上的大明星江冉歌，她们对等了，一如在祝镇的时候。

为了让郁溪睡个好觉，屋里的灯江依开的是入睡模式，昏黄的灯光洒下来，郁溪的长睫毛像不知名的小虫，在眼下投出一片浓厚的阴影。

江依柔声问："你是醉着，还是醒着？"

郁溪不答，只是看着她傻笑。

江依望着郁溪，眼里满是温柔。

郁溪喃喃道："姐姐，我又长大一点了，你什么时候回来？"

江依笑了，吸吸鼻子，又有点想哭。

如果可以，她希望她的小孩儿永远不要长大，人一旦长大了，就会发现世上有很多的身不由己。

她伸手摸摸郁溪的脸，说道："睡吧，你醉了。"

郁溪半醉着问："你会陪着我吗？"她的脸年轻而紧致，因醉酒而发红发烫，她微抬的眼皮下是闪闪发亮的眼睛。

江依将手掌轻轻覆上郁溪的眼睛："睡吧，我陪着你。"

郁溪长长的睫毛扫在江依的掌心，痒痒的。

江依说："小孩儿别闹。"

郁溪傻笑。

不知过了多久，掌心的痒意消失了，江依轻轻挪开手掌，发现郁溪睡熟了。

刚才郁溪说自己又长大了一点，她能有多大呢？她不过十九岁，在江依眼里她还跟孩子似的。

郁溪的长相其实很奇异，她长得偏清冷，当婴儿肥消失，她又冷冷地看着别人时，就有股成熟的味道了。可她一旦闭眼熟睡，脸上那股冷意消失，整个人又显得很"奶"。

江依给郁溪盖上被子，自己侧躺在被子外，一只手肘撑在枕头上，看着郁溪。

郁溪是真睡熟了，连睫毛都停止了颤动。江依忍不住挪了挪，离那张脸更近一点。

锋利的眉，挺翘的鼻，平时总抿着的嘴此时终于放松了。

江依发现自己也很想郁溪。

想这个词吓了她一跳，她一向心如止水，面对一个自己算不上了解的小孩儿还会生出这般情绪吗？

其实这么说已经不准确了，就像郁溪说的，她已经快二十了，是时候把她当一个成熟的大人对待了。

如果在祝镇，江依还能自欺欺人地把郁溪当成小孩儿看，那些沉重的过往也不会拿出来徒增她的烦恼，那现在呢？

一阵手机振动的声音传来。

江依翻身下床，走到窗边压低声音道："喂。"

章阿姨的声音从手机里传来："江老师，朵朵不知怎么的，睡了一觉又醒了，现在闹着要找你……"

江依说："我马上回来。"

她给郁溪披了披被子，快速拿起风衣，走了。

回家的路上，她一只手肘架在车窗上撑着头，呆呆地看着乳白色毛衣上被郁溪打翻的橙汁留下的淡黄色的痕迹，那痕迹像一张人脸，在大肆嘲笑她的荒唐。

第二天，郁溪在一阵门铃声中醒来。门铃声轻盈悦耳，并不像她以前听过的铃声那么刺耳。

她睁开眼,入目的是洁白的被罩,黑胡桃木的家具,透出精致奢侈。

这是哪儿?

昨晚她和孟辰辰去吃烧烤,她记得自己猛灌了几杯啤酒后,意识就断片了。

不是长大了吗?酒量怎么一点没随着人的长大而变好?江依的酒量怎么能那么好?

想到江依,她就想到昨晚那个令人依恋的梦,梦里江依来接她了,江依望向她的眼神那般温柔,与在祝镇时无异。

或许……那不是梦?因为她总觉得还能嗅到室内残留着一股淡淡的香味,透过那有些呛鼻的昂贵香水味,依稀能闻见江依栀子花般的清雅体香。

门铃声又响了一遍,郁溪翻身下床,头传来一阵剧烈的疼痛,双脚触地时她走得像用尾巴换了双腿的人鱼公主一样艰难。

门外站着穿制服的服务员,她看到郁溪愣了一下。

在她眼里,来开门的少女穿着皱成一团的脏卫衣和牛仔裤,一根马尾辫在枕头上蹭得差不多快散开了,头发毛茸茸的,脸上还有枕头压出来的浅浅的痕迹。

她猜测少女脸都没洗,可在走廊里透进来的清晨微光里,少女青春无敌的一张脸十分清冷,好看极了。

她就是昨晚给江依送橙汁的服务员,虽然惊艳,但她还是冷静地说道:"小姐,您叫的客房服务,早餐送到了。"

郁溪说道:"我没叫客房服务。"

服务员眨眨眼:"那就是您朋友叫的。"

"昨晚谁和我一起来的?"

"您问我?"服务员笑了,心想这小姑娘不知是江冉歌的什么人,是助理还是什么?这个问题是在考验我们酒店的专业度吗?

她义正词严地说:"我们不能透露客人的隐私。"

郁溪接过早餐道了谢,服务员就走了。郁溪把托盘放到桌上,托盘里放着卤蛋、油条、小米粥、吐司、培根、牛奶,不知这是酒店别出心裁的中西混搭,还是点餐人特意交代的,反正看着营养均衡,很适合宿醉的人。不过她一口都没动,而是冷眼看着房里的一切。

她仅有一次住酒店的经验,还是中学时她代表二中到市里参加竞赛,要留宿一晚,学校老师带她开了一个小宾馆的单间。

那是个逼仄的小房间，上白下绿的墙，白色部分有不知第几任客人留下的油污，墙角的墙皮剥落了，被子散发着浓浓的潮味和汗味。

对当时的郁溪来说，那个单间的条件已经足够好了。那个房间却和眼前的酒店房间形成鲜明对比。

精致的墙纸，黑胡桃木的吧台，室内弥漫着淡淡的昂贵的香味。

这是邯城大明星江冉歌的世界。

她一个祝镇来的小孩儿，与这个世界格格不入。

她背上双肩包，脸都没洗一把，干脆利落地走了。

孟辰辰本想在宿舍等郁溪，但她没等到，今早又有非常严厉的教授的课，她琢磨着怎么帮郁溪签个到。

正当她转着笔看着其他同学签到时，手机响了，她摸出手机来一看，短促地尖叫出声。

旁边的同学问她："怎么了？"

孟辰辰赶紧摆手："没什么。"

她捏着手机溜到走廊接起电话。

手机里，江冉歌的声音传来："辰辰，早。"

天哪，她要晕过去了。

从昨天晚上江冉歌奇迹般地出现在她面前开始，她就有种不真实的感觉。

昨晚她拿到了江冉歌的"TO签"，跟江冉歌交换了手机号码，和江冉歌合了照，现在江冉歌不仅打来了电话，还亲切地叫她辰辰！

现在她决定封郁溪为她的"神仙朋友"。

"郁溪小朋友回学校了吗。"

孟辰辰说："还没呢。"

"是吗？"电话那端，江冉歌的声音听上去有些担心的意味。突然，孟辰辰高呼一声："来了来了！少年英雄'小哪吒'来了！"

江冉歌一愣："啊？"

孟辰辰说道："少年英雄小郁溪，猛踩着她的风火轮在上课的前一秒赶到了！"

郁溪先回宿舍洗漱，又换了件衣服，而后一路小跑过来上课。她看到孟辰辰边在走廊打电话，边指着教室门口让她赶紧去签到。

郁溪连忙跑过去在签到本上签下自己的名字，上课铃就响了。孟辰辰收起手机，溜到郁溪旁边坐着。

这一节是公共基础课，孟辰辰一边心不在焉地记着笔记，一边瞟郁溪。

郁溪问道："我脸上沾东西了？"

孟辰辰憋不下去了，问道："说！你是怎么认识我冉姐的！看首映的时候你还问我冉姐叫啥名，装得还挺像！"

"你怎么知道我认识她？"

"我不仅知道你认识她，我还知道你们俩关系好得很。"孟辰辰哼了一声，"昨晚你喝醉了，她二话不说就跑来接你了。"

孟辰辰压低声音问道："你居然是去冉姐家当家教老师？你不是说她没孩子吗？难不成……"

郁溪默默摇头，仔细想想，那个叫朵朵的小女孩儿长得跟江依一点也不像。

孟辰辰又问："你到底是怎么跟冉姐关系那么好的？她还叫你郁溪小朋友，宠死了，羡慕死我了！"她问郁溪，"难不成冉姐跟你家里人是好朋友？她认识你爸妈？"

"我没爸。"郁溪说，"我妈也早就去世了。"

孟辰辰呆了："对不起啊郁溪，我不知道……"

郁溪平静地摇摇头："没什么，都是很久以前的事了。"

孟辰辰觉得人生没有十全十美的事，比如郁溪，她长得漂亮，学习成绩又好，大一开学就被学校选去英国当交换生，不想她从小就家庭破碎。

如果人生真有等价交换这回事，孟辰辰宁愿自己天资平平但家庭幸福，这么想着，她就有点同情郁溪。

不过郁溪那么倔那么骄傲的人，天天一脸杀气地冲向图书馆，跟要去打天下似的，怎会需要同情这东西？

孟辰辰只得不着痕迹地对郁溪好，比如这天下课后，她晃着两张票对郁溪说："最近邯城有个艺术展，展出的都是国内著名艺术家的作品，学生会有赠票，你去不去？"

郁溪这个理科生对艺术毫不感兴趣，于是干脆地拒绝了："不去。"

"去嘛。"孟辰辰劝道，"我听说展览上有个艺术装置展出，展示的是天体物理不同星球间的关系，可有意思了，说不定你在研究项目上想不通的那些问题,借鉴一下艺术家的清奇思路就有眉目了。"

孟辰辰之所以这么做主要是前天刚听了一个心理学的讲座,说人的生活不能太单调,不然心理容易出问题。

孟辰辰觉得郁溪的生活太单调了,她每天宿舍教室图书馆三点一线,脸上一点笑容都没有,她必须带郁溪出去溜达溜达。她好说歹说,郁溪才同意去。

郁溪看上去真是对艺术一点兴趣都没有,进去后,她眼皮都不抬地将墙上挂的画略过去了。

郁溪拿着介绍折页看了一圈也没找着地图,就问孟辰辰:"你说的天体物理艺术装置在哪儿?"

"我也不知道,我找找。"孟辰辰说着往展馆里看了一圈,突然她的目光定住了。

郁溪顺着孟辰辰的视线望过去,孟辰辰挥手叫:"冉……"

她叫了一半才发现不对,立即噤声了。

站在那里的江冉歌,穿着一件淡蓝色的大翻领海马毛毛衣,一条浅蓝的牛仔裤,脚上是一双及膝的平底马靴,戴着一顶黑白格粗呢报童帽,整个人既清丽又酷飒,只是帽檐压得很低,她还戴了副框架眼镜,整个人特别低调,显然不想被人认出来。

她旁边是一个同样打扮精致的年轻女生,她应该是和朋友来看展的。

郁溪没想到会在这儿遇到江依,马上移开了视线。

其实江依也把视线移开了,但站在江依身边的是舒星。舒星一看见郁溪,就拉着江依向郁溪这边走来。舒星笑盈盈地对郁溪道:"好久不见。"

孟辰辰见江依身边的女生同样漂亮,"美女恐惧症"都要犯了,但那个女生挺亲切的,还笑着跟孟辰辰打了招呼:"嗨,我叫舒星。"

孟辰辰也笑着打招呼:"你好。"

"你们也来看展?"舒星问孟辰辰,"你是郁溪的朋友?"

"是呀,我们是同学也是朋友。"孟辰辰觉得自己嘴太笨了,就没话找话地问舒星,"你也是郁溪的朋友?"

孟辰辰现在十分怀疑郁溪的真实身份。

她知道郁溪挺穷的,是从山里的小镇里考出来的,前段时间郁溪还找秦老师,想勤工俭学,而且她投了许多简历准备去打工。但郁溪居然认识江冉歌，江冉歌对她还很宠爱，还有现在这个女生，一看就是那种家里巨有钱的千金小姐，看上去跟郁溪也挺熟的。

郁溪莫不也是有钱人家的大小姐，现在只是装穷出来体验生活的？

千金小姐舒星对孟辰辰笑道："我还不算郁溪的朋友。"

"因为郁溪还没把我当朋友，对吧？"

舒星这么一说，孟辰辰差点没被口水呛死。

孟辰辰知道郁溪这个人不好接近，但舒星看上去长相好性格好家世好，郁溪怎么就不愿意把对方当朋友了？

孟辰辰偷偷看了郁溪一眼，郁溪一脸的平静，只是飞快瞟了一眼江依。郁溪在人生最灰暗的那段时间，唯一愿意放心依赖的人，是江依。

可孟辰辰不理解，心想：郁溪瞟江冉歌干什么？

孟辰辰又偷偷看了一眼江冉歌，只见她垂手站在一边，很有耐心，没有催促她们，但她跟她们三个年轻人之间好像隔着一段距离。

舒星问郁溪："难得今天遇到了，一起看展吗？"

孟辰辰吞了一下口水。她发现自己很难拒绝。

郁溪说："我跟我同学一起，她跟你们不认识，算了。"

江依这时开口说了这次见面以来的第一句话："让她们两个小朋友自己逛，我们走吧。"

舒星也没勉强郁溪，说道："行，改天再约。"

舒星和江依一起走了，孟辰辰松了口气，问郁溪："你老实交代你的身份。"

郁溪一愣："啊？"

孟辰辰："你是不是哪家的千金大小姐出来体验生活的？是不是我看上一个轻奢包，你就会很不屑地说配不上我，然后立马刷卡给我买一个香奈儿？"

郁溪说道："让你失望了。"

孟辰辰嘿嘿一笑，挽住郁溪的胳膊："那我也跟你好。"

郁溪不想在这里多留，说道："那天体物理艺术装置找不到就算了，我们走吧。"

"别呀。"孟辰辰好不容易才把郁溪拖出来散心的，她想了想，问郁溪，"你是不是怕又碰上舒星，搞得场面尴尬？她对你过于热情了？"

郁溪沉默了。

孟辰辰见状，说道："其实这展馆这么大，我们分开走，很难再遇到她们吧。"

但孟辰辰忽略了一件事，这展馆是挺大的，但洗手间就两个，而且郁溪在里面遇到的不是舒星，而是江依。

郁溪推门进去时江依正在洗手，江依看到郁溪愣了一下，又笑了一下。

不常见的黑框眼镜让江依多了一种距离感，这个江依跟祝镇那个肆意张扬的女人很不一样。

郁溪也不知道自己被什么刺激到了，反手就把洗手间门锁了，双手背在背后握着把手，用背抵着门。

江依纤长的手指还滴着水，从盥洗台上方的气窗里射进来的秋日阳光在她身上氤氲出一圈不真实的光晕，她问郁溪："上次喝醉后你没感觉不舒服吧？"

郁溪看着她问道："你不怕我骂你多管闲事了？"

郁溪觉得自己恨江依，所以上次见面，江依从家里追出来时，她对江依那样凶。

江依又笑了一下，说道："小孩儿，你是挺能闹腾的。"

"反正我在你眼里一直都是小孩儿是吧？"郁溪说。

江依静静地看着她。

郁溪不知道邺城的江依为什么是这样的，周身像笼着一层淡淡的雾，眸子像一汪哀伤的湖。

郁溪有一瞬间的失神，但很快清醒过来："我现在对你的孺慕一点不剩了，我不想看到你，你根本不是我想象中的那个人。我就想问问你，我哪儿不如叶行舟？你能对她敞开心扉，却连真实的名字都不愿意告诉我。"

郁溪只是远远地见过叶行舟一面，叶行舟对十九岁的她而言，是一个活在人们口中的传说。她也在网页上搜索过叶行舟，叶行舟是商界奇才，律政鬼才，手段狠辣行事果决。除了这些很片面的关键词以外，她就再搜不出什么信息了。

说完了，郁溪忍不住上前问道："是因为她比我有钱吗？"

江依静静地看着她。

郁溪恶狠狠地说道："以后我会比叶行舟有名，也会比叶行舟有钱，一定的。"

江依笑了笑，说道："我相信。"

郁溪瞥了一眼江依，说道："但那都跟你无关。"

江依柔和地看着她，说道："我知道。"

那柔和的目光让郁溪浑身不自在，她狠狠地拉开身后的门："我走了。"

她逃跑似的，步伐有些快。

郁溪跑远了，才想起自己根本没上厕所，可她一点也不想回洗手间了，她给孟辰辰打了个电话问孟辰辰在哪儿。

郁溪找到孟辰辰的时候，孟辰辰站在一幅巨大的画作前，看得十分投入。郁溪走过去，只看了那幅画一眼就移开了视线。

那幅画里有一种似曾相识的东西，令她不安。过分热烈的色调，过分凌乱的笔触，过分强烈的视觉冲击，让整幅画充满了某种张扬感。

郁溪看了画框上的名牌一眼，上面写着"釉迩"两个字，这个名字偏中性，但郁溪觉得这应该是个女画家的名字。

"你也觉得这画不错？"孟辰辰发现郁溪在看釉迩的名牌，就问道，"你知道釉迩吗？"

郁溪摇头。

"釉迩可是中国现代画界的当红'炸子鸡'，随便一幅画都能拍出天价，可惜伊人早逝。"

郁溪有点意外："她已经去世了？"

孟辰辰点头："好像跟感情纠葛有关，不过没有相关的新闻，她挺神秘的。"孟辰辰突然叫了一声，"对了，你知道吗，釉迩大部分画都被收藏家私藏了，根本不在市面上流通，最近在市场流通的釉迩的画还是一年多以前的一场拍卖会，传言那幅画被叶行舟拍下来送给冉姐了，不知是不是真的？"

孟辰辰问郁溪："你说是不是真的？"

"我不知道。"郁溪忽然心烦意乱起来，拉着孟辰辰走了。

接下来几天，江依很忙。

没人想到，江依十年后突然回国拍的一部文艺片会火到这种程度，会成为她的又一部代表作。

毕竟，江依已经十年没在国内拍过电影了，她在国内的电影代表作还是刚出道的时候拍的。那部电影是一个叫观山的女导演导演的，她导武侠片很有一套，拍出的片子有种苍凉飘逸的美感，很多人把她誉为华裔奥斯卡导演的接班人，可惜她英年早逝了。

被观山一手挖掘的江依出演了两部不温不火的电影，就跑到美国拍剧去了。

江依不是科班出身的演员，她以前是学跳舞的，学的是中国古典舞，她十几岁时一曲仿古的《霓裳羽衣舞》不知惊艳了多少人，到现在她的表演视频还在网上广为流传。很多人对她放弃跳舞这件事大感可惜，不明白她为什么要跑去演戏。

说实话江依的演技被许多人诟病，他们觉得她太木，眼里没光，演什么角色都像木头。她能在美国出演电视剧和电影，大多是因为颜值和气质，而非演技。

只有观山导演的那一部《剑灵》除外，江依在里面演一个失去一切的侠女，这个角色不到二十岁的年纪，一双眼似天边的寒星，仅凭剑气就可以杀人，一身灼灼的红衣，穿行于碧绿的竹林和苍茫的大漠，江依的表演可谓是灵气逼人。

那时还有人把江依看作天赋型的下一任"影后"，后来大家才发现不是她演技好，而是观山教得好。

但喜欢江依的还是大有人在，毕竟美成这样的人不多，粉丝喜欢她也喜欢得理直气壮，孟辰辰就是其中的一个典型。都说江依是女神，"高岭之花"很容易让人产生距离感，哪儿那么容易跟角色融为一体。

没有人想到江依能演出《撞击》里沈桃这样的角色。

一个在小镇台球厅工作的女人，灰败落魄，却明艳逼人，有一种不问将来的破碎感和决绝感。剧中的江依一头蓬松的大波浪鬈发，涂着斑驳的漆红色口红，抽着烟，跟平时高贵清雅的江冉歌判若两人。

这天江依参加一个访谈节目，主持人问她："为什么会接这么一个角色呢？"

江依回答："因为剧本。"

主持人又问："是不是因为剧本角色跟你本人反差很大，你觉得挺有挑战性的？"

"不。"江依说,"因为剧本是观山写的。"

满座哗然。

距离观山的忌日已经快过去十年了,前两年还有粉丝写文悼念她,可演艺圈迭代太快,观山的代表作又仅有一部《剑灵》,这几年提起她的人就越来越少了。

现在观山这名字突然从江依嘴里蹦出来,观众都十分感慨。

主持人说:"您真是个恋旧的人。"

江依今天穿了一袭白裙,飘飘欲仙,有一种历经岁月的美,纤长的睫毛沉沉垂下,她早已不是十年前那个凭剑气就大杀四方的红裙少女了。

恋旧?江依想,或许最恋旧的人不是她。

旧事像一枚琥珀,美得熠熠发光。但旧事也像一个牢笼,困住曾经充满生命力的小虫。

这时,叶行舟正坐在嘉宁集团的会议室里看江依这场访谈的直播,戴银戒的手指一下下敲着掌心,她对助理说:"她真美,是不是?"

助理毕恭毕敬地说:"江小姐是全世界最美的人。"

邮航宿舍。

今晚金小宁和严华出去看电影了,她们本来没打算看《撞击》,严华还说过江冉歌演技不行,空有一张脸没什么好看的,但架不住这电影最近实在太火,算是最近难得的叫好又叫座的作品,好像没看过都不好意思出门跟人聊天了,所以两人还是买票去看了。

孟辰辰乐得安静,塞着耳机看她女神江冉歌的访谈直播。

郁溪今天也在宿舍,图书馆管道检修闭馆了,自习室满满的都是人,她过去时已经没位置了,于是回了宿舍学习。毕竟她学习时注意力十分集中,之前图书馆有人谈恋爱有人抖腿有人偷吃辣条都没能影响到她,在宿舍学习也没什么。

偏偏今晚孟辰辰的耳机坏了,有点漏音。

孟辰辰是那种挺注意别人感受的人,应该没意识到自己的耳机坏了,如果郁溪出声提醒一下她,她一定会把视频声音调小的。

但郁溪不知为什么,并没出声提醒孟辰辰。

只是她转着笔,转了半天,眼前的书也没翻一页。

她听到江依说:"因为剧本是观山写的。"

郁溪打开笔记本电脑,在网页搜索界面上输入"观山"二字。

郁溪的笔记本电脑,是回国后研究项目学校免费提供给她使用的,挺旧了,键盘不太灵光,G 这个按键时灵时不灵的。

郁溪输入"观山"时,第一次出来的是"燕山",然后又变成了"岩山"。

仿佛老天让她停止搜索关于江依的一切。

然而郁溪就是固执地狠敲 G 键,把"观山"的名字打对了。

她觉得现在的她对江依的感觉很复杂。

一方面她觉得她恨江依;另一方面,她好像停不下来对江依的关注。

网上关于观山的信息不太多,说她是对江依有知遇之恩的女导演,只拍了《剑灵》这一部代表作,在筹备第二部电影期间出了事故,家属保密工作做得很严,具体出了什么事故并未透露给媒体。

孟辰辰看江依的访谈看得特投入,一会儿抽泣一会儿傻笑,单从她的表现来说很难看出她是一个航天工程专业纯理科思维的学生。

孟辰辰不出声的时候宿舍里很静,郁溪从孟辰辰漏音的耳机里听到主持人说:"电影里有一个片段给我们留下了非常深刻的印象,那就是沈桃第一次到台球厅的时候,看到球妹们争奇斗艳,那时她还没在台球厅拥有一片属于自己的天地,作为外来者,她倚在台球桌边吃了个桃子,一下就惊艳了众人。"

主持人笑着从桌下摸出一个洗干净的桃子,说道:"你能给我们重现下这个片段吗?"

现场响起一片惊呼。

其实今天是工作日,又是晚上,很多人是下班了赶回来看的,多少有点疲惫,这会儿不单是演播厅里的人个个坐直了,看直播的观众也支棱了起来,一副"你要聊这个我可就不困了"的表情。

江依的经纪人捏着稿纸,在台下骂了一句:"搞什么啊?"

主持人提的根本不是台本上的问题。

江依的生活助理赶紧安抚经纪人:"冉姐最近太火了,这些节目为了收视率都疯了,不然有叶总压着谁敢啊?"

不过江依的经纪人没动真怒,因为她觉得江依会拒绝。

毕竟江依绝不算好说话的明星,清冷的长相和高贵的气质让她给人距离感挺强的,她经常拒绝主持人和记者的不合理要求。

没想到江侬竟笑了,说道:"好啊。"

江侬这一笑,现场观众又沸腾了,毕竟"高岭之花"不常笑,一笑就仿佛冰川融化,春回大地。

不知江侬想到了什么,那一贯冷淡的美眸里突然多了温柔灵动的色彩。

观众席里有人激动得直拍大腿:"回来了回来了!电影里风情万种的沈桃回来了!"

江侬从主持人手里接过了桃子。

郁溪不知何时站到了孟辰辰身后。

江侬抬手,微微张开红唇,对着桃子咬下去。

那桃子泛着淡淡的粉,与江侬冷白纤长的手指形成对比,贝齿轻磕在桃子上,桃子饱满的外皮被咬破,露出洁白的桃肉来,晶莹的桃汁顺着江侬的手指,淌下来。

这季节桃子已经不多了,被主持人精心选出的这颗也有些软,江侬怕桃子滚落用力握着,指尖嵌入柔软的果肉里面。

其实江侬现场的动作很自然,美人吃桃,带给观众风情满满的视觉享受。

可在郁溪眼里全然不是这样。

江侬的眼神活过来了,她不知道江侬想到了什么,可有一瞬间她觉得江侬是在看镜头外的她。

她有时觉得江侬就像一颗桃子。

她看着屏幕里的江侬,手指插进桃肉里,不明白这女人为什么能如此鲜活,能和生命最本原的冲动连结在一起,带着桃子味的清香。

她带着山顶野草般蓬勃的生命力。

她带着夏天的风和秋天的果,一片丰饶。

可是,郁溪的眼神冷下去。

这样的江侬,却是一个骗子!

郁溪听孟辰辰说,娱乐圈其实是一个很混乱的地方,大家都习惯了用假意去换真心。

江侬也是这样的人吗?

郁溪冷着脸,在专心看视频的孟辰辰还没发现她的时候,默默退开了。

第二天下午，郁溪下课很早。她接到一个电话，是个陌生号码打来的，不过郁溪对数字很敏感，一眼看出那串号码有点眼熟。

郁溪接起电话，电话里的声音也有点耳熟："郁老师，您是从今晚正式开始给朵朵当家教您记得吧？朵朵很喜欢您，所以薪水在我们之前说的数字上面再上调百分之十。"

郁溪有点意外："我以为江……小姐已经告诉你们了，我觉得我不太适合这份工作。"

"是吗？"对方有些意外郁溪会拒绝，毕竟这价位在家教市场很有诱惑力。

钱也够，孩子也喜欢她，到底还有哪儿不合适？

对方说："您稍等，我请示一下。"

对方很快又回了电话过来："郁老师，我给您发了段视频，您方便看一下吗？"

挂了电话后，郁溪打开视频。

她没想到那个有着星星一样眼睛的小姑娘，上次在她面前很乖巧的朵朵会在医院里，并且又哭又闹。几个护士拿她没办法，就吓唬她："你再这样不乖的话，就要给你打那种让你睡着的针哦！"

郁溪浑身发寒。那种平静之下的癫狂，自一个十岁小女孩身上爆发出来，一下子勾起了她童年的记忆。

对方的电话又打来了："郁老师，您看，朵朵的情况就是这样，她很需要人陪。我们不勉强您当她的家教，就有一个不情之请，不知道您现在方便去医院看看她吗？"

郁溪冷下心肠，说道："我不去。"

上一次她遭遇的这样的癫狂，不知影响了她多少年，她那时明明还是个几岁的孩子，却被迫成了成熟的大人。

她从小学会的一点是，人要想成全自己，必须狠得下心。说到底，这个小女孩儿跟她有什么关系？

对方的声音听起来很平静："好吧，不好意思打扰您了。"

半小时后，郁溪站在医院里，眉毛微微拧起，她有些烦躁，明明说了不管，自己还是坐着地铁赶过来了。

郁溪给刚才的女人打电话："朵朵在哪个病房？"

女人接到电话并未表现出意外的样子，流畅地报出病房号，好像她早就知道郁溪会来似的。

郁溪心里有些不痛快，之前在电话里女人说要请示一下，她应该是去请示江依了吧？江依是算准了她嘴上会拒绝，实际上却会跑来？

江依这么了解她？

郁溪并不想被江依拿捏得死死的，所以有些踟蹰地站在病房外。郁溪透过病房门的小圆窗，能看到在里面哭闹不止的朵朵，不知之前表现得那么安静的小女孩儿，哪来那么旺盛的精力竟然闹那么久。

一个戴眼镜的女人走过来："您是郁老师吧？您准备好了随时可以进去。"说完她就退开了。

女人的语气透着训练有素和公事公办的冷漠，显然安抚朵朵不在她的业务范围之内。

郁溪有点头疼，她不想进去，可身体不听话，已经颤抖着手指向门把手伸去。

这时一阵高跟鞋踩在的声音越来越近，一阵令人晕眩的奢侈香水味随之而来。郁溪皱眉，倒不是不喜欢那香味，重要的是那隐藏在香味后的栀子花香更让她难受。

江依匆匆冲过来，看到病房门口的郁溪愣了一下，可她很快绕开郁溪，去推病房门。

郁溪低声问："你就是这么利用一个小孩子的吗？"

"你为什么非要让我来当这个家教老师？"

江依面无表情地看了郁溪一眼。

江依今天穿的是一条红裙。郁溪在知道她是谁以后，偷偷地看了她不少作品，当然包括十年前那部《剑灵》。今天江依穿的红裙，是条还没来得及换下的礼服裙，这条礼服裙裹着她纤长的身体，它的色泽和十年前的她出演的侠女身上的红裙有一些像。

但现在的江依和十年前的侠女太不一样了。那份张扬消失了，她脸上只有浓浓的疲倦，淡淡的哀愁。

郁溪一愣。

江依竟然叹了口气，说："让一下。"那语气也淡淡的，背后的意思是我现在没工夫跟你扯这些。郁溪怔怔地放开手，江依就匆匆进去了。

郁溪背着双肩包在门口观望。

江依进去后就把朵朵抱在怀里。朵朵闹起来其实挺疯的，不停地推江依，还又扑又咬的，但江依始终一脸平静，被挣开了就过去把朵朵抱在怀里。

江依穿的那件红色礼服裙很修身，丝滑的缎子挂在她身上，配上她浓密而顺滑的黑发、柔软纤细的腰肢，让她看上去像株柳树，点点哀伤在灼灼燃烧。礼服裙被朵朵抓过的地方皱了，被咬过的地方湿答答的一片，颜色变深了。

礼服越华丽，越反衬出江依的狼狈。

朵朵哭着说："我要郁老师。"

江依温和而坚定地说："不行。"

郁溪看得投入，突然响起的轻轻的脚步声吓了她一跳，她扭头一看，来了一个医生，她停在病房外观察朵朵的情况。

医生问郁溪："你是谁？"

郁溪不知怎么的就说："我是朵朵的家教老师。"她明明打算拒绝这份工作的。

因为这儿是VIP病房，不经家属允许其他人是不能进来的，医生就没对郁溪设防，她自我介绍道："我是朵朵的主治医生，治疗她挺多年了。"

郁溪问："朵朵的身体一直不好？"

医生点点头："她的脊髓一直有炎症，这属于基因变异，控制得好，也就是隐隐地疼，可以正常生活。可在急性发作期，她就会感受到剧痛。现在没什么对症的止疼药，大人都受不了，何况她只是个孩子。"

医生看着病房里的朵朵，语带同情地说："朵朵的病算是特别严重的那种，病经常急性发作。你看她现在这样，我们都没推荐她去看心理科，因为我们很清楚，她就是疼，疼得受不了，总得发泄一下。"说着医生又叹了口气，"你们家属好好安抚一下。"

医生走后，郁溪继续站在门外看着病房里面。

因为曾在小时候经历过这一切，郁溪知道人在面对一个几近癫狂的对象时，情绪很难不受到影响，心态很容易崩溃。这时她有点佩服江依，她小时候做不到的事，江依能做到。

江依一直抱着朵朵，无论朵朵怎么推她怎么咬她，她始终一脸平静。

郁溪觉得，江依要么是天赋卓绝的心理强大者，要么就是有个足够有力的理由,让她不得不做到这样。

郁溪仔细对比了朵朵和江侬的长相,她俩真没半点相似之处,所以应该不是母爱在"作祟"。

那是因为什么?

朵朵一直哭号不止,鼻涕眼泪全蹭在江侬身上:"我要郁老师!"

其实郁溪明白,朵朵只见过她一面,哪儿就那么喜欢她,只不过朵朵知道了她拒绝当自己的家教老师,求而不得,就拿她当发泄情绪的出口。

江侬始终温柔而坚定地说:"不行。"

"为什么?"朵朵大哭,"以前我要什么你都答应我。"

在朵朵心里,江侬是全世界最宠爱她的人,无论她要星星还是要月亮,江侬都会去摘给她。

可这次江侬只是抱着她的头,说:"朵朵,真的不行。"

江侬看上去很累。她是参加完活动直接过来的,她化了妆,可浓浓的粉没遮掉她一脸的疲惫。她被朵朵闹出了汗,一缕长发湿漉漉地粘在脸侧。

郁溪的手指微动,她忽然很想帮江侬把那缕头发理好。

这样想着,她真的就推门进去了。

江侬和朵朵同时抬起头。

朵朵愣了,叫郁溪的声音里带着浓浓的哭腔:"郁老师——"

"朵朵,不要哭了。"郁溪听见自己说,"我可以当你的家教老师。"

见到突然出现的郁溪后,朵朵渐渐平静下来,护士检查了一下朵朵,确认她身体的各项指征没什么问题,就建议郁溪再陪朵朵玩一会儿。

郁溪不知道能陪朵朵玩什么,因为她自己是个没有童年的人,就顺手拿起旁边的一本童话书,给朵朵念故事。

朵朵靠在床头,抱着一只玩具兔子,那双星星一样的眼睛亮亮的,脸上还有泪痕。

郁溪越念越觉得这个童话幼稚,什么公主等待着王子拯救呀,她在九岁时,就不相信这些了,但朵朵听得很投入。郁溪想,大概孱弱的身体让她活在一个类似童话的世界里,她被保护得太好,所以,不仅比当年的郁溪幼稚,也比其他同龄人幼稚。

郁溪合上书,说:"这个童话故事挺没意思的,我下次给你带本新的童话书。"

朵朵乖乖地说好，她乖巧起来真的很像小天使。

郁溪想起记忆中的那个人，那个人也是这样一体两面，疯起来时世界化为地狱，温柔起来让人仿佛置身于天堂中。

朵朵这会儿眼皮开始打起架来。郁溪替她掖好被子："睡吧，下次上课的时候见。"郁溪站起来走出去，轻轻带上门。

郁溪本以为江依会坐在走廊的椅子上等她，可远远望过去，只有先前提醒的那个戴眼镜的女人坐在长椅最末端，抱着电脑噼里啪啦地打字，好像在忙工作。

郁溪背着双肩包走出大楼。

这家医院有个小花园，深秋了花园里还一片姹紫嫣红。其实邺城整体的氛围偏肃杀，这样的景色并不多见。百花中间坐着一个红裙美人，郁溪发现那正是江依。

江依微皱着眉，闭着眼，单手缓慢地揉着太阳穴，长发垂下来挡住了小半张脸。

如果说在祝镇的江依像热烈的夏，那么，在邺城的江依就像落寞的秋。

无论如何喧哗热闹的场景，都无法撼动她的寂寥。

郁溪本想直接走开的，可双脚不听话地带着她向江依走过去。

"你不冷啊？"她靠着柱子问道。

江依一惊，睁开眼，看到是郁溪。

这时夕阳只剩最后悠长的尾巴，少女逆着光站着，周身被光晕笼罩着，好像在发着光。

江依眯了眯眼，开口问道："为什么同意当朵朵的家教老师？"

郁溪觉得江依这个女人很奇怪，明明找自己试课的是她，可拒绝朵朵要求的人也是她。

郁溪问："你不想我教朵朵？"

江依想了想，淡淡一笑："当就当吧。"

郁溪不知为何，从江依的语气里听出了一种"事已至此"的无奈。

好像很多事不是她能控制的。

郁溪看到江依从火红的晚礼服里露出来的白瓷一样的胳膊，没一点血色，还微微泛着青。那胳膊好像在引诱她脱下牛仔外套给江依披上去。郁溪移开目光,说道:"那我们以后会经常见面了。"

江依又是一笑,迎着夕阳问她:"小孩儿,你和舒星经常见面吗?"

郁溪冷笑一声,提步离开。花园里的小路狭长,她转身转得又快又急,不小心将手甩在江依的胳膊上,江依的胳膊一片冰凉。

郁溪飞快地看了江依一眼,江依笑着看着她。

郁溪咽下涌到嘴边的关切的话,快步走了。

郁溪回宿舍后,打开笔记本电脑搜了很久的"叶行舟"。

和传言一样,这是个极其神秘的女人,她从不接受采访,网上也没她的照片,只有一些碎片式的信息,显然是无足轻重的"漏网之鱼"。

孟辰辰参加完社团活动回来了,看到郁溪在宿舍,有点意外:"你怎么没去图书馆?"

郁溪问孟辰辰:"你了解叶行舟吗?"

"你怎么突然问起叶行舟了?"孟辰辰想了想,问道,"你不是跟冉姐很熟吗?你不认识叶行舟?"

郁溪摇头。

"嗨,我还以为你比我们这些粉丝知道得要多一点呢。"孟辰辰坐下来给郁溪讲,"其实我们这些粉丝对叶行舟也是一点都不了解。"

江依之前大部分时间在美国拍戏,偶尔回国参加活动,据说叶行舟去美国探过班。网上那些关于叶行舟的照片,都是她和江依在一起时被拍到的背影,不过这种照片一般在网络上存在的时间不会太久。

孟辰辰下了结论:"那些大大小小的娱乐公司,都跟嘉宁的律所有牵连,所以叶行舟是个不在娱乐圈却在娱乐圈有许多传说的女人。"

郁溪问道:"你听说过叶行舟有个女儿吗?"

"女儿?"孟辰辰一愣,"没有吧,不过倒是听小道消息说叶行舟曾经有个姐姐。"

第十一章
她像深秋的一片枯叶

听了孟辰辰这话，郁溪问："什么姐姐？亲姐姐吗？"

"不知道，"孟辰辰说，"据说叶行舟刚进嘉宁时，负责华北片区业务，那会儿她接受过一个也是唯一的一个采访，说要感谢姐姐。那个采访早搜索不到了，不过没人知道她说的姐姐是什么姐姐。"

郁溪沉默了。

江依姓江，叶行舟姓叶。

而朵朵，今天郁溪在儿童病房时读童话书时看到床头的姓名牌，朵朵姓白，白朵朵。

郁溪便状似无意地问了一句："朵朵，你跟谁姓？"

朵朵说："妈妈。"

郁溪于是怀疑朵朵是叶行舟的私生女，江依是帮叶行舟照顾孩子，可朵朵的姓又是怎么回事？

两天后郁溪接到舒星的电话："晚上有空吗？"

郁溪说："打算去图书馆。"

说完，她又想起每次自己在江依面前气闷的那些时刻，不知为何问了舒星一句："有什么事吗？"

"嗯，本来是有的。"舒星说，"我要参加邶城青年艺术家画展，画展的主题是未来幻想，我画了两颗星球，但总觉得它俩的位置关系有点奇怪，看起来很假。"

"郁溪大学霸，我知道你不喜欢画，不过如果你能用什么公式算一下星球的距离,给我指导一下就太好了。"舒星笑着说,"没空也没事,我自己再琢磨琢磨。"

这段时间,舒星和郁溪的相处,都保持着让人很舒服的节奏和距离。她不常给郁溪打电话和发信息,见面就更少了,只在天气预报说降温的时候,发一条"注意加衣"的短信,让人想反感都反感不起来。

郁溪抬眼瞟了一下书桌上的小黄花亚克力相框,想到舒星这朵小黄花从祝镇带出来并做成标本送给她,便说:"有空。"

舒星笑道:"那谢谢啦。"

郁溪问:"在哪儿见?"

舒星说道:"如果你方便的话,能来我们学校的画室吗?"

第二天下课,郁溪去了邶美。

邶美是全国最好的美术类院校,郁溪一进校门就看到路两旁展示着不少学生的画作,吸引了很多人驻足欣赏,郁溪低着头,匆匆走过。

郁溪按舒星给的地址,找到了画室,敲了敲门。来开门的却是一个短发女孩:"请问你是郁老师吗?"

郁溪一愣,才听到画室里传出一个舒缓的声音:"郁老师到了吗?快请郁老师进来吧。"

短发女生笑了笑,自我介绍道:"我叫小思。"小思带郁溪进去。舒星在衣服外面套了一条围裙,上面全是斑斑驳驳的干掉的颜料,这显然是舒星画画专用的"工作服"。这围裙一套,她看着比平时穿精致衣裙的时候显得放松不少,多了股不一样的魅力。

舒星丢下笔刷走到一张课桌前,笑着对郁溪鼓掌:"欢迎郁老师大驾光临,给予指导。"

郁溪摆摆手:"别笑我了。"

舒星指指桌上的一盒杯子蛋糕,说道:"这是给郁老师的谢礼,别嫌弃啊。"

郁溪放下双肩包,问道:"你的画在哪儿?"

"这边。"舒星说着带郁溪走过去,小思跟在她们身后。

舒星介绍了一句:"我毕业后想开工作室,小思天赋不错,对画画也有热情,我想让她当我的助理。"

小思在舒星身后笑。郁溪淡淡扫了一眼,觉得小思看向舒星的目光很熟悉。那目光中有种沉沉的光,那光郁溪在自己眼里见过,也在舒星的眼里见过。

舒星问:"你是不是觉得这比例关系不太对?"

郁溪敛起心神,向舒星的画看去。

"从物理学的角度说……"郁溪列了几道公式后,快速地讲解起来,听得舒星和小思云里雾里的,好在郁溪不是故弄玄虚的那种人,很快给了个调整方案。

舒星对小思说:"那我们再试试。"

郁溪说:"你们先忙,有需要再叫我。"

舒星指指一边的课桌说道:"你先休息会儿,吃点东西。"说完,就带着小思在一旁拟起修改方向的草稿来。

这让郁溪自在了不少,她走过去拿起一个杯子蛋糕。

画室比一般教室层高要高不少,加上装修极简,就有种空旷感。郁溪走到一边,那儿堆了一堆课桌,有些上下摞着,看上去是废弃不用的,却没有椅子。

郁溪也不挑,拿着杯子蛋糕,轻轻跃到课桌上坐下。

画室那端,舒星跟小思说着话,听到这厢的动静飞快地投来了一瞥。

少女垂腿而坐,处于从顶窗洒下的一片暧昧的光影间,但她兀自明亮、干净,她扬起修长的脖子,像棵挺拔的树。

她拿着杯子蛋糕却不急着吃,而是望向窗外的夕阳,像在怀念天高云阔的祝镇。

其实舒星觉得郁溪不属于邺城,邺城虽大,却被切割成一间间零碎的格子间。那个带着一身少年气的少女,该像树一样冲破桎梏冲向蓝天,不该囿于逼仄的方寸之地。

这时从窗口飘进来的蒲公英似的绒毛沾在郁溪手里的杯子蛋糕上,郁溪看到了,用手指把绒毛摘下来,舔舔沾在手指上的奶油,又对着杯子蛋糕咬了一口。

舒星快速移开目光,低头跟小思说着话。

小思对舒星很殷勤,舒星杯子里的温水没了,她就很自然地拿起杯子去给舒星倒满。

舒星又快速瞟了一眼郁溪,郁溪却根本没看她这边。郁溪低着头,修长的小腿摇摇晃晃的,扎着马尾的头在水泥地板上投下一个毛茸茸的影子,她不知道在想些什么。

又过了好一会儿,舒星才走向郁溪,说道:"久等了。"

郁溪丝毫没有被冷落的不快,她抬起头,难得地冲舒星笑了笑:"怎么样?"

舒星说道:"你过来看看吧。"

郁溪跟着她走过去,看她们拟定的画稿。这次位置关系差不多对了,郁溪又说了点细节问题,待舒星改完,她看完觉得没什么问题了。

郁溪说:"我先走了,还得去图书馆。"

舒星没留她的意思,点点头:"我送你出去。"

画室空旷,鞋子踩在地上都发出"咚咚"的回声,小思走到课桌边去拿杯子蛋糕,就听到舒星问郁溪:"蛋糕好吃吗?"

"还行。"郁溪问道,"你做的?"

舒星笑着摇摇头:"买的。"

送走郁溪,舒星回到画室,小思小心翼翼地问她:"舒星师姐,蛋糕不是你自己做的吗?干吗说是买的?"

舒星笑了笑,说道:"我只是请她来帮个小忙,待人来了就说亲手做了蛋糕当谢礼,这不是给人施压嘛。"

"要是她能吃出来这是我亲手做的蛋糕,那我承认了也无妨。既然吃不出,那就当是买的吧。"

舒星从小在那样的家庭环境中长大,没学会别的,就学会了揣度人心,知道如何进退,像每次她们家举办晚宴,大人们都会跳的那种圆舞曲那样。

这时舒星的手机响了,小思拿着画笔出去洗,舒星走到窗边去接电话。

打电话来的是舒星的闺密:"你的计划通了吗?"

她说的是以画为引,约见郁溪,并以此拉近与郁溪的距离,令郁溪对自己刮目相看的事情。

舒星用手指在窗边的红砖上画着圈:"就那样吧。"

"啊,什么叫就那样吧?"闺密觉得很不可思议,"不是,咱要诚意给诚意,要距离给距离,你那么漂亮,性格又好,姿态都这么低了,就想跟她交个朋友,她在傲什么啊?"

舒星说:"比不上别人。"

"谁啊?还是那个江冉歌啊?"闺密说,"江冉歌那人对谁都淡淡的,而且江冉歌大她十岁，忘年交也得彼此相处愉快，而不是处处迁就吧？"

"你别这么说。"舒星笑道，"反正我一点都不着急。"

"行，你不急。"闺密喊了一声，"反正人家没那个意思。"

舒星自信地说道："这只是暂时的。"

舒星看重郁溪是因为郁溪的纯粹，郁溪是她所在的生活圈里从未出现过的。

舒星最后说道："我会让郁溪意识到邺城并不适合她的。"

第二天是郁溪去给朵朵上课的日子。郁溪本来打算直接去江依家，不想再次接到上次那个女人的电话："朵朵又在医院闹脾气了，你能先到医院来一下吗？我派司机去接你。"

"好。"

郁溪大概能猜出朵朵的活动轨迹，处于脊椎炎症的急性发作期，是不可能正常上学的，朵朵大部分时间应该待在医院治疗，情况好的时候就回家，顺便上家教课。

司机把郁溪接到医院，郁溪走进病房，从双肩包里掏出一本童话书，这本童话书是她给朵朵买的。

其实郁溪现在用钱比在祝镇时还紧，仅有的一点积蓄都被她用来买材料做实验了，给朵朵的家教课还没正式开始，所以买这本童话书，用的是她两天的晚饭钱。

她念着童话，哭闹的朵朵逐渐安静下来。

这时推门进来一个人，黑色丝绒礼服的裙摆荡漾出好看的弧度，随之而来的是一阵郁溪不喜欢的香水味。郁溪捏紧了童话书。

这时戴眼镜的女人追进来，问道："江老师，你怎么来医院了，朵朵等下就要回家上家教课了。"

江依瞥一眼坐在床边的郁溪，说道："哦，我忘了。"

戴眼镜的女人说："朵朵的家教课是每周二和周四，回头我把课程表发给你。"

江依摆摆手："不用。"

郁溪心里有种感觉，江依好像挺不想面对她来给朵朵当家教这件事的。

江依对戴眼镜的女人说："程菲，你先下班回去吧，小敏开车送我来的，我让她直接送我和朵朵回去。"

程菲问郁溪："郁老师，你坐江老师的车可以吗？"

郁溪的嘴唇动了动。

"可以。"她说。

程菲恭敬地对江依说："那我先下班了。"说完她踩着高跟鞋走了。

这时有人敲门，朵朵的主治医生很快走进来说道："我刚下手术，朵朵今天要出院回家对吧？"

江依回答："对。"

医生说道："朵朵下午疼得厉害，有个消炎疗程还没做，大概是一小时，你们能等等吗？我带朵朵做完再走。"

江依看着郁溪问道："郁老师，耽误你一小时时间可以吗？这一个小时会按照课时费结算给你。"

"谁要你加钱。"郁溪看着江依脚下的地板，又抬头对朵朵说，"你去吧，我等你。"

朵朵眼角挂着泪，可怜巴巴地说："郁老师，你可一定要等我啊。"

医生带着朵朵走了。

江依在病床边的椅子上坐下，那椅子刚才郁溪坐过，还留有余温。

她不是缓缓坐下的，郁溪觉得她像深秋的一片枯叶，跌落在椅子上。明明在祝镇时她的身体是那么丰腴，在邺城她却单薄得像片叶子。

郁溪双手插在牛仔裤兜里，倚住墙边的立柜，不看江依，而是看着地板上星星点点的纹路。

她不看江依，她的眼睛却透过睫毛间的空隙，不停往上瞟，瞟到江依垂眸微笑，用纤长的手指拎起她放在病床上的那本童话书，垂着肩膀，一页一页地翻看着。

郁溪看着江依的姿态，她不像在人前一般紧绷着。郁溪总觉得江依跟她独处时，整个人放松不少。

江依漫不经心地笑着："《勇者斗恶龙》？"

"不可以吗？"

江依笑着摇摇头，她摇头的动作也是轻缓的。

郁溪气不打一处来："之前是谁买的童话书？什么公主等着王子拯救，污染小孩的思想！"

每当郁溪心里升起一腔对江依的柔情时,她就莫名其妙地生气,她总想找碴儿让江依跟她大吵一架。

可江依只是笑。

郁溪偃旗息鼓了,视线落在江依翻开的一页书上,精致的铜版纸反射着白炽灯的光,穿着铠甲的公主挥剑砍向恶龙。

郁溪忽然问:"剑重吗?"

"嗯?"江依缓缓抬头,下意识地单手撑着太阳穴,似乎有点累。她喜欢戴那种很长的耳线,耳线丝丝缕缕地垂下来,在浓密的黑发间反射出熠熠的光。

她的黑色晚礼服,像夜色中墨黑的溪水一样,流淌在她身上。因为是深秋,她披着一件宽大的西装外套。她那样懒懒地看着郁溪,眼里的光是温柔的。

郁溪移开目光,问道:"你十年前演那部武侠电影时,不是也拿过那种又大又厚的剑?剑重吗?"

"重啊。"江依笑着叹了口气,"我现在已经拿不动那把剑了吧。"

郁溪问道:"为什么?"

"我老了。"江依笑着,指指自己的眼下,"看,这儿有一道细纹,看到了吗?"她语气里有种放弃挣扎的寥落。

在郁溪的概念里,那是七老八十的人才有的语气。

朵朵所在的儿童病房面积挺大的,这会儿江依和郁溪,一个坐在病床边,一个倚在靠墙的立柜上,两人之间隔着不短的距离,江依象征性地一指,原是不指望郁溪能看到的。

没想到郁溪直接走过来,江依一愣。

她一双黑白分明的眸子看着江依。

江依还捏着郁溪买来的那本童话书,手指在铜版纸上捏紧了。

儿童病房的灯光柔和,一片静谧中,年轻人的眼神锋利得像刀。而后郁溪说了句粗话:"屁。"

江依几乎怀疑自己听错了:"你说什么?"

郁溪这会儿说话已经带了一点邯城腔,她字正腔圆地说道:"放屁。"

江依扑哧一笑。

"你这小孩儿。"江依笑着说,"我都不知道学习好的小孩儿也会说粗话。"

郁溪退开了，双手插兜，俯视着江依，看着灯光在江依皎洁的额头上投下的那一块小小的光斑。

江依跷着腿，被郁溪看着不知怎么的身体就晃了晃，高跟鞋"啪嗒"一声轻轻掉在地板上。

两人一起低头。

江依看着高跟鞋，郁溪看向江依的脚。

江依轻轻弯腰，把鞋穿上了，她圆润的脚藏进黑色羊皮高跟鞋里，像一块美玉藏进了匣子里。

屋子里静静的，没人说话，郁溪就那么杵在江依身前，江依没叫她走开，但也没理她，只是继续翻着手里的童话书。

这本童话书不算厚，她很快就翻完了，最后她把书翻过来，去看精装硬壳封皮上印的价格。

郁溪还没意识到江依的动作意味着什么时，她的肚子叫了。

"咕——"声音拖得老长，回荡在静谧的病房里，像什么奇怪的鸟在叫。

郁溪的脸一红，退开两步。

江依没听到是不可能的，她低下头好像笑了一下，然后抬头问郁溪："饿了吗？"

郁溪的脸更红了，然后她才意识到江依这句话不是在问她，只是为了引出她接下来想说的话："我饿了，朵朵那边还早，你陪我去医院食堂吃点东西吧。"

她站起来，风姿绰约地对着郁溪微笑。

江依穿着高跟鞋，经过医院走廊时刻意放轻脚步，带郁溪慢慢走到食堂。

郁溪双手插在牛仔裤兜里，跟在江依身后。她一抬眼，就能看到江依的背影。

走廊的白炽灯光像月光，盈盈地洒下来，让郁溪恍惚间生出了她们是走在祝镇小巷子里。

那时，有无数个日子，她也是这样跟在江依身后慢慢走。

那时，她还不恨江依。

郁溪莫名其妙地一阵鼻酸，又低头逼自己把它憋回去。

她不知道江依为什么要骗她。

罢了罢了，现在想这些做什么，反正现在她和江依只是雇员和雇主的关系。

她快走两步追上江依，说道："给我加钱。"

江依没明白："嗯？"

"今天我多等了朵朵一个小时。"郁溪一副公事公办的口气，"按照你说的，你得多给我钱。"

江依笑了："好啊，给，你想要多少，我就给你多少。"她目光带点宠爱，好像在看一个任性胡闹的小孩儿，心里觉得这小孩儿可爱。

"谁要你多的钱。"郁溪脖子一梗，"谈好的价格是多少，你就给我多少。"说完她撇下江依，大踏步向走廊的另一端走去。

"喂，小孩儿。"江依含笑的声音在她身后响起，"你走反了，食堂在另一边。"

这是邯城最好的儿童医院，食堂环境很好，而且是会员制，人流量不大，食堂里零星坐着几个人，一边吃饭，一边望着悬挂起来的电视。

郁溪瞟了电视一眼。

时值傍晚，正在播放新闻。郁溪没想到会在时政新闻里看到江依，新闻说江依的新电影《撞击》取材于中国当代生活，极有现实意义，栩栩如生地展现了中国小镇的画卷，叫好又叫座，是中国电影发展史上的又一里程碑。

江依站在郁溪身边，耳垂上的耳线摇摇晃晃的，脸上的表情有点惶恐："这是在说我？"

电视里放着江依穿晚礼服参加宣传的片段，她清冷孤傲，带着浓浓的距离感，反而激得人想伸手去采撷。

食堂里零星坐着的人也看到江依了，不过他们很有素质，没来打扰她，只是冲她笑着点头。江依也微微点头回应。

江依扭头问郁溪："想吃什么？"

郁溪看了一眼江依身上的晚礼服和高跟鞋，说道："我去吧。"

江依笑着睨她一眼："你有饭卡吗？"

好吧，她没有。她只能乖乖坐到桌边，看着江依去窗口打饭。

在江依打饭途中，郁溪发现食堂里的人都在偷偷瞟江依。

江依小心翼翼地端着两碗牛肉面向郁溪走来，郁溪发现自己不知怎么的就成了众人艳羡的对象。

这么一个明星为她端面,还很贴心地问她:"牛肉面可以吗?这里的牛肉面很有名。"

郁溪点头,她从来不挑食。

江依放下两大碗面,揉了揉手腕,说道:"我也是第一次吃,不知道这儿的面分量这么大。"

郁溪低头瞥了一眼,面装得满满当当的,就连牛肉也堆得跟小山一样。

也许食物天然就有让人放松的作用,郁溪一没防备就把心里话说出来了:"平时分量应该没这么大,是食堂阿姨看你长得好看多给了些。"

江依一脸玩味地笑着看郁溪,良久问了句:"我好看吗?"

郁溪低头盯着碗里的牛肉不说话,话一出口她就后悔了。

江依拿了双筷子递给她:"吃吧。"

说起来,从刚认识那会儿开始,郁溪就被江依喂各种东西,从祝镇的炒粉、可乐、碎碎冰,到邱城的牛肉面。

郁溪自问不是一个贪嘴的人,可在面对江依的时候,她好像总是很饿。也不知道除了她,还有没有人吃一碗牛肉面吃得红了耳朵。

江依在对面问她:"辣吗?"

郁溪抬头,腮帮子鼓鼓的:"嗯?"

江依笑了,目光柔和。

有时候她觉得郁溪已经长大了,有时候她觉得郁溪还是个小孩儿。

她不自觉放柔了声音解释道:"这家牛肉面有点辣,是给陪孩子看病的家长吃的。"她又问郁溪,"你不是不能吃辣吗?我交代了不加辣的,还是很辣吗?"

"呃,没有。"

"那你……"

那你怎么红了耳朵,额头上出了这么多汗?江依本来是想这么问的。可是她面前的小孩儿移开目光,捏紧筷子,藏在桌下的双脚缩了缩。

江依见状就把那句话咽了回去。

她看着郁溪被热气熏得颜色鲜艳的嘴,忽然有点理解郁溪了。

空气中除了牛肉面的香味,还有什么东西在静静流淌。

江依深吸一口气,坐直了身子。

天哪,她这是在干什么呢?她离开祝镇,离开郁溪,是为了这样一个结果吗？是为了给自己一个把郁溪拖入泥沼的机会吗？

她向椅背靠去，好像这样就能离郁溪远一点似的，她睨着郁溪问道："成绩怎么样？"

郁溪抬头瞥她一眼，嘴里叼着根没咬断的牛肉面，咕哝一句："怎么跟妈似的？"

江依笑了声："我不配吗？"

"不配。"郁溪慢悠悠地把嘴里的牛肉面咬断，"你还不够老。"

等郁溪把一碗牛肉面吃完，发现江依都没动筷子。

"为什么不吃？"

"不是很饿。"

那个在祝镇大口吃炒粉的人，好像是另一个人，在祝镇发生的那些事好像是另一辈子的事。

郁溪的目光莫名其妙地暗下去。

"怎么啦？"江依本来是靠着椅背的，这会儿凑近了郁溪一些。

郁溪低头不说话。有些话，说起来好像太过于矫情。

过了一会儿，郁溪感觉自己的额头被什么东西点了一下。她抬头，才发现江依拿起了筷子，江依用筷子的另一端，点了点她的额头。

江依笑着说："忽然有点饿了，小孩儿，你等我会儿。"

郁溪看着她。

虽是这样说，但江依拿起筷子后心里就生出些压力来，不是因为她作为艺人要注意保持体态，而是因为在邺城她确实感觉不到饿。

有时候人的感觉很奇怪。邺城那么大，却总让她感觉压抑逼仄；祝镇那么小，却让她感觉天高云阔。

她大口吃东西，大口喝酒，大声笑。她丰腴的手臂暴露在赤诚的日光下。

太阳不说假话。

她只是为了体验角色吗？

或许她一度这样骗过了自己，但这会儿电影早就拍完了。可这个来自祝镇的生机勃勃的少女，依然坐在她面前，目光灼灼地看着她。

江依忽然觉得耳朵上的耳线有些沉，她不明白自己为什么需要这些劳什子。她像个漂亮的木偶，或者是一棵圣诞树，让人把装饰品往自己身上挂，只为了满足他人的喜好。

明明在祝镇的时候，她什么首饰都不需要。

江依想了想，把耳线摘下来放在一边的桌上，才继续吃面。

她认为接下来自己的胃会很堵，思量着要不要让小敏先去买点消食片。

坐在对面的少女淡淡地开口道："今天不要你付加课时费了，这碗牛肉面抵了。"

江依抬头，嘴里咬着一根没断的面条。

她咬断了面条，把它吸溜进嘴里，郁溪竟然笑了一下。

这是久违的、在祝镇的那种笑。但郁溪很快低下头去，仿佛她不想让江依瞧见自己笑了似的。

江依觉得今天的牛肉面香料放得有点多，多得在嘴里有点发苦，苦得她连声音也有点涩："小孩儿，你不要这么好哄。"

"你才是。"郁溪低着头轻声说，"不要这么好哄。"

吃完面，朵朵的治疗也差不多做完了，江依带着郁溪和朵朵走出医院，说道："等会儿，我让司机把车开过来。"

朵朵拉着郁溪的手臂，撒娇道："我要跟郁老师坐一起。"

江依立在一边，问道："为什么这么喜欢郁老师啊？"

被朵朵拉着的郁溪飞快地瞟了江依一眼。

江依问那句话时没看郁溪，反而看着天边的一朵云。不知那句话到底是问朵朵的，还是问她自己的。

朵朵说："因为郁老师长得好看。"

江依笑了，俯身下去，视线与朵朵齐平，她很温柔地跟朵朵说："我好看还是郁老师好看？"

郁溪被朵朵抱着不撒手，因此也离江依很近，能闻到江依身上飘过来的香气。江依俯身后，浓密的长发顺着脸颊垂下，又被她习惯性地别到耳后。因为这一个动作，她披在肩膀上的西装外套向下滑去。

郁溪本能地伸出手，把西装拽回了江依的肩膀。江依抬头看向郁溪，郁溪不看她，而是望向她刚才看过的那朵云。

如果此时开口解释这是"顺手的事"，是不是反而多余？

郁溪这样想着，却发现江依也飞快地把目光移开了。

郁溪又去给朵朵上了几节课，朵朵脊椎不疼的时候很乖，会按郁溪的布置乖乖做题，这种时候郁溪就能算会儿自己的公式。

倒是江依时而在，时而不在，总是很忙的样子。

孟辰辰听郁溪这样说，就对她解释："一部电影的宣传周期很长，尤其电影圈很长时间没出这种被观众认可的佳作了。你想，一部电影的投资不算少，投资方肯定要把红利吃够，主演们肯定也想保持人气热度，好迎来下一部作品。"

郁溪听了微微皱眉。

江依的下一部作品会是什么呢？江依又会去哪里体验角色呢？江依还会遇到一个像她这样的小孩儿吗？

她沉浸在自己的思绪里，突然听见孟辰辰惊呼出声："哎呀！"

郁溪是过来给孟辰辰送书的，这会儿正站在孟辰辰身后，闻声低头看去。孟辰辰坐在书桌前用笔记本电脑看综艺，屏幕上出现了江依那张好看的脸，江依好像玩游戏玩输了，惩罚是要她拿着一大罐冰水猛浇下去。

孟辰辰大呼："节目组不做人！"

江依却还是一脸的平静，连那对秀美的眉都没微蹙一下，好像什么都不能令她的情绪发生变化似的。

孟辰辰看综艺时喜欢开着弹幕，这会儿弹幕都刷疯了："啊啊啊，冉姐冷冷的眼神'杀'我！""'高岭之花'，放着我来！""姐姐，再瞪我一眼！"

连孟辰辰这个江冉歌的死忠粉都忍不住对郁溪感慨了一句："你说现在的粉丝怎么都这样了？"

郁溪问道："什么样？"

孟辰辰瞟她一眼："就是喜欢冷冰冰的漂亮小姐姐。"她笑嘻嘻地问郁溪，"你不是跟冉姐挺熟的吗？冉姐平时也这么冷吗？"

郁溪确实经常在江依脸上看到这种冷冷的表情。

淡淡的，像一层化不开的雾。

在邶城的江依像一个装在套子里的人。

这天晚上郁溪还要去给朵朵上课，于是跟孟辰辰没说几句，就从宿舍出来了。她到江依家时江依不在，章阿姨热情地把她迎进去，笑着说道："朵朵已经在等你了。"她到书房找到朵朵，章阿姨又切了盘水果过来："叶总刚叫人送来的秋月梨，新鲜着呢。"

章阿姨说话时透着一种质朴的南方口音，郁溪听着一直觉得很亲切，这会儿听着心里却像猛然被刺了一下。

说实话这个家她来好几次了,这是第一次听到这里的人直接提起叶行舟。

郁溪从来没在江依家里遇见叶行舟,就抱着鸵鸟心态,不看不听不问,但叶行舟怎么可能因此就不存在,梨就是她送来的。

郁溪忽然想,也许她喝水的杯子就是叶行舟买的,她坐的椅子就是叶行舟找人定做的。

她自以为自己避开了叶行舟,但叶行舟无处不在,充斥在这间房子里的每一丝空气中,每一个角落里。

郁溪无声地笑了笑。

朵朵问她:"郁老师你笑什么?是因为梨很甜吗?可你还没吃呢。"

章阿姨摸着朵朵的头笑道:"秋月梨哪有不甜的?那么贵,几十块一颗呢。"

郁溪盯着那盘梨,梨子跟羊脂玉一样。

这时,书房的门"吱呀"一声被人推开了。郁溪以为是江依回来了,沉默地和朵朵并肩坐着,背对着门口,没有转头。

可很快她就发现来的不是江依。江依的脚步声她已经听熟了,在祝镇时江依的脚步是轻快的,在邺城时江依的脚步是沉重的,无论是哪一种,她的脚步声里都带着江依的特点——脚跟着地后,脚尖轻轻一点。

来人脚步沉沉的,是郁溪没听过的,脚步声之间,夹着金属点地的声音。

在郁溪的大脑反应过来之前,朵朵已经欢快地跑了过去:"小姨!"

郁溪脑子里"嗡"的一声。

一个有点阴郁的声音传来:"朵朵,今天背没疼吗?"

朵朵说:"没有,我在上数学课,郁老师在带着我做题,我乖不乖?"

叶行舟说:"很乖。"

郁溪觉得叶行舟这人很奇怪,连夸赞孩子时声音也很低沉,好像那股子阴郁已经刻进她骨子里似的。

叶行舟似乎停在了她背后,招呼了一声:"郁老师。"

郁溪默默站起来。

她曾以为自己会永远当只鸵鸟,这会儿才发现自己不想做鸵鸟,她挺想回头看一看叶行舟的脸,看看叶行舟到底长什么样子。

那个把她比下去的,让江依愿意敞开心扉的人,到底长什么样子。

郁溪记得在入学后，学校组织新生进行了一场心理测试，主要测试学生是进攻型人格还是回避型人格。

郁溪的测试结果她是典型的进攻型人格。

得知结果的那一瞬间她脑子里浮现出一张中年女人的脸，从郁溪记事开始，她总是癫狂而热烈，像一团熊熊燃烧的火。

小小的郁溪制不住她，年迈的外婆也制不住她。她真就像一团火，把自己给烧没了。

郁溪觉得她的进攻型人格就遗传自她——她的妈妈。

这时她的进攻型人格促使她转过头，贴着粗糙的牛仔裤握成拳的手在微微颤抖，但她却一脸平静。

她开口叫了声叶总，声音干涩。

叶行舟好像没察觉到什么异样，微微点了点头。

其实郁溪心里很惊讶。

叶行舟固然如她想象中一般阴沉，还和上次远远瞥见时一样，穿着黑纱质感的长袖长裤，只不过这次外面罩了一件沉重的黑色大衣，整个人显得就像一只墨黑的鸦。

郁溪惊讶的是面前的这张脸实在太年轻了。

叶行舟比郁溪想象的年轻得多，她比江依还年轻，至多不过二十六七岁。

一手掌控嘉宁律所集团的女人，人们口中的成功商人和精英律师，竟然这么年轻？

叶行舟的脸如白瓷，没有血色，眉边有一道浅浅的疤，她不像是那种喜欢寒暄的人，却主动问了郁溪一句："在邺城还习惯吗？"

郁溪说："还好。"

叶行舟又点了点头："那你继续给朵朵上课吧。"

朵朵问："小姨，你现在不走吧？"

叶行舟说："不走，我等你冉阿姨。"

朵朵牵着郁溪回去坐下了，叶行舟则拄着拐杖到客厅坐下。

江依这间房子很大，客厅和书房之间隔着长长的走廊，还有厚厚的墙，可跟着朵朵坐在书桌前的郁溪总觉得自己被叶行舟那双墨黑的眸子盯着，这让她如芒在背。

书房门掩着，郁溪听到在客厅的叶行舟问章阿姨："冉歌说了今天什么时候回来吗?"

章阿姨回答道:"没有,要不您给她打个电话?"

"不用。"叶行舟说,"我等她。"

郁溪不知时间过去了多久,一边机械地给朵朵讲题,一边凝神听着大门处的动静。

大门"吱呀"一声。

高跟鞋落地的声音,有人穿上拖鞋的声音。

那略显倦意的脚步声,表明江依回来了。

这房子的格局是这样的,进门右手边是自成一片天地的书房,再往里走才是客厅、厨房、餐厅等。郁溪每次进门就闷头钻进书房给朵朵上课,再往里她没去过。

江依回家后,习惯性地先到书房看朵朵,她轻轻敲了两下门才推门进来。看了郁溪和朵朵一大一小两个背影一会儿,她轻轻走进去,用纤长的手指摸摸朵朵的头。

朵朵很开心:"冉阿姨,你回来了!"

江依笑着,没看郁溪,可郁溪觉得她往自己这边瞟了一眼,只是很快又收回了视线。

郁溪一阵气闷,端起装梨的水果盘凑到江依面前,问道:"吃梨吗?"

江依垂眸看着那盘水果,错愕于郁溪突然的示好。

这段时间她真的很忙,见到郁溪的次数不多。郁溪每次见到她都是冷冷的,绷着个脸,像愤怒的小兽。

江依伸手拿起一根果叉,叉起一块小小的梨,问道:"哪儿来的梨?你买的?"

她发现郁溪盯着她,她不明原因,却想伸手摸摸郁溪的头。

这时一个阴沉的声音自她背后响起:"我买的。"

江依手一抖,原本就没叉好的梨骨碌碌掉回盘子,又滚到地上。

她回过头,平静地问叶行舟:"什么时候回来的?"可她撑在书桌上的手在颤抖,倒映在晚礼服的银色鳞片上,像尾不安地跃动的鱼。

"有一会儿了。"叶行舟转向郁溪,说道,"郁老师的课上得差不多了吧?一起到客厅坐坐,喝杯茶吧。"

郁溪飞快地瞟了江依一眼。

江依低着头，未置可否。

郁溪站起来，和江依一起跟着叶行舟往客厅走去。

三人在铺着厚绒地毯的走廊里拉开距离，排成长长的一列。

这是郁溪第一次进入江依家的客厅。

装修简约，细节处却透着奢华，真皮沙发被璀璨的吊灯映照出光泽，茶几边放着只金属手办。郁溪恍然想起孟辰辰好像给她看过这手办，是当成新闻给她看的，这手办好像是某奢侈品牌的全球限量款，当时孟辰辰叫嚷着说自己搞一辈子科研也买不起。

江依好像有点累了，跌坐在宽大的真皮沙发上。她今天穿了一件缀有银色鳞片的礼服，郁溪发现江依很喜欢穿这种鱼尾款礼服，这种礼服也确实适合她，衬得她高贵典雅，像条出水的美人鱼。

江依撑着额角坐在那里，眼皮微合，似在闭目养神。

郁溪站在那里，听到叶行舟招呼她：“郁老师，坐。”她瞬间就明白了一件事——这间房子的主人是叶行舟，不是江依。

郁溪垂下眼皮，嘴唇抿成一条倔强的线，坐在一侧的单人沙发上，看着江依和叶行舟。

一身晚礼服打扮、耳线影影绰绰的江依，与这简约却奢华的客厅融为一体。那个在祝镇睡在逼仄生霉的出租屋里、穿几十块钱一条裙子的女人，跟眼前这个高贵的女人完全不是一个人。

令郁溪奇怪的是，叶行舟和江依分坐在沙发两端，丝毫不见亲昵的样子。叶行舟问：“郁老师能喝茶吗？”

郁溪说：“可以。”她喝咖啡会心悸，但喝茶不会，只是这么晚喝茶，今晚她大概会整夜睡不着觉了。

郁溪看了一眼叶行舟，眼神灼灼。叶行舟的年纪比她大，但她看着叶行舟冷如机器的脸，毫不怀疑叶行舟是那种会通宵工作的人。

郁溪不想在叶行舟面前示弱，心想：喝茶就喝茶。

章阿姨很快泡了壶茶来，笑道：“上好的正山小种呢，叶总买的。”

小小一盏紫砂茶杯，托在手里有些沉。

祝镇人也喝茶，不过不是这种喝法。称来几块钱一斤的茶，将之泡在一个发黄的旋盖杯里，或者干脆就倒在一个分享装的绿茶瓶子里。

叶行舟一直看着郁溪，这时问道："好喝吗？"

郁溪说："我不懂茶。"

叶行舟点头："比不懂装懂好。"

茶叶的余味在舌尖蔓延，有点涩。

今天朵朵因为在医院治疗，上课的时间就晚了一个小时，这会儿不早了，章阿姨提出要带她去洗澡准备睡觉了，她虽然想跟叶行舟和江依再玩一会儿，但叶行舟不同意，朵朵没敢再闹，跟着章阿姨走了。

室内一片安静，坐在沙发上各怀心思的三个人，喝着茶。

郁溪心想：这是什么诡异的场面？

叶行舟忽然开口问道："冉歌，我送的这幅画，你还没想好挂哪儿吗？"

郁溪一进客厅就看到那幅画了，那幅画的色调浓烈，刺激眼球。这样能激起人心里躁动不安的东西，郁溪只看了一眼就不想再看，便挪开了眼神，只是心里已经猜到：这就是孟辰辰提过的，叶行舟在拍卖会上拍来送给江依的釉迩的画。

传言都是真的。

江依微垂眼皮，怏怏地说道："你挂那儿就挺好的。"

叶行舟转向郁溪，问道："郁老师知道这是谁的画吗？"

郁溪回答："釉迩。"

叶行舟："郁老师品味很好啊。"

郁溪如实回答："只是不久前刚好看过她的画。"

"釉迩是冉歌最喜欢的画家，可惜她流传到市面上的作品不多。"她看着郁溪，似乎笑了一下，"这幅画是我在一年多前拍下来的，还有一幅年头更久的，就挂在卧室里，你想看看吗？"

听到"卧室"两个字，郁溪望向江依。

江依盯着自己的羊绒拖鞋，无意识地用它蹭着银色礼服的下摆，脸上的神情越发让人想起落寞的秋。

郁溪回答叶行舟："不，我不想看。"

叶行舟没有勉强郁溪的意思，问道："郁老师不喜欢画？"

郁溪说："我讨厌画。"

"可能你们理科生都这样。"叶行舟说着挂着银质拐杖站起来，"冉歌，我还约了客户，得走了。"

江依也站起来。

叶行舟问郁溪："你回学校吗？要不要我送你？"

郁溪说："我去跟朵朵打声招呼就走，坐地铁就行。"

叶行舟说道："现在已经很晚了，坐地铁不会不安全吗？"

郁溪坚持："我坐地铁就行。"

叶行舟点了一下头就走了，江依送她出去。

郁溪与朵朵约好了走时会跟她告别，这时郁溪就让章阿姨带着自己去朵朵的卧室。朵朵已经躺在床上准备睡了，她抱着她的玩具兔子，说道："郁老师，你后天不要迟到。"

郁溪点头："好。"

朵朵又说："你能帮我把窗帘拉上吗？"

郁溪走到窗边。

这栋房子是个二层小别墅，朵朵的卧室在二楼，郁溪站在窗边，刚好能看到江依送叶行舟出去。因为就出门一小会儿，江依没有披外套，从无袖礼服里露出来的那两条雪白的胳膊，像两块哀伤的玉。

隔着这么远的距离，郁溪都能看到她抱着双臂，肩膀紧绷着。

郁溪攥住了窗帘，又拉紧。

郁溪走出去，江依正好回来，她明明已经从活动现场回到家休息了一会儿了，可看上去比之前更累、更疲倦。

她看到郁溪，便朝她点了点头："郁老师，再见。"接着又往里走，没有留郁溪的意思。

郁溪笑了一下。

江依见状，停下来，问道："还有事？"

她看上去真的很累。停下后，她就斜倚在通往客厅的走廊的墙上，顶灯在她额头上投下一块小小的光斑，让人看不太真切她的脸。

郁溪堵在她面前问道："你和叶行舟到底是什么关系？"

江依的嘴唇动了动，但她并没说什么。

她就那样看着郁溪，郁溪则继续挡着她，没有退开的意思。

江依有些心烦意乱。走廊狭长，少女身上的味道一阵阵地钻进她鼻子里，那是一种干净的味道，像祝镇那些野蛮生长的青草，边缘越薄的叶片越像刀。

郁溪不像叶行舟。叶行舟不信佛，但她身上总有股檀香的味道，她像是从久不见阳光的宗祠里走出来的，要把人拖入时间深处的黑洞。

江依问："你觉得我和叶行舟是什么关系？"

郁溪说："你怕她。"

江依笑了一下："这不是你一个小孩儿该管的事。"

郁溪凑近一步："你怕她，可我不怕她。"

见江依不说话，郁溪又问："你喜不喜欢这幅画？"

江依问道："你什么意思？"

郁溪说道："你不喜欢，我就把它毁了。"

客厅里摆着一筐秋月梨，筐边放着一把精致的水果刀，郁溪把那把水果刀拿到手里掂了掂，折叠起来的水果刀的刀锋和少女的眼神一样亮。

江依轻声说："你知道这幅画多贵吗？"

少女的眼睛明亮，充满了桀骜不驯："我赔。"

江依笑了笑："拿什么赔？"

少女脸上带着倔强："拿一辈子赔，还赔不起吗？"

刚才郁溪拖着江依走得太急，额角的头发有点乱，一道浅浅的疤露了出来，那是她为了反抗舅妈给她定亲把啤酒瓶子往头上砸留下的伤。

郁溪处理事情的方式就是这样，狠、决绝，不留余地。

少年人的世界黑白分明。

江依被混沌的牢笼困住多年，她不是不知道这样的做法风险太大，可她总忍不住被郁溪吸引着，如飞蛾扑火一般。

这时两人耳边响起一个阴沉的声音："郁老师还没走？"

两人回过头，叶行舟站在那里，一只手挂着银质拐杖，另一只手捏着江依掉在走廊上的羊绒拖鞋。

江依闭了闭眼，然后看着叶行舟，平静地问："你怎么回来了？"

叶行舟说道："客户临时取消了见面，冉歌你累了吗？回卧室去吧。"

江依说："好。"

叶行舟又问郁溪："现在地铁是不是停了？司机在楼下，送你怎么样？"

郁溪说："不用。"

叶行舟问道："那你怎么回学校？"

郁溪回答："还有公交。"

叶行舟没再对郁溪说什么，而是对江依说："冉歌，走吧。"

江依跟在叶行舟身后,鱼尾般的裙摆拖在柔软的地毯上,发出沙沙沙的声响。

郁溪游魂似的走出小区,走到街上,地铁的确已经停了,好在还有慢悠悠的一站一停的深夜公交,可以坐上去晃到学校,不知到学校时会不会已经半夜了。

郁溪无所谓,因为喝了叶行舟的一杯正山小种,茶水存在她胃里,胃的抽搐让她清醒。

她摸出手机看了一眼,深夜公交的班次很少,下一班车她还要等四十分钟,现在坐公交的人很少,她一个人坐在公交站台,斜倚着站牌。

夜已经很深了,风卷起马路上的枯叶,呜咽着,像人的叹息。

远处的便利店亮着暖黄的光,小区里还有人未曾入眠,同样暖黄的灯光从楼里透出来,但那些都与郁溪无关。

温暖和依靠都与郁溪无关。

真冷啊,郁溪把双手插进外套口袋里,一阵刺痛突然袭来,郁溪把手伸出来一看,食指上多了一道小小的口子,刚才叶行舟突然出现,她一时无措,把那把水果刀装进了自己的口袋。

像贼。

没想到弹簧刀的开关坏了,刀尖弹出来一点,刺破了她这小贼的手。

这时走过来两个女生。郁溪正诧异于深夜还有人来坐公交,就听那两个女生兴奋地讨论:"江冉歌演得太好了吧,我以前真以为她只是长得好看。这深夜场看得不亏!好想把她所有的电影都补看一遍!"

"哎呀,都说她在国外演的那些电视剧和电影不怎么样,就十年前她在国内拍的那部《剑灵》值得补一下。"

"那部电影我听过,武侠片对吧?现在网上能看到吗?"

"早看不到了,听说有个视频网站在谈版权,不知能不能谈下来。哎!不过微博上有江冉歌在这部电影里的单人片段剪辑,你要看吗?"

"要要要。"

女生点开手机,她朋友把头凑过来。

手机里传出大气苍凉的武侠音乐,眼前枯叶翻飞,郁溪朝她们手里瞟去,离得太远她什么都看不清,只看到一个在翩跹起舞的红色影子。

她看过《剑灵》，所以知道那是江依扮演的侠女，一身红衣，一剑光寒十九州。

两个女生惊呼："以前的冉姐好帅啊！"

"我看她现在总是淡淡的，没想到她还有那么犀利的时候！"

郁溪低头看着自己被刺破的手指，忽然笑了一下。

俩女生没看过《剑灵》，不知它一部悲剧。

侠女以命守卫城邦，却没想到城主早已投敌，少女的牺牲变成一个荒唐的笑话，她孤身一人站在墙头，看着城主骑着高头大马对她喊话——降者不杀。

侠女对着城墙下的千军万马笑了一下。

她不过十九岁，正是心高气傲的年纪，宁为玉碎不为瓦全。她孤身一人打开城门，拎着重剑，迎向万千敌军。

结局当然是她倒在一片血泊中，缓缓闭眼前，她看到城主骑着异邦的马对准她的脸，高高扬起马蹄。

灰尘和天空中洁白的雪，一起落在她脸上。

那俩女生对这悲惨结局一无所知，还在感叹："冉姐太帅了吧！她肯定大杀四方，大获全胜！"

郁溪低头笑着，看着自己指尖流出的血。

她忽然觉得自己和江依演的那个角色有点像，她们都不知道自己拼命想守卫的是什么，仅凭一柄重剑、一把小刀，就以为能对抗全世界，却不知残酷的真相，会把人变得和小丑一样。

叶行舟的那句"回卧室吧"就像电影中城主高高扬起的马蹄，扬着灰尘向她踏过来，把她心里仅存的侥幸踏得粉碎。

好可笑，她怎么会看到一点表面，就断定江依怕叶行舟，就断定江依有什么迫不得已的苦衷，就断定江依和叶行舟其实关系并不好。

舒星明明告诉过她，叶行舟和江依已经认识快十年了。

十年前的叶行舟和江依都只是十多岁，不知十多岁的叶行舟是意气风发还是同样阴郁，不知十多岁的江依是妩媚张扬还是清冷孤傲。

不知在十年前两人的青葱岁月里，江依有没有故作成熟地叫过叶行舟一声"小孩儿"？

郁溪回到宿舍，没想到宿舍里还亮着一盏灯，孟辰辰坐在床下书桌边看动画。在孟辰辰的科普下郁溪已经知道有一个专有名词叫"番剧"。

孟辰辰摘下耳机悄声问:"你今天去上家教课怎么回来这么晚?"

郁溪低声回答:"朵朵在医院耽误了会儿。"她心里一片茫然,视线无意识地落在孟辰辰的手提电脑屏幕上。

注意到郁溪的目光,孟辰辰义愤填膺地小声对她抱怨:"套路,都是套路,为什么'青梅'永远比不过'天降'?"

郁溪很想告诉她现实世界里正相反,她这个'天降',在叶行舟这颗'青梅'面前什么都不是。

她的直觉是对的,她只是江依体验角色的世界里的一片拼图,只是江依历尽千帆的世界里的一个过客。

江依找她去当家教,是为了让她亲眼看明白这一切吗?

她觉得江依这个女人比她还狠。好,现在她彻底看明白了。

之后很久,郁溪再没见过江依。

她每周两次去江依家给朵朵上课,江依大部分时间不在家,郁溪偶尔能听到江依打开大门回来了,先是轻轻两声高跟鞋落地的声音,接着变成沙沙沙的拖鞋声。

只是很默契地,江依不会再进书房,郁溪也不会再穿过走廊往里走。

叶行舟再也没出现过,也许她太忙了。

郁溪想过,朵朵叫叶行舟小姨,那么叶行舟确实有个姐姐,很可能她这个姐姐已经去世了,朵朵才由叶行舟带,只是叶行舟太忙了,朵朵大部分时间在江依这里。叶行舟很严厉,朵朵显然跟江依更亲。

偶尔朵朵作业完成得好,郁溪会奖励她看动画片。只是没给朵朵看那些王子拯救公主的故事。郁溪给朵朵看《冰雪奇缘》,那是孟辰辰推荐给郁溪的,孟辰辰说只有公主自己才能救自己。

朵朵说:"这个我早看过啦。"

不过她不介意再看一次,她还跟着电影一起说英语台词,郁溪发现朵朵的英语比她的还好。

朵朵解释道:"反正我生病不能上学,冉阿姨在美国拍戏的时候,我就和她一起住在美国。"

这进一步证实了郁溪的猜测,朵朵大部分时间是江依在带。

朵朵又说："小姨有空就会来看我们，啊对了，《冰雪奇缘》首映时小姨也在，小姨还给冉阿姨买了爆米花。"她撇了撇嘴，又说，"小姨还不让我吃，说小孩儿吃了会蛀牙。"因为没吃到，所以她记忆犹新。

郁溪笑了笑，只是笑容僵在脸上，凝成了一个悲伤的面具。

虽然孩子不是叶行舟的，也不是江依的，但她们早已是相亲相爱的一家人。

她只是在一厢情愿地给自己加戏。

临近圣诞节时，发生了两件事。

一件事是邺航跟英国大学合作的项目有了突破性进展，一个行业大牛加入进来，项目进展势如破竹。郁溪跟着团队去参观了一次国家航天研究院，带他们参观的是个快退休的老头。老头说起话来语速极快，对航天事业充满热情。

老头有心考一考郁溪，就拿目前研究员正在解的公式给郁溪看，郁溪看了好久，接下来的参观她表现得心不在焉的。

临走时郁溪塞给老头一张字条，字条上属于少女的字迹张扬肆意，像她十九岁的年纪一般明亮。

老头看到郁溪的解法有点惊讶："你叫什么来着？"

"郁溪。"

"好，郁溪。"老头指着窗外的一个模型给她看，钢架搭成的火箭头指向天空，像巨龙一般，等待着啸吟升腾，"看到了吗？那是我们载人航空的又一个伟大进展，我们在宇宙里停留的时间将越来越长，获得的数据对我们探索宇宙有划时代的意义，下一次我们的目标是停留整整一年。"

老头看着郁溪说："我记住你的名字了，希望我退休前，能看到你加入我们的事业里来。"

郁溪从国家航天研究院出来时是下午三点，正是天最蓝的时候，邺城冬天的天空总带着肃杀之气，郁溪在草坪边找了张长椅坐下，双手插在羽绒服口袋里抬头看着天。

白色雾气从少女冻红的唇间喷出来，那副桀骜不驯的样子，像一株直指天空的白杨。

曾经那些困住她的不怀好意的传言、退学结婚的逼迫、日复一日的庸碌，再也不能成为她的桎梏。

一次参观点燃了她胸中的豪情，祝镇的逼仄让她生出一个造飞机的梦，可走出大山她才发现，她可以飞得更高、更远。

等着她的，是整个茫茫宇宙。

草坪对面高楼墙上嵌着一个巨大的 LED 屏，上面滚动地播放着各类广告，有明星代言的面霜，有奥运冠军代言的汉堡。

郁溪一转头，对上了屏幕上猝不及防地出现的江依的脸，一时愣住了。

郁溪已经很久没见过江依了，就连孟辰辰在宿舍看江依的综艺和访谈，她都特意避开了，不想此时冷不丁地看见了江依的脸。

江依代言的是一款眼霜，屏幕给了江依脸部的超大特写，这么近的距离，江依的脸依旧毫无瑕疵。她的睫毛纤长，郁溪不知道她是不是刷了睫毛膏，应该是的，只不过不是她在祝镇用的那些睫毛膏，那些睫毛膏怎么刷都会在睫毛上留下苍蝇腿般的痕迹。

只是那双桃花眼，无论怎么看，都像笼着白茫茫的雾。

郁溪移开目光。她盯着冬日里枯萎的草坪，心想：江依不快乐。其他人可能看不出来，只会觉得江依天性清冷。可郁溪看过江依快乐的样子，那时的江依眼神清澈明亮，像祝镇不起云雾时的天。

郁溪在国家航天研究院参观时，看到了一只被关在笼子里的鸟，是采集实验数据用的，那只鸟有一身可爱的黄毛，头顶一抹翠红。它时而在一根精致的金色横杆上蹦来蹦去，时而歪着头静默，叫声婉转又哀伤。

郁溪觉得江依就像笼子里的鸟。

郁溪站起来，背着双肩包向远处走去。

江依快不快乐，又与她何干呢？

第二件事是舒星送来了画展的邀请函，她展出的就是上次郁溪给予意见舒星修改后的那幅画。

舒星打电话时笑着说："知道你不喜欢画，但我们也算因为画而结缘，你能赏光吗？"

郁溪想了想问："这次展出的都是青年艺术家的画？"

舒星说："对，都是年轻人，说不定能激起一点你对画的兴趣呢。"

其实郁溪倒不是问这个。她不喜欢画，那些学生时代在课本上涂涂抹抹，把历史名人涂成奥特曼的经历她统统没有。她尤其不喜欢釉迩的画，那过分锋利的线条和过分大胆的用色，总让她不安。

既然这次没有釉迩的画，那就去吧。

到达画展的举办地点，郁溪远远就看到穿着条白裙、披着同色系奶油色披肩、被朋友围着的舒星。

郁溪本想过去打个招呼，就听见舒星的朋友跟舒星说："你越来越优秀了，难怪祁家大小姐一回国，就邀你去她的雕塑展，听说她的邀请函挺难拿的呢。"

舒星笑着说："只是人家给面子。"

朋友却道："她给你面子，你也给她面子呀，你们本来就是一个圈子的，其他人可是怎么挤也挤不进去。"

郁溪本想退开的，没想到舒星跟她朋友说了两句，就端着鸡尾酒杯朝她走来。舒星冲郁溪晃了晃酒杯："喝酒吗？"郁溪摇头："还是算了。"她就一杯倒的酒量。

郁溪问舒星："你有没有想过——"

舒星笑着睨她一眼："什么？"

郁溪继续说道："我跟你也不是一个圈子的人。"

就像江依和叶行舟很亲近，却连自己真正的名字都不肯告诉她一样，不是一个圈子的人，怎会真心实意地将对方纳入自己的生活里。

舒星笑了笑，说道："我不在意这些啊。"

可我在意。郁溪在心里说。跟你做朋友，会让我在心里反复提醒自己与你的差距。

郁溪正盯着舒星的酒杯走神，忽然听见舒星叫道："冉姐！"

郁溪心里咯噔一下，但不想抬头。

她完全没想到会在这里碰到江依。

舒星问郁溪："冉姐她们来了，要不要一起过去？"

郁溪的视线还留在舒星手里的酒杯上，刚才舒星抬手时一晃杯子，酒挂在杯壁上，而后像人的眼泪一样往下流。郁溪说道："我不去了，你去吧，我给自己找杯喝的。"

舒星没勉强她，自己过去找江依了。

服务员从郁溪身边经过时，她慌乱地叫住对方并抓起一杯酒。她明明知道自己不能喝酒,但这儿提供的饮品只有酒,她这会儿也需要一杯酒。

酒落入胃中,激起一阵灼热,又顺着她的嗓子一直冲到眼里,她才有勇气抬头,远远看去。

这个青年艺术家画展的规模比郁溪想的要大得多,穿梭往来的都是扎蝴蝶结穿黑马甲的服务员,宾客举着酒杯言笑晏晏,偶尔轻轻碰一下杯,杯子发出水晶般清脆的声响。

不少人穿着晚礼服,在展馆的灯光下显得很精致。因此,当穿着一件面包羽绒服、一条旧牛仔裤、一双白球鞋、一张脸不施粉黛的郁溪端着一杯鸡尾酒坐在其中时,收到了不少人的视线。

她就是与这样的环境格格不入。简而言之,她与江依本来的生活格格不入。

她借着酒劲远远地看着江依,江依是与这精致环境最契合的一个人。她今天不张扬,穿着一条黑色礼服裙,裙子款式很简洁,却镶着点点水钻,裙摆自然地垂下,那点点光芒犹如若隐若现的星光。

礼服裙丝绒材质柔软地包裹着她的肩膀,她雪白的手臂裸露在外。

江依那张脸,有一种高贵的、典雅的、带着距离感的美。

展馆没有阶梯,郁溪却像在仰望着江依。在祝镇时她觉得江依触手可及,但这会儿的江依却被拉到了她无法企及的天际。

江依身后站着叶行舟,叶行舟表情淡淡的,在跟舒星说话。江依转着手里的酒杯,样子百无聊赖,她的视线无意识地在展馆里转了一圈,忽然就落在了郁溪身上。

郁溪捏着酒杯的手指一紧。

江依本来没打算来看这个青年艺术家画展的,是舒星让她表哥给叶行舟打了电话,让叶行舟务必带着江依来撑场子。

叶行舟虽然从不接受采访,但她出现在这种场合,懂的自然懂。更何况她还带着江依,江依凭借一部《撞击》火出圈,风头正盛。这两人一起出现,舒星很有面子。

舒星端着酒杯乖巧地笑着跟叶行舟道谢。在叶行舟面前,舒星说的都是些场面话。江依听得有些乏味,下意识地转着酒杯,无意识地在展馆里扫视了一圈。

扫到郁溪的身影时她一愣。她知道郁溪一直很讨厌画,但她不知道前情,也就完全没想到会在这儿看到郁溪。

郁溪穿着一件黑色面包羽绒服、一条工装牛仔裤、一双白球鞋，鞋带还没系好，有点不羁的味道。扎着马尾的少女坐在那里，脸庞干净眼神明亮，与这里格格不入。

周围是此起彼伏的举杯、虚伪敷衍的对谈，大家都在暗暗秀着自己身上最新一季的奢侈品。

只有坐在那儿的少女，抿着嘴，有一点倔，像棵干净的小白杨。

在暖气熏得人头昏脑涨的冬日室内，只有她像从室外窜进来的一股冷空气，让人振奋。

要过去打招呼吗？江依心里忽然涌出很强烈的意愿。

然而郁溪只看了她一眼，就把视线挪开了，然后端起手里的酒杯喝了一大口，赌气似的，走到一边去了。

江依自嘲地低头笑了笑。

明明打定了主意把小孩儿推开的，怎么一见面就又想去"祸害"人家？看来展馆的暖气真的是太足，把自己熏傻了。

这时，舒星问她："冉姐，你是懂画的，你觉得我最新的这一幅画画得怎么样？"

江依点头："很好啊。"

舒星跟江依和叶行舟打完招呼后，回来找郁溪，咋舌道："你看到冉姐脖子上的那根项链了吗？那是叶总送她的圣诞礼物，是从国外的拍卖会上拍回来的，我一听价格吓死了。"

郁溪不说话。

那根项链她刚才就看到了，倒不是她刻意留意这些，而是那项链上的钻石太大太闪耀了，浮夸得像电影里的道具。

舒星悄悄附到郁溪耳边说了个数字，郁溪震惊住了。

郁溪在心里算这笔钱能买多少实验材料，不对，不是材料，是几个实验室。

舒星又被朋友叫走了，郁溪从刚才停留的位置走开。她顺手拿的鸡尾酒度数不低，所以这会儿有点头晕。她就看着墙，望向前方。

不巧的是，她前方是冷餐台，叶行舟和江依站在冷餐台边，叶行舟拿起一杯颜色漂亮的淡蓝色鸡尾酒往江依手里递,江依顺手接过来。

这么一个简单的动作,却默契十足。

郁溪被刺激到了,她低下头,看着自己灰扑扑的白球鞋。

她土气,江依精致。

她贫穷,叶行舟富有。

她冒着傻气,江依历尽千帆……

如果用她喜欢的物理专业知识来做比喻,她和江依之间,不知隔着几亿光年。

一阵热气忽然上涌,不知是因为刚才喝的酒太烈还是因为展馆的暖气太足。郁溪放下酒杯,匆匆向洗手间走去。

另一边,叶行舟转着鸡尾酒杯说道:"我刚才好像看到郁老师了。"

"是吗?"江依平静地说道。

叶行舟问:"舒星是不是跟她很熟?"

"好像是。"

叶行舟短促地笑了一声:"你怎么看?"

江依平静地喝了一口酒:"同龄人嘛,有共同语言,能玩到一起,挺好的。"

正说着话叶行舟忽然被一个客户叫走了,江依想了想绕到一边,叫住一个服务员:"你们今天只有酒?"

服务员被江依主动搭话的行为吓了一跳,忙道:"江小姐,我们今天准备的饮品都是酒,不过您想要什么?我可以特别为您准备一杯。"

江依说:"麻烦你准备一杯橙汁行吗?"

服务员说道:"当然可以,我一会儿就给您送过来。"

"不是给我。"江依说,"你送给那个穿黑色羽绒服的女孩儿,别说是我送的,就说是你们新加的饮品就行了。"

郁溪从洗手间出来,她有点热,但不想脱掉羽绒服,因为里面过分学生气的毛衣跟这环境更格格不入。她本来不介意,可看到江依和叶行舟后,介意了。

她有点烦,为什么江依总在不断提醒她注意自己的卑微。

刚才她在洗手间想吐又吐不出来,干呕了两声,用清水洗了把脸,就出来了。

她很渴,想喝点什么压一压胃里的酒气,可这儿只有酒。

这时,一个服务员端着一个小托盘走到她身边,问道:"小姐,需要橙汁吗?"

郁溪看着那杯橙汁,一看就是新榨出来的,一颗颗果冻似的橙肉上下翻飞。不知道为什么,郁溪忽然想到了江依。

郁溪下意识看了一眼不远处,江依和叶行舟面对一幅画站着,只留给她两个背影。

郁溪问了句:"这橙汁哪来的?"

服务员笑了笑,好像她这个问题问得很奇怪似的:"就是主办方追加的饮品。"

郁溪端起橙汁,一饮而尽。橙汁解酒,喝下去胃里好受不少,只不过展馆里很闷,郁溪便溜了出去。

外面空气寒冷,郁溪抬头,看着被枯枝分隔成一格一格的天空,视线径自往更浩渺的地方延展而去。

郁溪想着还是要跟舒星打个招呼再走,便又往展馆走去。

走到门口,听到里面传来了服务员拉开复古沉重铜质大门的声音,郁溪就往旁边退开一步。

旋即她一愣,没想到走出来的人会是叶行舟和江依。

叶行舟这会儿披着一件黑色长款羊绒大衣,里面的衣裤都是黑色的。江依的礼服也是黑色的,一条同色系羊绒围巾裹住她雪白的肩膀。两人身上的黑都是沉郁的墨黑,倒将郁溪身上的黑色羽绒服衬得灰扑扑的。

郁溪愣着,忘了再退开一步。

江依身上奢侈的香水味钻进她的鼻子里,那是一种她闻了很多次但仍觉得陌生的味道。

江依的脸那么精致,她化着无可挑剔的妆,却无端端地让郁溪想起她在祝镇时,睫毛被廉价的睫毛膏涂成"苍蝇腿"的样子,那时她一笑,"苍蝇腿"就活灵活现的,随着她的腰肢轻晃着。

郁溪和江依在祝镇相遇是在一个热烈的夏天,在邺城重逢是在一个肃杀的秋天。

那个令郁溪信赖、依靠的人,已经随着一年多前的那个夏天的离开,走出很远很远，直到湮没在严冬的大雪间，消失不见。

郁溪垂下眼眸，默默退开。

江依不说话，倒是叶行舟跟郁溪打了声招呼："郁老师，好久不见。"

郁溪说道："叶总慢走。"

郁溪一直垂着眼睛，死死地盯着地板，这视角让她看到，江依垂在黑色礼服裙边的手，被室外的冷空气冻得微红，不知为什么微微颤抖了起来。

江依什么都没说，和叶行舟一起走了，她的裙摆轻轻擦过郁溪的牛仔裤。

郁溪一瞬间的晃神。

江依已经被叶行舟带上豪车，车子呼啸着离去了。

番外

初遇

离开邺城前,我抬头望了一眼窗外的天。

碧云居外有棵巨大的槐树,传说,槐树与死亡、鬼魂相关。不知是不是受了这些说法的影响,我总觉得透过这棵槐树望出去,即便是晴天,天也是灰的。

助理敲门进来,说道:"冉姐,时间差不多了,该去机场了。"

我回眸,看见她年轻的脸上满是担忧,她蹲下又把我摊开的行李箱仔仔细细地检查了一遍。

"没什么好检查的。"我提醒她,"我什么都不带,只有几件衣服而已。"

或许是那几件衣服让她焦虑,她问道:"冉姐,这些衣服你真的能穿得习惯吗?"

担忧是正常的,毕竟此时的我身上看不出品牌的条纹衫的价格便抵得上普通人一个月的工资,更别提那些参加时尚活动和颁奖礼上穿的礼服了。虽然我不是什么入流的演员,但以叶行舟的喜好,什么高定礼服和天价珠宝,通通都往我身上套。

而行李箱里的这些衣服,有的是豹纹,有的颜色艳丽,更适合登上上个世纪九十年代的挂历,用手一摸,料子糙得吓人。

"有什么穿不惯的?"我走过去合上行李箱,不让她再看,"我又不是没过过穷日子。"

机场VIP(贵宾)通道,飞机头等舱,只有我作为"江冉歌"这个身份时才能享受。

之后叶行舟让助理找了车，把我一路送到祝镇。车是好车，但架不住道路曲折且崎岖不平，车外尘土飞扬，人的头随着车的颠簸几乎要撞到车顶，再好的车也没用。

到祝镇时正值黄昏，我把行李箱从助理手中拎过来，说道："你别跟着我了，被人瞧见该露馅了。送到这里，你可以回去向行舟复命了。"

她仍在犹豫："冉姐……"

我冲她粲然一笑："你现在是不是不该叫我冉姐，而该叫我依姐？"

她愣在原处，我趁机拎着行李箱往镇里走去。

她惊呆了，大明星江冉歌是不会这样笑的，江冉歌总是忧郁而清冷的，像镜子般的湖面上笼罩着一层茫茫的雾。

会这么笑的是即将在台球厅工作的江依，江依神采飞扬，把眼角眉梢的妩媚都调出来，当成对抗生活的武器。

我能想象助理一脸忧虑地望着我的背影，事实上我的脚步很轻快，这是许多年来，我第一次逃离名为往事的牢笼，什么都不用管也不顾虑，像白纸一样再活一遍。

台球我练了许久，所以进入台球厅工作不是什么难事。事实上我对祝镇的生活，适应得比我想象的还要快。

我喜欢出租屋外的那片向日葵花田，喜欢路边摊上油腻腻的炒粉，喜欢绿玻璃瓶装的粗酿啤酒灌进喉咙时那几乎有些粗粝的质感，这感觉让人忍不住打个嗝，叹一声："爽啊！"

我以为在祝镇的两个月就会这样过去，没想到我遇到了一个小孩儿。

事实上从她进台球厅的第一秒，我就注意到她了，因为她的脸太干净了。

我假装没看见她，继续陪两个男人打球，"砰"的一声，球进了洞。

如果她的目光不是那么直接的话，我想我会一直这样假装下去。可她的视线令我不得不抬头看了她一眼，那张青涩的脸便直直地撞进我的眼底。

那时我的心停了一下，又猛地一跳——

无他，我许久没看到这般有生命力的人了。

是的，生命力。少女穿着并不合身的T恤衫和牛仔裤，即便如此依然掩不住五官的清秀。她长得好看，但这并非她身上最吸引人的部分。

她最吸引人的部分在于，那张脸虽然冷淡没表情，一双黑白分明的眸子却满是倔强和愤怒的神采。

她愤怒什么呢？此时并没有惹到她的人或事，我想那是一种本能，是她骨子里在燃烧的部分，她随时准备与这个世界对抗或较劲。

而我，已经放弃挣扎很久了。

我是春风也吹不活的枯萎的藤，除去故作明艳的外壳，内里早已失去一切生命力。

小孩儿看着倔，偏偏很青涩，我扫过去一眼，她都要往后退两步。我没想到她会找我说话："那你陪我打一局吧。我能给你钱，很多钱。"

我拒绝了她，只见她一个人闷着头出去了。

我早已不是一个热心的人了，却忍不住跟着她出去，问道："小孩儿，你到底要去哪儿啊？"

就这样我一路跟着她到了她的"秘密基地"。

明明她在那般的年纪，就像即将盛放的花，看起来却花了不少的时间，把自己关在这样一个灰尘遍布的旧仓库里。

我很好奇，她身上到底发生过什么故事。

她一定不知道，我在见她第一面以后，便悄悄找人打听她。

我知道了她是镇上有名的"高才生"，知道了她脾气不好，知道了她跟舅父舅母住在一起，身上的衣物大概都来自她的表弟。

有姐妹劝我："依姐，你别管她啦，她家情况复杂着呢，更别提她还有个早死的疯妈……"又有人凑到我耳边，压低声音道："你看她那双眼睛，亮得吓人，像不像遗传了疯病？"

我笑道："那有什么关系呢？"

在这世界上，疯狂的疯狂，沉沦的沉沦，又有几人是当真清醒的？

披着锋利外衣的人，反而一腔赤诚。

那次替客人送烟，是我主动的，因为听那描述，我便知道"很瘦的、总是臭着张脸"的姑娘是她。

我竟看见她被逼着退学结婚。

我本欲帮忙，但看着她那双眼，又觉得不必多此一举。

她黑白分明的眼睛像是寒夜里最亮的那颗星，让我想起自己最爱的画家——釉尔，她们一般地灼热，一般地热烈，一般地似乎要燃尽自己的一切。

这样的人，永远不会对生活低头。

郁溪来台球厅找我时，我很欣喜，如果她不来，我大概也会寻着由头去找她。

我把她带到前台,插上台灯让她做功课。

而我最想带她去的地方,还是路边的炒粉摊。

我有很多她不知道的小秘密,比如我请她吃的第一碗炒粉,让老板多加了个金灿灿的蛋,蛋被打碎了混在炒粉里。

那时我们一点都不熟,我却有种感觉,这一幕会在我脑中留存很久很久。

夏夜的天泛着蓝,路边摊油腻腻的,四周十分喧嚣,对面的小孩儿埋头大口吃着炒粉,沉默里带着倔强。

天空忽地一闪,是星辰,还是偶然路过的飞机?对面的她仰头望去,我问:"你看什么呢?"她摇头:"没什么。"

也许是她暂且不肯告诉我心中所想,我却莫名其妙地确信在头顶这片好似什么都瞧不清的浩瀚苍穹里,藏着她要的答案。

也许,里面也藏着我要的答案。